僅以此書，獻給橫跨疫前、疫後的
2019—2023五年光陰
與我們瑰麗翠綠星球上的**芸芸眾生**。

多元時空彼端
海穹文化編輯部
好忙！
事情怎麼那麼多啦？
我想下班！
嗶嗶嗶
啊啊啊啊啊！南瓜社長，時空牆這邊有狀況，你要過來看一下嗎？
海文，怎麼啦？
時空牆這邊，演變的趨勢好像還在繼續……
哦～這個呀……

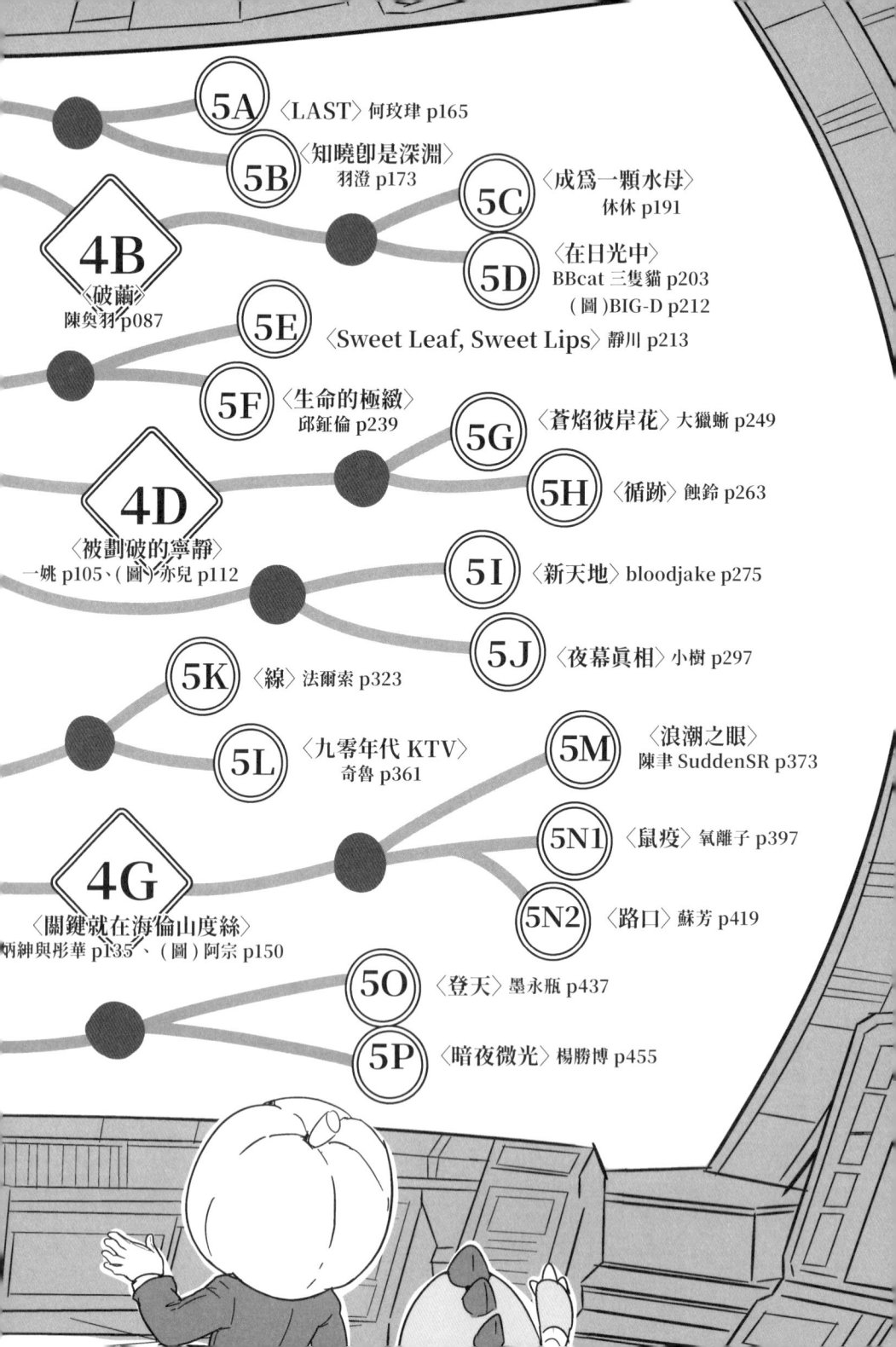

布克

有幸參與本書目錄漫畫的製作～非常開心～請多多支持！！

伍薰（南瓜社長）

科幻奇幻作家，海穹文化創辦人，近年代表作為描繪近未來、公平貿易等 ESG 議題的《3.5：強迫升級》。致力於落實科幻、奇幻題材的在地化，發願要努力挖掘台灣新銳類型創作者！

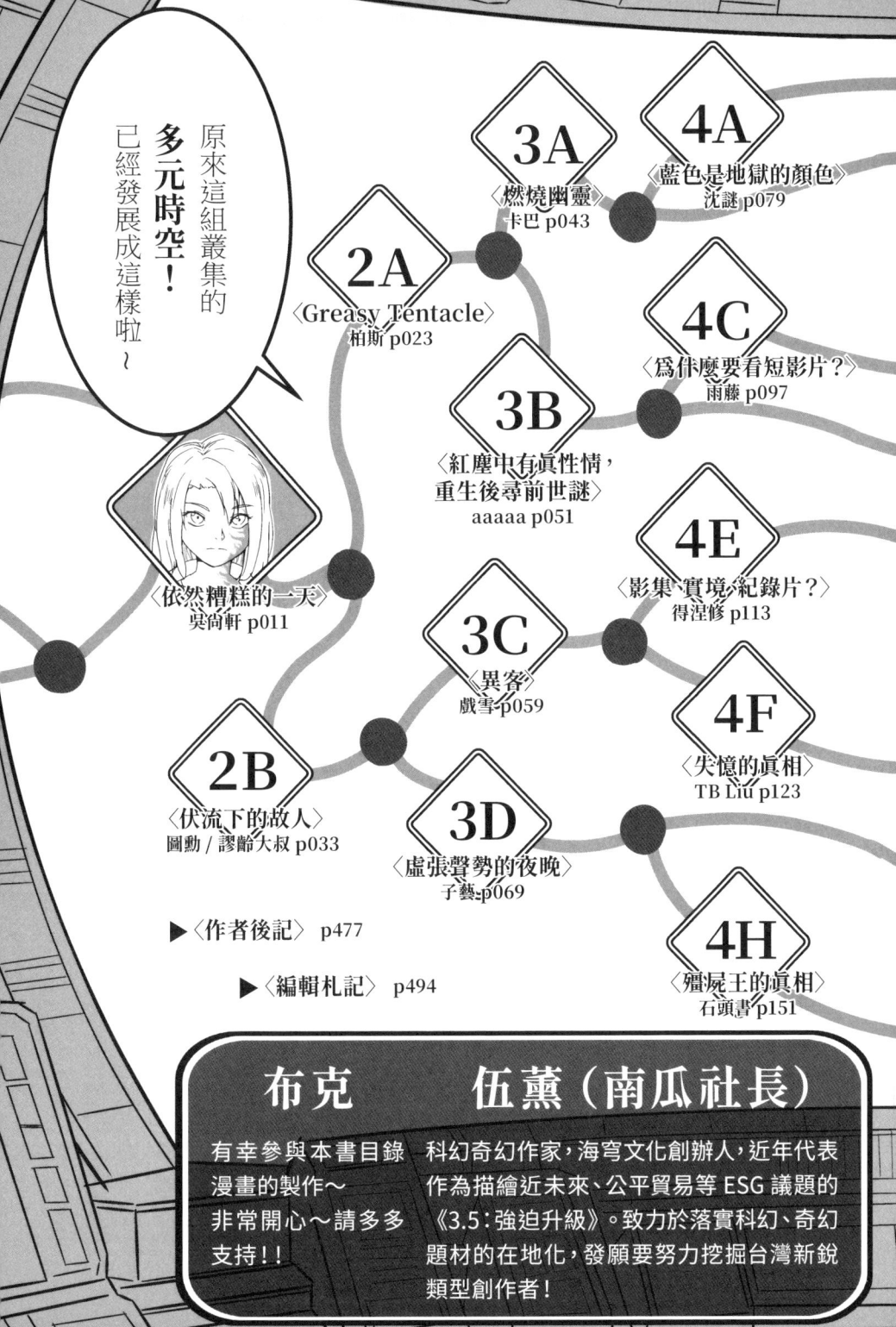

這些分支時間軸彼此交會的核心，就是「俐茄」！
眾多的現實，分別從不同的過去
朝這裡前進，彼此交會、完全重疊後，再朝著各自的未來發散……
能夠看到這一刻，你的運氣不錯哪！
歐耶！
那麼順便把這組多元時空叢集的資料整理一下吧！我回AOP宇宙那邊了……
OK！交給我！
啊不對！
嗚嗚嗚！工作量又增加啦！
我想下班啦！
看來海文的下班時間軸也擴展了……

異世歧路

海穹文化十週年紀念刊第一號

俐茹殭屍大接龍

本書包含下列聯合國「2030 永續發展目標」

Sustainable Development Goals, **SDGs**

1 NO POVERTY

01 消除各地一切形式的貧窮

3 GOOD HEALTH AND WELL-BEING

03 確保健康及促進各年齡層的福祉

4 QUALITY EDUCATION

04 確保有教無類、公平以及高品質的教育，及提倡學習

5 GENDER EQUALITY

05 實現性別平等，並賦予婦女權力

8 DECENT WORK AND ECONOMIC GROWTH

08 促進包容且永續的經濟成長，達到全面且有生產力的就業，讓每一個人都有一份好工作

9 INDUSTRY, INNOVATION AND INFRASTRUCTURE

09 建立具有韌性的基礎建設，促進包容且永續的產業發展，並加速創新

中文翻譯引用自 https://globalgoals.tw/

SUSTAINABLE DEVELOPMENT GOALS

From https://www.un.org/

10 REDUCED INEQUALITIES

10

減少國內及國家間不平等

14 LIFE BELOW WATER

14

保育及永續利用海洋與海洋資源，以確保永續發展

15 LIFE ON LAND

15

保護、維護及促進陸域生態系統的永續使用，永續的管理森林，對抗沙漠化，終止及逆轉土地劣化，並遏止生物多樣性的喪失

16 PEACE, JUSTICE AND STRONG INSTITUTIONS

16

促進和平且包容的社會，以落實永續發展；提供司法管道給所有人；在所有階層建立有效的、負責的且包容的制度

17 PARTNERSHIPS FOR THE GOALS

17

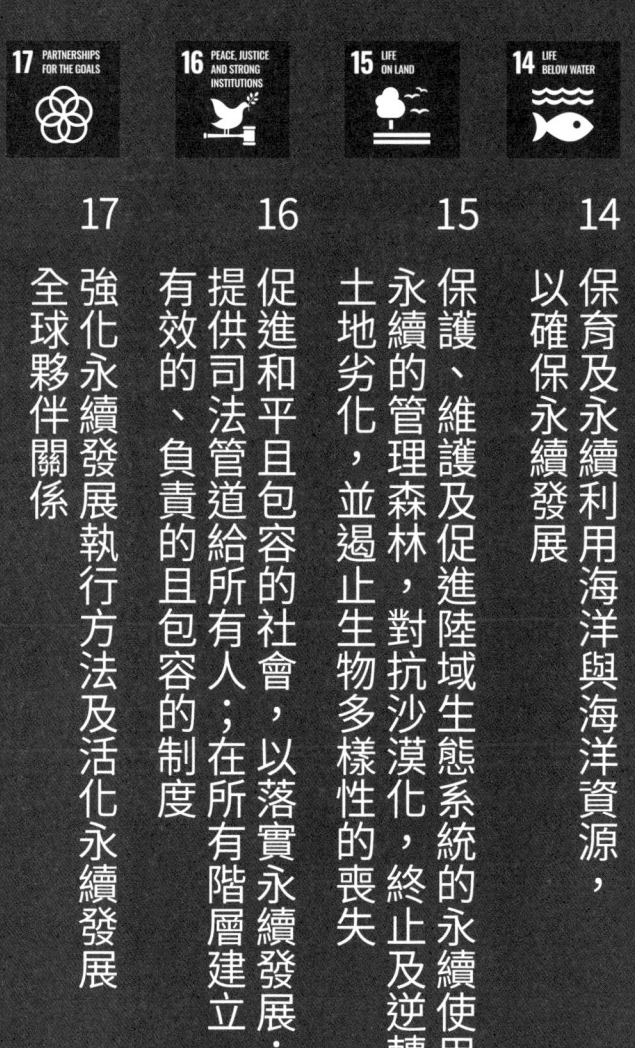

強化永續發展執行方法及活化永續發展全球夥伴關係

五年間，我們身處的這個現實、
與本書的多元虛構時空，同時歷經一場熾烈的
全球疫情
許多事，不可逆地永遠改變了。
從爆發、蔓延、煎熬、到趨緩，
迄今，這世界仍未從這場噩夢中完全復甦……

1 NO POVERTY

3 GOOD HEALTH AND WELL-BEING

5 GENDER EQUALITY

8 DECENT WORK AND ECONOMIC GROWTH

10 REDUCED INEQUALITIES

時間軸1

依然糟糕的一天

吳尚軒

文字記者。海明威好像有講過，同時當記者又寫作會殺死一個人。短暫嘗試過，我活下來了，等到長夠膽子才敢再試下一次。

俐茹在清晨醒來，夢裡充滿藍色的火焰。

她大口喘著氣，一翻身，暗藍色的床上空無一人。嗯，今天比較好，不是尖叫著醒來，不是在哪個男人家裡，也沒有喝醉、頭痛，她在自己家裡。

她在確定自己醒來後，坐起來喝了口水，桌上的藥罐提醒她，昨晚是吃過安眠藥才睡的，難怪今天好多了。她拿起手機亂滑，昨天是週末夜，社群網站上處處殘留著狂歡後的動態。

但能狂歡，就還不錯吧。她想。才怪，算了，她現在頭腦一片混沌。

俐茹隨便套上一件寬大的上衣跟短褲，走出房門，客廳裡阿寬赤裸上身，橫躺在沙發上，視線正對電視裡的外國影集，桌上是好幾個啤酒罐，跟吃到一半的泡麵，麵湯裡浮著凝固的油脂跟煙蒂。

阿寬注意到她，瞥了一眼，接著繼續將視線定在螢幕上。

「幹，又在客廳抽菸。」俐茹說，沒有明確的對話對象，拖著腳步走向浴室。等她關起門後，才聽到阿寬喃喃唸著：「沒有啦，那是昨天的。」

昨天根本沒有這堆東西好不好。俐茹心想，惱怒地洗了把臉，撐在洗臉台前，盯著鏡中的自己。

鏡中的人影閃著藍色火焰。

如果要以長相來評斷，她會被稱作是好看，除了厚厚的黑眼圈以外，五官其他部分都算標緻，皮膚也白得合乎世俗標準，但她就討厭這樣，這讓疤痕更加明顯。

火焰般的暗藍色疤痕覆滿她左半身，從

左眼角直到手腕與大腿；說是疤痕，卻平整得像胎記或刺青，只有少數地方產生傷口癒合的皺褶，肩膀上的藍，則暗得幾乎像是夜空。

那是她被咬的地方。

俐茹哼了口氣離開浴室，經過客廳時瞪了阿寬一眼，接著走到陽台，拿起窗台上的涼菸點起。眼前的街道逐漸轉亮，泛著粉藍色，街上有寂寥的鳥叫聲，還有晨起老人的腳步聲伴隨著咳嗽，遠方的哨塔仍然亮著燈，彷彿只是其中一盞路燈。

俐茹一面抽著菸，不時拿出手機查看。忘記哪認識的男人，問她要不要看電影，封鎖；互助會的召集人問她好不好，怎麼很久沒來了，已讀；監護官問狀況怎麼樣，好吧，這個不回的話，會拿不到錢，她回覆：「昨天工作比較累，沒時間回訊息。」

客廳裡的阿寬還在看電視，隨著音樂搖頭，看了讓人覺得很煩。芸靜到底怎麼會喜歡這種男人？

她再點起一支菸，身子無力地倚在牆上。

芸靜是「重生」後，第一個來找她的人，也是少數在災難爆發以前，就跟她認識，並且活下來的人。

芸靜說，俐茹跟她原本在同一間外貿公司工作，那時候阿寬這個人根本還沒出現。後來災難爆發，台灣北部快速淪陷，俐茹被咬了，芸靜則被撤離到苗栗鄉下，然後在救難營裡認識阿寬。

原本以為，他們的人生就會這樣結束。沒想到五年後，災難奇蹟般地結束，不只如此，科學家甚至研發出解藥，讓身體還完整的人能夠「重生」，俐茹就這樣回到人類的世界。

但她畢竟當了五年殭屍。

俐茹看著自己擰菸的手指，看覆蓋腕上的青藍。重生者原本破損的傷口，都會留下這樣的疤痕，每個人的狀況都不一樣，有些人的藍疤少少地，集中在衣服可以遮住的地方，但有些人，像俐茹自己，就這樣難以遮掩。

走在路上，所有人都知道她以前是殭屍。這種感覺很討厭，非常討厭。

她以前是殭屍，但在更之前，她是什麼人？其實俐茹一點記憶也沒有。

每個重生者依據身體受損的狀況不同，都留下不同的後遺症，有人肌肉萎縮，有人免疫系統失能，還有人被懷疑特別容易罹患血友病，至於過去的記憶，根本像把一台電腦砸到地上，再撿起來看有什麼資料還在；有人徹底記得五年內的所有過往，有人只有零星、像是惡夢般的模糊印象，至於俐茹，什麼都沒有，沒有那五年的記憶，也沒有再往前二十四年的記憶。

所有以前的事情，都是芸靜告訴她的。俐茹所有的親人、朋友，似乎都在災難中過世，或者因為重生者的身分，拒絕有任何接觸。

芸靜把她跟世界重新連接起來。重生後的日子很不好過，政府開了一系列課程，叫什麼重返希望計畫，想要輔導重生者，但她只上了兩堂，就厭煩到不想去。

「妳以前脾氣很好欸，怎樣都會忍下去的。」俐茹記得那天自己翹了課，在購物站附近閒晃，被芸靜碰個正著，也不知道為什麼，就抱著她哭了起來，哭了整個下午。

晚上她們大吃特吃，吃了生魚片蓋飯、拉麵，再跑去吃檸檬塔跟布朗尼，奢侈到難以想像，像要把錯過的味覺都彌補回來，最後兩人找了間酒吧，坐在角落看人們嬉鬧，在第二杯酒過後，芸靜問她，最近在找房子，要不要一起住？

俐茹答應了，他們倆跟著阿寬，在河對岸找了間房子合租。她不會說那段時間很美好，俐茹的日子一樣艱苦，應徵工作被拒絕，在捷運上被側目，偶爾她會頭痛得無法自理生活，有時候她會陷入極端的無力感，那時候隨便誰來哄，她都能抱著對方入睡。

但至少，有些陰暗的時候，她可以敲敲芸靜房門，然後兩個人丟下阿寬，去散步或喝酒。

俐茹把菸蒂丟往樓下，走回屋內，阿寬依然癱在沙發上，卻突然把視線抽回來，「對了，昨天晚上，有人來找妳。」

「誰？」

「不知道，一個老男人。」

「老男人？長什麼樣？」

「就一個老人啊。」

俐茹無奈地翻了白眼，「他有說要幹嘛嗎？」

「不知道，我就覺得他很怪。」

「好喔。」

「不知道啦，我昨天可能……有喝一點酒。」

「嗯，我知道。」俐茹說著走進房裡。

或許以前，自己的脾氣真的比較好吧，

她想，這個念頭或許太惡毒，但畢竟她現在是暴躁的俐茹，不是乖乖的俐茹，有些時候，她總是允許自己有可怕的念頭。

像是，為什麼明明遇上同一場車禍，死的是芸靜，活的卻是阿寬。而且這男人還繼續賴著，靠俐茹的租屋補助付房租。

俐茹悶悶地哼了一聲，昏昏沉沉地躺回床上。今天她上晚班，睡到中午再起床好了。

□

夕陽逐漸西下時，環河振興區開始醒來，酒吧、餐廳、電影院紛紛開張，人潮湧入，就像災難前的日子一樣，河邊的小小商業區依然盈滿活力。

酒吧開的時間很早，聲瑞根本想不透，為什麼要這麼早，至少要再等兩個小時，才會有客人上門，在這之前，他們只能在店裡瞎混。但畢竟老闆讓他們住在樓上，所謂上班，也只是把打混的地方移動下來，其實還可以接受。

這種時候，他特別喜歡坐在高腳椅上看報紙。「災難發生以後啊，網路上的東西都不見了。」他還記得那段時間，只有印在紙上的東西才能留存，就算回到平靜的日子，深怕事物消失的恐懼，還是若有似無地騷弄神經。

但這陣子，報紙上的消息讓人不安。

報紙上說，今早有人在河堤邊發現屍體。屍體背部有大量的藍色疤痕，這是本月第三起重生者被殺害案。

警方說，目前研判，本案應該跟前兩起是同一凶手所為，凶手都是以刀械攻擊死者並斬下頭顱，棄置於現場。

政府官員說，先前日本、新加坡、印尼也有激進份子鎖定重生者攻擊，但目前尚未確定，究竟只是單純的模仿效應，或者和外國的組織有關。

不知道哪來的意見領袖表示，重生者遭到攻擊，在國內已非第一次，追溯施暴者背景，大多是在災難期間曾失去親人、朋友，或自己遭受傷害的人，但是否會衍生為蓄意殺人的意圖，則有待——

聲瑞用機械義肢把報紙揉爛，扔到一旁，接著一拳捶在桌上。他真是受夠這些人。

「你又怎樣啦？」柏豪從沙發後面探出頭，笑得皮笑肉不笑，「不要在店裡亂丟垃圾。」

「沒事。」聲瑞推了推眼鏡，作勢要找東西喝。

桃桃從吧檯後走出來，嘖了一聲，把地上的紙團撿起來，回程時柏豪攔住她，一把拿過報紙攤開，「阿瑞、阿瑞，我猜猜，什麼東西讓你生氣……直播主性愛自拍外流，應該不是這個；駐軍基地驚傳流感群聚感染，拜託，搞得好像我們沒遇過更猛的病毒一樣……」

說著他笑容加深，彎成U型的嘴唇弧度加大，「啊，這個吧，又有重生者出事了。」

聲瑞的嘴唇抿成一條直線，盯著窗外夕陽西下的街道。柏豪從沙發上跳起來，踩著歪七扭八的步伐走到他身邊，「不要不開心嘛，你臉已經很方了，嘴巴還憋這樣，這個畫面太幾何學了啦。」

「沒事。我習慣了。」

「確定嗎？」柏豪皺起眉頭，「要不要喝點什麼？桃桃，來杯螺絲起子！」

「你要用自己的員工額度嗎？」桃桃問。

「又不是我喝，幫阿瑞點的，當然扣他的。」

「靠夭喔，你怎麼不去給狗幹一幹！」聲瑞咒罵著，表情倒是緩和下來，「隨便啦，給我一杯就對了。」

「阿瑞，這樣很棒。」柏豪拍拍他的肩膀，「都在酒吧工作了，要好好享受啊。」

「你們兩個最好是靠得住一點喔。」桃桃把酒放到桌上時說，「到底為什麼老闆要花錢請你們啊？」

「因為現在社會很亂，我們兩個很能打。」柏豪理所當然地喝了一大口酒，「妳今天基酒放比較少喔。」

「你真的去給狗幹一幹啦。」聲瑞邊吼邊把酒搶過來，一臉無奈。

玻璃門被推開，穿著黑色上衣、牛仔短褲的俐茹走了進來，見到兩人似乎熱鬧的模樣，露出敷衍的微笑，「嗨」，然後在走過吧檯時對桃桃聳了聳肩，彼此交換無奈的眼神，走進後方的廚房。

「我覺得她不喜歡我們。」柏豪摸著下巴說，從吧檯後拿起調酒用的果汁，但隨即被桃桃阻止。

「你要不要檢討一下？」

「我很友善吧，應該是聲瑞的問題，不要看他這樣，他以前宅到翻掉，還好經過災難，終於看起來比較像狠角色……」

「我現在去找條狗來幹你好不好？」

□

俐茹把食物端上出餐口時，聲瑞自動湊上前，幫忙送餐。「謝啦。」但聲瑞只是支支吾吾地發出一些聲音，端著餐盤速速離去。

這份工作是幾週前找到的，最初俐茹有想過回去以前的行業，但她屢屢碰壁，有天她跟剛認識的男人，在這裡喝完酒後，瘦瘦高高的保鑣突然走上前，說老闆想跟她談一談，剛剛聽她抱怨很難找工作，或許可以讓她試試；男人碎唸了幾句，但被保鑣瞪一眼後，就悻然離開。

老闆是個穿酒紅色西裝的中年人，戴著金錶跟墨鏡，像極了日本電影裡的黑道大哥。他只稍微問了俐茹幾個問題，便叫她隔天來上班，也不管到底有沒有經驗。

重生後的狀態實在很奇妙。儘管沒有記憶，但俐茹發現自己其實具備不少技能，像是她會做菜，對調酒小有瞭解，也對餐飲業的工作流程非常熟悉，她猜測自己學生時代，可能在類似的地方打工過。

於是她就在店裡待了下來。除了週一、週二以外，每天晚上準時七點報到，吧檯是桃桃的領域，她則負責廚房跟出餐、上菜，酒吧的食物畢竟就是些簡單的炸物，倒也花不上什麼功夫，有時真的忙起來，聲瑞會來幫忙送餐。

俐茹轉過身，把魚條丟進炸鍋，同時從櫃子裡拿出一大罐蜂蜜芥末醬，補進小罐裡。

聲瑞是創傷鬥士。政治正確的說法是這樣，但如果直接一點，就是在災難中受傷、導致身體殘缺的人。起初她有點怕聲瑞，不少創傷鬥士非常厭惡重生者，偶爾看新聞，也會有創傷鬥士辱罵、甚至攻擊重生者的情況。

不過經過這段時間的觀察，俐茹慢慢得出結論：聲瑞對她沒有惡意，只是純粹不太會跟女性相處。這倒是有趣，看久了真是有點可愛。俐茹想，可惜他不算她的菜。

她又做完一份炸物拼盤，現在暫時有個空檔，可以親自出去送餐，然後溜到門口抽支菸。

俐茹捧著食物走出廚房，穿過閃著霓虹燈光的走道，店裡放的音樂是Men I Trust的同名專輯，在她的目標餐桌旁，柏豪一面隨迷幻音樂搖擺，一面端著酒對桌邊的ＯＬ拋媚眼。

「你們的炸物拼盤，然後你，很閒嘛。」

「我的工作是讓客人感到安全舒適。」

「是齁？怎麼每次都是女客人需要啊？」

「不能這樣說，我也會服務男客人啊，妳那時候在廚房，沒看到啦。」

「那下次叫我出來看一下啊。」

俐茹說著往店外走去，坐在門口的長椅上，點起香菸。此刻環河區的路上車水馬龍，紫紫紅紅的招牌在夜色裡閃爍，透出酒香與紙醉金迷。

她吸了口菸，蹙起眉頭。到現在她還是搞不懂柏豪，他看起來很浮誇，講話總是不誠懇，但不是單純的笨蛋，畢竟賊頭賊腦的另一個意思，就是腦子好使，她發現老闆最常交代他事情，再由他轉達給店裡其他人，就像當初找她談話的，也是柏豪。

上禮拜，有群喝醉的客人偷摸桃桃屁股，當時俐茹正在廚房，但當聽到聲響跑出來時，四個大男人已經倒在店門口，聲瑞說是柏豪一個人做的，柏豪說桃桃要幫他按摩當報酬。

真是充滿怪人的地方，但她挺喜歡，至少開始在店裡工作後，她比較不會感到無力。

俐茹吸了口菸，一陣刺痛感竄入腦裡，她眼前閃過藍色火焰，短暫到讓人懷疑是錯覺，回神後，只見一個男人坐到她身旁。他穿著連帽外套，帽子高高拉起，遮住臉部。

「可以借個火嗎？」男人用沙啞的聲音問，俐茹不確定他是不是店裡的客人。

「喏。」

「謝謝……你們店很棒。」

「嗯，謝謝。」

「妳是新來的？之前沒看過。」

「嗯，大概還不到一個月吧。」又是這種搭訕招式。她想。

「生活不太好過對吧？」

俐茹愣了兩秒，隨意應了聲，但男人逕自講下去：「不知道妳有沒有意識到，我們現在很危險。」說著他拉下帽子露出側臉，上頭蓋滿藍疤。

就算同樣是重生者，俐茹心頭仍然震了一下。

「妳看起來很納悶。」男人繼續說，神情倒不像喝醉了。他往後方巷子比了比，那裡停著一輛黑色轎車，「我們現在真的很危險，能借一步說話嗎？」

▲時空分歧點▼

俐茹眨了眨眼，彷彿被驚嚇的動物。這是某種奇怪的搭訕嗎？莫名的厭惡感從心底油然升起。

酒吧裡傳來嬉鬧聲，一群似乎剛考完大考的大學生，歡樂地在玩骰子。

「爛死了。」她對男人扔下這句話，如同她把煙蒂扔到一旁，接著起身準備回店裡。

↓前往時間軸2A
〈Greasy Tentacle〉
（請翻閱至P23）

▲時空分歧點▼

俐茹再次愣了起來，更仔細看了男人兩眼。他真的不像喝醉，臉上神情十分堅定，藍疤恍若一隻巨大的獸掌覆蓋其上。

「我不上車，但你可以在這裡講。」俐茹的表情飄過一絲緊張，「或頂多到旁邊巷口，總之我不會上車。」

↓前往時間軸2B
〈伏流下的故人〉
（請翻閱至P33）

3 GOOD HEALTH AND WELL-BEING

10 REDUCED INEQUALITIES

時間軸2A

Greasy Tentacle

柏斯

現為自由接案刺青師與平面藝術家，同時全力支援海穹文化的美術設計，曾於《國語日報》連載漫畫與《中學生報》刊登插畫。作品類型涵蓋平面繪畫、數位影像及動畫錄像。

這什麼嶄新的搭訕方式嗎？
哈哈——
哇
抓
哎！爛死了。
掰
滋——

很痛耶！幹什……
妳失去了過去的記憶，對吧？
跟我走，我就告訴妳過去五年的事！
芸靜的車禍妳以為只是場意外？
什麼！？
戳
！！
噗
來挖角喔？她連試用期都還沒做滿耶！
你這活得很爽的普通人少來攪局！

嘖！
嘖
你們兩個，
要摸魚怎麼沒叫上我？
嘿別跑！
早就有接應啊……
雖然還想再問他……

好了好了，沒什麼好看的，
消費者趕快回店裡好好消費
聲瑞你看，
剛剛那個人噴裝了！
既是重生者又是創傷鬥士
……和我的型號不一樣
所以那是誰？纏人的前男友？
媽的我都失憶五年還認得前男友喔？
不然就是纏人的前炮友
炮你媽啦幹！
你們三個！
內場沒人出餐、外場沒人送餐、要嘴皮的也跑了
客人剛剛都要砸店了，
所以我把你們三個員工額度的酒都拿來請客人了
那妳現在喝的是……？
柏豪下個月的額度

剛剛在外面發生了什麼，俐茹妳願意說說嗎？
給我
可以不用和那兩個臭男生講
哼！
喔？
裡面有烙碼耶，這能查出什麼嗎？
我還不知道機械義肢零件裡有烙碼
可能因為你很髒都沒拆下來洗澡
是在靠夭喔！
……
妳說那個男人宣稱知道妳的過去？
但太可疑了
根本像詐騙或誘餌似的……
讓我來查查看吧？
到暗網上碰碰運氣吧！

Congratulations!
Explore. Privately.
暗網？你是說手機下載APP然後可以連上去買些好料的地方？
太嫩啦！
那種都會留下痕跡，根本可以合理懷疑是警察開發來撒網捕魚用。
用韭蔥路由器可以上去真正的暗網，
本是用來保護隱私的服務，但許多激進份子都會在暗網上交流……
各種仇恨言論
去下個薯條
畢竟最近的新聞，還有本來重生者和創傷鬥士之間……
不用顧慮我啦！
不過，妳除了調酒和白天包檳榔，
怎麼這麼熟電腦？
女生都會有點小秘密的

※註：kàn, lò-kha--ê kòo phānn muē-á.
譯：媽的垃圾長腳在那邊泡妹去給狗幹啦！

搞屁喔！
衝啥小啦!!
!!
嘖，哪來的瘋子！
頭腦稍微冷靜一下吧
碎
什麼！
幹幹幹幹這什麼！
雖然沒有藍色傷痕
但這傢伙是重生者！

▲時空分歧點▼

俐茹遲疑了一下，她想起剛剛看到的重生者論壇，以及這些日子受到的不友善眼光，「或許這些人都是活該被攻擊」的念頭閃過瞬間，客人還來不及發出更多悲鳴，肚子就被捏爆、腸子流淌滿地。

「天啊！他是來真的。」柏豪邊唉嚎邊後退，聲瑞掄起機械拳頭往怪人下巴揍去，卻被觸手打飛。怪人對俐茹伸出了仍是人形的手，終於開口說話：

「茹，回來吧。」

↓前往時間軸３A

〈燃燒幽靈〉

（請翻閱至P４３）

▲時空分歧點▼

俐茹身體竄過電流般，有股類似野性的直覺在催促她要立刻放倒眼前的這個怪物；同時「雖然在常人眼中我也是怪物呢……」

她心想，餘光並掃向吧檯內桃桃用來鑿冰的切冰刀和製作花俏雞尾酒 Garnish 的雕花刀：

「Garnish、garnish……昨天才學到這個字呢」千頭萬緒都在這毫秒間閃過。俐茹撈起兩把奇形異狀的刀具就往怪物衝去——

↓前往時間軸３B

〈紅塵中有真性情，重生後尋前世謎〉

（請翻閱至P５１）

3 GOOD HEALTH AND WELL-BEING

10 REDUCED INEQUALITIES

16 PEACE, JUSTICE AND STRONG INSTITUTIONS

時間軸2B

伏流下的故人

圖動

台灣新竹人，洋芋片、可樂及巧克力成癮患者，喜歡閃閃發光的東西（各種概念上），夢想是記住天上所有的星星名字、長出趾行足及成為超人力霸王，為了能任性地生活而持續努力著。

謬齡大叔

來自馬來西亞，已在台居住二十餘年。現蝸居在台北，過著每日當畫畫佬的修練生活。

……
我不上車，你可以在這裡講，或頂多
到旁邊巷口，總之我不會上車
謝謝，那去巷口吧！
前幾天來找我的人是你的朋友嗎？
不是，但大概知道是誰
我跟這個人去後面講一下話
好，小心點哦

這邊是我們店
後場的防火巷，
旁邊接著鬧區馬路，如果有什麼狀況會有很多目擊者。
這麼周全，
姑且是聲色場所嘛～
對，監視器，老闆會在裡面看，

好了，開始說吧。
你是誰？找我有什麼事？
好，一個個回答吧！
我們團隊名叫重生者扶助基金會
我的名字是李孝松，可以叫我「無眉仔」
噗!!
對不起！
沒關係，我快認命了……
我知道那個團體，不是一個社福團體嗎？
維護重生者生存權之類的……
對，追蹤重生者狀態，協助找工作回歸社會，
也有找立委修法，保障重生者權益之類的事情
本來應該是這樣子的

我來找妳的原因是因為這個，
？
拍攝時間是三年前，我們在一位
可能曾經是攝影師的重生者身上找到的。

這是什麼？
我們基金會在得知傷害重生者的事件後，
就開始積極調查，但事情
並不如我們想像中單純，
而是有組織的獵殺行為，
而且早在幾年前就開始了
隨著追查，我們發現一些內幕
被稱為「屍潮」的全球性災難表面上已經在兩年前結束了，包括妳在內的大多數受害者，也在這兩年間陸續得到治療。
但至今在世界各國仍然能在荒野甚至郊區發現殭屍的蹤跡

在殭屍與人類的衝突中，人類看似佔了上風……
但牠們也逐漸在進化，速度更快、力量更強、變得更聰明。
更糟糕的是：我們發現殭屍中出現了社會性結構，
有高度智力的個體掌控了群體，把與人類之間的生存爭奪，當作戰爭在打。

不要跟我說，你們認為我就是那個殭屍王。
沙—沙—
如果是這樣，事情可能還比較簡單點。
有證據顯示，妳重生前曾與「他」共同行動很長一段時間，而且可能與他關係親近。
我們得到的消息是「他」正在找妳，
而且已經知道妳在這裡了。
我們基金會到最近才確定，那個人就是妳。
而且除了我們之外，包括國安局以及幾個海外國家的人，都在找妳。

情勢正在升溫，
林俐茹小姐，
我說現在很危險並不是開玩笑的……
OK！到此為止！
這是是國安局第九處，我是外勤組組長王彥斌。
李孝松先生，感謝你協助解說，現在請你配合趴下！
林俐茹小姐，我們現在要保護妳的人身安全，請妳跟我們走一趟！

林俐茹小姐，妳不能把自己交給他們。
如果妳願意相信我的話，我有能力讓我們都安全離開，妳願意相信我嗎？
▲時空分歧點▼ 好，我相信你。讓我們離開這裡吧。↓前往時間軸3C〈異客〉（請翻閱至P59）
▲時空分歧點▼ 對不起，我也想知道其他說法……↓前往時間軸3D〈虛張聲勢的夜晚〉（請翻閱至P69）

3 GOOD HEALTH AND WELL-BEING

時間軸3A

燃燒幽靈

卡巴

被遺棄在地球上的外星人，思念著九零年代的中年人，
尋覓未曾見過的故土的痴人，忘記如何活在當下的現代人。

一聽到怪人的聲音，她的大腦像是被一道閃電擊中一般。

或者該說，擊中她的是一道猛烈燃燒的藍色火焰，比她自重生以來清醒時所看到的還閃亮，比她在睡夢中所看到的還鮮明，比養育地球上所有生命的太陽還熾熱，比宇宙中任何一顆星星還耀眼。

在那占據了她所有意識的藍色光芒裡，她感受到了……

……被選中了

在黑暗之中，豎立著無數的藍色火柱，每根火柱都在熊熊燃燒著，在為自己的誕生歡呼，在為「它」的降臨謳歌。她自己也是正在狂舞歡唱的火焰之一，火焰是她的本體，被火焰所覆蓋的人體不過是她寄居的軀殼罷了。

你們被選中了

一根根火柱所圍成的同心圓的中心，是一縷浮在半空中的藍色火苗，雖然只是個光點，卻比周遭的藍色火柱們更加明亮，如同一顆誕生在地底的新星。光是看著藍色火苗，她內心就充滿了喜悅與希望，好似所有過去發生過的悲傷、所有未來將成真的恐懼，都從來、永遠不存在。

你們被選中了

她感到藍色火苗的話語響徹全身上下，藍色火苗並不需要藉由聲音來向他們傳遞訊息，畢竟他們都來自於它，他們都仍透過某種超越空間的連結與它相繫，但他們也都已經不是它了，因為他們被選中了。

「我們被選中了」

「我們被選中了」

「我們被選中了」

身邊的同伴們齊聲歡呼著。並非所有被藍色火苗直接或間接碰觸過的軀殼都能像他們這樣被選中，只有像她這樣受到它眷顧的幸運兒，才能利用軀殼所提供的「燃料」進化出智力，構築出人格和理性，成為嶄新的獨立個體。

「我們被選中了」

她大聲詠唱著，並向身旁一位同伴伸出了手，這位軀殼比她高一點的同伴回應了她，她倆各自的火焰藉由軀殼所搭起的橋梁蔓延向彼此，纏繞融合，在這美好的一刻共享新生以及被祝福的喜悅。

你們被選中了

但你們身上還有更大的使命

藍色火苗說。

你們必須進入下一段進化

「我們該怎麼做呢」

「我們該怎麼做呢」

「我們該怎麼做呢」

她跟其他藍色火柱一起齊聲問道。

你們必須自己去尋找答案

「我們該去哪裡尋找呢」

「我們該去哪裡尋找呢」

「我們該去哪裡尋找呢」

火柱們再度齊聲懇求指引，但火苗不再給予任何回覆，由同樣的詢問聲所組成的合唱在黑暗中迴響多時後，終於有一個不同的聲音出現了。

「我們可以燃燒『幽靈』。」

除了仍與她手牽著手的那名同伴外，其他藍色火柱都驚訝地朝向她，但很快都懂了她的意思，畢竟被選中的他們，每個都正燃燒著所寄居軀殼的血和肉、五臟六腑和神經系統，然而軀殼之中還有一種「燃料」是他們從未燃燒過的，那是一種無形之物，一種電子訊號或一種超空間的波動。軀殼原本的主人們常稱之為「幽靈」，就像他們常稱火柱們為「殭屍」一樣，是一種企圖藉著給所不能瞭解的事物下定義，來讓自己獲得些許安全感的舉動。

火柱——「殭屍」們也不瞭解「幽靈」，但跟軀殼原本的主人們不同，他們並不怕「幽靈」。對他們來說，「幽靈」只是一種跟軀殼的骨、肉和毛髮燃點不同的「燃料」而已，需要比平常高出許多的溫度才能燒得起來，但只要他們想要，「幽靈」一樣可以燃燒。

於是很快地，一陣陣奇特的聲音在火柱之間此起彼落地響起，跟先前火柱們一齊發出的和聲不同，這些聲音有著不同的頻率、不遵從同樣的節奏，軀殼原本的主人或許會稱之為高笑或哀嚎，但只有火柱們能發出這樣尖銳刺耳的笑聲，以及這樣深沉破碎的哭聲，這些是「幽靈」燃燒的聲音。

「想要、想要、我想要……」

一名同伴一邊不斷這樣叫嚷著，一邊開始四處走動，他越走越快，最後已經比全力逃竄的流浪貓還快，他也比貓還敏捷，持續在眾多藍色火柱之間穿梭，卻沒撞上任何一位同伴，在黑暗中輕巧地越過了那種叫「柵門」的障礙物，跳上了那種叫「車廂」的廢棄品的頂部，然後攀著平滑的牆壁一路爬上了挑高的天花板，倒站在仍排成同心圓的火柱群上方。他軀殼原本的主人只能在電子遊戲中做到這種事，但燃燒了「幽靈」後的火柱獲得了身心一體的能力，可以輕易抵達種種軀殼原本的主人只能在夢中體會、或窮盡一生卻只能沾到邊緣的領域。

「啊啊啊啊……想要……出去！」

一根燃燒得特別明亮的火柱身上流下了如同蠟脂一般的東西，仔細一看，可以發現那是藍色火焰正隨著他不斷增長的頭髮，一起鑽入了地板，侵入了藏於其下的電纜，本來黑暗中只有同伴之間才看得到的藍色火焰的大廳，忽然大放光明，隱約可以聽見不遠處鐵捲門和水密門升起、開啟的聲音，被斷電封閉許久的捷運站，在這名同伴所獲得的新能力之下被重新啟動了。

如果他們不是被選中了，那他們應該會跟其他身上只有零碎火星的「殭屍」一樣，乖乖待在捷運裡。但他們不一樣，他們是被選中的，所以他們開始向出口移動，帶著那只有他們看得見的藍色火焰，向街道、向森林、向山脈、向海洋、向天空移動而去。

如同新星一般的藍色火苗已經消失無蹤了，但沒關係，他們會把它所賜給他們的，帶到這個世界的每個角落，讓整顆星球都燃燒起美麗的藍色火焰。

「接下來妳打算怎麼做？」

一起走過驗票閘門時，他問她，他倆的手仍牽在一起，現在他們對話的方式，跟他們軀殼原本的主人很接近，只是更加歡快、更加充滿自信。

「我還沒有決定。」她回答：「這個軀殼擁有非常豐富的『燃料』……很複雜的『幽靈』，我還沒有找到能夠完全燃燒它的溫度，搞不好會花上一段時間。」

「不用急，」他說：「妳可以慢慢來，在妳找到前，我會一直在妳身邊……」

透過牽著的手，他倆的火焰仍纏繞在一起，因此她懂他話說到一半停下來的原因，在被選中前，他們是不需要「那個東西」的，但現在，他們擁有了獨立的自我，並將發展出各自獨特的能力，為了區別彼此，「那個東西」是必要的。

「叫我『茹』吧。」她將這個軀殼原本的稱呼切成兩半，挑了比較中意的那一半。

「茹，我有個地方想去，妳願意陪我一起去嗎？」

「我願意，我們要去哪裡？」

「一個可以看到海中生物的地方。」他說：「我已經燃燒了這個軀殼的『幽靈』，但我需要接觸到活生生的刺胞動物、多孔動物和頭足綱動物，才能完成進化的使命。」

她明白他想去的地方了，如果捷運沒有停駛的話，他們可以直接坐到那兒附近，但現在他們必須走過去了。

「那可是好一大段路。」她說著，手握得更緊了一點：「別讓我走丟。」

「我不會的，」他說：「就算不小心分開了，我也一定會把妳找回來的，所以……

茹，回來吧。」

渾身燃燒著藍色火焰的他，向俐茹伸出了手……

一陣撞擊把藍色火焰撞出了俐茹的視野，

也將俐茹從不屬於自己的回憶中撞回了現實。

「醒醒啊！」用盡全身力氣將俐茹撞到怪人觸手範圍外的桃桃，邊從俐茹身上爬起來邊說：「現在睡著會死掉的！」

怪人往俐茹的方向前進了一步，卻立刻被柏豪從身後勒住脖子。

「妳們快逃！」柏豪邊喊，邊打算對怪人使出裸絞，然而怪人不但力氣大得嚇人，身體也異常柔軟，柏豪只感覺自己好像抓到什麼軟體動物，還沒來得及施上力就給他滑溜脫身。

「茹～」

怪人大叫著，再次將人型的那隻手伸向俐茹，桃桃拿出隨身的冰鑿，有點可笑地擋在俐茹和怪人中間，怪人另一隻手的觸手直直往桃桃的頭部戳去……！

「滾蛋！」

俐茹尖銳、憤怒到甚至充滿殺氣的聲音讓觸手在半空中停了下來。

「我有完整的名字！我是完整的我！誰是你的那個什麼茹啊！滾回你 Xpark 的水缸去吧！臭章魚！」

怪人愣了一下，然後急切地呼喊道：

「茹！我知道妳還在的！人類的那種藥只能暫時麻痺妳，快醒過來！」

怎麼每個人都要我醒來？俐茹一邊驚訝自己還有餘裕在心裡吐槽，一邊拉了還想反擊的桃桃就往門外跑，把怪人留給行動條已經回滿的柏豪和聲瑞對付，但怪人仍不死心，對著俐茹的背影大喊道：

「茹！加油！妳可以做到的！因為妳和我一樣，是被選中的啊！」

這一句話讓已經踏出門檻的俐茹停下了腳步，她回過頭……

▲時空分歧點▼

「別說笑了，」俐茹用她這五年來都沒用過的冰冷語氣說：「哪有創造者被造物選中的道理呢？」她記起了和芸靜一起在實驗室裡創造出藍色火苗——病毒的源頭的那一天，只是那時她們必須透過電子顯微鏡才能看到它，還不知道它「燃燒」起來的模樣。

但她現在看得到它了，也知道它想做什麼了，更重要的，她知道委託她和芸靜創造出它的人眞正的目的了。

她會阻止他們的，爲了她自己，也爲了芸靜。

↓前往時間軸4A〈藍色是地獄的顏色〉
（請翻閱至P79）

▲時空分歧點▼

不！不！她不會再把身體讓出去了！俐茹拚命告訴自己，但卻無法阻止思緒再度飄向過去，再度被那明亮的藍色給占據……

Xpark的「癒見水母」主題房間中，一缸缸的水母在刻意營造出的夢幻光源中飄動著。

有具人類的屍體跟水母一同在透明水缸中沉浮著，那是她在對方還活跳跳時塞進去的，現在她看著對方被水母觸手纏繞的面部，以及從被鑿了一個洞的頭頂流出的、逐漸融在水中的腦細胞……

「我知道了。」她對剛長出了觸手和鱗片的他說：「我知道要怎麼燃燒我的『幽靈』了。」

↓前往時間軸4B〈破繭〉
（請翻閱至P87）

時間軸3B

紅塵中有眞性情，重生後尋前世謎

aaaaa

遊戲業老兵，最近的興趣是坐著裡面比外面大的時光機，穿梭時空到處拍照。

俐茹身體竄過電流般，有股類似野性的直覺在催促她要立刻放倒眼前的這個怪物。

「雖然在常人眼中我也是怪物呢……」她心想，餘光掃向吧檯內桃桃用來鑿冰的切冰刀和製作花俏雞尾酒Garnish的雕花刀，「Garnish, Garnish……昨天才學到這個字呢。」千頭萬緒都在這毫秒間閃過。俐茹撈起這兩把奇形異狀的刀具就往怪物衝去。

眼中閃爍著微弱藍色光芒的怪物大吼一聲，手臂撐爆了衣袖，盤根錯節的血管和肌肉呈現非常鮮艷的紅色與藍色，比俐茹的頭更大的拳頭往俐茹胸口飛來，俐茹向右一跨一蹲，閃過這一拳，此時俐茹已經在怪物的側面，一高一低射出小刀，怪物用手臂擋開，這怪異的觸手被刀刃擊中竟毫髮無傷，似乎跟鋼鐵一樣堅硬。俐茹卻只對自己感到驚訝：

「我變殭屍以前到底是什麼人啊？除了會做菜，還會打架？」，俐茹轉守為攻，向前踏兩步往上一跳，雙拳往怪物咽喉要害處打過去，怪物的義肢折回來，張開大掌想抓住俐茹，俐茹扭腰閃過，卻重心不穩，俐茹倒下躺在身後的吧檯上，掃下吧檯上全部的杯子，「這下子酒吧賠慘了……」俐茹心想。酒客全被這場突如其來的戰鬥嚇傻了，沒人離開。

張大了嘴的眾人忽然被一聲槍響驚醒，不知道何時現身的酒吧老闆拿著一把散彈槍正瞄準著怪物，怪物的肩膀被子彈打中，吧檯後面的酒瓶上被噴上了濃稠的血。老闆再開一槍，卻沒有擊中怪物，怪物縱身一跳，跑出門外。老闆似乎沒有要追擊的意思，自言自語地說：「媽的這混蛋，敢弄我的生意……」

穿著大領紅襯衫黑西裝，戴著墨鏡的老闆，身上藏著幾把槍應該也不意外，而且也不會有人懷疑他戴著墨鏡也能瞄得這麼準。

「大家沒事吧？」老闆一面把彈殼退出來，一面問大家。這時候酒客們才意識到剛剛發生了不得了的事，紛紛奪門而出。

「看來今天生意做不成了……」桃桃感到有點沮喪。

「沒關係，看起來損失不算太嚴重，柏豪、聲瑞，你們就先把鐵門拉下來吧。」老闆依然沒有把墨鏡拿下來。「俐茹，妳還好嗎？」

俐茹搖搖頭說：「對不起，這裡會變成這樣都是我害的……」

「這不是妳的錯，倒是妳竟然會有這種身手，災難以前妳一定不是簡單的人物……」

「我連在暗網都查不出俐茹的身世，我覺得一定是有人刻意隱藏起她的資料，當然，也有可能就是她自己……」聲瑞說。

「聲瑞，不要亂講啦！她剛剛救了大家一命耶！」柏豪趕忙摀住聲瑞的嘴。

「沒事啦，這間店就是不問員工的過去，我只看現在的表現。」老闆揮揮手，「大家趕快去收一收，晚上一起在店裡吃，我幫你們加菜！俐茹，待會幫我切菜就好了，讓大家看看老闆我的手藝！」

眾人歡呼聲中，俐茹低下頭。

□

「ㄟ，阿寬，下個月房租你要自己想辦法，月底我就要走了。還有，不要抽這麼多菸，房租都被你抽掉了。」俐茹說。

「吼，隨便妳啦，不要吵我睡覺。」

「唉喲，平常聽到要錢就兇巴巴，現在居然這麼大方？」俐茹張大眼睛。

「哼，今天房東太太來，我還以為是來討房租咧，沒想到她說我們已經先匯了一年的房租啦。我當然馬上就說對對對，俐茹最近發財了，哈哈，我有沒有聰明，當然不能讓房東發現不是我們匯的啊！」

「蛤？誰會來幫我們付錢？該不會……」

「唉呀，安啦，有人捧著錢送我，幹嘛不要？」

「不行啦，這種來路不明的錢，隨便拿一定會出問題的啊！我明天就把房租退回去，這種錢不能收。」

「靠，這種事我會不懂嗎？可是就沒錢啊，然後我重生之後他媽的手會發抖啊，原本我是他媽的射箭國手耶，現在是要射哪裡？重生咧，我他媽還比較想當殭屍咧。」阿寬想要拿起桌上的香菸，卻沒抓準，掉到地上。

□

「這筆匯款紀錄的來源是人頭帳戶，在匯款給房東之後，立刻結清關閉，你想退都退不了。不過……」聲瑞推了一下眼鏡說：「我把這個帳號丟到暗網去掃IP，再從IP反查地址……」

「咦，這不就是酒吧附近那間什麼什麼宮的地址？」柏豪說。

「對了，這些地址都是宮廟，而且我還發現，有很多間宮廟背後都是同一個老闆。」聲瑞的表情就好像小狗把主人丟出去的飛盤撿回來了一樣，期待大家摸摸頭。

「今天老闆又沒進來嗎？」這天假日，雖然還沒客人進來，但桃桃一個人已經開始忙進忙出了，「ㄟ，聲瑞、柏豪，你們兩個不要在那邊聊天了啦，等一下就會有客人了，今天是假日，一定會很忙的！」

「桃桃，真是抱歉，我知道這樣把工作丟給妳很不負責任，但我真的不想再連累大家了……」俐茹低下頭，「等事情結束，我就馬上回來幫忙！」說話的同時，俐茹穿上外套，拿起黑衣男子的義肢，往門口走。

「妳真的要自己去嗎？反正柏豪在店裡也只會把妹，不如讓他跟你去，起碼他還有一身肌肉，說不定可以派上用場。」桃桃說。

「妳忘了前天嗎？」俐茹把桌上的鑿冰刀往吧檯一丟，不偏不倚插在酒櫃上唯一還沒擦乾淨的一滴血漬上。

俐茹離開的時候，眾人似乎看到她眼睛裡微微的藍色光芒。

□

俐茹往環河區的反方向走，一路都是緩和的上坡，這條路商店比較少，多數都是公寓住宅，偶爾聽到幾聲狗叫或是機車經過的聲音，災難過去之後，像環河區那種市中心人口密集的商業區，不到一年就把曾經被破壞的建築市容修復了，一切只感覺比以前更新，幾乎看不出曾經發生過殭屍災難。但往住宅區走，才會發現災難的痕跡，牆壁上還有一些像是「只有死殭屍才是好殭屍」或是「檢疫區」之類的噴漆標語。防火巷裡仍有些不易清理的血跡，那些在災難中空下來的房屋，已經有些雜草從窗戶裡長出來。這一路都沒看到人，當年這一帶應該是死傷慘重吧……

俐茹心中閃現幾個類似的場景畫面，她覺得好像是小時候曾經生活過的地方，但應該不是這條街，記憶中的那個地方好像有水……她又感覺到有點頭暈，那是她從殭屍恢復的過程中唯一的感覺，這種有意識卻又暈眩的兩個多月絕對是她最痛苦的一段時間。

俐茹搖搖頭，對自己說：「不應該再去想過去的事情了，眼前最重要的還是趕快找到那個黑衣神秘男人。」

前方那座紅色鐵管搭成的牌樓，標楷體的「施祐宮」佈滿了銹斑，甚至似乎還有些血跡。她對著門口雙手合十拜了三下，裡面走出一位禿頭阿伯，好奇地看著俐茹，問道：「小姐，進來拜拜嗎？要求什麼？」

俐茹繞過沒什麼香火的香爐，走進建築，裡面就是左中右總共三個不知道是什麼神像，但看得出來都頗有年紀了。這廟堂並不大，一眼就能看完整個空間，內部除了阿伯也沒別的香客了。在廟堂的側面，是一排排的牌位，也許是被殭屍殺害的亡者吧，「也許其中有些人是被我殺的？」俐茹心想。

俐茹問：「請問，這裡有一位常穿黑色衣服的男人嗎？他應該也是重生者，手臂是義肢。」她把義肢拿出來，阿伯搖搖頭說：「我這裡平常都沒什麼人來啦，就我一個人在這裡顧，來，妳要不要抽個籤？」俐茹心中想著自己這幾天的遭遇，也只希望能解開內心的謎團，於是抽了一個籤，是難得一見的凶。俐茹苦笑一下，心想我都死而復生了，還有什麼好怕的？

收了一百塊的阿伯往廟堂角落的那個小門走去，打開門的時候，竟然看到酒吧老闆在裡面！更令人訝異的是，那個黑衣男子正在跟老闆有說有笑。

▲時空分歧點▼

俐茹本想直接衝過去開門問個清楚，但轉念一想，最好還是先躲起來觀察一下狀況再說。

↓前往時間軸4C
（為什麼要看短影片？）
（請翻閱至P97）

▲時空分歧點▼

俐茹用力打開門，酒吧老闆和黑衣男子說：「妳來得正好，快進來吧！」

↓前往時間軸4D
（被劃破的寧靜）
（請翻閱至P105）

3 GOOD HEALTH AND WELL-BEING

10 REDUCED INEQUALITIES

17 PARTNERSHIPS FOR THE GOALS

時間軸3C

異客

戲雪

文字創作者，著有《3.5：無盡升級》之〈傘王〉、《捷運╳殭屍》之〈殭屍世代〉、《3.5：多重升級》之〈可能〉。並經營「巷弄裡的雪花」方格子和噗浪，撰寫評論文章推薦好書。

突然一陣濃霧襲來，伸手不見五指，俐茹聞到一股甜香，正考慮要閉氣時，霧就散去了。

掌聲響起。

俐茹發現自己正在站店裡。

「我就知道俐茹一定可以！」柏豪大聲鼓噪，吹著口哨。

「恭喜妳，俐茹！」桃桃站在吧檯前對俐茹比個讚。

「這是什麼情況？」

「俐茹，恭喜妳通過考驗。」老闆從陰暗處走出來：「其實原本以為妳不會過關，妳知道，妳總是跟不同的男人來店裡，我們還以為妳已經放棄自己了，可是柏豪看妳每次離開前都會順手整理桌面，點的東西也一定會吃完——」

「欸欸不是我，是聲瑞說的，我只是轉述他的話而已。」柏豪做了個鬼臉。

俐茹發現聲瑞不在，不知道這代表什麼。

老闆擺手，把話導回來：「經過討論，他們認為妳或許是我們要的人，才提議招妳進來試試看。」

難怪，就覺得店裡生意又沒特別好，怎麼會請這麼多員工。俐茹看看身旁的李孝松，再看看她眼前熟悉卻陌生的人們：「所以剛才那些都是假的？」

「好啦，你們慢慢跟她解釋，我先進去跟總處報告。桃桃，幫每個人調一杯，不用扣額度。」

「老闆萬歲！」柏豪催促桃桃進入吧檯，才轉頭回來面對俐茹：「並不全然是假的，被國安局圍堵是真實發生過的，只是我們拿來投影借用模擬情境而已。如果妳一開始就上車，表示妳不夠謹慎，沒有危機意識；相對地，如果妳連聽都不想聽，表示妳安於現狀，不可能冒險。最後妳選擇相信無眉仔，相信同類而不是公家機關，更顯示妳就是我們需要的人。」

桃桃端出調好的龍舌蘭日出，放到俐茹面前的高腳桌上，回吧檯經過俐茹時，輕拍俐茹的手臂想表達安撫，察覺對方後縮了一下，她訝異地挑起眉頭，向柏豪示意。

柏豪點點頭，要李孝松跟自己一起搬幾張吧檯椅過來。

「那張照片也是假的？」俐茹感到喉頭有點緊。

柏豪輕咳一聲：「照片是假的，用意也是在測試妳，看妳是否真的不記得過去的事。」

俐茹想知道自己過去又害怕知道的心情，被迫以這種方式揭開又終止，內心不由得湧上一股憤怒，她竭力遏制自己的情緒，試圖控制音量：

「你們這樣，有想過我的感受嗎？」她沒說出的是：這些日子的相處，還以為總算有人接納她，總算有個安身立命的地方，想不到一切都是假的。

「妳誤會了，我們不是那個意思，我們正是因為把妳當成自己人，才會做這場測試，只要通過這場測試，總處那邊的人，就會允許我們把一切告訴妳，讓妳正式成為我們的夥伴，我們也才能正式開始行動。」

俐茹冷靜下來：「你們到底是什麼人？」

李孝松從吧檯接過馬丁尼和伏特加萊姆，

走到俐茹旁邊：「還是我來說吧。從頭開始，我盡量說簡單一點。」

俐茹見其他人紛紛就定位坐下，也只好跟著落座，聽他們要說些什麼。

「目前世界上除了之前提到的高智力殭屍外，還有一群不隸屬政府管轄的群體，他們自稱為『異客』，原本獨自隱居在世界之外，沒有其他人知道他們的存在，直到『屍潮』爆發。他們擔心『屍潮』導致全人類滅絕，才主動跟人類政府接洽，提供方法阻止屍潮擴大，並讓身體還完整的部分殭屍能重生，只是他們提出兩個條件：一、要讓這些重生的人類可以正常回歸社會，不可以當成奴隸使喚或視為次等人口。二、對已經發展出高智力的殭屍，要視為地球的一份子，要和平相處，不可以趕盡殺絕。」

「好奇怪，這不合常理，他們真的是科學家嗎？」

「沒有人說他們是科學家啊，『有科學家研發出解藥』只是一種方便的說法，異客並不想讓一般人知道他們的存在，政府也不想，才對外這麼宣稱。」

俐茹想起剛才那場霧，「我確認一下：異客是人類吧？」

「可以說是，也可以說不是，總之他們不是殭屍，他們很久以前就存在地球上，跟現在的人類有很深的淵源，所以才無法任人類滅絕，但他們其實很討厭人類。」

「聽得出來，他們讓高智力殭屍存續，感覺就是想為人類留個天敵。」

「要這麼說也可以，總之，我們就是幫異客監督人類政府履行承諾的組織『異客邦』，有一般人，也有重生者，共同點是都認同異客的理念，追求世界的永續，而非只在乎人類。『重生者扶助基金會』是我們成立的機構之一。」

俐茹發現他沒有提到創傷鬥士，是歸類在一般人裡嗎？聲瑞又去了哪裡？

「眾所皆知，人類政府對重生者被獵殺一事採取消極的態度，我們無法確定這之中是否有人為操作，但也無法否認，畢竟重生者跟高智力殭屍一樣，對人類政府來說都是一種威脅，但高智力殭屍還可以暫時假裝他們不存在，重生者卻不能。而事到如今，高智力殭屍的事已經漸漸瞞不住了，政府會想從重生者下手也是很合理的，再怎麼說，這些獵殺行動一定會加深重生者和一般人之間的對立，讓彼此互相仇視猜疑。」

「雖然說隱瞞高階殭屍存在可以避免人類恐慌，可是也沒必要用這麼極端的手段來轉移焦點吧？」

「這當然是一部分原因，然而當我們仔細去探究屍潮是如何爆發，就會發現事情沒有這麼簡單了，這也是我剛剛說的，重生者的存在和殭屍一樣會對政府造成威脅的原因，可不是只因為怕人們回想起屍潮，怕創傷症候群造成社會不安啊！」

□

俐茹站在廁所裡，努力想洗漱掉心裡的不適，卻是徒勞。

噁心，實在太噁心了。

如果他們說的是真的，自己還真找不到繼續跟人類這種生物當同類的理由，不只是人類政府，也包括他們。

他們真以為自己比較高尚嗎？這樣操弄人心，這樣自以為是。說穿了，他們不過是一群教徒，什麼「異客邦」，那些「異客」要是這麼有能耐，何不自己去跟高等殭屍談，還得吸收教徒來為他們辦事，光憑那些騙人的技倆——好吧，管它是外星科技還是上古魔法，要徹底相信他們是不可能的。

雖然，心裡隱約知道他們所說的絕大部分是真的：跟殭屍有關的那些。

殭屍原本是人類政府培育來上戰場的武器，原始來源是沒有親屬的罪犯和社會底層人士，後來發現智商低的聽不懂指令，只顧著抓咬目標，行為無法操控，所以就擴大範圍，把反對這個計畫的高知識份子變為殭屍，只是沒想到他們雖然聽懂指令可以人為操控了，卻會故意唱反調，甚至用各種方法逃脫控制，並進化為後來所謂的高階殭屍，所以政府當然害怕他們的存在被知曉，更怕他們的來由被揭露。

異客的援手，雖然解決屍潮的燃眉之急，卻為人類政府帶來新的問題，於是政府在「解藥」上頭做了手腳，讓這些重生者不但相徵明顯，政府也可以透過某種方式追蹤控制他們。

人類政府沒料到的是，異客不是第一次跟人類掌權者交手，所以他們也留了一手：重生者可以選擇第二次重生——重生為殭屍。

『妳有沒有想過：人類、重生者、殭屍三者之間有什麼不一樣？』

當他們小心翼翼地問這個問題時，俐茹知道他們真正要問的是什麼。

不可能。原本俐茹是這樣想，也直接這樣對他們說。

『我不可能會去當殭屍，現在不會，以後也不會。』

他們要她回去再想想。

『我們已經試過很多方法，但那些高智力殭屍一直躲著我們，畢竟我們還是人類，所以我們需要沒有過去羈絆的重生者做媒藉跟那些高智力殭屍聯繫，必要的話得二次重生成殭屍。可惜組織裡的重生者大部分都有家室，之前也找過一些單身符合條件的，但他們不是跟國安局走，就是自暴自棄安於現狀。』

『找到殭屍王之後你們要做什麼？』

『我們就能做人類與殭屍的橋梁，保障雙方的權益，讓雙方和平相處。』

屁啦！鬼才相信。原本俐茹是這樣想的。

然而當她身心俱疲地回到住處，聞著滿室的菸味，看到滿桌的啤酒罐、沒吃完的泡麵，還有浮在麵湯裡凝固的油脂和煙蒂，以及一樣沒有芸靜在的房間，她忽然很想相信他們說的那些，很想當那個天選之人——即便一切都是自己的選擇——逃離這裡，成為和人類無關的殭屍。

應該向他們問清楚人類和高階殭屍的異同的。

呿，還真的咧。俐茹搖搖頭。

鏡子裡的自己，肩上的藍斑仍然暗得像夜空。

要是芸靜還在就好了。

依照芸靜說的，以前的自己肯定會選擇繼續當個人類吧，不，肯定不會面臨這樣的選擇，會在第一時間就直接放棄。

撇除個人感受，如果他們說的都是真的呢？

畢竟『重生者扶助基金會』確實為重生者做很多事，反正加入他們也不一定就表示要變成殭屍，跟他們在一起為這世界做點事，似乎也無不可。

算了，明天再說吧。

俐茹離開浴室，準備去陽台抽菸。

經過客廳時，阿寬從沙發裡探出頭叫住她。

「對了，那個老男人又來找妳。」

「誰？」

「就昨天我說的那個。」

「噢。」俐茹完全不想理會，繼續往陽台走去。

「他有拿個東西要給妳，就放在桌上。」

俐茹感到腦海一陣刺痛，熟悉的藍色火焰在眼前閃過。

煩不煩，怎麼這麼多事。

她折回客廳，好不容易才找到掉在桌腳旁的西式信封。

「這個？」

「對。」阿寬喃喃地說：「剛剛還在桌上啊。」

俐茹沒理會他，直接撕開拿出裡面的東西：

一張照片，跟李孝松給她看的一模一樣。

照片背面寫著時間地點，核對時間正是明天晚上，看來是要她赴約。

但那時她應該要在店裡上班，而這個約則是一定要赴的，至少要弄清楚這張照片是怎麼回事。於是她面臨兩個選擇：

▲時空分歧點▼

隨便找個藉口請假赴約。

↓前往時間軸4E

〈影集、實境、紀錄片？〉

（請翻閱至P113）

▲時空分歧點▼

說實話，但隱瞞照片的事。

↓前往時間軸4F

〈失憶的真相〉

（請翻閱至P123）

3 GOOD HEALTH AND WELL-BEING

10 REDUCED INEQUALITIES

時間軸3D

虛張聲勢的夜晚

子藝

看過《銀河英雄傳說》之後，發願要變不良中年。等真的來到中年，而且的確不良之後，頓失人生目標。於是開始努力敲打鍵盤，瘋狂記錄自己思緒，意圖在世上留下腳蹤。

「對不起，我也想知道其他說法，請你不要抵抗。」俐茹帶著笑臉這樣回答，讓孝松臉色盡失。

「妳……」

但俐茹舉起手來阻止孝松說話，同時瞪視著前方自稱國安局組長王什麼的。最近她的日子已經過得夠窩囊了，如果能有些改變現狀的事情發生也不錯，雖說剛剛聽到的資訊好像刺激過頭了，但也因此好奇心更加高昂。

「你說你是誰？」

「國安局第九處外勤組組長王彥斌。」

看來很像一回事，畢竟周圍還有一票明顯訓練有素的壯漢正在迅速動作，不像烏合之眾，雖說也沒穿制服……

「有什麼證據可以證明嗎？」

王組長搖搖頭說：「我是有帶名片過來，但我想妳大概也不會相信。」

「無妨，給我。」俐茹都這樣講了，多少也算一種信任，只見王組長似乎放鬆了一點，雖然只是瞬間，然後又立即武裝起來，用穩定的步伐走近過來，同時從懷裡拿出一個軍事風格的名片夾來，抽出一張白色名片遞了過來。

還真是有夠古板的設計，上面真的只有制式內容還有國安局的徽章，文字還用直書標楷體，連電話號碼都印直的。

「你說你是國安局？」感覺很假，這幾年政府沒人用這種「古典風格」了，不過這傢伙全身上下的確都是這種八股氣息，簡直就是已經絕種的刻板公務員印象，實際上應該根本不存在才對。

「是的。」

「所以你是國家公務員。」

這問題有點莫名其妙，王組長頓了三秒後才回答：「是的。」

俐茹不知為何，心裡浮現一些模糊的印象，反射性的繼續說：「你憑哪一點要我跟你走？」

「我們是要保護妳。」

「保護什麼？」

「因為妳現在處境很危險。」

「哪種危險？」

王組長盯著孝松，盤算著要透露多少？要耗多少時間？

「妳知道多少？」王組長視線回到俐茹身上。小組行動晚了一步，讓李孝松先跟俐茹接觸了，李孝松剛剛向俐茹說了什麼？他的立場如何？他知道多少？原本以為只是單純帶走人的任務，怎麼突然變複雜了。

雖說多少還在意料之中，看來「他」對俐茹的情報並不假，雖說重生者理論上沒有任何記憶，但明明語言、運動能力都還完整保存，不是退化回嬰兒狀態，那麼這些留下來的能力就絕對會伴隨過去的學習歷程，也就是整個人生。

只是，怎麼開啟封印，這應該是科學家的問題，而自己的問題是把她帶回去。

「我什麼都不知道，你要不要從頭開始說？」俐茹搖搖頭，還誇張地聳聳肩。

「沒這種時間，他們隨時會找到妳。」

「不如你先跟我說『他們』是誰。」

「林小姐，我們真的沒有時……」

俐茹再次舉手阻止王組長發言，同時敲

敲身後的門。

桃桃把門開一個小縫，開口問：「要幫忙嗎？我們都在。」

「幫我請假，我請一個小時，跟這些人去轉角的麥當勞談話，待會就回來。」

「林小姐！」王組長顯然有點慌張，但俐茹不想交出主控權。

「一個小時。」俐茹想起芸靜，想起她曾經在外貿公司上班，雖然不確定這些事情，但她或許真的有些經驗，雖說她也不知道到底是什麼經驗。

「雖然我搞不懂我怎麼會知道這些，就算你們真是國安局好了，但你們身上又沒帶任何可以證明你有權帶我走的公文，我也不是什麼現行犯，更何況一般案件抓人是警察的任務，所以你們如果來硬的，可是違反一大堆法令的，但我願意聽你們的說詞，在公開的場合。附帶一提，那間麥當勞的老闆跟這家酒吧是同一個人，隔壁當鋪和柏青哥也是。」

「妳忘記跟他說這附近我們自己裝的監視器數量比官方的還多，還有酒吧樓上的律師事務所是老闆他表姊開的。」桃桃補充說明。

聽見這種威脅，王組長反倒露出鬆一口氣的表情，聳了聳肩說：「真巧，我們剛剛知道你們老闆上週在消防安全檢查之前，有跟市政府官員去金庫酒店一趟；另外國稅局最近的定期抽查好像剛剛想起很久沒抽到你們這一區；對了，下禮拜要來做食品安全衛生檢查的李科員似乎會被臨時調走，畢竟連續十次都正好輪到他來你們這邊也未免太巧了……」

桃桃跟王組長相視十秒，然後雙雙哈哈大笑。

王組長連笑起來都那樣僵硬，不笑還比較好看一點。

但看起來國安局的身分應該不假，雖說政府不見得比較可信，但其實她上班一陣子以後，多少也知道這裡沒有表面上那麼單純，講白一點就是稱不上是好人聚集的地方，總之現在自己也搞不清楚到底誰才是可以信任的，所以不想得罪任何人，也不願盲從任何人。

「好，一個小時，林小姐請跟我們走，你們兩位如果願意也可以來，但你們要離我們遠一點，我講的事情不能給林小姐以外的人聽到。」

「我會跟他們說。」俐茹強調，雖說只是虛張聲勢，但王組長揮揮手：「這個妳自己判斷，我無權阻止。」

說完王組長頓了一下，一臉嚴肅地說：「假如妳有勇氣的話。」然後伸手做出邀請的動作。既然是俐茹指定場所，就該由她帶頭，接著李孝松，桃桃則轉頭向店裡交代了些話，也跟了上去，然後王組長押後。

巷口國安局的人員以看似隨機，但又明顯刻意的方式圍了上來，這種明顯的態度早讓對面柏青哥的工作人員在外圍也做好準備了。

表面上看來是對峙，但王組長認為這樣對俐茹反而是一種保護，何況兩條街以外的派出所裡面還有另一票人，這些人可不是穿便服的。

「逮捕」的公文其實就在他胸口口袋裡面，只是他不想拿出來用。這張完全合法的公文，對喪失記憶的當事人而言並不公平，上面也很清楚這一點，所以給了他很大的裁量權力，總之天亮以前要帶回去就是了，算一算時間其實還算充裕，既然對方不管文的還是武的都有準備，不讓他們張揚一下也未免太失禮了，雖說政府方面不管文的還是武的都準備得更充分。

畢竟這不是開玩笑的事情，沒處理好可能會造成大量民眾傷亡，雖說就算是他，層級也還沒高到可以知道全貌，但光他知道的部分就已經很不得了。

李孝松越來越焦慮，到底是碰巧，還是被跟蹤，總之曝光了。他實在無法相信政府單位，雖然常被同事笑說偏激，但誰能在發生這麼多事情以後還相信政府？只不過基金會有太多業務要跟政府部門打交道，很多同事都跟政府部門有相當交情，但他實在無法信任公部門，也因此永遠只能拿著個案管理員的名片在外面活動，雖說他實際身分是董事會的專案執行辦公室專員——一個不存在基金會編制裡面的身分。

基金會專案執行辦公室這個黑手單位已經做好準備，但也很清楚民間團體不管怎麼準備，都比不過國家機器一根手指頭，他們必須確保俐茹的位置，俐茹必須跟他們在一起才行，但現在要怎樣才能帶走俐茹……

老闆被社會稱為大善人，因為老闆身兼慈善基金跟廟宇董事長，還是另外兩間宮廟的主委，每年捐款數百萬。

但他旗下跨足八大行業都還只是表面而

已，見不得人的還有更多，這一點桃桃自然心知肚明，但不管怎麼說，老闆對她很好這一點是非常確定的，而老闆交待要特別照顧俐茹，她當然也會照辦，不然她北街大姐的名號是叫假的嗎？不過這次扯上國安局，恐怕事情不單純，雖說老闆有本事直達天聽，但多少是建立在行事收斂上面的。「一山還有一山高」是老闆的口頭禪，對老闆而言，知道自己最多到哪個層級是很重要的，與實力不符的願望往往會淹死人。但扯到俐茹，老闆卻又有種不顧一切的態度，那是幾年前老闆兒子被暗殺時露出的表情。

雖然她也不是什麼非得要對老大盡忠的那種人，但報恩的禮數還是要有，何況這件事情，讓她有種商人的直覺，或許可以賺點好處，雖說她也不知道是什麼。

能賺到幸福嗎？

各懷鬼胎的一行人，離開陰暗的小巷，來到熱鬧的大街。

這個帶點貴腐風格的街區曾經是市區最新潮的地方，可惜事過境遷，民眾焦點轉向新開發的商業地段，讓這裡一整個沒落下去，直到捷運路線開發時大量拆除老舊房舍，民眾突然興起懷舊風潮，把這裡原本有如屍骸的建築重新妝點，但又被迫保留崇古氣味，於是白天看來有如殭屍一樣陰暗。

不過現在正好是最漂亮的時刻，各種刺眼的招牌燈光在LED流行之後變得更加絢麗，讓整個街區呈現靡靡的頹廢風格，吸引無數年輕人來到這邊感受茫然的氣氛。

一個絕望與希望同時存在的地方。

一個讓老闆賺大錢的地方，畢竟這裡大

半算是老闆的地盤，土地建物則是另一位早不過問世事的大老所擁有，畢竟他只要收租金就能過日子，不用做壞事，自然也無須做好事。

俐茹走進麥當勞，隨後進來的桃桃則對店經理使個眼色，隨即幾位員工上到二樓，以堅定態度空出幾張桌子來。

結果空出更多位置，一來俐茹跟李孝松的外表非常引人側目，二來王組長本身就是那種自帶「不要惹我」結界的硬漢型人物，再來是一些常來打混的人認得桃桃。更別提跟著上樓的國安局人員與柏青哥店員工，看起來肌肉比例比一般人多很多了。

「怎麼好像鬧大了？」俐茹心想，但無論如何，她很想知道自己到底是誰？那張照片到底是怎麼一回事？

「要吃什麼？」王組長突然問道。

「不用麻煩了，自己場地，有話就快說。」桃桃開口，但王組長態度堅定：「我們不能進人家餐廳卻不點餐，我請客，這不是公帳。」

還真是一板一眼啊！俐茹對這位王組長印象稍微好了一點。

▲時空分歧點▼

「好，爽快，」桃桃對正在整理座位的服務生說道：「你點一下這邊人數，全都送一份薯條跟咖啡過來，掛老闆的帳，抱歉了王組長，如果讓你在我們地盤請客，我對老大也不好交待。」

↓前往時間軸４Ｇ

〈關鍵就在海倫山度絲〉

（請翻閱至Ｐ１３５）

▲時空分歧點▼

就在這時，遠方突然傳來一聲悶響，讓眾人一陣警覺，接著王組長與桃桃的手機同時響了起來，而兩人接電話的第一個反應都是大叫一聲：「什麼！」

↓前往時間軸４Ｈ

〈殭屍王的真相〉

（請翻閱至Ｐ１５１）

3 GOOD HEALTH AND WELL-BEING

10 REDUCED INEQUALITIES

時間軸4A

藍色是地獄的顏色

沈謎

我就是我，我是假的，我必須被虛構。我是謎，我是通向終極之謎的另一種謎。我是自我所無從抵達的謎，我是我的最後一次夢境。偶爾客串主持【最初，只剩下蜂蜜的幻覺】。

回頭看著眼前亂成一團的酒吧，顧客們慌忙逃離現場了，柏豪和聲瑞則奮力與那張揚著觸手的怪物搏鬥，拿著杯碗盤就砸過去，而地面是肚破腸流的血腥畫面，像是一場紅色的夢境。但俐茹清楚地知道，這一切都是真的，不是幻覺。

實際上，她體內幽靈燃燒著，而藍色火焰漲起。身上的藍色疤痕也忽然漂浮起來，從平面變為立體，鬼火一般地圍繞著她。俐茹整個人化作一發亮體，火焰承載著她的意志。

桃桃駭懼於俐茹的變異，跑回聲瑞、柏豪旁，三人瞠目結舌地望著。

俐茹的眼底炸出豪光，她的雙手狂舞，幾蓬藍火迅速推進，裹住了怪物。從綺麗焰火中長出了無數的藍光繩索，一圈又一圈地綁住對方。那怪物還在高喊著：「茹，茹，醒醒吧，不要眷戀這個醜陋的世界，我們是被選中者，來淨化地球的啊。」

一道又一道靈光衝入俐茹的腦海，消失的記憶迅速復還，她想起了更多事，包含殭屍病毒的起源，就是源於她所加入的生物研究團隊。當初，她和芸靜就極力反對採集、培養天外怪石上的生物細胞。結果呢！世紀浩劫果真就從這裡開始。而俐茹更是首當其衝，成為第一名感染者。芸靜因為當日休假逃過一劫。可是整個實驗室無一倖免。全都是自作自受！

活該，真是活該啊，所有人都是該死啊！

怒氣在俐茹身心裡奔騰著。那是對整體人類的憎恨。對科學、科技的迷信和仰賴，相信人的價值大過於所有事物，都必然導向如許的結局。地球正在因為人類無限制的貪婪死去，已經是人盡皆知的事實。但沒有誰可以阻止。文明是一場無法煞車的狂飆。恐怖的終局就等在那兒，所有生命都要自投羅網了。而諷刺的是，那羅網是人類憑以自豪的知識所致。

俐茹有一股衝動，想要讓藍色火焰更張狂地燃燒一切，想要大舉釋放皮膚上的藍紋之繩勒碎眼前的人事物。燃燒吧，幽靈。熾熱的殺機在胸腹間爆裂著。她多麼想付諸執行啊，不管是誰，全都要直接打進地獄裡去。

不！不應該是這樣的。也有人類是無辜的啊！不是全部人都該遭受橫禍。

有一半的俐茹陷入癲狂，殺戮的意念像是性衝動一樣湧起，鼓吹著她動手啊，動手，動手撕裂一切吧。她的指甲暴長成爪子，她的臉正在扭曲變尖，五官也擴大化了，手臂與雙腿也有同樣粗大的異變。而另一半的她拚命地抗拒著。她要記得自己身為人類的樣子。她不是妖怪。她不能被裡面的怪物完全吞噬。俐茹腦中復還的記憶告訴她，不要再被帶進藍色地獄裡。

她是從地獄回來的人。藍色是地獄的顏色。在那裡，每一道火焰都是一個地獄使者。或者用比較科學的語言就是異形，是的，外星物種。俐茹的身體裡住著一名超級掠奪者。他甚至有名字。他叫什麼？俐茹戮力於意志的運作，趕快想起來，找到怪物的名字，壓制他，不要讓他吃掉自己，醒過來哪，真正像個人一樣的醒過來，而不是醒來成為怪物。

被那些異星怪物視為幽靈的燃料，是俐茹身為人的意志。那是絕對不能放棄的東西。

一旦沒有了意志，人就不是人了。她要守衛自己的意志。俐茹用盡全力地抵抗著藍色火焰的全面吞食。

對了，是辟玉，他叫做辟玉，停止一切，你必須停止，這是我的身體，不是你的，我是我自己的。俐茹的心聲在狂吼。她對體內的怪物咆哮著。退下吧，我是我身體的王，你只是囚徒。你不屬於這裡。你只是我的一部分。

無數的掙扎與奮戰在電光石火間發生。俐茹深深跌進個人的地獄底。但在聲瑞、柏豪與桃桃他們看來，就只是短短的幾秒間，俐茹突然發狂似地揮舞著雙手，而後不可思議的，她的身上跑出蛇一般的藍色繩索，綑住了怪人。隨之，俐茹像是身體痙攣，不受控地劇烈抖動，更恐怖的是俐茹清秀的臉孔、纖細的身體都在巨變中，彷彿裡面有一邪惡生命體要破殼而出。他們完全不明白發生了什麼事。眼前的異象就像當初的殭屍末日一樣毫無真實感。

而藍色火焰一點一滴地蝕穿俐茹的意識。辟玉無聲地鯨吞更多。

那逞兇的觸手怪人感覺到了，「對了，這樣就對了，茹，把自己交給火焰吧，把全部的自己都交出來，徹底燃燒，完成真正的變身吧。殭屍只是進化的第一個階段，是時候了，茹，接受吧，大步邁進第二階段。」

閉嘴，給我閉嘴。俐茹依舊搏鬥著，不棄捨軀體的主控權。這在殭屍化的五年間作為夥伴的人，此時的發言令她難忍。俐茹的憤怒悉數噴發。她再度瘋揮雙手，怪人身上的繩索則藍光更盛，從強韌的絲線，陡然變成具有鋼絲般的硬度。

俐茹對怪人尖叫著：「去死吧！」

那觸手怪物瞬間四分五裂，變成幾十塊屍塊，血肉四處噴濺，酒吧內是慘絕人寰的腥惡景象。桃桃忍不住彎腰嘔吐，聲瑞臉上慘無人色，見過一些生死場面的柏豪眼底都是懼怖。

在俐茹以異能藍繩勒爆怪人後，一陣暈眩如浪潮似的撲上來。她感覺到辟玉在冷笑著。剛剛的怒恨將她對抗辟玉的能量抽空了。她上當了。俐茹不應該浪費力氣在殺戮上。如此就正中異星怪物的下懷。

天昏地暗的黑浪即將捲滅俐茹的意念之際——

俐茹的室友，那個又廢又渣的阿寬突如闖進酒吧。他露出那種天塌不驚的憊懶笑意，衝著俐茹笑開了嘴，那一口黃牙讓人無法恭維哪。可恨俐茹已經沒有力量了，她就要被黑暗吞沒，否則她也會把這廢物勒裂啊。

而阿寬的手中跳出一個古怪的東西。要說古怪也不對，那就是一個魔術方塊，但並非彩色組合，每一面都呈素白。魔術方塊是憑空出現在阿寬的右手，像是從掌心浮出來。阿寬貼近俐茹，將魔術方塊按在她的額頭上。

而後，最瘋狂怪誕的事發生了！

魔術方塊一邊散發彩色光亮，一邊不斷縮小地往俐茹的肌膚鑽入——她隱約感應到辟玉的慘叫，但俐茹毫無痛楚，沒有異物感，彷如魔術方塊是虛構的。不消片刻，俐茹的眉心留下一個菱形印記。而身體異變遽然止住。同時，藍火也退散了。

俐茹曉得身體沒有被搶走，辟玉似乎被

一股力量鎮壓住，沉眠在體內深處。

阿寬又露出滿口黃牙樂悠悠地笑著。

俐茹卻不知該如何應對，方才還沸騰的怒氣此刻煙消雲解了。畢竟這惹人厭的傢伙顯然是救了自己啊。而剛剛還滿室飄舞的歧異藍火也消失了。藍色繩索也溜回了俐茹的肌膚上，又變回平面的疤紋。

阿寬說：「你們一定有滿腹疑問。這裡不太安全，我們先換一個地方，再說明吧。」

於是，他們全都回到了俐茹與阿寬的住屋裡。

而阿寬也不廢話，一到住處後，等俐茹等人都坐好後，便細說從頭了。

「首先，我先簡介一下自己，我是寬。你們可以叫我寬或者阿寬，都沒差啦。重點是這樣子的，我是異數者守護隊的隊員。什麼是異數者呢？」他指著俐茹，「就像妳一樣，具備特殊異能的重生者，就是異數者。而異數者守護隊隸屬於天外物種研究防衛局，前身是UDO（未確認生命體研究防衛小組）。異守隊是我的職業，但我還有另外一個身分是神器使徒。神器使徒顧名思義就是能夠操縱神器的人啦。你們剛剛看到的魔術方塊，就是我的神器，名之為伏羲。伏羲呢，具備封印的能力，可以封印妖物異形，也可以封印空間哦。比如我們這會兒所在的屋房，就被我的伏羲封印住，也就是罩下了一個結界。除非我開放，否則進不來也出不去。目前你們都聽得懂嗎？」寬問道。

被寬的發言弄得一愣一愣的四人不知該如何回應。這不是聽不聽得懂的問題啊。

寬見他們都沒有反應，就繼續說了：「異

守隊的成員大多是神器使徒，畢竟要跟各種外星生物戰鬥，沒有特殊能力可就糟糕透頂啊。當然也有些人是從殭屍地獄裡倖存、且被藍色火焰的能量激發出自身超能力的異數者，最後加入了異守隊。至於為什麼妳是異數者，方才從皮膚上拉出來的藍色繩子就是最好的證明，應該不用多講了吧。所以，局裡才會安排我在妳身邊囉。」

這時，俐茹想到了一個非問不可的問題：

「芸靜呢？她也是異守隊嗎？」

▲時空分歧點▼

一直掛在寬臉上吊兒郎噹的表情，首度變了。他認眞地回答：「妳的反應很快哩，確實如此，芸靜和妳的重逢不是偶然的。她也是異守隊的一員。在妳的力量覺醒之前，我們都在暗中保護著妳。」

俐茹滿臉懷疑：「你們怎麼知道我是異數者？一定會有力量？」

「當妳經歷重生階段時，政府就檢測過妳的身體狀態了。不管是哪一種生理數據都顯示，妳成爲異數者的可能性極高。打從重生劑施打以後，天防局就密切關注後續發展，我們早就已經收集了許多情報，尤其異數者的誕生。」寬說。

「所以芸靜的死也不是，」俐茹吞了一口口水，「不是車禍？」

寬點點頭，「確實不是意外，局裡決定僞裝成交通事故。」

「究竟發生什麼事？」俐茹追問。

「爲了保護妳，芸靜被天外異形殺了。」

寬的口吻無比沉痛。

↓前往時間軸5A

〈LAST〉

（請翻閱至P165）

▲時空分歧點▼

「芸靜還活著哦。」寬直接破題說。

俐茹嚇了一跳，「芸靜沒死嗎？可是我看到她在太平間的——」

「那是另外一個使徒，複製了芸靜的外型樣貌，貼在一具屍骸上。」寬笑著解釋。

俐茹還是不能置信。同時，她想起了許多與芸靜一起經歷的種種往事。

「在一場作戰裡，芸靜受了重傷，必須長期休養，局裡只得安排她假死了。」

「是爲了……」俐茹領會過來，「是爲了保護我嗎？」

寬眼神炯炯發亮，「沒錯。妳是天防局的重要人物啊。」

俐茹壓抑著激動的心情：「芸靜現在在哪裡？帶我去找她。」

↓前往時間軸5B

〈知曉即是深淵〉

（請翻閱至P173）

3 GOOD HEALTH AND WELL-BEING

4 QUALITY EDUCATION

10 REDUCED INEQUALITIES

時間軸4B

破繭

陳奐羽

跳躍式的人生探索者，大學讀社會工作，碩士卻念起體育，現職為武術教練。曾經戮力於奇幻文學創作和推展，如今決定重拾紙筆再次留下點什麼。

話音方落，緊黏著一道銳利的破空聲響。

雖然沒有痛覺，但腿上傳來的衝擊感，還是讓她下意識低頭望去。

她的大腿上，多出了一支金屬針鏢。

針鏢的形狀細長，宛如正在滴落的熔融玻璃，銀色的表面，像鏡面般光滑無瑕。

她可以清晰感受到尖銳的鏢尖穿透了皮膚與脂肪，深深探入股四頭肌的纖維當中。從尖端釋放出的某種物質產生的信息素，正沿著神經流竄，驅趕著藍色的火焰。

火焰搖曳閃爍，溫度不斷下降，最終只剩下微弱的火星，倉惶躲入暗處。

與此同時，又是幾道破空聲，她看見他衝了出去，看見水母圓窗轟然迸裂，大量的水如海嘯般奔湧而出，連帶一座座水母晶球和萬華筒的鏡面裝潢都被沖毀。

她無法反應，只覺得天旋地轉，任憑水浪將她捲起、騰翻，最後重重地撞在牆上。

Xpark館內的排水機制很快便發揮作用。當水退去，她癱坐在牆角，身軀無法動彈，她的意識模糊閃動，記憶化作蒙太奇片段般，跳躍而破碎。

一幅幅畫面轉瞬即逝：包裹在黑色緊身衣中的嬌小身軀，風衣袖口若隱若現的機械義肢，端著科技槍械的高瘦背影……

最後，或許是眼球也失去了轉動的能力，視線彷彿掉落地面的攝影機鏡頭，用怪異歪曲的角度拍攝著前方，感官已與認知抽離。

她木然望著，望著快速湧入的黑衣人，訓練有素地控制現場，在一片狼籍之中清出通道。接著，一隊人便以她為中心，構築起防禦圈，其中四名黑衣人則警戒著上前，檢查她的狀況。

四人手持儀器測定讀數，大致確認狀況後，忽然，啪的一聲，穿著寬大風衣的黑衣人大手一揮，狠狠拍上了高瘦黑衣人的腦袋，罵道：「你腦子有問題嗎！」

「旁邊還有一隻衝過來。」高個子一邊辯解，一邊將頭盔扶正。

「衝過來射他就好啦，你去射水母缸幹嘛！」

「我在爭取時間，誰知道那個藥劑要多久才能生效？」高個子義正嚴詞地說：「況且這次的任務是回收目標，我們當時前面才兩個人，那個距離你有把握直接開打不會出什麼亂子？」

「出亂子？你還好意思說，差點連我們整隊人都被沖走，這就不算出亂子吼。」

「啊你們又沒有真的被沖走……」

「靠夭喔，你怎麼不去給狗幹一幹！」

兩人你一言我一語，拌嘴似地吵著，風衣人顯得又氣又無奈，高個子則是蠻不在乎地聳著肩膀。但不知為何，儘管嘴上咒罵著，往來之間，風衣人的語氣卻和緩不少。

「好了，你們兩個都少說幾句。」穿著緊身衣的嬌小女性，將兩人打斷，只見她四處打量，問道：「另外那隻在哪裡？」

「沒找到，不知道被沖到哪去了。」風衣人搖了搖頭。

三個人的聲音，通過全罩式的頭盔傳出來，顯得悶重而失真，但是在她聽來，卻又似曾相識。

「算了，不重要，把目標順利控制住就行了。」說著，嬌小女性將視線停留在走道盡頭。

「對吧～」高個男子趁機拍了拍風衣人的肩膀。

風衣人正要回嗆，一旁的女性用手肘輕推他的手臂，向遠處昂了昂下巴。他順著對方的指示望去，到嘴邊的髒話又硬是吞回了肚子裡，而一旁的眾人也旋即停止交談。

一片嘎然而止的靜默當中，身穿白色實驗袍的女性身影緩步走來。

略帶高度的鞋跟，隨著腳步叩叩作響，在經歷大水沖刷而顯得空蕩的展廳當中，泛起陣陣回聲，由遠而近，相當突兀。

「狀況怎麼樣？」白袍女子開口問道。

「報告，已確認將目標控制。」高個子泥鰍似地溜到前頭，搶先開口。「只是剛才現場還有另一隻個體，為避免影響任務，所以選擇優先將其排除。」

「不過搞成這樣，好像有點太誇張了呢。」

白袍女子環顧四周，露出一絲苦笑。

「情況緊迫……」

「別擔心，我沒有追究的意思。」

說話的同時，穿白袍的女性走近牆邊，一雙長腿，佔滿了她的視線。她看著她雙膝微屈，緩緩俯下身來，映入眼簾的竟是熟悉的面龐。

芸靜……

芸靜的嘴角掛著淡淡的微笑，溫婉親和，卻又帶上幾分耐人尋味的深意。

她附在她的耳邊輕輕說道：「俐茹，我來帶妳回家了。」

□

酒吧裡面一片狼藉，桌椅散落一地，到處都是破碎殘缺的玻璃杯與酒瓶。聽見怪人的呼喊，只差臨門一腳便將踏出酒館的俐茹，又突然失神似的呆立原地。

「快走呀！」

桃桃兩隻手抓住俐茹的手腕，奮力拉扯，試圖將她拖走，但此時的俐茹卻像是沉重的雕像般紋絲不動，任憑她催促叫喚，也沒有反應。

察覺到俐茹的異狀，怪人發出一聲振奮的咆吼，將觸手猛力甩出。

觸手如同大鞭一揮，沿週身飛旋橫掃，逼退了糾纏不休的聲瑞和柏豪，同時也將一路上的桌椅等障礙物，擊個粉碎。趁著他們閃躲之後，尚存忌憚的空檔，怪人甩開兩人，逕直衝向俐茹。

桃桃再次擋在怪人與俐茹之間。她將鑿冰器雙手倒持，壓低重心，擺出抗衝撞的迎刺姿態，堅毅的眼神中透著一股豁出去的決絕。

怪人始終保持著衝刺的勢頭，粗暴的撞開路上各種障礙。面對不顧一切近迫而來的未知對手，突破閾值的壓力，令桃桃不由自主地眯起雙眼，繃緊全身肌肉，準備迎接劇烈衝撞。

然而，預期中的衝擊並未到來。

就在兩人即將撞上的前一刻，怪人的身形忽然變化，一張一弛，整個人彷彿失去重力般離地浮起，在空中遲滯懸停；像極了巨大的獅鬃水母在海中浮游的姿態，緩慢卻又令人迷眩。

意料之外的變化，看得桃桃目瞪口呆。不等她回神，怪人用觸手捲住她的腰際，就這麼向後一扔，恰好扔向了追趕而來的聲瑞和柏豪。

所幸聲瑞眼明手快，將她一把接住，但突如其來的碰撞，還是讓兩人飛了出去。聲瑞用身體護住桃桃，在地板上一連滾了七、八圈，兩人才勉強穩住身形，狼狽地站了起來。

「現在怎麼辦？」桃桃問到，雙眼緊盯俐茹，再次作勢向前。

聲瑞伸手攔住桃桃，眼角餘光掃了掃四周，赫然發現不知從何時開始，柏豪已不見蹤影。

「這傢伙……」

他心頭一凜，卻又馬上領悟。他向桃桃使了個眼色，接著低聲說道：「拖延時間。」

一時間，室內恢復平靜，彷彿山雨欲來，氣氛壓抑得令人窒息。甩飛桃桃之後，怪人便停下了動作，只是阻擋在他們與俐茹之間，警戒著、等待著。

「這是茹的重要時刻，我不會讓你們打擾……」

怪人喃喃唸道，目光停留在俐茹身上，讓人分不清究竟是對著桃桃他們宣示，還是自言自語。他望向俐茹的眼神，滿是期待，像極了凝望著觀察箱中的蝶蛹，殷切等待破繭的孩子，強壓著內心不斷高漲的悸動。

他伸出觸手，沿著俐茹週身盤繞，卻又小心翼翼地保持距離，深怕因為不經意的碰觸，打擾屬於她的神聖時刻。觸手在空中悠悠擺盪，好似順著無形的水流隨波推送。

寧靜並未持續多久，牆上破碎的玻璃鏡面，閃過一絲如點燃香菸般，若有似無的微弱紅芒。

察覺到異狀，聲瑞首先發難。

他一面對桃桃打手勢，一面衝向怪人，掄起機械義肢，直截了當的一記直拳。

與此同時，桃桃卻跑向了吧檯，翻躍而過，似乎在找尋什麼。

仗恃著力量強橫，怪人原地不動，伸出人形的那隻手，正面迎向聲瑞的鐵拳，手掌一推，硬是將拳頭擋了下來。

「這麼粗糙的動作也想打倒我？」

「誰說我要打倒你了。」聲瑞淡淡一笑，握著的拳頭突然張開，與怪人的十指相扣，接著大聲喊道：「桃桃，趁現在！」

同一時間，吧檯後方，桃桃倏地探出上身，手中已多出一組管狀的發射裝置。那是災難發生之後，政府強制公共場所配置，應對殭屍突發狀況，所使用的簡易藥劑發射裝置。

裝置的機構相當單純，簡單來說就是由 CO_2 鋼瓶推動的大型吹箭，能夠發射三發裝有藥劑的針頭。

瞄準發射一氣呵成，桃桃毫不遲疑地向怪人射出針劑。

怪人的身體滑溜異常，即使手掌牢牢相扣，聲瑞仍感覺到對方的手指，正以蠕動似的質感，從指縫間緩緩滑出。但或許是為了阻止他們與俐茹接觸，怪人並未閃躲，他收回了環繞在俐茹身邊的觸手，向著飛來的針頭猛力抽甩。

觸手在空中劃出曲折的波浪，眼看三發

針頭都被擊落，忽然，一道銳利的破空聲響，硬生生切進了現場的喧囂。

怪人低下頭，看向自己的大腿，水滴狀的金屬針鏢，正映射著窗外的斑斕燈光。

「是你……」

他身形搖擺，踉踉蹌蹌倒向一旁。聲瑞見狀，趕緊上前，試圖拉開俐茹。

此刻，俐茹的身體卻突生變異……

她睜開了眼睛，幽幽地說道：「我知道要怎麼燃燒我的『幽靈』了。」

原先只有被選中的他們能夠看見的藍色火焰，以肉眼可視的姿態，從身上的疤痕竄出，蔓延、包裹她的身軀。火焰走過之處，身體彷彿被燒盡般，憑空消失，只留下由藍焰繪成的輪廓，整個人如同閃爍藍光的虛幻投影。

無視於桃桃和聲瑞，她自顧自地伸手，觸摸一旁半倒的餐桌，藍焰沿著她的指尖閃動跳躍，轉瞬之間，桌子也化作空洞的藍色虛影。

接著，她又彎下腰，拾起一隻還算完整的高腳杯，左右端詳了片刻，並將其轉化；與此同時，遠處射來的兩發針鏢，卻逕直穿透了她的身體，插進水泥地上。

她滿意地點點頭。

自從見到腦細胞溶解在水中的那一刻，她便覺察到，並非只有最熾烈的溫度，才能夠完全燃燒這副軀體的複雜幽靈，相反地，她需要的是更多的理解與耐性。

這段時間以來，藥物麻痺了她的知覺，卻沒有打斷這個過程，潛藏暗處的藍色火焰，用恆定的低溫，慢慢焙燒著幽靈，使兩者邊界逐漸模糊，直至同化為一。

最終，由內而外，連同骨骼、血肉都抹去了界限。人類界定的種種概念，「微觀／宏觀」、「有形／無形」、「物質／非物質」……等等，至此已失去意義；剩下的，只有那一抹耀眼的藍色。

「茹……」他癱坐著，艱難地開口。

▲時空分歧點▼

「我消除了『界限』。」

這次她並沒有理會，只是用君臨般的姿態，向著這顆星球，高聲呼告。

她瞇起雙眼，彷彿在聆聽什麼，接著攤開雙臂，一對由藍色火焰繪成的巨大羽翼，順勢從背後向兩側舒展。

新生的翅膀，嘗試性地揮了幾下，伴隨著翅膀揮動，藍色的羽毛虛影四處飛散，接觸物體的剎那又化作點點火星，跳動閃燃，燒穿了空間的畫紙。轉眼間，整棟酒吧都化作虛影，猶如3D建模的巨幅透視藍圖。

她振翼而起，身軀穿透樓板，筆直飛向天空。

↓前往時間軸5C
〈成為一顆水母〉
（請翻閱至P191）

▲時空分歧點▼

她轉向他，挺起胸膛，像個終於完成了作業的孩子，驕傲地說：「這就是我的進化，『本質』的進化。」

「茹……妳做到了……妳完成了使命……」他強頂著越發朦朧的意識，斷斷續續地吐出字句，語氣滿是欣慰。

「讓我幫助你，」說著，她向他伸出了手，「只要釋放了『本質』，這些藥物便不能再影響我們。」

他點了點頭，將手指擱上她的掌心。

彷彿掙脫了框架，火焰猛然穿破他的體表，在空中蔓延竄燒，化作一幅湛藍的異形虛影。

↓前往時間軸5D

〈在日光中〉

（請翻閱至P203）

3 GOOD HEALTH AND WELL-BEING

10 REDUCED INEQUALITIES

14 LIFE BELOW WATER

時間軸4C

爲什麼要看短影片？

雨藤

新營人，多校打工教授，和機車相依流浪南半島中；寫詩、小說、雜文和論文，偶爾打球、喝酒，期待半夜不要被太座踢下床以及自己的狗能說出人話；努力在中年裡尋找漂泊的盡頭。

收了一百塊的阿伯往廟堂角落的那個小門走去，打開門的時候，竟然看到酒吧老闆在裡面！更令人訝異的是，那個黑衣男子正在跟老闆有說有笑。

俐茹本想直接衝過去開門問個清楚，但轉念一想，最好還是先躲起來觀察一下狀況再說。

□

「真正就沆捏！」與外頭供奉著的不知名神祇莊嚴而靜謐的氣氛不同，黑衣人與老闆似乎已經在那個小門後的房間喝上一段時間的酒了；那是個約莫五坪大小的空間，裡頭擺設極為簡單；此時老闆正看著黑衣人，用一種與熟識兄弟交談的口吻笑道：「像俚這款不成囝仔，竟然也有法度活落來，啊別人ㄟ不就死假ㄟ？沒天理啦。」

「當時也不能怪我，疫苗有問題，所有人心裡都有數。」黑衣男子的煙散發一種藍灰色的氣息，語氣帶著微微的無奈與包容感，「要參加實驗，也是他們自己選的。」

「俚好幹。」老闆點著頭，把手上玻璃杯裡滿滿琥珀色的液體倒入口中，回頭向躲在門後的俐茹招了招手，「窩在那裡幹嘛？過來坐呀。」

俐茹愣了一下，沒想到自己竟然被發現了，瞬間反應不過來，還在猶豫該如何反應時，黑衣人也接著說到：「你的火燄太明顯了，要裝作看不見也難。」

「你說什麼火焰？」俐茹眼看行蹤暴露，也就乖乖地從門後走了出來，但更讓她在意的，是黑衣人剛剛的那句話。

「藍色的火焰。」黑衣人轉頭看著俐茹，雖然被衣物遮住，但這次可以看見他左邊的眼睛，發出如微微燃燒般動態的青色光芒，但和自己夢中所見、襲擊酒吧怪人身上的那種火焰的顏色並不相同——然而，俐茹直覺地知道，那本質上是一樣的東西。

俐茹感覺到了前所未有的顫慄，又或該說，最巨大的荒謬感，如西北雨般突然地襲來。

「妳能理解現在發生的事嗎？」老闆保持著微微的笑意看著俐茹，一邊不知道從什麼地方按下了類似按鈕的東西，整個房間頓時暗了下來，其中一面牆同時亮了起來，播放起了一部頗為晃動的影片。

□

有點類似運動攝影機的畫面，雖說有點搖晃，但整體解析度還算清楚，而光線並不特別明亮，大概是清晨或黃昏一類的時間點。

鏡頭前有兩個戴著全罩安全帽、全身白色防摔衣的人，站在一座看起來廢棄的航廈旁，旁邊則停著兩輛紅色本田的CB1100機車，同時遠方還有一架明顯正在降落的綠色Robinson-R22直升機，此外看不見有其他人。

「小俐。」其中一個人走到鏡頭前面比了一個ＯＫ的手勢，聲音有點顫抖，聽起來頗為中性，但應該是個年輕人的聲音，另一隻也穿著白色防摔衣與手套的手也從畫面的右下伸了出來，快速地比了大姆指，然後又快速地消失在畫面中；那個人也伸手，在畫面上方拍了一下，傳出了指節敲擊安全帽的聲音，接著他便回頭朝他自己的機車奔去，另一個人也早先一步跨上了機車。

接著畫面裡傳出了引擎發動，並且開始拉轉速的聲音。

由前面兩輛CB1100帶頭，畫面開始向前移動，透過一些擺動的部分，可以發現攝影者也正在一輛重型機車上，雖說單透過儀表，並不容易判斷出車型，但可以知道時速一下就已經來到一百五十公里，也能感覺到攝影者在這個過程中，似乎正從身上脫下一個有背帶的東西。

短短幾秒鐘，畫面已經到達了Robinson-R22的旁邊停下，同時聽到發動機緩緩降轉的聲音，一個穿著合身粉色系洋裝戴著大大墨鏡的長髮女子，踩著長靴走下了駕駛座。

□

畫面暗去，另一面牆又亮起。

從字幕可以知道，這是國家廣播公司製作的英文版新聞，男主播站在畫面的左側，幾秒後切入了新聞內容。

那是一個荒蕪的海堤，大量發出奇異光芒的魚類屍體浮在岸邊，穿著防護衣的工作人員看起來正在採樣與清理，底下的標題寫著「Unknown biochemical attacks continue to occur（未知的生化攻擊仍持續發生）」，畫面轉到一處實驗室中，一個看起來身材有點高大的黃種人，正在接受採訪，字卡上顯示是中央研究院的某個研究人員，但他的名字卻被馬賽克給蓋去了，男人大概說了幾十秒的話後，從旁邊拿起了一個發出藍色光芒的玻璃針筒。

畫面立刻跳到了針筒擺在桌子上的樣子，

底下的字卡跑出「The vaccine is applying for the second phase of human testing（疫苗正在申請第二階段人體測試）」，然後帶到了幾個不同人種的受測者的臉。

俐茹驚訝地發現，在那幾個人中，出現了兩個熟悉的面孔——芸靜和阿寬，他們面對著鏡頭露出不擅應對的笑容。

□

新聞畫面消失了。另一面牆又亮了起來。

「各位粉粉們大家好！我是米米！」看起來像是Youtuber或網紅一類，穿著白色T-shirt的女人，出現在一張桌子前面，「今天呢，我們要來開箱最新的娛樂性藥劑！鏘鏘！」透過剪輯，一盒黑色包裝的東西出現在她桌面，「嘿嘿！沒想到吧！大家應該都有看過吧？這就是那個國外目前很流行的身體螢光劑！它真的很酷炫耶！就是你只要用喝的把它喝進去，過一陣子你的皮膚就可以在黑暗的地方開始發出藍色的光芒！超炫的啦！而且又很方便，這樣晚上起來上廁所就不用開燈了……」米米一邊說著，一邊很不順利地拆開了包裝，裡頭跑出了一個透明大概六百毫升的玻璃瓶裝，著淡綠色有點稠稠的液體。

「欸你確定要試？這真的沒有問題嗎？」一旁傳出攝影師或助理的聲音，並且還上了特效字幕，「為了我心愛的粉粉們，我當然沒問題呀！」米米看著鏡頭外的人說道，然後轉過頭對著畫面說，「用生命拍片OK？所以請各位粉粉們記得幫我按下Like，並且分享給你的朋友們認識喔！第一次進來的觀眾也要記得幫我按Like、分享和開啟小鈴噹，一起成為米米的粉粉唷！那我就把這個身體螢光劑給喝下去囉！」

米米於是打開了蓋子，聞了聞並啜了一口裡頭的液體，然後露出了一個驚喜的表情，「怎麼樣？」「欸意外的好喝耶！」「真假？」「有一點像比較不甜的草莓牛奶耶！」米米將玻璃瓶交給鏡頭外，「真的耶！聞起來好像喔！」「對吧！雖然顏色有點噁心！那我把它喝掉囉！」接著米米便將整瓶液體給喝完，「怎麼樣？我開始發光了嗎？」「沒有呀！」「那你去把燈關掉！」

畫面黑了下來。

「沒有呀！沒有發光呀！」「是不是還要再等一陣子呀？」「蛤！這個企劃到底誰想的啦！」特效字幕跑出「阿就你自己呀」，「好啦！不管啦！這集影片就到這裡，希望粉粉們喜歡囉！」

□

最後一面牆亮了起來。

看著鏡頭的捲髮女人身後是整個牆面的鏡子，正慢慢地解開白色長袖襯衫的釦子，一眼瞥見鏡頭，皺著眉頭撇過臉，「不要拍到我的臉！」「沒有啦！」鏡頭後傳出一個男人顫抖的聲音，畫面也立刻拉到女人的脖子以下，看她緩緩脫下襯衫，解開了窄裙側邊的拉鍊，露出了飽滿的乳房，以及整套湛藍色的Chantelle蕾絲內衣，同時可以發現腹部明顯有開過刀的痕跡。

女人的臉看起來有點東亞的氣息，但皮膚顏色更深，嘴唇也比較厚，身材雖然稱不上苗窕，但成熟母獸的慾望正強烈地發散著；她接著褪下裙子，明顯地刻意停頓了幾秒，讓鏡頭、或者說掌鏡者的目光留在她身上，四周的光線逐漸暗了下來，「給我。」女人嫵媚地說著，並逐步往鏡頭靠近。

俐茹發現她的兩個瞳孔與嘴唇四周，竟開始發出與黑衣人一樣，火焰般淡藍色光芒。

房間的燈亮了起來。

「這些畫面讓妳想到什麼了嗎？」老闆手中的杯子又裝滿了液體，只不過這次變成深綠色。

「兩個中年男子放這種影片給女性看，根本是性騷擾吧。」俐茹冷冷地看著老闆，同時她其實也有點害怕再看到黑衣男子瞳孔裡的光芒，「那些奇怪的光到底是怎麼回事？」「這些影片都拍攝在大瘟疫之前。」黑衣男子再點起了一根煙，「林俐茹兵長？妳重生之前的事，記得多少？」

兵長？俐茹愣愣地看著眼前兩個男人，並想起了「施祐宮」前的街道——她突然感覺到一陣悶沉的頭痛，像宿醉的早晨被強烈陽光持續照射眼睛那樣——「把你們剛剛說的火焰的事跟我說清楚。」她感覺自己的身體不聽控制想劇烈地活動，像憤怒的狗束起了背毛那般。

▲時空分歧點▼

老闆這時突然起身，在俐茹還沒反應過來前，迅速地移動到了俐茹身邊，並將綠色的液體整杯澆在了俐茹的頭上，俐茹感到一股巨大的冰冷，並且立刻失去了意識。

↓前往時間軸5E

〈Sweet Leaf, Sweet Lips〉

（請翻閱至P213）

▲時空分歧點▼

老闆這時突然起身，手上端著酒吧裡的散彈槍（這麼大一把槍他到底都藏在哪裡？），對著穿黑衣的男人說道：「不要再玩我家的女員工了，我們這麼多年來的恩怨還沒算清，現在不把事情好好交代、了結清楚，信不信我像當年那樣，一發轟飛你的腦袋？」

↓前往時間軸5F

〈生命的極緻〉

（請翻閱至P239）

3 GOOD HEALTH AND WELL-BEING

10 REDUCED INEQUALITIES

時間軸4D

被劃破的寧靜

一姚

就讀交大傳科系。在芬蘭生活半年後愛上北歐樸實又平凡的日常，喜歡陽光、野餐、笑容，享受與人交流的過程。

俐茹用力打開門，酒吧老闆和黑衣男子齊聲說道：「妳來得正好，快進來吧！」

一轉眼，宮廟的阿伯已經不見了，看到房內兩人如此淡定的反應，俐茹的心臟怦怦直跳，帶著防備的眼神慢慢靠近。

「俐茹啊，妳終於來了，可以放鬆一點沒關係。」酒吧老闆依舊戴著那副墨鏡，一派輕鬆的說道。

看著俐茹絲毫不鬆懈的戒備神情，酒吧老闆於是點了一支菸，遞給俐茹：「妳應該有很多想問的吧。坐下來好好聊吧。」

俐茹並沒有接過菸，但本能告訴她，現在自己的情況處於劣勢，還是先靜觀其變再尋找脫身時機會比較合適。

酒吧老闆也不是很在意，自顧自地就抽了起菸來。

「茹，妳應該很好奇現在是什麼情況吧。」一旁的黑衣男子終於開口了。「不要這麼親密地叫我的名字。」俐茹瞪了黑衣男子一眼。即使身下的橘色沙發很舒適，但俐茹依然覺得渾身不自在，她的腦袋正在高速運轉現在的狀況。酒吧老闆和黑衣男子究竟怎麼會牽扯在一起？

「那我就直接切入話題了。妳聽過星藍計畫嗎？」星藍計畫？俐茹的頭突然一陣劇烈頭痛。眼看俐茹有些反應，黑衣男子繼續開口說道：「妳應該也多少有看到最近的新聞吧。大家都對重生者非常不友善。星藍計畫是由一位被稱作Moonstar的博士所發起的，據說博士開發了一款藥物是可以強化重生者的體能與力量，但代價是藥物會影響，甚至吞噬掉原有的人類心智。」

「所以？」俐茹挑了挑眉，還是不明白這個星藍什麼鬼的計畫跟自己的關聯性在哪。

「Moonstar 博士的本意應該是想幫助重生者有力量可以反抗，不被欺負，沒想到狀況慢慢失控了。妳那天也有接觸到吧，就是那個闖進你們酒吧裡的怪人。

諷刺的是，吃過藥的人會徹底會變成 Monster，一頭貨真價實，只剩下殺戮本能的怪物。」

黑衣男子皺著眉頭，認真地看向俐茹。

酒吧老闆吐了口菸，緩緩向後靠上沙發椅背：「哎呀，俐茹，明篤就是廢話比較多，簡單來說就是有個笨蛋博士自以為聰明要幫重生者，結果幫倒忙，現在人類世界又要出現危機啦。」

原來這個黑衣男子叫明篤？俐茹心想。

明篤無視酒吧老闆的調侃：「總之，你老闆以前是 Moonstar 博士的合夥人，但後來發現情況越來越不對。」

他從身旁的包包掏出一台平板並打開檔案。仔細看每個資料夾的標題，都是用日期來命名的。

明篤點開其中一部標著 1/30 的影片，影片開頭出現一個女生的聲音：「今天是連續服藥第六天，重生者的體能與力量明顯變強。」影片中，一個紅髮男子的臉上布滿藍色傷疤，他的眼神中燃燒著藍色火焰，一轉眼就跳上了五公尺高的陽台，接著靠著臂力繼續往上攀爬。女聲接著補充：「目前的服藥強度還在可以控制的範圍內，測試者仍然保有原本的理智，且會聽從他人命令。」

明篤接著點開 2/6 的影片，開頭出現了一樣的女聲：「今天是連續服藥第十三天。各項指標仍然在提升，已經可以徒手殺死持有武器的人類。我們還無法預測重生者的極限在哪裡。」

影片中的紅髮男子面目猙獰，嘶吼著爬滿藍色傷疤的臉衝向三個持槍者。子彈咻咻地射出，但男子在被射中後只有稍微後退，繼續拖著滴血的身軀向持槍者跑去，幾個持槍者面露驚恐，轉眼間肚子就被男子一拳貫穿。

「測試者已經開始出現不顧自己安危的狀況，而且殺人手法殘忍。我們會持續追蹤狀況並調整藥量。」

「結果後來是怎麼樣了？」俐茹忍不住開口問。

「這個計畫本來是打算讓測試者連續服藥二十天，但如妳所見，接下來2/7、2/8，一路到2/13的資料夾都是空的。」明篤邊說邊點開了那些資料夾，裡面都沒有影片。

「我們是推測星藍計畫在這之後就出事情了，所以整個實驗被迫中斷。這是當初妳老闆帶出來的唯一資料。」

俐茹再次點開了2/6的影片，並暫停在鏡頭特寫於紅髮男子臉部的畫面。

「你知道他？」明篤抬頭看向俐茹。

「嗯……我不確定。總覺得好像有點熟悉，但又想不起來。」

「你們當時是一起接受服藥的測試者。」酒吧老闆喬了一下自己的黑色墨鏡。

「……」俐如瞪大眼睛。

「這就是為什麼我們會開始接觸妳。不然妳覺得酒吧這份工作是怎麼輕易得到的？」

酒吧老闆傾身面向俐茹。

「那芸靜的車禍呢？是你們幹的？」

「不，那是星藍計畫後續發展出的一部分。」明篤神色凝重地開口。

「Moonstar博士當初的實驗雖然失敗了，但她找到了另一種方法。她發現測試者只能服藥到固定的劑量，接下來得要給予強大的外在刺激，才能讓重生者以最快速度成長。」

「所以，強大的刺激就是指讓我的朋友過世這種爛事？」俐茹憤怒地拍了桌子。

明篤緩緩地說：「對，還有包含之前所有大大小小讓妳生活過得很糟的那些事情。」

惡劣的環境，能逼迫一個人成長，這是俐茹知道的。但是殺死自己的好朋友？到底是哪裡來的垃圾，才會做出這種行為？俐茹閉上眼睛，在這短短的時間裡面，一下子得到了太多資訊，這讓她感到一陣頭暈腦脹。

「所以呢，接下來你們打算怎麼做？」

「我們現在的資訊還太少，只能先找到Moonstar博士再做打算。」明篤把平板開到地圖頁面，上面釘選了五六個地點。

點開其中一個有紅色標籤的地點，明篤將其放大，讓畫面停留在一個峽谷旁。

「根據我們的調查，Moonstar博士的實驗基地應該就在這裡。我們的任務就是找到博士然後開發出讓重生者變回正常的解藥。」

「你怎麼知道有這種東西？」

「當然有，不然妳現在早就暴走了。」

俐茹突然眼前一晃，又出現了藍色火焰，耳邊還出現尖叫聲。

她繃緊身軀，抓住沙發扶手。

「妳現在這樣，就是症狀即將發作的前

兆。當初 Moonstar 博士有開發出解藥，但那個只有短暫的復原效果。如果沒有持續服用，還是會慢慢陷入怪物狀態。」

「我當初有服用到這麼高劑量的藥物？」

「妳當初已經服用到第十天了，是危險邊緣。還好博士有及時給妳服用暫時性的緩解藥物，所以才沒有立刻發作。」

明篤神色嚴肅地看向俐茹，繼續補充：「當然，我們還有另一個很大的線索，就是妳。不知道妳有沒有察覺，其實 Moonstar 博士還是有在繼續關注妳的狀況。所以我們希望妳跟我們一起去找博士。」

俐茹想起了阿寬曾經提過，有一個陌生的老男人按過家裡門鈴，還有不知道是誰，替他們繳清了一年份的房租。靜下心一想，這一切確實不太對勁。

難道自己是真的在被隨時監視著？但莫名冒出的黑衣男子跟酒吧老闆就有比較值得信任嗎？俐茹一時間也拿不定主意了。

此時俐茹的腦中突然浮現芸靜曾經告訴過她的話：「俐茹啊，不管如何，不要忘記相信自己。」俐茹下定了決心。

▲時空分歧點▼

「我怎麼能確定你們是不是好人？莫名其妙突然冒出來說我最好朋友的死不是一場意外，還要我跟你們走？」俐茹說完便站起身，向門外走去。

「你不在意自己來不及服用解藥結果變成怪物嗎？」酒吧老闆吸了一口菸，朝俐茹的方向吐去。

「就算是那樣，比起相信你們，我寧願相信我自己。重生以後，我遇過太多壞人了。」俐茹甩門而去。

↓前往時間軸５Ｇ

〈蒼焰彼岸花〉

（請翻閱至Ｐ２４９）

▲時空分歧點▼

「不要再講廢話了。所以我們要怎麼抵達地圖上標示的峽谷？」

「你決定要跟我們一起行動了？」明篤凝視俐茹。「殺死我好朋友的人，我是不會原諒的。」俐茹氣憤的握緊拳頭。

↓前往時間軸５Ｈ

〈循跡〉

（請翻閱至Ｐ２６３）

水瓶座雲林人　從小立志要當漫畫家
出社會後的第一份工作就是擔任漫畫家助手
出版過多本漫畫作品　目前專職於漫畫創作

亦兒

時間軸4E

影集、實境、紀錄片？

3 GOOD HEALTH AND WELL-BEING

9 INDUSTRY, INNOVATION AND INFRASTRUCTURE

10 REDUCED INEQUALITIES

15 LIFE ON LAND

得涅修

先是科普，然後推理，繼而武俠，轉為奇幻，跨至新詩，夢迴楚辭，學的卻是工與農；文字保守派，性喜推敲琢磨，理想職涯乃各式匠人。

俐茹兀立在通道的入口。

像是高架橋下涵洞一般的入口，陰暗且無照明。

雨剛下過，空氣濕答答地；積水的坑窪微微反照著殘月的光。

心情如同空中的流雲，迅疾翻騰不安。雲很濃，沒什麼星星。

□

「妳說那個藍色火焰最近有點強烈是嗎……想休息一下或出去走走……也好，這幾天的事情應該讓妳心情很混亂吧？妳平常幾乎都很賣力工作，請個假也沒什麼。」

「柏豪跟桃桃兩個人沒問題啦！明天預報整天下雨，客人大概也不會多。倒是我跟孝松都聯絡不上聲瑞，如果他有找妳，請他聯絡我。」

出門後繞了幾圈，確認老闆應該沒有派人跟蹤；俐茹心頭輕鬆了些，卻也對老闆的信任與自己的隱瞞稍稍感到有點愧疚。

但是，還是得把事情弄清楚啊。這幾天畫風也變化太大了吧？本來只是找間酒吧賺點錢，結果一下子又什麼基金會一下子又什麼殭屍王的……

我哪知誰才能相信？什麼又才是真的？說不定我根本就不用感到愧疚。雖然不知道單獨赴約的決定對不對，至少得自己先多掌握些什麼吧？不然怎麼判斷？

話雖這麼說，但始終不知道那個老人是何方神聖；老人幾乎無言無語，駕車送到此處後就離開了。總有種出師不利的感受。哼。

還有，這裡到底是哪裡？應老人要求矇

上眼睛坐著車亂轉好一陣子，附近竟然還沒有手機訊號。一定是又有人抗議，所以基地台都拆光了啦。

俐茹舉起左手，端詳那烙印肌膚的藍。看起來還算滑順，不像瘢痕或蟹足組織那樣醜惡。但她很少碰觸自己的藍——並非身體不適，只是心裡難受。

如果可以像除刺青或割胎記那樣處理，會不會一切就能回歸正常，回到從前，回到沒有經歷過這一切前？

回到芸靜還在而阿寬還沒出現的時候？

藍色的肌膚逐漸在眼底與腦中藍色的火焰重疊。俐茹深深呼吸、甩了甩頭，彷彿為自己打氣；而後緊緊握起了拳，指甲掐進掌心。

眼下看來，也沒有別的選擇了。別浪費時間躊躇了吧。

□

又是矇眼給人領著亂轉一大段路後，潮濕泥濘到能聞到濕氣的通道末端，竟是間乾淨溫暖的房間。

對，房間；沒有對外窗，但有門有牆有家具。還有暖色調的燈光，明亮得足以看清這一切。簡直可以用溫馨來形容。

比自己住的爛公寓還溫馨的感覺。

房間的最遠處，有張影集裡才會出現的大型辦公桌。辦公桌後坐著一個人影。那兒的照明比較不夠，只能依稀看到對方的輪廓。桌後左右似乎還站了些人。

派頭倒是不小啊。

「不介意我抽煙吧？」正當俐茹瞳孔適

應了光源、瞇著眼想看清室內的時候，頭頭——應該是頭頭吧——準確地抓到了節拍。

並非詢問，而是告知。

雪茄。頭頭恰如其分地修整、擦火、點燃、旋轉，一氣呵成。果然跟廉價的香菸不一樣啊……俐茹呼吸著，在腦海中比較起自己衣服上被公寓跟酒吧薰染的煙臭。

所以我現在是來到什麼拍片場景嗎？還是又是什麼情境模擬試題？俐茹臉上不動聲色，心裡直嘀咕。沒幾天前才在想那樣的生活實在太爛了，但這幾天也太天翻地覆——

「沒有特別準備座椅，只好麻煩妳站著了。妳就想成來面試吧。」頭頭做出「請」的手勢，示意俐茹向桌前站些。門口的兩個……人……嗎？也各靠攏一步，遙遙將俐茹圍著。

「為了表示誠意和敬意，我讓妳先問一個問題。請。」雪茄在頭頭唇邊亮了一下。

盡力表現出思量過、又不想流露躊躇的俐茹略為沉吟後開了口：

「為什麼是我？」

「看過照片了吧。兩次。」俐茹心裡一跳。

「妳想知道如果照片是假的，為什麼會有一模一樣的兩張？」

「因為照片是我們做的。我們故意讓他們找到的。」

俐茹眨了眨眼，在腦海暗暗嘆息著：所以那不是真的——

「照片確實是假的，但事件是真的。」

「什麼？」

「知道紀錄片吧？」說到紀錄片三個字

的當下，頭頭同步以雙手比出了影集看得到的那種引號手勢。「紀錄片是拍出來的，但總有所本。」

「我們故意做出變造的痕跡，用來混淆視聽。要刻意留下破綻、又不能拙劣到一眼看穿，不容易啊。」

假的……真的……真的假的。到底怎麼回事啊？

「人類、重生者、殭屍——這個世界現在分為三個陣營。有沒有很像妳以前擅長的那個電腦即時戰略遊戲？」

我早就沒有印象了，現在也用不到電腦。俐茹這麼想著。

「其實這個遊戲的背景故事裡，還有第四個陣營。」

俐茹明白頭頭想說什麼，但竭力不動聲色。

「我知道他們已經告訴妳了，『異客』。」引號手勢。

「這個稱號的品味我就不評論了，但倒是暗示地很高調啊。」

「那如果我說，所謂的屍潮恰似那個遊戲一樣、也算是異客的傑作，妳又會有什麼想法呢？」

俐茹真想放聲尖叫——思緒像藍焰正熾時，只是現在沒有藍焰。

眼中，房內的燈光彷彿搖曳著，如火炬一般。

□

「不管稱為培育還是轉化，將人類變為殭屍的過程中，使用的是異客所擁有的能力。」

能力是如何流出或取得的，已無紀錄可考；但尚未全盤掌握即魯莽貿然試驗的結果，就是屍潮席捲整個世界。」

「當初異客為何願意協助人類處理屍潮這個重大事件，理由自然不言而喻——但一來畢竟簍子是人類捅出來的，二來他們想繼續遺世獨立，所以也只是與人類合作成立代理人機構，並提供有限度的協助。」

異客邦跟基金會。還有其他的嗎？傳聞中的那間醫院？俐茹想著。

「創傷鬥士、重生者、殭屍這些稱呼，說穿了都是黨同伐異的手段。」頭頭對著房間擺了擺手：「我們就是『所謂的』高智力殭屍、高階殭屍呢！妳覺得我看起來像是進化殭屍嗎？會不會哪天又發明一個超進化殭屍？」

「而且他們竟然在找……殭屍王？玩遊戲還拍電影啊？」頭頭笑咧了嘴。

可是現在這個場景真的很不現實啊。俐茹沒說出口。

「重生者的傷害事件不是我們幹的。雖然部分受災者確實心智殘缺甚至喪失，但他們根本不具備在人類社會中特意挑選重生者攻擊的能力。會做這種事的，還是只有人類而已。」

「事件發展至今，異客現在的盤算跟意圖如何，並不明朗。但人類……人類連對人類自己都足夠殘酷了，何況你們這些重生者，甚至我們這些『不是人類』的受災者呢。」

俐茹左肩似乎痛了起來。

你我他這樣的代名詞，此時此地卻被賦予了不同的意義。

「我們是被迫、被強制創造出來的，新的族群。我們也能溝通、能思考，有理性、有生存的資格跟權利。」

「因為人類的恐慌，我們就要被滅絕？就像人類如何對待窗台上的蜂群、野地裡的遊蛇？就像重生者被攻擊一樣？」

頭頭凝視俐茹的雙眼。

俐茹不想示弱地轉開頭，但直直盯回去又好刻意。

「時機快成熟了。我們掌握了很多，甚至跟一些創傷鬥士接觸過。時機快成熟了。」

頭頭移開視線、放過了俐茹的窘迫。

俐茹這才注意到，房內其中一個人的肢端似乎有金屬般的反光。

「不過，無論如何，至少我現在不用擔心得肺癌。」頭頭似笑非笑地抿抿嘴，點起第二支雪茄。

「我們不稱呼自己為殭屍：凡是當初受到屍潮災難影響的，我們統稱為剛剛提過的受災者；像你們一樣的，就叫重生者也沒什麼關係。」

「至於像我們一樣進化的……我們暫且自稱『餘生者』。」引號手勢。「劫後餘生，很好理解吧。種種跡象都顯示，我們確實比人類更加進化。」

「或許，這才是人類想消滅我們的真正理由吧？」

□

「我現在回答妳一開始的問題。」

「妳本來也是我們的一份子。三年前的行動裡妳被捕獲，作為重生計畫的實驗品；

某方面來說，實驗非常成功……」頭頭掃視著俐茹。「但妳也因此失去所有的記憶，失去所有的過去。」

俐茹咬緊牙關。

「基金會的人應該告訴過妳，重生者可以再次重生為殭屍，對吧？他們是觀察到、還是實驗得知，我並不清楚；但我們早已確實掌握了方法。」

「如果妳重新加入我們，不但能保留重生至今的記憶，我還保證會提供所有、『所有』、能讓妳知道的，關於妳的或是妳想知道的資訊，讓妳得以重獲妳的記憶跟過去。」

「妳應該知道妳身上的印記也是刻意製造出來的了吧。那些痕跡會在妳加入我們並再次重生之後逐漸消失。妳的外表會比現在更像是普通的人類。」

「我甚至……」

頭頭刻意停頓了一下，將雙肘架在桌上，微微探出上半身。

「……能讓妳再見到芸靜。」

芸靜！

俐茹勉力控制著表情，雙手用力地掐著各自的掌心。

□

離開通道的入口，俐茹大口呼吸著。

好想癱坐在地上，但地板好髒。而且，一點都不想示弱。

至少，不能在這裡示弱。

「我們馬上會準備開始行動。」

「我知道妳先接觸的是基金會的人跟他們的說法，先入為主下很難相信我們。我給妳一些時間想想，但不會太久。」

「這個場所已經曝光了，很快就會廢棄。一旦超過了約定的時間，妳就再也沒有機會像這樣見到我了。」

「我們並不是人類認為的那種好戰的瘋子——如果可以選擇，我們其實也不想打仗；人類才是那些衝突與爭端的始作俑者。或許我們應該回敬他們，稱他們為屍潮凶手？」

「要鞏固我們的生存，終究只能向人類反抗；我們不願與重生者或異客糾葛，但如果他們選擇作為幫凶站在人類那邊，或許也只能擴大戰線。」

「妳可能覺得我的承諾很難相信，但基金會那邊給妳的又如何？別忘了他們可是先懷疑跟欺騙過妳……」

俐茹覺得好茫然。

要回酒吧嗎？裝沒事，還是向他們報告這一切？

要回公寓嗎？阿寬一定又把客廳弄得好臭。芸靜不在之後，那裡只是棲身之所而已，不再是家了。

爛死了。爛死了。好想芸靜。

如果芸靜還在，一定能告訴我我該怎麼做，或是以前的我會怎麼做。

俐茹用雙臂環抱著自己。似乎又開始飄雨了。

她轉過身站定，看著這條不存在於手機地圖裡的通道。那條通道的盡頭，似乎還比雨夜的街道明亮多了。

而自己的左肩卻比夜色還深。

「妳知道南台灣的捷運沿線上有座原生植物園嗎？雖然不是熱門景點，我還是人類的時候曾經去過。」

「那兒現在變得怎麼樣，我不清楚；但我一直記得，那時裡面竟然有入侵種的布袋蓮跟蔓澤蘭，而且旁邊有解說牌。」

「人類啊，就是這麼奇妙的生物……」

頭頭送客的時候，沒頭沒腦地講了這幾句話，再次笑咧了嘴。

長夜將盡，雨勢漸大；雨滴彷彿直落進心底，身體開始被打濕。

沒什麼時間了，很快就要下定決心、做出決斷。

況且還有那麼多生活瑣事要處理。

可是……那些事還有意義嗎？好累。

好累喔。

▲時空分歧點▼

俐茹不確定自己是怎麼走回家門口的……

↓前往時間軸5I

〈新天地〉

（請翻閱至P275）

▲時空分歧點▼

「芸靜。」

↓前往時間軸5J

〈夜幕真相〉

（請翻閱至P297）

時間軸4F

失憶的眞相

TB Liu

一個略懂影音書畫的閒散高等遊民，
努力將腦海裡盤旋的各種怪想法具現化中。

在床上翻轉了一整夜，俐茹直到接近天色漸白才入眠，不過她並沒有因此而有休息的感覺，反而是轉換到夢裡遊蕩。醒來的俐茹只隱約記得，自己在一個瀰漫白霧的街道上，有個看不清楚的人拉著她的手往前跑著，後方則是若隱若現地出現不少追著他們跑的人影，看起來像是人類，也像是殭屍。

奔跑中的俐茹全身纏繞著每次在夢中都會出現的藍色火焰，這火焰隨著俐茹的控制往後噴發，每次噴發都會讓後頭的人發出刺耳的尖叫聲，可追逐者的數量卻是不減反增。

突然間自己釋放火焰的那隻手被熟悉的膚觸抓著，接著冒出的呼喊聲讓俐茹認出是芸靜，但還來不及握緊，俐茹就發現有股力量強硬地拉開握住她雙手的兩端，接著地面突然陷落，俐茹整個人像是藍色火焰球般，緩慢但確實地在垂直無底的黑暗深淵中下墜，好不容易她抓住一根出現在崖壁上的枯樹枝，想攀上卻用力過猛地撞到岩壁，俐茹痛到皺眉閉眼，直到她再次睜眼，看到自己面對靠床旁的牆壁，手上握著被拉撐的充電線與快脫勾的電源插頭，總算確認到已經從夢中醒來。

「妳還好吧？」不知道何時站在門旁的阿寬，用著沒有生氣的語音問。

俐茹撇開頭、擦掉眼角的淚痕，回應說：「沒事了，只是做了個夢而已。」

「沒事就好，不過剛剛妳的電話一直在客廳的桌上震動，好像是妳的老闆在找妳吧！」阿寬邊說邊把手上的手機丟給俐茹後就轉身離開，接著聽到大門開關的聲音，俐茹知道阿寬應該是下樓去抽煙了。

俐茹拿起手機查看，心想原來這一覺竟然已經過了上班的時間，連忙點了未接來電的按鈕，嘟了幾聲後，柏豪的聲音從話筒裡傳了過來：「我說俐茹啊，雖然說我們才剛成為夥伴，但工作上的事情可還是要做啊，老闆已經跑來問我好幾次妳怎麼還沒到了，妳又一直不接電話，搞得我都快煩死了，剛剛老闆還說如果妳再不接電話的話，就要我直接殺去妳家了欸！」

「我只是睡過頭了，你們也太誇張了吧！」俐茹頓了一下接著說：「對了，昨天晚上有個不認識的人留了一封信，約我晚點在車站的咖啡廳碰面，說有重要事情要跟我說，所以今天晚上應該會晚兩個小時才會到店裡。」

「什麼？他要跟妳說什麼事情啊？」

「信上沒有太多訊息，不過可能跟殭屍王有關吧！」俐茹隱藏了那張照片的訊息，也許是出於下意識地對任何事物的警戒。

「這樣啊，妳等等喔，我去問一下老闆！」電話那端可以聽到柏豪急忙地放下電話，走上樓梯去通知老闆。

約莫過了兩三分鐘，電話那端又傳來聲音：「喂，俐茹嗎？我是老闆，那封信上寫些什麼？」

「就是一張殭屍王的剪報照片，另外註記今天晚上七點半在車站地下一樓的咖啡廳碰面。」俐茹含糊地回應老闆的詢問。

「嗯嗯，我知道了，人多的地方應該不會有什麼狀況才對，但為了以防萬一，我會派人暗中保護妳。」

「好。」雖然並不想有人跟在一旁，不

過老闆沒找人跟著的話，也是挺奇怪的。

「見機行事，萬事小心，我們會在店裡等妳回來，就這樣。」說完老闆就掛了電話，速度之快倒是嚇到俐茹。她發呆地看著手機一會兒，接著就跳下床，換上外出服準備出門。

□

約定的車站是個人潮聚集的熱門場所，除了有火車跟高鐵之外，還有兩條捷運線交會，再加上車站大樓有大半出租給業者弄成大型商場，原本空蕩蕩的空間，才過了沒幾年就開始出現不少非搭車族群在這邊閒晃度日，尤其是地下一樓的美食廣場，一到下班時間的人流可是挺嚇人地多，俐茹以前還覺得這車站幹嘛搞得如此之大，現在倒是覺得好像走道太壅擠了。

約定的地點剛好在人流交匯的一角，所以小小的座位區差不多都已經坐滿，拿著大杯黑咖啡的俐茹，恰好遇到一個坐在靠近外側走道欄杆旁一角的女孩要準備離開，只是光等她慢條斯理地收好桌上的筆電跟各種小雜物，也讓俐茹呆等了將近兩分鐘之久，雖然有些不耐煩，但是俐茹仍給了女孩一個制式的客服微笑，畢竟在這種時候能有位置，可也不是容易的事情囉，倒是那女孩一看到俐茹身上的藍色紋路，竟然露出了驚恐與嫌惡交雜的表情，匆忙地閃開離去，俐茹雖然還是保持著笑容，握著飲料杯子的手倒是忍不住用力了些。

坐下後的俐茹東張西望，卻沒看到有任何上年紀的男人在附近，看著手機上的時間，其實已經過了約定時間，但還在俐茹可以接受的範圍，她心想也許那個人可能有些原因才耽誤了，又或者是自己走錯了約定地方呢？為了確認自己沒有搞錯，俐茹從隨身的包包中取出了那張照片，翻到背面查看。

『是這裡沒錯啊！再等他十分鐘吧！』俐茹心想。

等待的時候，俐茹又重新仔細地看著那張照片，她其實完全沒有關於這張照片的任何印象，但照片中的那個人，的確是自己沒錯，不過看起來是以殭屍身分存在的她。『難道是因為重生後，所以記憶喪失了？』

「妳的記憶不是因為重生而喪失，是有人，或者說……有未知勢力介入控制而消失的。」

俐茹聽到聲音，抬頭一看才發現，不知道何時，自己對面的位置坐著一個陌生的年輕男子。

「你是？」俐茹提問。

「我是誰，目前不重要，因為現在妳的記憶還沒有恢復，所以講了妳也不知道，唯一重要的是，妳願不願意相信我？」

「呃……有人跟我說，約我到這裡的人是個中年人，但你看起來好像不是吧？」俐茹有點疑惑地提問，整個人從原來放鬆的狀態開始有些緊繃，眼角餘光則自發性地搜尋著可能逃走的方位。

「嗯嗯，就算妳忘記了以前的事情，但是謹慎小心的態度啊，果然不會因為失憶而改變。」年輕男子拿起了桌上的餐巾紙，在上頭寫上了一串字後遞給俐茹。

俐茹看那紙上寫的內容，不僅和照片背

面的相同，甚至連筆跡，以及結尾的六角星芒符號都是完全相同，這才回應說：「原來是你，可我室友怎麼說是一個中年人？」

「因為不希望洩漏了蹤跡，所以我才找了人幫我傳遞訊息，不過我倒是沒想到，原來看起來很廢的室友，來頭可也不小啊，是不是啊～國安局九處參事鄭和寬！」那年輕人說完後，看向俐茹隔壁座位，一個用手機在看動畫，身上穿著知名動漫人物服飾，戴著一副粉色半框眼鏡的亂髮宅男。

「他才不是阿……」不等俐茹說完最後一個字，只見那人拿掉眼鏡，用手指簡單梳理好頭髮後，就變成了那個俐茹恨不得他趕快搬離的室友阿寬，霎時她完全說不出話來。

「這樣也能讓你認出來，我這偽裝應該很到位才是啊？」阿寬對著俐茹面前的年輕男子問道。

年輕男子往後靠在椅背上說：「當然乍看之下沒什麼問題，但一來你的裝扮太刻意，二來手機播放的東西，明明有好笑的橋段卻看你一臉正經八百地沒動靜，最重要的是……你的隱藏式耳麥也太明顯了！」

「哈哈，沒辦法，上級一直不肯更新通聯器材嘛！嘿～要不是得請你們回局裡聊聊，我也不想就這樣暴露身分啊！」阿寬說話的態度，展現出完全不一樣的人格特質，讓俐茹真的不敢相信，面前這個傢伙竟然跟自己生活了這麼久，卻完全沒有露餡。

「喔～」年輕男子刻意拉長尾音，接著說：「如果我們不想乖乖配合的話，又會怎樣呢？」。

「既然我會這樣說，就代表我跟我的隊

員有十足的把握囉。」阿寬倒是自信滿滿地回應。

「那要不要打賭一下，十分鐘之後是我在你們局裡繼續跟你聊，還是你上頭要跟你聊呢？」年輕男子挺起身子，一手撐著下巴，嘴角露出詭異笑容說著。

「嘿！好啊！你們兩個四周都是我的人，就看你們怎麼逃囉。」果然阿寬不是說假的，他邊說邊打了個暗號，霎時環繞著俐茹的不少人，不約而同地轉頭看向他們這過來。

「呼，這種電影裡的情節，沒想到在現實裡也可以看到，嘿嘿，挺有趣的嘛！那我也來一個吧！」年輕男人說完，很故意地舉起手，彈了一聲清脆的手指聲響。

接下來的事情發生得太快，那一聲響後，整個地下大廳響起了消防警鈴，同時幾乎所有的人都望向聲音來源處，等阿寬再回頭時，年輕男子已經跟俐茹翻過欄杆，迅速地穿過驚慌失措的人群，接著沿著手扶梯往上快速奔走。阿寬則是咒罵了幾句，指揮著其他扮裝成員一起追上去，不過消防警鈴造成的混亂，已經讓原本擁擠的走道更加混亂，手扶梯上面還有人跌倒，導致上下都進退兩難，動彈不得的阿寬看著簡直快氣炸了。

□

先一步行動的年輕男子，拉著俐茹一路避開人群，奔跑上到車站的二樓，但推門出去準備往一旁的空橋之際，柏豪跟聲瑞突然出現，阻擋兩人前進。

「俐茹，妳不可以跟他走！」柏豪邊說邊想拉俐茹過來自己身邊，不過俐茹卻往後退了幾步。

「我……我還有些事情要問他，你們趕快離開吧，等等國安局的人就會追上來了，到時候他們可能會連你們兩個都抓回去的。」

「這我可不管，老闆的命令是要把你們兩個都帶回去，快跟我走！」

「不行，我不會跟你們這些異客敗類接觸，給我滾！」年輕男子突然而來的暴怒倒是嚇到在場其他兩人。

「你怎麼知道他們是異客邦的？」俐茹有點驚訝地問。

年輕男子冷笑一聲後回說：「他們就是打著為了維護殭屍人權，卻又冷眼旁觀看那些高官用不乾不脆的半成品重生藥，造成這個世界更多問題的偽善者！」

「我們才不是這樣，我們很認真在幫助重生者能重新融入社會！」柏豪反應激動，不過一旁的聲瑞卻沒有什麼太大的反應，不像是俐茹認識的他。

「少廢話了，你自己去問你們老闆跟他的異客好朋友，動手！」俐茹跟柏豪本還以為年輕男子要開打了，柏豪還擺出防禦架勢，冷不防地被身旁的聲瑞下重手擊打後腦，雙腳一軟就往後倒下，聲瑞順勢抱著柏豪，對年輕男子點頭後說：「老大，車子在前面大樓的停車場，鑰匙在老地方。」

「好，這次你的身分曝光了，之後不用待在那酒吧了，回基地報到吧！」年輕男子說完就拉著俐茹轉身跑進賣場。離開的時候，俐茹看到聲瑞帶著充滿欣慰的情緒，對著她揮了一下手，接著將昏倒的柏豪拉到一旁的牆壁靠著，然後往反方向離去。

□

俐茹和年輕男子沿著大樓的逃生梯一路往下移動到地下停車場，在繳費機後方找到車鑰匙跟代幣，接著用鑰匙的解鎖功能順利找到停在出口附近，外型不怎麼起眼的黑色小車。

兩人搭上車後，由年輕男子駕駛車子在市區不疾不徐地行駛，俐茹看著開車的這人，眉宇之間隱隱有些熟悉的感覺，正在腦海思索對於這個男子的記憶時，年輕男子倒是先開口說話：「我叫立德，我想妳正在思考該怎麼叫我吧？」

「沒想到你還可以邊開車邊知道我在想什麼，厲害！」俐茹真的有點被嚇到。

立德哈哈大笑幾聲後說：「我只是依照妳以前的個性推算的囉，當時妳也說了一模一樣的話，果然就算失憶也不會改變太多習慣，哈哈！我好像不久前有說過一樣的話欸！」

「雖然你這樣說，但我還是完全沒有關於你的記憶就是了。」俐茹放棄折磨自己的腦袋，老實回應。

立德這時已經將車子開到一處看起來以前曾是學校的地方，在緊鄰操場跑道旁的路邊停了下來，查看四周後確定目前是安全時才說：「俐茹，我知道妳現在應該還是半信半疑的，換作是我的話，應該也會這樣。」說到這，立德頓了一下，看了俐茹一眼後繼續說：「我其實超後悔那天答應妳，讓妳跟著我去執行任務，那時我們人手不足，中途得分開各自行動，之後妳就失蹤了！要不是湊巧看到有妳的監視錄影畫面，我跟其他夥伴都以為，妳已經被那幫人毀屍滅跡了。」

「在找妳的那段時間，我們發現國安局有在秘密進行新的重生者實驗，他們將抓來的殭屍投入各種不同的重生藥來做實驗，其中有一款藥會封閉殭屍所有的記憶，還能讓國安局的人員藉由洗腦的方式進行控制！最可惡的是，他們還利用這些重生人來對付他們以前的夥伴，搞得我們損失不少值得信賴的夥伴。」

「好在我們這邊的運氣也不算太差，透過某些管道，我們總算知道他們是如何控制這些重生人，並且還有能逆轉這些狀態的方式！」立德說到這裡，就靜靜地看著俐茹。

「等等，你是說我現在的記憶都是假的？芸靜說的也是假的？」俐茹有點激動地回應。

「當然，妳想看看，這些日子以來，你可是跟阿寬這個國安局臥底生活了多久？再者，妳說的那個芸靜，其實也是國安局的人員，她是特別被安排要跟妳接觸、透過跟妳一起生活來監視妳的，只要仔細想想看，應該會有些跡象吧！」

俐茹對於這個消息實在太訝異了，瞪眼張嘴許久才突然冒出話來：「可是她後來出車禍死了，如果是國安局幹員，怎麼可能這麼容易就死？」

「那是因為她大概跟妳相處太久了，對妳有了超越實驗對象的情誼，也許是阿寬，又或者是國安局的上層……發現芸靜可能會為了保護妳而破壞整個計畫，才製造那場讓人消失的車禍吧！」立德轉頭看著遠方，繼續說：「其實我會知道妳還活著，也都是靠她傳了消息給我，只是……我到了約定的地方等不到她，後來才在新聞上看到她的車禍意外。」

「什麼！怎麼會是這樣！」俐茹聽完立德的說法後握緊拳頭，重重搥了車門，全身的藍色焰紋似乎也隱隱閃爍光芒。

「現在當務之急，就是要回復妳的記憶，妳就會知道我說的是真還是假了！」

「要怎麼做才能找回我以前的記憶？」

立德從口袋裡掏出一個鐵盒，翻開盒蓋，出現了一顆半黑半白的膠囊：「只要吃下這個膠囊，妳就能恢復記憶，不過……」

「不過什麼？」俐茹焦急地問。

「吞下這顆藥丸之後，除了恢復記憶之外，妳的身體也會轉變成殭屍狀態。」

「什麼！」

立德還來不及回應俐茹，就從後視鏡看到後方坡道衝出一輛黑頭車，高速向他們接近，幸好車子還沒熄火，立德馬上大腳踩下油門往前衝，差一點點就被後面車輛撞著，接著兩台車就在不算寬敞，還有各種外推攤位的小巷弄裡一路追逐。不過隨著移動距離的加長，除了驚險度直線上升外，後方跟上的黑頭車也越來越多，直到立德準備想轉彎進入國道入口時，為了閃開突然衝出的行人，車子失控擦撞到路旁的柱子後，在十字路口打滾數圈，才以輪底朝天的方式停下。

一陣煙霧瀰漫中，俐茹隱約看到立德似乎暈了過去，這時追他們的那群人已經趕到，並將現場包圍了起來，而藏有藥丸的鐵盒就躺在俐茹伸手可及的地方。

▲時空分歧點▼

俐茹吞下藥丸

↓前往時間軸5K

〈線〉

（請翻閱至P323）

▲時空分歧點▼

俐茹沒吞下藥丸

↓前往時間軸5L

〈九零年代 KTV〉

（請翻閱至P361）

3 GOOD HEALTH AND WELL-BEING

10 REDUCED INEQUALITIES

時間軸4G

關鍵就在海倫山度絲

炳紳與彤華

相識於微時、死別於中年、相愛相殺的伴侶。

他極其低調，不輕易與人交心，但愛聽她說話。她依賴心重，每天每天，事無大小，總要巨細靡遺對他說一遍。此刻，他靜了，她默了。

「好，爽快，」桃桃對正在整理座位的服務生說道：「你點一下這邊人數，全都送一份薯條跟咖啡過來，掛老闆的帳，抱歉了王組長，如果讓你在我們地盤請客，我對老大也不好交待。」

無眉仔李孝松一進麥當勞便上下到處繞了一圈。他有個習慣，當他一手拔著不存在的眉毛時，正是腦子飛快運轉的時刻，而若兩手都拔上了，就表示遇上了需要全力燃燒大腦的難題。此時他思索著如果有了什麼狀況要如何保護俐茹，同時一手拔著眉毛，更精確地說，那眉毛只存在他的想像中。

麥當勞內，國安局的人不多，各樓層很有效率地早已各有兩、三人占據在重要出入口，但麥當勞外肯定是圍成了個鐵桶。

李孝松在重生者扶助基金會工作，本身也是個重生者，接觸過許許多多如同俐茹的重生者。基金會有檯面上的任務，也有檯面下的，李孝松所屬編制外的外星生物研究組就是檯面下的重點黑暗部門。

科學家研究出來的所謂殭屍解藥存在很多未解之謎，並不是所有曾經的殭屍都能成功恢復成人類，即便重生，也有著各種後遺症，例如重大刺激下會產生失憶，以及重生者偏高的暴力犯罪問題。而因著不穩定的記憶缺塊，犯罪者並不自知已然犯下罪，也是有可能的。

重生者早就不是原本的「那個人」，甚至稱不上「人類」，他們是理所當然該被視為外星人的物種，不該用什麼「解藥」把他們召喚回地球——這個世界有一群人理所當然地抱著這種態度面對重生者。

外星生物研究組著重對於重生者非人類表現的現象研究，在研究上有著近水樓臺的便利性，而組內唯二的兩名組員都是重生者，更提升了李孝松對重生者祕密的掌握，雖然有些時間是組員兩人互相研究，更多時候是自己研究自己的身體。

李孝松得到了一般重生者不知道的祕密，關鍵就在海倫山度絲，一定要是洗髮精！

攻擊重生者事件在世界各地偶有發生，但這次在臺灣發生的連續斬首事件卻顯得很不尋常。自第一起斬首事件發生後，李孝松即被基金會指派調查，卻始終沒有進展，直到第三起發生時才偶然發現受害者之間與曾經發生的某個事件具有關連性。

若推測無誤，林俐茹極可能會是下一個斬首的目標，而凶手依然未現形。

李孝松不認為國安局王彥斌是凶手，理由很簡單，沒有凶手會在行凶前大費周章出動大量人力、並願意再花一小時說明來達成目的，這明顯與往例不合。

走到三樓廁所前，號稱「重生者基金會外星生物組沒毛諸葛亮」的李孝松，嘿的一聲冷笑，有了個想法。

□

李將，身為一名職業殺鬼人，他有著一千種俐落收拾鬼的手段。他的外貌是無害的憨厚中年大叔，中等身材，凌亂的頭髮、參差的落腮鬍，半垂的眼皮，隨身物是一根隨處可見的登山杖，洗到泛白的布衫下隱藏的是千錘百鍊的刻苦生活在他身上留下的堪稱健美先生的體格。速度是他的驕傲，他是風一樣的男子。這是他走跳於世人面前的形象。

小巷裡正在進行著一場戰鬥。三名重生者團團圍住李將，其中兩個以躺著的屍體姿態用不瞑目的雙眼訴說自己的莫名，還有一個站著的重生者，手中拿著一把槍指著李將，手卻不斷發抖。

李將目露凶光，舔著手中帶血的武士刀，像蛇盯著青蛙一般冷冷看著今晚的獵物。

「我們無冤無仇，為什麼？」站著的重生者問。

突然，李將的腳踝傳來一陣劇痛，是本該死亡的屍體正用力咬他。但李將有重要的理由讓他不能在此時此刻聲張，李將氣貫雙足，他的腳踝骨瞬間硬得像石塊。

「重生者沒有存在的理由。」

槍響！刀光一閃！最後的獵物倒地。

「卡！」

「收工！」

導演不耐煩地結束今天本該早已結束的拍攝。

李將鬆了一口氣，今晚他已NG了十次。

「哎喲，最後你竟然有忍住。」剛才咬他的重生者屍體開心地說，是李將的女兒。

「唉，我有任務。」

李將把手機裡的訊息給女兒看。

「麥當勞？」

像風一樣的男子，決定搭乘像風一樣的捷運列車趕路。絕不是因為他腫脹如麵龜的腳踝，絕對是因為，今晚捷運上將會有風一般的往日回憶吹拂著他，直到他用手中的登山杖了結這一切。是的，捷運不能帶武士刀。

□

麥當勞二樓。一張桌子，兩個人。王組長好整以暇地看著坐在對面的俐茹，彷彿有大把時間，一點也不急著開口，不管是不是請示過了上級，他顯然已經有了打算。俐茹喝著咖啡，吃著薯條，雖然不趕時間，還是開了口。

「王組長，有話快說吧。」

王彥斌看著俐茹，時間一定過了至少三十秒，就在俐茹開始感到不耐時，他終於開口。

「妳已經死了。」

「我知道。我又活了。」做為一個重生者，俐茹感到王組長的話莫名其妙。

「不，妳已經死了。」王彥斌斬釘截鐵地說。

俐茹以一種「你在跟我開玩笑嗎？」的眼神望著王彥斌。王彥斌緩緩從胸前口袋拿出一張剪報，慢慢放到桌上，滑向俐茹。

標題是「三寶司機高速衝撞！兩女噴飛墜橋，一死一命危」。

俐茹當然知道這場車禍，她的好朋友王芸靜就是這樣離開的。俐茹以堅定的眼神望著王彥斌，兩手一攤表示：「我知道這事啊，又怎麼了？」

王彥斌示意她把報導看完。俐茹只好耐著性子看下去。

「……林俐茹當場身首分離死亡，王芸靜重傷送醫搶救中。」是不是寫錯了？

俐菇看了一下自己的左手，依然是觸目驚心地滿佈藍疤。她疑惑地抬頭望著王彥斌。

「所以……我是王芸靜？」

王彥斌緩緩搖了搖頭。又從胸前口袋拿出另一張剪報。

標題是「苗栗國車禍，研究生傷重不治」。

林俐茹耐著性子看下去

「……研究生王芸靜三日後傷重不治。此次車禍共造成二死……」

林俐茹一臉茫然看著王彥斌，心裡湧起問號。

「這到底怎麼一回事？」

「因為妳死了，所以妳現在在這裡。」王組長冷靜地說。

「所以這裡是閻王殿？」林俐茹覺得肚爛，靠北，你在講幹話嗎？

王彥斌搖了搖頭。

「妳跟我們回去，會有上層的人跟妳解釋進一步的消息。請相信我，我們是來保護妳的。」王組長一臉誠懇。

俐茹滿腦子混亂。她想起剛才李孝松趁拿咖啡的空檔給了她一張紙條，上面寫著：三樓廁所。

「我去一下洗手間。」

「請保密剛才的事，當然這是為了妳的安全起見。」王組長邊說邊做了一個手勢表示請便。

「我已經死了，不用擔心。」俐茹頭也不回地說。

□

頂樓天臺。國安局的三名幹員安安靜靜地據守著各自的據點。麥當勞M字招牌被一根粗大鐵柱頂向半空中，上面赫然有個人影，是個老人。以老人的功力，在人類的眼中他就如同透明空氣。老人望向原本應該光彩奪目的臺北夜空，此時入眼卻只是一片黯淡，如同他現在的心情，他想起了幾年前的喪孫之痛。往事歷歷。

他最寵愛的小孫子叫小強，當年痴迷於實驗，永生不死的實驗，人稱「不死博士」。但不死博士名號太大，樹大招風，成為人類不計代價必殺的目標。

是的，人類。

他是在捷運上被暗殺的。

遺留下來的監視器影像，說明那天在捷運列車剛啟動時，一顆巨大藍焰鐵球襲向正端坐列車上專心看片的小強。數名車上偽裝的刺客也在同時間發動攻擊，已經啟動的列車瞬間成了煉獄。

小強燒成火人、身負重傷，但臨死前卻無視蜂擁而上的刺客的攻擊，反而致力攻擊尖叫奔逃的其他乘客，一個、兩個、三個……直到第五個，他終於力盡倒地。

看來不死博士終歸是死了。

不死實驗的內容一直是個祕密，老人直到小強死後幾年，才在偶然間發現他藏起來的物品，以及一份筆記，一份已經不完整的筆記。老人終於知道了小強或許沒有死，他把自己藏在當天所攻擊的五個平民乘客中。林俐茹，最後一個了。已經調查了又調查，不會錯。今晚看來是要有個結果了。

□

無眉仔李孝松從三樓廁所出來，拿了咖

啡、薯條往樓上走去。二樓要進行密談，反正要清場，一時半會兒應該不會有狀況。國安局的幹員並不阻攔他，樂得他四處晃。左搖右擺終於來到了頂樓，他忽生警覺，注意到國安局三名幹員一動也不動。強烈殺氣！是上方！

他拋開咖啡，瞬間啟動身為重生者的祕密武器，霎時藍光遍體，肌肉賁張，宛若金剛降世！但抬頭望去，哪裡見到什麼敵人蹤跡。他舉起右手憑空拔著眉毛，然而想不到下一步該當如何，殺氣卻有增無減地一波一波襲來，於是不由自主地，左手也舉起憑空拔向眉毛，這會兒想起要蹲馬步，全力防守！

老人居高臨下看著一個重生者怪裡怪氣的、左遮右擋不知在搞什麼鬼，然後感到今晚總算有了光亮。因為老人終於把墨鏡摘了下來。笑了。

此時一陣瘋狂的笑聲從老人的後方響起，自遠而近。

□

林俐茹進了三樓廁所，只見洗手檯鏡子上大剌剌寫著三個字「天花板」，旁邊畫一個箭頭向上。推開天花板隔板一看，一張紙包著一罐不知名的物品。林俐茹取下打開一看，紙上寫著「遇到危險速塗肚臍」，再看手上，是一瓶海倫山度絲。

突然一陣怪異笑聲從樓上傳來，引起麥當勞一陣騷亂。

俐茹循聲快步往上，一到頂樓已有數名國安局幹員包圍麥當勞招牌，安安靜靜。再看李孝松，擺了個千里眼紮馬步，也是安安靜靜。

一聲大喝，老人背後一道螢光劃過天際奔向林俐茹，王組長正從俐茹後方趕到，迅速拔槍想要制止，但看來是來不及擋下這雷霆一擊。俐茹看來只能閉目待死。但光一閃即停，指向的目標不是俐茹的頸項。

在海倫山度絲前，兩根手指緊緊夾住一道螢光，手指的主人是個老人，而螢光來自一把杖中劍，劍的主人名叫李將。

俐茹再看一眼手上的海倫山度絲，心中興起了荒謬絕倫的感覺。這是什麼寶物？生髮水嗎？突然手中的海倫山度絲瓶子爆裂，灑了俐茹一身，肚臍一陣濕冷。藍光，她覺得自己在發光。

又一聲爆喝。李將的劍爆出強烈白熾閃光，將整個頂樓吞沒。一隻夜娥似乎在兼程趕路撲向白光，從俐茹眼前飛過，但卻像靜止的標本停駐在俐茹眼前，始終看不到牠的翅膀拍下。白茫茫中俐茹不確定自己是聽到還是感覺到李將一字一頓：父！親！大！人！納！命！來！

「俐茹！」

突然一個聲音傳入俐茹腦中！是老闆！

身為麥當勞及附近眾多物業的擁有者，老闆從密布的監視器及桃桃的回報中一直掌握著事情的進展。

「俐茹，我現在用特殊方法跟妳連繫上，不要訝異。有些事情我認為妳遲早必須知道，晚講不如早講。事情會超出妳的想像，但請妳試著去接受。」

「嗯。」俐茹心裡想著：我才剛被告知是個死人，還有什麼不能接受的嗎？

「我是你爸。」

「啊？」

老闆接著說出了以下的故事。

「俐茹是殭屍的記憶儲存器，你應該叫小強，是殭屍。殭屍因著族別的不同，擁有不同的能力。我們是掌握『速度』的殭屍一族。血統越純，能力越高，速度越快。速度越快則時間越慢，快到極致可以達到暫停時間的效果。而不用具備太強的能力，一般殭屍就已經是萬年不死，擁有無限的壽命。我們一族，長久以來都有隱跟顯兩派。隱派與平民結婚生子，混雜於人類社會中以成就取得影響力，並不隨意攻擊人類；顯派則是以統治世界為目標，藉著攻擊人類將屍毒散播出去，以取得大量殭屍士兵，但這樣的士兵是沒有意識沒有靈魂的，難以接受指揮。殭屍士兵非常脆弱，人類極易以各種方法摧毀。對隱派而言，顯派大量製造殭屍士兵的做法，就是大量耗費人類這種牲口資源做無用的功，挑起戰爭事端更是加快折損高純血菁英，徒勞無功。對顯派而言，隱派消極與平民通婚，每生下一代，血統便越形薄弱，自我抑制取血更是自我弱化，是自取滅亡的做法。」

「不能透過咬人類，把人類感染成有意識又帶血統的殭屍？」

「可以，我們有祖先曾經留下研究心得。一個高純血統殭屍每咬十萬人約可隨機創造出一名帶有意識的殭屍族，若又要同時具有一定血統純度以達成高能力素質，大約是每咬一百萬人可以達成一個。但我們的牙齒受不了這種耗損，因為我們不是齧齒類，牙齒沒法無限生長。」

「嗯。」

「有時間的殭屍就是那麼樸實無華，所以你研究著要做出不死殭屍，先求記憶不死，再求血統純度提升。你認為有記憶就有意識，記憶不死，則能力不死，就能達成能力累積。你進行的方式是將各種動物的基因混合，就連老鼠你也試驗過。」

「啊？」

「原理我並不清楚，但，畢竟你只是個三百歲的小孩啊，不要自我苛求。」

「……」

「成功的是蟑螂。我想是因為牠號稱不死小強，而你的名字正是小強吧。最終做為記憶載體的是蟑螂基因。照你留下的筆記來看，你應該成功了。但你卻遇到伏擊。以你的血統能力，瞬間移動脫離戰場也是能做到的，可是你卻沒有，我們後來從刺客攻擊你的武器上找到大量一滴絕——一種強效蟑螂藥，據此研判，應該是你以自身做蟑螂基因實驗的消息走漏，因此刺客用一滴絕傷害了你的能力，絕不是因為你當時正在看謎片。你攻擊五個平民的奇怪做法，在找到你遺留的筆記後，推測是為了用你體內已混有實驗液體的血液來感染平民，要是成功，你就能在另一個人類體內重生。但是，節外生枝的是那五個平民裡有一個正好是李將的妻子，對，剛剛要砍你的大叔叫李將，是你大伯。而那老人叫吳將，是你阿公，當初最支持你的實驗，因為他支持顯派。李將跟吳將各擁有你一部分的筆記，知道你的實驗，所以他們都在找你。」

「父親大人，你叫？」

「陳將。」

「所以我叫陳小強？」

「不是，你叫史小強，因為你媽媽姓史。」

「……」

「李孝松所說的是怎麼回事？」

「李孝松的照片，拍的是在捷運事件後，五個平民成了殭屍，但卻沒有觸發小強的記憶。直到找到你的筆記，我們才知道觸發有兩層，要先觸發實驗中做為記憶載體的動物基因特殊能力，才能再緊接著觸發回復記憶。第一層確實可以用海倫山度絲，一定要洗髮精。李孝松的發現沒錯，要塗在肚臍。而第二層觸發要用記憶者的血液。我們找到筆記時，你們已被人類消滅。李將為了復活自己的老婆，拿筆記跟人類政府合作，研發了所謂的殭屍解藥，但他老婆雖然成為重生者，卻只有少部分記憶。後來你阿公吳將找到你遺留下來的少許血液，說服李將拿老婆做第二層記憶觸發實驗，結果回復的是史小強的大部分記憶，與李將原本的期望完全不同。更糟的是，從此他老婆大部分時間都處於痴呆狀態。老婆被弄成了大半個史小強，他從此恨你跟你阿公入骨，誓要把另四個重生者斬殺殆盡。筆記裡說明，只有在做為記憶儲存器的人體完全沒有留下本身的記憶時，此時觸發第二層回復記憶，才能注入血液基因者百分之百的記憶。『完全沒有記憶』這條件在五個平民中只有你完美達成。而一旦達成這條件，即使被斬首也不會死亡。你在筆記中推測，是因為蟑螂靠腹部呼吸而能斷頭不死，故基因完美實驗時能達到斬首不死。

這也是你成為重生者再次被斬殺時卻能存活的原因，也因此陰錯陽差地避開了後續的追蹤，這大概是王彥斌所指的事。但現在你終究還是被發現了，李將想殺你，但國安局奉更高層指示想軟禁你，做為研究殭屍解藥之用。」

「小強，你遺留的筆記中說明實驗步驟包括：1、製作記憶封包；2、感染人類；3、觸發受感染的人類記憶回復。當各階段都成功時，將可得到完完全全的記憶複製殭屍。不死殭屍也就是記憶複製殭屍。筆記中的1跟2是完全空白，但這部分是創造不死殭屍實驗的關鍵，在你本人記憶中一定有答案。一旦你回復記憶成為史小強，做為殭屍族的存在，林俐茹將永不復在。以你對不死殭屍的熱衷，一定會完成這最後一哩路，並且挑起與人類的戰爭。但如果你打算以林俐茹的人類重生者身分繼續活下去，那麼你將會是一個沒有過去記憶的人類，並且李將會殺你、政府會追拿你、吳將會試圖小強化你，更不用說討厭重生者的人大有人在，你會是過街老鼠。但不管你做哪一個選擇，我都將支持你。」

「所以我要回復記憶需要最關鍵的小強之血？」

「是。不用擔心，我手上有一份，我敢打包票是全世界你遺留於世的最後一份，現在就藏在你眼前那隻血蛾的肚子裡。拿了擠了就塗很方便。但我覺得你最好現在就決定要不要塗。我催你絕不是因為昨天吃火鍋時我要拿鴨血不小心拿到小強血，還好有趕快撈起來冰回去，但我看是快壞了，我催你是因為我是你爸，我、愛、你啊！」

那隻兼程趕路撲向白光的夜蛾，原來是血蛾啊。牠從俐茹眼前飛過，像靜止的標本停駐在俐茹的眼前。

「會不會是海倫山度絲啟動了第一層能力蟑螂之力呢？蟑螂看到的世界是慢動作的世界嗎？」俐茹無法確定。唯一確定的是要趕快決定要不要塗抹小強之血，在血酸敗之前。

▲時空分歧點▼

俐茹決定成爲史小強。身爲重生者，在人類的世界中各種格格不入，實際上難道不是被當成半個殭屍？要做就做最好的，讓我來改變世界吧！一個殭屍的世界！

想到此，俐茹毫不猶豫地伸手，一抓一擠將血蛾血抹在肚臍上。一陣劇痛從肚子快速擴散全身，不由自主地蜷伏在地，終於失去了意識。

不知過了多久，俐茹張開了眼，身旁的王彥斌一臉的關心。

「你還好吧？」

「再好不過！」史小強邪笑著，張嘴咬向王彥斌。

↓前往時間軸5M

〈浪潮之眼〉

（請翻閱至P373）

▲時空分歧點▼

過街老鼠又如何呢？記憶，是可以創造的。俐茹決定，沒有記憶，就創造記憶。至少在聽過老闆的說明後，做爲人類的她有了要實現的目標。更重要的是，她無法忍受要在大庭廣衆之下擠爆一隻蛾，再撩起自己的衣服把那什麼鬼東西抹在自己的肚臍上，對一個淑女來說太丟臉了！

「我操！」俐茹一掌擊落血蛾，再加一腳狠狠踩碎，以此宣示自己的決心。

↓前往時間軸５Ｎ１

〈鼠疫〉

（請翻閱至Ｐ３９７）

▲時空分歧點▼

過街老鼠又如何呢？記憶，是可以創造的。俐茹決定，沒有記憶，就創造記憶。至少在聽過老闆的說明後，做爲人類的她有了要實現的目標。更重要的是，她無法忍受要在大庭廣衆之下擠爆一隻蛾，再撩起自己的衣服把那什麼鬼東西抹在自己的肚臍上，對一個淑女來說太丟臉了！

「我操！」俐茹一掌擊落血蛾，再加一腳狠狠踩碎，以此宣示自己的決心。

↓前往時間軸５Ｎ２

〈路口〉

（請翻閱至Ｐ４１９）

漫畫家與設計師，兼任講師，曾參與國內外展演計畫，擅長各類漫畫風格，主要包含文本漫畫劃、漫畫諮詢與教學、插畫、平面設計等，曾榮獲 2018 年台灣第一屆科普漫畫社會組金獎。

阿宗
（阿宗玩漫畫）

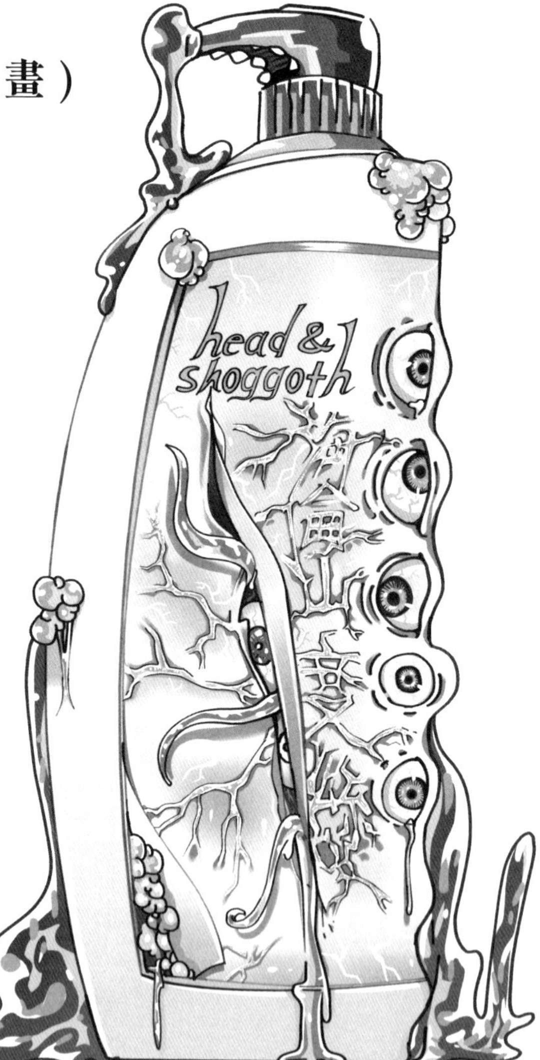

3 GOOD HEALTH AND WELL-BEING

10 REDUCED INEQUALITIES

時間軸4H

殭屍王的眞相

石頭書

本名許宸碩，宜蘭人，現任編輯。曾得國藝會、文化部創作補助，喜好奇科幻、詩、文具、鍵盤，作品收錄在《3.5：幽微升級》、《1947之後：二二八（非）虛構備忘錄》等書。

就在這時，遠方突然傳來一聲悶響，讓眾人一陣警覺，接著王組長與桃桃的手機同時響了起來，而兩人接電話的第一個反應都是大叫一聲：「什麼！」

王組長與桃桃對看一眼，桃桃先聲奪人：「你知道爆炸是怎麼回事？」

王組長即便對桃桃有戒心，但此時災難當前，他決定先給對方友善且有用的資訊：「對，你們的酒吧發生爆炸，應該是瓦斯爆炸。我們懷疑是有一位老人到廚房所引發。」然後他看向李孝松，「那人是你們那邊的藍比爾。」

李孝松一震，「什麼？比爾……怎麼會？」

桃桃打斷他們的對話，「我不管，俐茹是我們酒吧的員工，我們酒吧都爆炸了，我們就是要回去！」

王組長大喊：「不行！」他從懷中拿出一張文件，說：「林俐茹小姐，不好意思，事態緊急，這是妳正式的逮捕令，罪名是謀殺多名國安局人員，請跟我們回局裡一趟。」

桃桃看向王組長，一臉迷惑。俐茹腦中也一片空白，呢喃道：「什麼？」

桃桃先拿起逮捕令，確實寫的罪名就如王組長所言，後面的附件甚至列出俐茹在哪些時刻殺害了哪些人。她氣急敗壞地大喊：「這不公平，你們自己亂生出罪名要帶走她！」

王組長搖頭，「這不是羅織罪名，俐茹對此沒記憶很正常，因為那是她還身為殭屍時所犯的。一般而言，我們不會對重生者還是殭屍時的所作所為定罪，因為他們沒有行為能力，但俐茹不一樣——她身上感染的，是使她具有行為能力的變種，而那些記憶是可被喚回的。」

俐茹驚呼：「什麼意思？」

王組長把逮捕令收好，「現在沒時間解釋，殭屍王大概已經往這裡來了，妳必須先跟我們走。我們把妳帶到安全的地方後，國安局長會向妳解釋。」他牽起俐茹的手，其他國安局人員也一同起身。他喊：「我們走！」

李孝松連忙起身，「不要跟他們走！俐茹，他們跟國外的相關機構就是謀殺一堆重生者的幕後黑手！妳只是誘餌而已，他們想要用妳引出殭屍王及其他被他操控的殭屍與重生者，再一一殺死，但這樣解決不了事情！」

王組長看向李孝松，眉頭皺了起來，「要不然你們覺得事情要怎麼解決？」

「殭屍王既然能引發這次事件，我們要做的應該是活捉他，無論是懇求或逼的也好，要他『重生』新變種殭屍，這件事除了他，沒有其他人可以解決，而且這樣也可以讓最少無辜的人死亡。」

「你也太小看全世界的科學家了，可以解決新變種的人可不只有他。」王組長說：「何況，你們的人就在酒吧現場，可能就是他引發爆炸的，你憑什麼覺得你們可以解決這事件？」

說完，王組長看向桃桃，「桃桃小姐，不好意思我們必須帶走俐茹。我可以派一些人把妳護送到酒吧，有需要嗎？」

「你們真的很惡劣，先刺對方一刀才問

對方有沒有受傷！」桃桃怒吼，「我才不需要你們這種幫助！」

王組長表情死僵，然後嘆了口氣，說：「好，我們走。」而俐茹現在一臉徬徨，只能任由他們帶走。

他們一行人快速下樓，將俐茹押入國安局的黑頭車內便開車離開。桃桃拿出手機，打電話說：「老闆，先跟你說現在情況，俐茹被國安局帶走了，還有酒吧剛剛似乎被重生者扶助基金會的人炸了，柏豪跟聲瑞現在應該在現場收拾，我等等也會過去，等等您可不可以過來一趟，我們討論一下後續怎麼做……嗯，好，我知道了，等等見。」

與此同時，李孝松也打了電話，問：「比爾……你剛剛在酒吧那邊嗎？」

「你在說什麼？我在基金會辦公室啊？」

「剛剛……不，沒事，現在俐茹被國安局帶走了，怎麼辦？」

「他們動作真快……你先回基金會吧，我們再來商討後續事宜。」

「好。」

李孝松掛斷電話，發現桃桃正在看著他，表情充滿憤怒。

「藍比爾是誰？」

「他是我們基金會台灣分會的會長，我們最近得知殭屍王正在找俐茹，所以他昨天想去俐茹住處找她，可是只找到男性室友，所以今天才會派我來。」

「就只是這樣而已？藍比爾過去的經歷是什麼？」

「妳想做什麼？」

「我想知道炸了我們酒吧的可能凶手是

誰。」

「我可以向妳保證不是他，我剛剛才打電話給他，他說他不在酒吧那邊，而是在基金會辦公室。我們的辦公室在一〇一那邊，離這裡有一段距離。」李孝松說：「如果妳不信的話，可以跟我一起去基金會，我可以讓妳看看他。」

此時，桃桃的電話又響了起來，她連忙接聽，「喂？……什麼？好，我去跟老闆說，你們好好撐著。」

她看向李孝松，問：「你有沒有槍？」

□

稍早一點，柏豪正坐在吧檯的位置，一旁坐著聲瑞。

「柏豪，如果桃桃跟俐茹都沒有回來，那是不是就要變成你顧吧檯，我顧內場了啊？」

「酒吧總是要服務客人的，你又不是沒做過內場。」

「可是這又不是我的專業，他們每次都抱怨我炸的唐揚雞很難吃耶！」

「反正誰會真正在意酒吧的食物好不好吃？能配酒就好啦。」

說完，他們突然嗅到一股怪味，像是瓦斯洩漏。

「奇怪，俐茹忘記關瓦斯嗎？」聲瑞望向廚房，「我去看看。」

他起身後，看到距離門口頗近的桌上放了幾根試管，管口被橡皮塞封了起來。他本想先去看看，不過瓦斯爆炸比較危險，於是他還是先朝廚房走了過去。

當他到廚房門口時，突然有東西瞬間竄入廚房中。

聲瑞身為保鏢的直覺知道，那是子彈。子彈打在充滿瓦斯的空間，造成的結果很簡單——爆炸。

爆炸威力不小，酒吧內所有玻璃都碎了，要不是聲瑞身體大部分由機械構成，他大概也會受到重傷。

他望向吧檯，柏豪可不是創傷鬥士，連忙喊：「柏豪！」

「沒事！」柏豪從吧檯起身，身上雖然有些碎玻璃，但都被保鏢專用的護身厚西裝擋住，「你還好吧？」

「沒事，到底是誰做出這種——」

聲瑞還沒說完，外面突然發出人類的哀嚎——不，雖然是從人類的喉嚨所發出，但那聲音彷彿是經過擠壓、摩擦，聽起來更像動物臨死前的掙扎叫聲。

只要是經歷屍潮的人，都知道這叫聲是什麼——那是人類要變成殭屍前、憑著最後理智所發出的哀嚎。

更可怕的是聲音此起彼落，在酒吧門外的應該都是國安局的人員，他們現在都突然被病毒感染變成殭屍了嗎？

聲瑞看向柏豪，說：「這應該是引發爆炸的人做的。可惡！現在怎麼辦？」

「你還記得『屍潮緊急狀態』的做法嗎？」

「好。」

聲瑞衝向吧檯，同時柏豪按下吧檯底下的一枚秘密按鈕。此時，在老闆勢力範圍內的店家都會收到「大量殭屍出現」的訊息。

同時，隱藏於這些店家的秘密機關也會開始運轉。

原本放置酒瓶的櫃檯往上運轉，在其後面的是一排排的各式槍枝、手榴彈與彈藥。當初他們要擔任酒吧保鏢時的最後考驗，就是要學習這些槍械的使用方式。所有店家都有這些槍械可供使用。

他們各拿一把全自動步槍，揹起另一把步槍及一串串的彈匣與子彈，開始走出門外。

變成殭屍的國安局人員看到他們，彷彿看到新鮮肉片的野狗，吼叫並朝他們前進。而他們也開始拿起步槍，朝這些殭屍國安人員的腦門射去。

□

俐茹坐在其中一輛黑頭車的後座，駕駛是一名國安局人員，王組長則坐在副駕駛座。

此時，車內傳來沙沙的人聲，「組……長……」

俐茹對此聲音並不是很熟悉，但王組長馬上拿起車內的無線電呼叫器，問：「怎麼了？現場發生什麼事？」

「ＥＭ……啊——！」

聲音斷掉了。

王組長臉色鐵青，握著呼叫器的手逐漸顫抖。他深呼吸一會，拿起呼叫器，大喊：「全員注意，加速前往目的地，Over。」

俐茹問：「怎麼了？」

「剛剛那位老人……在酒吧那邊散播殭屍病毒，而且是ＥＭ種。」

「ＥＭ種殭屍病毒？那是什麼？」

「那是我們要帶你到指揮中心的原因。」

王組長說：「妳還記得自己是怎麼『重生』的嗎？」

「不記得，我對變成殭屍的那五年記憶一點印象也沒有。」

「這是當然的，因為殭屍病毒會停止大腦讀取記憶的作用以及小腦的平衡作用，人若缺乏讀取記憶的能力，便無從判斷與學習，一切就會憑本能行事。」王組長說：「不過，妳與一般的重生者仍然不同，妳不覺得妳的藍斑特別大，且對其他曾經嚴重感染過的重生者很敏感，很容易頭痛嗎？」

俐茹訝異地點點頭，王組長的語氣簡直像是只用望診就能鐵口直斷的中醫師。王組長繼續說：「妳的恢復方式跟其他人不同。一般重生者是注射抗病毒藥物後，將全身浸入培養液中，讓被破壞的細胞逐漸回復。但妳則是感染新變種病毒，由於新變種病毒症狀較低，因此妳逐漸恢復原樣，但也因此比一般重生者對病毒更敏感。」

「什麼！？有兩種重生方式？這跟政府的說法完全不同啊！」

「反正事情都演變到這地步了，我就先跟妳說我知道的部分吧。」王組長說：「妳應該知道屍潮是怎麼爆發的吧？」

「當然，七年前從中國北京國家生物實驗室洩漏病毒，由於病毒是空氣傳播，因此傳染速度相當快，台灣也很快就淪陷。」

「對，除了中國持續否認這說法，現在全世界都公認如此。」王組長說：「在那之後，WHO 聯合全世界政府與醫藥公司，研發了五年，才研發出標準的『重生』作法。雖然所費不貲，但只要家屬或公司願意付錢，重生基本上就可以執行，而經過連兩年的執行，從有錢人的家屬、有錢公司做公益，到政府透過稅收做全民重生，現在屍潮可以說是差不多結束了——但在那之外，其實還有其他作法，也就是讓病毒變種，引發流感化。」

「你是說，讓病毒的毒性更低，但更容易傳染，使人和病毒共存嗎？」

「對，不過由於殭屍病毒結果太過嚴重，全世界不可能等它流感化，因此台灣有科學家便自己研發傳染力更強、症狀更弱的病毒，想要透過人工流感化的方式，讓這新變種病毒傳播到全世界，以便對抗原始病毒株。但我想妳也能想見這問題在哪裡。」

「如果新病毒有未知的症狀，那很可能全世界會一同陪葬。」

「對，所以我們後來將那位研發者從台灣疫情指揮中心研發部辭退。只是很不幸地是，他在離開辦公室前，對自己注射了一劑變種病毒，之後他開始實踐自己的理論，研發出許多新的變種病毒，並大量傳播，現在最有威脅的叫做ＥＭ種。」

「那個人就是……殭屍王？」

「對，他本名叫白威廉，但我沒想到他現在竟然還獲得易容的能力，改名叫藍比爾，在重生扶助基金會當執行員……可惡！」王組長想到那些在酒吧被感染的國安局成員，就忍不住咬牙，往副座置物板上搥了一下，接著才深深吸了口氣，說：「妳是被殭屍王選上的第一名試驗者。他在妳身上做了無數次的變種病毒實驗。妳身上可說是殭屍變種病毒的集合體，而且從感染到還原的所有病毒與抗體細胞都有，所以只要妳願意配合，我們就能加快研發對抗變種病毒的疫苗。」

俐茹沉默了一會，呢喃：「我不懂……為什麼是我？」

「挑上妳的原因……只能說妳倒楣吧，我們並不知道他當時挑選實驗體的標準。」王組長說：「所謂的EM種，其中的EM是電磁波的意思，他想要研發對特定頻段電磁波敏感的殭屍病毒，讓他可以操縱感染這些病毒的殭屍。而那些殭屍的所作所為就會依照他的意志，呈現社會化結構的模樣，他想以殭屍社會的運作抗衡人類的社會。」

俐茹沉默了，她想著剛剛逮捕令上的罪名。殭屍王對她做了EM種病毒的實驗後，操控她殺了許多國安局人員，卻也讓她在沒有繼續實驗的情況下，因為變種病毒蓋過了原始株，而成為了重生者。

殭屍王大概沒想到，身為實驗對象的俐茹，竟然有一天會成為阻止一切的關鍵。俐茹知道，只要自己參與這計畫，就有機會阻止殭屍王的行動。

但這可以抵銷自己曾犯下的許多罪過嗎？

此時，駕駛說：「長官，指揮中心要到了。」

王組長點點頭，看向後座的俐茹，「雖然我們可以強制要求妳配合，但林小姐，我希望妳聽完剛剛的說明後，能主動配合我們做研發。這件事關係著台灣人、甚至是全人類的未來，我們不能讓殭屍王得逞。」

俐茹紅著眼睛、抽著鼻子，一時之間說不出話。

俐茹沒有注意到，但王組長和其他國安局人員都注意到了。在他們後面，有一群車隊也來到指揮中心的門口。

□

當桃桃與李孝松來到酒吧現場時，現場只剩一堆殭屍的屍體，以及拿著槍的一群店員，包含柏豪和聲瑞。

桃桃連忙走到兩人面前，問：「你們沒事吧？」

柏豪搖頭，「沒事，只是有點累，而且酒吧被他們毀了。」

此時，正好有一台吉普車碾過氣爆的碎屑與殭屍屍體，一名中年男子下車，他穿著紅西裝、戴墨鏡、金錶與金項鍊，看來十足是黑道老大。

桃桃、柏豪、聲瑞一同鞠躬，「老闆！」

「起來吧。」老闆說，三人站直身子，老闆看向柏豪，「我剛剛聽桃桃說了，所以現在情況是酒吧發生氣爆，俐茹被帶走了，是嗎？」

柏豪低下頭，聲音有些不甘心，「是的，就是如此，對不起，我們沒能好好保護她。」

「不是你們的錯，你們在那當下已經做出最好的決定了。」老闆嘆了口氣，摘下墨鏡，「是我沒能給你們和俐茹更好的保護。」

三人看向老闆的臉，訝異地看見老闆的淚水。柏豪也忍不住紅了眼睛。桃桃雖然也紅了眼睛，但忍不住問：「老闆，為什麼你這麼照顧俐茹？」

「看來柏豪很謹守秘密。」

老闆從懷中拿了根煙，點燃，吸了一口

吐出，才回覆冷靜，說：「他是我兒子的未婚妻。」

「您是說……」

「對，我過世兒子的未婚妻……」老闆又紅了眼眶，看了柏豪一眼。柏豪接下去說：「老闆的兒子不想繼承家業，想自己打拼證明自己，於是到一間外貿公司上班，認識了俐茹。原本兩人已經論及婚嫁，結果屍潮爆發，老闆兒子還來不及帶俐茹逃跑，就被老闆的仇家暗殺，俐茹也在屍潮中變成殭屍。所以，當老闆看到俐茹變成重生者後，他只希望可以給俐茹一個她原本應得的平凡生活，不想給她更多的打擾。」

桃桃聽完也紅了眼睛，想不到俐茹有這樣的過去，也想不到老闆的心意如此單純。

但聲瑞的聲音打破了這氣氛，「那個……所以……我們現在要做什麼？」

老闆掏出手帕，擦去淚水，口氣恢復冷靜與威嚴：「國安局逮捕俐茹的理由是什麼？」

桃桃語氣憤怒，「是她身為殭屍時殺了很多國安局人員，他們還列出時間地點和人數，這手段很惡劣！」

「殭屍不殺人才奇怪，這一般並不構成逮捕的理由。但我想國安局會跟俐茹解釋。」老闆說：「我們要做的事情很簡單。去找出俐茹，並詢問她想怎麼做。如果她想要我們救她，那我們就來救她。」

遠方傳來一名男性的聲音：「好主意，也算我一份。」

他們看向聲音的來源，是一名年紀與俐茹差不多的男子，他有著油膩的捲髮、沒刮的鬍渣、上衣Ｔ恤的衣領已經發皺且部分褪色，褲子也破了好幾個洞，還穿著藍白拖。但在這邋遢的外表底下，卻有著不同常人的銳利眼神。

桃桃曾經在俐茹的手機裡見過這名男子，看向他問：「阿寬？」

阿寬點點頭，「是我跟國安局說俐茹在這的，我也知道國安局為什麼要帶走她。」

桃桃衝上去，一拳就揍向阿寬的肚子，「你為什麼要這麼做！」

阿寬直接雙手接住桃桃的拳頭，桃桃換另一隻手揍阿寬，又被阿寬接住。桃桃大喊：「放開我！」

「先聽我說完，我認為國安局的作法是合理的，但我也感到很內疚，所以我才會過來。」

阿寬說完，桃桃的動作停了下來，在場的人也都看向他。

老闆問：「這是正規近戰訓練的招式吧，你是什麼人？」

「前國安局外勤人員，吳政寬。」阿寬說：「屍潮爆發後，我和弟兄去追殭屍王，結果弟兄們都死於俐茹手下，我知道她是被殭屍王操縱的，但我還是因此罹患心理創傷，退出前線。從此以後……過了好幾年的廢人生活。」

就算到現在，阿寬的身體仍在微微顫抖，他深呼吸，使自己冷靜一些，「在這段時間，是芸靜照顧我，之後俐茹竟然也出現在我的生活中。我必須說，雖然一開始她讓我惡夢連連，但實際相處後，我相信她是個好人。她雖然對生活和對我都有諸多抱怨，但並不會直接攻擊我，她也忘記了曾經攻擊我和弟兄的過去。我覺得這段日子很好，即便我心靈還沒完全復原，但至少過得下去。」

他看向一旁的地面，「前幾天有一位老人來找他。我原本只覺得那老人有點眼熟，也不知道他為什麼要找俐茹，接著和以前的弟兄確認，才知道殭屍王在找俐茹的事情，我也才確認那老人可能與殭屍王有關，因為他們長得有點像，並趕緊通報他們。」

接著，阿寬說出殭屍王的實驗，俐茹被帶走的原因，聽得在場的每個人都啞口無言。

他最後說：「我想殭屍王現在也在前往指揮中心的路上，想要搶走甚至殺死俐茹，以便阻止指揮中新的計畫。我想要阻止殭屍王，那你們呢？」

▲時空分歧點▼

李孝松衝向阿寬，「你看見了藍比爾，而且他可能跟殭屍王有關？不要開玩笑了！」

↓前往時間軸5O

〈登天〉

（請翻閱至P437）

▲時空分歧點▼

李孝松低頭，「原來眞相是這樣嗎？比爾，你利用了我們，利用了整個重生者扶助基金會，原來是爲了找殭屍王的實驗體嗎？可惡！」

↓前往時間軸5P

〈暗夜微光〉

（請翻閱至P455）

3 GOOD HEALTH AND WELL-BEING

10 REDUCED INEQUALITIES

時間軸5A

LAST

何玟珒

一九九八年出生於臺中，居於臺南府城，成功大學臺灣文學系雙主修歷史畢業。曾得過鳳凰樹文學獎、臺南文學獎、教育部文藝創作獎等，在文學獎比賽和 CWT 同人場焦慮地玩耍、寫字中。沒有辦法響叮噹的空空瓶子。

阿寬一邊觀察著俐茹的臉色，一邊思考是否該將事情全盤托出。天外物種研究防衛局已針對俐茹的情況做出了判斷，若她身為人類的理智無法壓制住辟玉，那麼便會由異守隊的人進行處決，以免天外異形占據異數者的身體，進而擴大勢力侵犯人類社會。

這是一場漫長的爭奪戰，爭奪成為「人」的底線，人類的定義一再被擴寫，重生者的藥劑也是在此思維下被發明出來的——人類已經太少了，那麼將殭屍重生為人，不失為填補人力資源的方法。

坦白說，今天在酒店的事情不是俐茹體內的辟玉第一次現身，這已經是第二次了。俐茹第一次失控便造成了芸靜死亡，芸靜以命相搏，重傷辟玉使它縮回俐茹體內休養，芸靜因此身亡，死前求阿寬不要將此事上報，否則俐茹必死無疑。「我不想害她第二次。」芸靜這麼說著，非得等阿寬點頭才終於嚥下最後一口氣。

他知道芸靜一直對俐茹感到虧欠，畢竟要不是因為她的邀約，俐茹也不會和她從外貿公司一起跳槽到生物科技公司。芸靜之所以會在災難爆發後加入異數者守護隊也是出自這種心態。

「那麼，我接下來會怎麼樣呢？」俐茹問。

「嗯……什麼都不做。」阿寬攤手一笑，「我很怕麻煩……」

阿寬話語未完，有人碰翻了啤酒瓶，綠色玻璃碎在地上發出清脆的聲音，碰碎啤酒瓶的聲瑞臉色難看，雙眼死死地瞪著他們。

俐茹猛地想起聲瑞是「創傷鬥士」，因為殭

屍、因為災難、因為他們所發起的禍端所以才會擁有此生不可回逆的殘缺。就算聲瑞不是激進的創傷鬥士，他也難以平復心中對加害者的憎怨。

「怎麼能什麼都不做？」聲瑞的語句發抖，「她……她把店都毀了，把我們都毀了。」

桃桃和柏豪沉默不語，方才的情形他們都看到了，兩人不知不覺間站到聲瑞身旁，與俐茹拉開了距離。

「看來，我沒有通過試用期了？」俐茹嘆了一口氣，「抱歉，把你們給捲進來，我會辭職的。」

「那妳接下來……」桃桃咬了咬唇，「算了，當我沒問。欸柏豪，你能不能送我跟聲瑞回家？」

桃桃看了阿寬一眼：「我們應該可以回去吧？」

「當然。」阿寬笑了笑，「路上小心喔！」

桃桃拉著柏豪跟聲瑞走了，租屋處的門被重重關上，留下阿寬和俐茹兩人。

「你就這麼放他們走了？」

「嗯，啊不然咧？」阿寬叫出伏羲解開他們租屋處的結界，順便補充了一句，「妳放心吧，會有人去消除他們的記憶……」

「消除記憶？」俐茹想起她之前大段空白的記憶，「我的記憶……你們也有動過手腳嗎？」

阿寬一愣，最後點頭承認：「呃，對……」

「你們刪除了哪些東西？在酒吧裡面攻擊我們的異形，是不是真的認識我？」俐茹皺了皺眉，「我聽見他叫我『茹』。」

「這……芸靜跟我說過，妳在生物研究公司曾經交過一個男朋友……我們在倖存者中沒有找到他的名字……」阿寬把話說得委婉，「我們很抱歉。」

「夠了。」俐茹抬手打斷他的話，面無表情，「我不想再聽了，反正我現在連他的名字都不記得。在面對他的時候，我好像說了些奇怪的話，什麼『哪有創造者被造物選中的道理呢？』、什麼『被選中的』，你有什麼想法嗎？」

「呃，這我就不知道了……你的記憶恢復到哪裡了？」阿寬看上去有些駭然。

「沒有全部『恢復』，只是有些時候會有些片段閃過。我有點累了，能讓我休息一下嗎？」

「當然可以。」阿寬露出些許不自在的神情，「雖然剛才才說什麼都不做，但是我想，可能還是帶妳去中心檢查一下比較好。啊，當然是等妳休息完之後。」

「嗯，謝了。」俐茹道了聲謝，回到房間把自己鎖了起來。

阿寬看著俐茹深鎖的房門，手中把玩伏羲，若有所思。為了全人類好，他應該要把俐茹送回總部，讓總部進行處決，這是最保險的做法，或許他能將辟玉從俐茹體內取出，封印進伏羲裡，以待人類政府往後能夠使用。可是異形的分離會對其寄宿的宿主軀體產生莫大的影響，嚴重者可能會死。

阿寬嘆了一口氣，在心底對芸靜道歉：抱歉啊，芸靜，我可能保護不了妳生前最好的朋友了……我也不想給自己惹麻煩啊！

將伏羲收起來之際，他忽然感覺到屋外傳來不尋常的震動，還來不及擺出備戰姿勢，大門已經被一股奇詭的力道破開，無數帶著尖刺的觸手向屋中探來，揮動著破壞了絕大多數的器皿與家具。

阿寬勉強閃避，試著到俐如房門前，然而那些觸手卻搶先一步阻止了他，團團護在門前，不讓他接近俐茹，與此同時一道蒼老沙啞的聲音傳進阿寬的耳裡。

「別白費功夫了，你把辟玉交出來，我就饒過你一條小命。」

阿寬聞聲望去，發現眾多觸手的尾端在一名老人身上匯聚，那老人他之前見過，正是先前來租屋處找俐茹的老男人。彼時他看上去蒼老哀傷，此刻卻是一副奸詐狡獪的模樣。

「是你！」

「謝謝你照顧我女朋友，現在可以把茹還給我了嗎？」一個較為年輕的聲音從老男人喉頭發出，他以一種斯文深情的語調說，「雖然我們很久沒見了，但是看到自己的女朋友跟別人同居，心情總是有點不太好的。」

「呵，移轉了精神體嗎？真夠噁心的。沒人教你死纏爛打會不受女生歡迎嗎？」

一隻觸手向阿寬揮去，力道之大，速度之快，令他無法反應，狠狠地被拍到了牆上，牆壁顯出裂痕，尖刺在他的身上扎出洞來，鮮血自孔洞中冒出，阿寬吐出一口血，他聽見自己的骨頭和內臟碎裂的聲音。

他試圖調動伏羲，可是全身的力量卻不聽他控制。雙方的實力相距懸殊，眼前的老男人與酒吧裡的那隻異形根本無法比擬。可惡，阿寬狠狠地瞪著那個老人。

「我們之間的事情不需要外人多嘴。」

那年輕的聲音很快消退，換成沙啞的聲音，

「好了，年輕人，你冷靜一點，我只是來取回我訂做的東西而已，隔了這麼多年才來取貨，也算合理吧？我還沒怪她過了這麼久才做好成品呢！」

「是你……讓她們進行……研究的？」阿寬氣若游絲地說著。

「是又如何？」老男人咧開微笑，「我可是致力於讓地球更進步，好讓它成為另外一種更為強大的物種適合居住的地方呢！」

他撇開奄奄一息的阿寬，收了觸手逕自朝俐茹的房間走去，他站在門前，臉上滿是奇異的微笑。多年來的等候終於要有了個結果，他滿心期待地朝門把握去，那本應上了鎖的門把在他手下完全溶解，如被強酸侵蝕似的，陣陣白煙自他掌中飄散。

他推開形同虛設的門，在看見房中的景象後，他先是一愣，然後以年輕高昂的聲音哀嚎著。

「不！不要！」

他朝癱軟在地上的俐如奔去，俐如的心口被戳出了一個大洞，血液源源不絕地從幽黑的洞中溢出，俐如垂著腦袋倚在床邊，攤在地上的右手旁有一把染血的刀。

老男人上一秒還是哀痛欲絕、崩潰大哭的樣子，在要抱起俐如的瞬間僵了一下，下一秒又停了眼淚，露出嫌棄的樣子。

「哭什麼？不過就是死了一個容器而已！」他冷哼，「為了不被『辟玉』控制，她乾脆自殺毀掉容器，真是個笨蛋，不惜命的傢伙。」

「你明明說過，俐如在異守隊手上可能會被進行『強制剝離』，很有可能會死，我才同意幫你說服俐如的！你說我們是被選中的，你說我們經過第二階段之後就可以不老不死，可是你卻……」

「小夥子，你可別亂怪罪人啊！她自殺，怎麼會是我的錯？」

俐如房裡的鏡子映照出老人喃喃自語，臉色忽變的樣子，看上去萬分詭異，此刻的老人猙獰笑著。

「還有，我當初說的可不是俐如會不老不死，而是辟玉啊！」

老人伸出了手，一股黏稠的瑩藍色體液自俐如心口、皮膚溢出，緩慢流淌匯聚如溪，接著慢慢地纏上老人的手臂，狀似親暱地盤在上頭如蛇。老男人臉上浮現狂喜之色，他的胸膛因興奮而劇烈起伏著。

「終於見到你了，辟玉。」他癡迷地撫摸那瑩藍色的蛇，「你長得真好……這個宿主太軟弱了，意志不堅，這段期間你過得很辛苦吧？」

老人腦中那屬於俐如男友的聲音還在崩潰，在他的腦中哭嚎著，萬分惱人：「你把俐如還給我！你這個騙子！」

老人皺了皺眉，不耐地把手伸進自己的腦袋裡，東攪西攪一翻後拉出一個種子般大小的綠色核體，那核體牽著絲線，猶在叨叨不休，老人指腹稍稍用力，輾碎了那只核體，核體化為齏粉，自他指尖落下，四周歸於無聲。

「這下可安靜了。」老人拍了拍手臂上的辟玉，露出堪稱是「和藹」的笑容，「好了，我們去給你找個新的宿主吧，這回我們可要看仔細了，給你找一個最好的容器。」

老人走出狼藉的房間，隻身走進夜色裡，消失在遠方。

▲END▼

3 GOOD HEALTH AND WELL-BEING

10 REDUCED INEQUALITIES

時間軸 5B

知曉即是深淵

羽澄

喜歡奇幻、推理、恐怖、言情，變化系小說作家，別人口中典型的水瓶外星人，最近喜歡大量將台灣的文化、時事歷史或景觀加入作品當中。
2021 年起陸續發表《無以名狀、恐懼及貓的消失》《詭麗伏行、瘋狂與 N 的到來》等台灣原創克蘇魯神話著作，終章《紛至沓來、焦慮與門的饕食》與圖鑑《邊境檔案室》進行中。

「芸靜還活著哦。」寬直接破題說。

俐茹嚇了一跳，「芸靜沒死嗎？可是我看到她在太平間的——」

「那是另外一個使徒，複製了芸靜的外型樣貌，貼在一具屍骸上。」寬笑著解釋。

俐茹還是不能置信，同時也想起了許多與芸靜一起經歷的種種往事。

「在一場作戰裡，芸靜受了重傷，必須長期休養，局裡只得安排她假死了。」

「是為了……」俐茹領會過來，「保護我嗎？」

寬眼神炯炯發亮：「沒錯。妳是天防局的重要人物。」

俐茹壓抑著激動的心情：「芸靜現在在哪裡？帶我去找她。」

當話題正熱，寬也一臉爽快答應女孩的要求時，原本默不作聲的其中一人開口了：

「喂，等一下，太莫名其妙了吧？」說話的是柏豪，或許是一次經歷了太衝擊的事件、也可能是因為資訊量過大，此時的他臉上沒有以往那種輕挑的笑容了。

「你們無法接受很正常啦……可是現在情況——」話都還沒說完，寬那幾個到嘴邊的話術又直接被打斷。

「你也知道我們會無法接受啊？你以為你是什麼俗濫輕小說裡的免洗工具人角色嗎？空降出現然後說一堆有的沒的設定就要拉著人去冒險了是嗎？我告訴你，沒那麼容易！」

「欸柏豪，你幹嘛啊？不要鬧了啦……」

「對啊不要鬧了，人家應該，呃……是來幫我們的。」

在柏豪身邊的桃桃跟聲瑞雖然是上前勸阻，可是他們的眼裡和語氣也都充斥著不少懷疑。

沒想過會面臨如此大反彈的寬，撓著頭苦惱地回應道：

「先生你這樣我很難工作，我也不想讓你們困擾，不如這樣，你們都跟我去——」

寬的話再次被截斷，但情況不容他露出不滿，這次讓他停下的是懷裡的通訊設備，裡頭傳來緊急聯絡的呼叫聲。

『寬哥！你在哪？』

『啊啊啊啊啊——』

「喂！怎麼了！」

通訊器裡的聲音夾雜稀疏的雜訊，含著不斷放大的叫喊，訊號另一頭除了物品落下跟人聲以外，還有種他們所有人都不曾聽過的聲音，聽起來像是令人不安的未知生物嚎叫。

而俐茹卻感覺自己隱約能夠理解那理應不該存在於地表上的叫聲，是的她甚至知道那是不屬於這世界的聲音，光是想到自己為何能明白這些，便讓她產生某種渾身顫慄的情緒。

『那東西！它們還、還、還在！』

『它們一直都在。』

『過去在、現在也在、未來也會一直都在——』

『啊啊啊啊啊——』

「什麼東西在，你們說清楚啊喂！」寬聽見這般混亂，更多的不安湧上腦海，那些聲音也令他寒毛直豎，即便他身為天防局的神器使，卻還是擁有人類與生俱來最本能的情緒：恐懼。

『快逃，天防局完了。』

隨後，寬又看見了一連串他無法與人言說的畫面。

「怎麼了？你的表情怎麼那麼難看？」看見寬一下刷白的臉色，俐茹和其他酒吧夥伴們也開始面露不安。

現場陷入長久的沉默。

通訊器內傳出的聲音更是令任何人聽了都會毛骨悚然，寬的腦海裡還在懷疑那是通訊器傳出的聲音嗎？那種讓人逼近瘋狂的音色，不似他所知道的任何機具、生物、人類，連通訊器故障傳出的雜訊聲都比那種發音還悅耳不少！

「喂！說話啊！」這次沒能被人攔住的柏豪上前大力地拍了對方的肩膀一下。

然而回過頭來的男人面容著實嚇著了原來語氣還兇狠十足的柏豪，他沒有見過有人的表情裡頭能蘊藏這樣的恐懼，極近瀕臨瘋狂的理智線之盡頭，而讓柏豪驚恐的，是他也已經見識過寬有什麼樣異於常人的能耐了，究竟還有什麼東西會讓他露出此等懼色？

「我們必須回去，可是我覺得……我們該就此逃跑、不、是我無法再繼續下去了，你們如果還想要找什麼東西，我把回去天防局總部的方法告訴你們。」

寬的表情無比絕望，每說幾句話就必須吞嚥唾液或是即將湧上的嘔吐感，轉而面向才從瘋狂狀態醒來不久的俐茹，而那般空洞的眼神，彷彿看進虛空深處，是她永遠無法忘記的。

「俐茹，我知道妳很想見到芸靜，可是

我就剛剛從通訊上看見的……那些東西……來看，我想情況不太……樂觀。」

「你看到什麼？」聲瑞在一旁試圖問出個所以然，但面色慘白的寬並沒有理睬，僅是自顧自對俐茹說完自己想說的話。

「我外套裡有個發信裝置可以帶你們回到基地，但請先聽我說一句，你們不會想要看見『那些東西』的。」

「你到底在說什麼！快說個明白啊！你不是要帶俐茹過去嗎？」這回換桃桃沉不住氣了，而這次寬有了反應，僅是受到什麼刺激般頓了頓，簡短地吐出一句話：

「不，我不回去。」

聞言，俐茹皺了眉頭，體內的力量也不安地竄動著，像是藍色火焰也在懼怕不安的干擾心神，它甚至告訴了她，眼前的男人極度的震驚且恐懼，甚至失去了生存的意志。

「總之，俐茹你體內神器的力量不會因為我出任何事情而失效，妳想要的話甚至可以找方法使用它。

「我們成為異數者之前，也都只是普通的人類，我剛剛才明白到這件事情，渺小無知很可怕，可是無知是好的，不知道太多真相是好的。

「你們很多疑問，我可能只有一點線索，但我猜真相八九不離十，妳和芸靜當時發現了病毒之後就爆發殭屍瘟疫，當芸靜接續了研究工作，除了開發解藥之外，她發現了隕石內有第二種東西，原以為也是病毒，可是並不是。」

寬的眼神越發顫抖，口氣也逐漸虛弱，像在擠出僅存的意志力把話說完：

「那是比末日喪失病毒更加駭人的物種，甚至吞噬了病毒的能力，解藥也是以此生物的部分基因製作的。」

俐茹的思路尚且清晰，說道：

「那個生物醒來了是嗎？」

「呵，」他輕笑，聽起來只有嘴角的抽動聲是真的，寬已經喪失人類的生存意志，這點是肉眼可見的。

「如果你們聽見『Tek-li-li』的聲音，就跑吧，被追上都不要回頭，會比看見真相要痛快些。」

語畢，寬看起來就不願意再說話了，稍稍抬起手來、與眉頭齊高，一行人裡頭只有柏豪意會到這男人要做什麼，但他甚至來不及上前阻擋，手雷的子彈便在四人面前穿出那男子的腦袋。

血漿和慘白的液體灑滿本就不潔淨的地面，這幕讓眾人又愣了下來。

剛剛還神氣活現施展神奇力量的男人，這麼簡單就死了嗎？比起血腥畫面的震懾，逼死寬的原因更讓這群人感到困惑。

「所以……我們現在該怎麼辦？」在酒吧工作的幾人血腥畫面都沒少看過，連最膽小的桃桃都還算鎮靜，他們失去了能指引事件的人物，接下來該如何是好呢？

該逃開？還是真如寬所說的，用他身上的發訊器去所謂的天防局總部一探究竟？

「照寬死前說的，天防局或異守隊應該都瓦解了，可是我想只能夠去那個總部一看了。」聲瑞說出意見，就自顧地蹲下來翻找方才舉槍自盡的男人軀體。

「為什麼？剛剛這男的不是說很危險

嗎？」桃桃不解地問道。

「的確是危險，但待在這也沒有比較安全，如果這男的所言屬實，不論造成它們毀滅的是什麼，那東西都毀滅了一整個異能者組織、更讓剛剛還很強悍的傢伙害怕到自殺。這絕對是比喪失病毒更加危險的存在，我們需要找方法保全自己，可惜的是有那種資源的應該只剩下他們口中的天防局總部了，我們說不定還能找到像他一樣的什麼神器使或異數者之類的……」柏豪代替聲瑞解釋了思考脈絡，後者一語不發，俐茹也明白這就是柏豪完全講中了聲瑞心思。

「你剛剛不是很不屑一大堆突然出現的名詞嗎？」聲瑞邊翻找邊冷冷去出問句。

「幹，那些設定都丟出來了，人又死了，也只能先接受啊！」

「找到了。」無視同事的不滿嘮叨，聲瑞從屍體的大衣掏出一個方形的機械，上頭有螢幕，標示著座標和地圖。

「欸靠！這好懷念，是龍珠雷達嘛！」

除了聽得懂這種百年宅梗的聲瑞，兩個女孩都露出不解的表情，不過這種梗沒有解釋的必要，也不必拘泥太久。直到弄清楚使用方法後，一行人又在屍體上找到幾個可用的武器、道具，包括應該是天防局標誌的識別證，還有寬用來自殺的手雷。

至於俐茹感覺得到體內那股名叫做辟玉的能量意識，已經完全平息不再躁動，甚至想要與她對話，可是現在有神器護持的俐茹根本沒有想要理睬的意思，只感覺到那種有點煩人的聲音時不時會敲打腦海。

她一點也不想知道差點奪去自己身體的

東西想要跟她說什麼。

感覺有什麼東西被抽離開來，俐茹的情緒彷彿不見了，在看到寬自盡後，她以為自己會更加悲傷一些，畢竟他可是和芸靜一起陪伴自己度過一段時日的人啊！現在連一點情緒起伏都感覺不到了嗎？

或者是說，悲傷比憤怒還要少許多，為什麼自己要被捲入這種事情呢？為什麼偏偏就是她要被奇怪的章魚怪物纏上、為什麼會是自己變成喪屍、為什麼自己要醒來、又是為什麼自己要面對突然出現的一堆事件？

『很不爽吧？』辟玉在說話，是的這次聽得很清楚。

『我試了很多次，這個頻道才能跟妳說話。』

俐茹在心裡暗幹了聲娘，但很明顯，它聽得見，大概是因為神器的緣故，原本失控的力量變成某種住在身體裡的另一個聲音。

『我勸妳別去天防局總部，真的不建議。』

『說真的我不會騙妳，這身體死了我也很麻煩。』

囉嗦死了。

她漸漸感覺厭煩，不論是故作正經的柏豪、開始驚恐的桃桃、還是有一堆自己想法的聲瑞，這些人都好煩。

現在俐茹只想要見到芸靜，她想要知道一切，不解的事情、看似沒有關聯的事件，片段的故事，她感覺是有機會相連在一起的。

「俐茹！俐茹！」有人喊了她，又是桃桃搖著俐茹把她叫醒了，事實上自己也沒有睡，只是陷入了某種思考迴圈，她感覺每個線索都在無交集的平行線裡面，這令人不快。

「沒事，我剛剛在發呆。」

「妳累了吧……發生這麼多事情。」桃桃皺著眉頭，用擔心的眼神關懷對方。

「還好，現在不太想說話，看那個發訊器，目的地應該在不遠處，難怪阿寬可以在關鍵時刻趕過來了，我想那個總部一定監控我的行動一陣子，然後在我失控前趕來把場面控制住就是阿寬的工作。」

看見俐茹用冷冽的表情分析，桃桃反而尷尬地不知該怎麼反應，或者也帶有詫異，畢竟經歷那麼複雜的事情後，竟然還能夠冷靜分析事情，反而讓人感到有點恐怖。

「妳在生氣。」聲瑞無預警地微微轉頭瞟了她一眼，簡短的句子卻很精準。

「好了啦聲瑞，先不要逼人家，畢竟一堆謎團圍繞在她身上，是我我也會不爽。」柏豪一本正經地試圖說幹話，可是氣氛絲毫沒有緩和，反而隨著一行人逐漸接近目標而越發緊繃。

回過神來的他們走進某種金屬建築。

景物隨著他們的前進開始異常破敗，即便是被剛才那種觸手怪物襲擊也不太可能有這種奇特的破壞痕跡，這是什麼樣的外力與怪力？

鋼筋露出水泥牆外，有著怪異的腐蝕，有些不幸人體或動物變成了殘缺不堪的肢體，但可怕的不是遺體的血液和肉塊，是他們無法想像這些是如何被造成的，肢體斷裂的方式宛如經過某種巨大的殘酷處刑，骨頭、肉塊上都有漆黑或深綠色的腐蝕液體。

他們像被撕扯又像被什麼強酸溶解，不

知從哪段路開始，地面四處都是那種深色的液體，較為大面的牆壁開始出現像是文字或符號的連續圖騰，然而沒有人知道那是什麼人刻下的，並不是人類，俐茹一看就能感覺出，現在的情況一定沒有人類的手指或工具可以在石面上刻下如此複雜又難以言喻的字符。

「我們應該來到天防局總部的位置了……」柏豪看著發訊器上的螢幕，顯示位置就在他們所在地。但最怪異的事情就是這個——

「這裡看起來是廢墟。」俐茹下結論。

這個地方除了破敗的建物還有爆裂的電子儀器、殘破的屍塊之外，幾乎看不出來原貌，有點經驗的人或許就看得出來，這些破壞都是不久前剛造成的。

「奇怪……這些都是新造成的破壞，但是人呢？人都到哪去了，除了小屍塊之外，沒看見任何一個『完整的』。」聲瑞很仔細地探察周遭，他們所在的地方應該是天防局總部的中心點，可是每一道金屬大門都是完全敞開、且也有相同腐蝕跡象的狀態。

『開始了。』

「奇怪，桃桃呢？她不見了？」

『就告訴妳別來了，我可不想管後果了——』俐茹腦裡的辟玉噤了聲，然而就在這巨大的金屬結構深處，有某種敲打的聲音正規律的傳出。

「她在來的路上走丟了嗎？不好……我們要快點找到她。」

「噓！有聲音。」聲瑞警戒了起來，整個空間彷彿都靜下了。

「Tek-li-li —— Tek-li-li ——」

像是機械、人聲、動物嚎叫的聲響從通道深處響起，眾人同時間想起了，寬在死前說的，聽到「Tek-li-li」的聲音，必須快跑。

可是該往哪跑？該跑離什麼？他們感到害怕，卻不知自己該害怕什麼？

有某種應該是生物的東西正在接近，俐茹體內有某種警鈴大肆作響，現在非常危險，已經沒有退路了！

「跑！快跑！」她沒忍住，大叫出聲。

幾乎是憑藉本能的，與火焰一樣是青藍色的套索憑空自俐茹手掌化出縷縷絲線、集結成束，靈活的套索轉瞬之間把聲瑞、柏豪套住，兩人被俐茹拉著，朝聲音前來的反方向拔腿狂奔。

無論那是什麼，現在只能跑了！

她以非人的腿力奔跑，速度已經不是一般人類可以比擬的，可是俐茹仍然感覺得到那個東西自她開始移動後也跟著加快速度。

兩個男性完全沒有防備，就這樣被身懷奇招的俐茹拉跑，他們只感覺到氣氛詭譎，還沒有明顯的危機意識，但俐茹就不一樣了，體內蘊涵奇特力量跟神器的她，可以清楚感應到朝他們逼近的存在遠遠強大可怖許多。

甚至比體內的辟玉、寬給的神器更強大。

純粹的汙穢，比曾經道路上的喪屍更讓人感到威脅百萬倍，剛剛襲擊他們的觸手怪人也不及現在他們所逃離的東西。

桃桃或許早就在某個暗處消失，不……肯定是。

那究竟是什麼呢？

俐茹記得嗎？

她就是來這裡想起來的嗎？

她也不想要想起來的，她的直覺深處知道，不是因為辟玉、不是因為神器，僅是因為身為人類具有的恐懼本能。

在記憶深處，不該被觸及的禁忌之處，真正邪惡的潘朵拉魔盒，帶有劇毒的屍首，渾沌歌詠著高遠宇宙讓任何有智力的物種都避而不談的魔物、不潔、或是說造物也好。

『不，你不會想要知道的。』

『你就是為此成為喪屍的，不是嗎？』

喔是呀，這是被自己親自封印的記憶，因為她才是第一個發現那種生物基因的人，但是那個東西的真貌太過駭人了。

俐茹發瘋了，將裝有遠古病毒的針頭插入自己，那才是喪屍事件的開始，然而那不是末日。

末日是解藥研發出來的那一刻了。

芸靜她使用來研發解藥和預防針的原始基因——才是會造成浩劫的東西。

芸靜？

拔腿狂奔的俐茹感覺身後一陣拉扯，有某種東西吞噬了被她拉著的兩個渺小人類。

「聲瑞！柏豪！」

畫面飄忽太過快速，她聽見 Tek-li-li 的聲音在無比接近自己的位置，那裡頭混雜人聲，她認得出來，芸靜的聲音在那裡頭啊！

這樣細小的發現終究讓俐茹轉過了頭，如果她還有未來的話，或許就會無限次地後悔這樣的動作了，不過那樣無限後悔的未來也僅只存在微乎其微的生存機率當中，或許死亡比活著繼續記得這一切要輕鬆得多。

狂奔中的逆風好像也帶著蜘蛛網狀的破

碎記憶迎面而來，它們是深夜裡足以讓人墮入崩潰煉獄數萬次的兇獸惡魔，她看見身穿實驗袍的自己、現在奔逃的自己在奇異的畫面內從一分為二到交互疊合，兩條時間線宿命般地合而為完整命運該有的樣貌。

聲瑞、柏豪、桃桃、阿寬，他們都不在了，但是芸靜還在。

芸靜就在眼前，在因為全身震顫而無法再繼續移動的俐茹面前，或者說那曾經是芸靜的東西。

無論如何那張臉都是芸靜，她不會認錯，灰白的兩眼死死盯著自己，桃桃、聲瑞、柏豪的臉孔也黏在那不斷變換形狀的半膠狀生物上，它可以用身上那種有機質肢體造出其他器官，模仿它吞噬過的活體。

芸靜！是芸靜的臉！就在那東西的最頂端，她在對她笑啊——

它既高大又高溫，像是一整堆內臟組成的團塊，像是牙齒的物質在膠質的表面某處不斷蠕動，伺機而動，它大可毫不猶豫地吞噬俐茹，任何看到這樣畫面的人都不可能心智正常地活著。

其他的部分有更多像人類、動物的軀體，更多的則是一些用途不明的軀幹，不會有人知曉這些肢體的真正作用，那不是活在正常社會過的人可以想像得到的怪誕事物，這東西是撕開噩夢與現實的門扉而來嗎？還是被不可知的褻瀆存在給製造的呢？

她不想知道那怪物的身體構造，她為什麼非得再一次面對呢？

黑影完全籠罩著俐茹的身軀，她的眼瞳裡映照著無盡的渾沌，那黑影的主人擺動可憎的軀體，俐茹無力地試圖反抗。

『妳想起來了嗎？』辟玉最後問道。

「我想起來了。」她回答著。

從隕石內取出的物質，其實有一部分和科學家幾年前在極地採集的神秘DNA團塊相似。

只是更加完整也更加具有侵略性，除了病毒以外，他們原本打算銷毀這東西的，在極圈內的遺跡、充斥古拉丁文和梵文的文獻，連最瘋狂的《死靈之書》都避而不談的古老種族產物。

那個建造了一整個文明又瀕臨覆滅的物種，古老種族在亞特蘭提斯之前就存在、他們製造了眼前這種怪物來建造超凡的文明——

如今這種駭人魔物從地獄深淵爬起，它的原主人早已沉眠在冰雪之下，被稱作修格斯的不規則有機人造生物，本能性地吞噬一切、又有快速的學習力，一整個地球文明裡最糟糕的敵人之一，現在的俐茹正面對著這樣的存在。

『不對，妳還知道了其他的事情，妳極力避免，可是一切都是徒勞。』

「什麼？是什麼！還有什麼？」還有什麼比現在更加瘋狂黑暗嗎？

「Tek-li-li……俐茹！俐茹！俐茹是我啊！我是芸靜啊！」

那東西發出不明所以的聲音，不像人類、不像動物、不像機械、不像任何會存在她腦海中正常世界該有的事物所發出的聲音，天啊，它甚至在模仿芸靜說話！這令俐茹完全發狂，芸靜那應該已經死亡的臉孔發出聲音和表情，但那只是瘋狂的有機物團塊在蠕動罷了。

無從形容起，無從類比起，更不知道該如何面對。

像是趨近本能的求生意志阻斷了這種資訊的接收一樣，俐茹突然之間眼前一黑，她只感覺到自己的身體又在燃燒，就跟她面對觸手怪人時爆發力量一樣，這次連體內的辟玉都沒有抗拒拉扯，應是為了讓肉體能繼續生存，它選擇讓俐茹可以借用力量。

「啊！」

「吼——」

「唧——」

「唰——」

震天的巨響，漫天可怕的聲音，它知道那東西因為某種原因在哀嚎，它在嘶吼，跟自己的嘶吼混雜在一起了。

□

『俐茹！我們成功了！這是個大發現，我們立大功了欸！』她想起那天，一切的開端。

當她再次醒來，只留下全身腥臭的粘液和鮮血。

「芸靜、柏豪、聲瑞、桃桃、阿寬……」她呢喃著所有認識的人的名字。

可是這些人都不在了，唯一留下的只有注定要折磨她的可怖記憶，那不該存在人世間的東西最後究竟怎麼了？

她有成功殺掉它嗎？

她不想知道、甚至不想要活下來——

「妳醒啦？」

有個蒼老的嗓音從她的身邊靜悄悄地出現，一時之間，俐茹都忘了這個人是誰或是在哪裡見過。

不過或許是印象深刻，那是在酒吧找她搭話要她上車的古怪老人。

只是這個人已經看起來沒有那種神經兮兮的氛圍，只留下更加詭譎的氣場，她發現自己不記得這名老人的臉，就算能認出來，也沒有對這張臉有任何記憶點。

「你是誰？」

她問，可是她早就知道自己不會得到回應，一如自己過去所有的追求都不曾實現一樣。

「我是不是從一開始就做錯了？」她眼神空望向汙穢不堪的地面，保持頹喪的坐姿。

「不，一切都跟我所想的一樣，妳活下來了。」

俐茹，是我啊，妳還記得我嗎？」

『俐茹，是我啊，妳還記得我嗎？』

那男人和芸靜的臉疊合在一起，俐茹想起剛從殭屍狀態中復活後，又遇到了芸靜的時候。

那男子神色自若，而俐茹已經知道對方是誰了。

「妳可以稱我為主上，那些人類都是這樣叫我的，妳可以用我穿梭在這個世界的各種名字叫我，妳也是看過《死靈之書》的人吧？」

嗯，是啊，為了研究那個隕石，她甚至翻閱過大學圖書館內最禁忌的書籍，所以眼前這男人的身分可想而知，先前都不認為這會是真的。

「我早該知道您是真的。」她說，她會活下來純粹是有個強大的存在希望自己活下來，這條命不是自己的，一直都不是——

「從一開始我就昭示妳了，我要妳成為我的僕役，而妳的抗拒讓現在的局面發生。」

真正逼瘋自己，讓她拿針筒插入自己靜脈的不是看見修格斯真正的樣貌，而是認知到了來自渾沌深處的宇宙混亂意志，祂在那個深處裡頭，是信使也是帶來破壞的主，祂是漆黑的法老、是無相與瘋狂的神秘。

祂甚至讓她看見了穿越時間的景象，她在許久以前就看見了芸靜、阿寬、聲瑞、柏豪慘死的景象，她發瘋似地找著避免的方法。

她用盡了全力，不惜成為喪屍。

她以為自己終可以避免自己得到神器、避免讓辟玉覺醒、避免成為那個來自深淵信使所役使的瘋狂工具。

她用盡了全力，然後親手造就現在的景況，現在她只能看著那張誰也記不住的臉。

對，俐茹一直抵抗著被無相瘋神給召見的機會，她會瘋狂，她一直抵抗著瘋狂，真實和虛假的記憶在相互抓撓，可是那都是沒有意義的，因為祂只要想要，可以隨時玩弄所有生靈在股掌間。

祂是全能。

祂是瘋狂。

祂是折磨。

祂也是解脫。

「唸出我的名。」

她知道眼前的祂在笑，卻不知道這位神祇為何要讓她活下來，但不知道也罷吧！她知道的事物已經太多了……

「奈亞拉托提普大人。」

聲音迴盪在金屬的殘酷聲響裡頭，殘破中帶著狂躁的氣場，黑暗躍躍欲試地將從深淵爬起，老人和女子的身形，消失在即將再次迎來下個混亂世紀的世界縮影當中。

▲END▼

時間軸5C

成爲一顆水母

休休

寫寫字。小時候覺得擁有創作能力好像是一種祝福，長大以後發現可能其實是一種詛咒。然後在寫與不寫，（對自己）說好話與罵髒話之間反覆橫跳。

「我消除了『界限』。」

這次她並沒有理會，只是用君臨般的姿態，向著這顆星球，高聲呼告。

她瞇起雙眼，彷彿在聆聽什麼，接著攤開雙臂，一對由藍色火焰繪成的巨大羽翼，順勢從背後向兩側舒展。

新生的翅膀，嘗試性地揮了幾下，伴隨著翅膀揮動，藍色的羽毛虛影四處飛散，接觸物體的霎那又化作點點火星，跳動閃燃，燒穿了空間的畫紙。轉眼間，整棟酒吧都化作虛影，猶如3D建模的巨幅透視藍圖。

她振翼而起，身軀穿透樓板，筆直飛向天空。

□

她一直飛一直飛，看到了淡水河，看到了臺灣海峽，看到了那個就算經歷過五年的災難，彼此關係還是各種複雜的「祖國」和「島國」，以前她光是聽到祖國這種名詞，都會讓她爆氣，可是當她飛到了這樣的高度，看到這兩個相對相鄰相愛相殺的國家時，卻有種瞬間看懂了整個華夏歷史脈動的豁然感。

哈，其實她能對歷史有什麼瞭解呢，她連屬於自己五年前的歷史都忘得一乾二淨。

然後，她看到了整個地球。

她並不是那種對大自然、生物啦、宇宙啦，會特別感興趣的人，重生後她常常覺得光是承擔「重生者」這個標籤，就有夠莫名奇妙的了，光是為了活著，就會耗盡所有力氣，她實在是沒有那個腦袋可以對其它事物有什麼關懷，更妄稱愛了。

可是她看到了整顆地球，這種「看到」

遠遠超越什麼報章雜誌、甚至號稱絕對擬真的３Ｄ投影，這種「看到」使她內心有股暖暖的，她不太習慣的，卻似乎是熟悉的感覺，可能這就是「靈魂」燃燒時的熱度嗎？

這顆藍色的星球，跟夜市裡彈珠台那一顆顆排排坐的藍色彈珠有什麼不一樣呢？它們都各自走著它該走的路線，去到它該到達的最終位置。她抵了下舌尖，彷彿吃到了那顆打彈珠後得到的沙士糖（其實她比較喜歡楊桃糖，但每次都拿到沙士糖）。

不知為何，當她上升到這樣的高度，觀看到整顆地球，嘴裡還嘗到那種甜時，她有股像是母親聽到自己的嬰兒哭泣時，胸口會有股熱流流出，急著想要哺育撫慰自己孩子般的溫柔心情。（誰知道究竟是不是這樣的呢？畢竟在她有限的印象裡，她也沒當過母親就是）

原來她以前對事物都有種漠不關心感，難道是因為不夠「大」嗎？

數大便是美，從這樣的角度看到這顆藍色的星球，應該就是美的極致了吧。

到現在她也才注意到，自己新生的翅膀和四肢，都是用某種柔軟腔體順著水流的力道，在空中緩緩飄浮著。她突然有種既視感，似乎她自己也就是個水母。這樣一想，氣流跟水流不也是一樣的概念嗎？

她像是孩子得到新玩具般，揮舞玩耍逗弄著自己柔軟的翅膀和四肢，至今所發生的一切實在是要素過多難以吐槽，她到此時才能好好地觀察自己的身體。除了新生的翅膀和四肢的柔軟度外，連整個軀體也呈現出某種藍色透明的光芒，像是跟她眼前這顆藍色星球呼應一樣。

這樣的感覺讓她揮動的力度和角度越發統合柔軟，漸漸變成了一條條的觸手，而一直以來都以人類身體在生活的她，竟然也突然覺得觸手好美了起來。當她這樣想時，就像那一顆顆藍色彈珠合該落下彈珠台的位置一樣，她合該逐漸在宇宙中無限膨脹了起來，膨脹到她都害怕自己會被撐爆的地步。

但是不會的，她很清楚知道不會的。

□

她膨脹到成為薄薄一層藍色透明的圓弧型腔體，那些在腔體邊緣的觸手還是溫柔地在宇宙間飄盪著，甚至還想要調戲火星、輕撫月球。當她的腔體已經足夠巨大到能容納整顆藍色星球時，她安然地將藍色星球納入自己的腔體裡，輕輕搖晃著它，回到母親子宮般的安適。宇宙間像是在哄睡小寶寶的母親般的恬靜安然。編號一的觸手想要調戲火星，編號五的觸手溫柔堅定地阻止它，編號三的觸手還不死心地想要撫摸月球，編號八的觸手將它拉了過去，自己打了個死結，手牽手好朋友一起走。

當她已經膨脹到這樣子時，整個腔體的表面都是她的感受器官，她可以很敏銳地感受到赤道在發燙、雨林的潮濕和北極的冰冷，還有她之前所生存的小小的島國上，裡面的人類，不論是像她以前一樣有藍色火焰的重生者、跟聲瑞一樣的創傷鬥士，或是跟柏豪桃桃一樣的普通人（可是柏豪跟桃桃真的是普通人嗎？她其實也不太確定），都還在堅定又努力地活著，每個人或者快樂或者不安地叨叨絮絮著，以前很不喜歡聽的，現在都懷念了起來。

她覺得這樣就很夠了，好像在災難過後所經歷的各種失意無措、對重生者身分的排斥，都隨著她能將藍色星球這樣地包納起來，而有了安然富足感。

她巡視著自己的腔體，希望它能帶給藍色星球足夠的保護，在看到有些小破洞時，有點懊惱了起來，可能重生者的身體總是會有些損害吧？她想揮動自己的觸手，看看能不能稍稍填補那點破洞。可是自己那些七七八八的觸手，已經不亦樂乎地玩了起來，糾結成一團，看似無可解。她覺得自己就像是上班一天回到家的職業婦女，發現幾個小孩把麵粉拿來漫天飛舞、拿巧克力醬來盡情揮灑一樣，在爆氣之前只能深吸一口氣，把家裡的事情先整理乾淨。

打死結的唯一秘訣只有耐心，她覺得她以後應該可以好好來磨練這件事。可在第八次要打開死結，不知哪一隻觸手又來搗亂時，她有一股想要斷開連結全部剁掉的慾望。

□

「媽媽，別生氣，我來了。」

當微弱又飄忽的聲音傳來時，她還以為自己的觸手都能發出聲音（這樣不是太棒了嗎？自己就都不會無聊了嗎？不對，光是現在這樣觸手都會打成一團了，如果各個觸手都還擁有自己的意識和聲音，那她真的會被搞到眼神死）。結果跟她之前直直飛沖上天一樣，去酒吧找她的陌生奇怪男子，略帶害羞的現身了。

說他是陌生奇怪男子，俐茹也真的不知道自己是怎麼判定的，說實話那個生物就只是有著像水母般的外型，但是圓腔體表面有著那位陌生奇怪男子的臉，她也就只好先這樣認定。

「媽媽，別生氣，我來了。」奇怪男子再次試探性地、不太確定地小聲出聲。因為沒有得到她的回應，奇怪男子非常不安焦慮，觸手扭成一團，說：「妳還是不喜歡我們喊妳『媽媽』嗎？就只能叫妳『茹』嗎？可是我以為……現在這樣就能喊妳媽媽了……」

俐茹本來以為先前發生的事，就已經足夠要素炸裂了，想不到她現在還要被迫升級當媽？她的腦袋高速運轉著（雖然這樣的腔體老是被說是「無腦」，拜託，誰像人類的腦只有那一小塊地方啊，她的整個腔體就都是感受兼思考器官好嗎！）想說是要隨便虛應下好，還是要用自己的大觸手把這個奇怪的陌生男子打飛好呢？接下來無數個跟這個奇怪男子一模一樣的奇怪男子（難怪她之前就覺得怎麼會那麼多不同的陌生又奇怪的男子都連番來找她，原來他們都是一模一樣的既奇怪又陌生的男子啊）都紛紛飛了出來「媽媽媽」地叫著，原本還有考慮虛應下第一個男子的叫媽行為，一瞬間看到這成群結隊的陌生男子對她拚命「罵罵號」了起來，她只想要用整坨巨大觸手把他們揮棒到宇宙黑洞外永遠不見。

但是這一群奇怪男子，簇擁了一名身著白大袍的女子，像是貢獻禮物又要害羞邀功的可愛小傲嬌（不得不說成年男子做這種行為真的怪彆扭的），把女子推了向前。

「哈囉，俐茹。」跟那些對俐茹有著小心翼翼孺慕之情的男子群截然不同，芸靜落落大方地倚仗著漂浮在空中的陌生男子們，輕鬆自在地跟俐茹打招呼，好像宇宙間的女王一樣，只是她頭上罩著一個透明的，像是太空罩的東西。俐茹的七號觸手忍不住去觸碰了下，那個太空罩就瞬間抖動且表面浮現出跟他那一群兄弟們（不然俐茹實在不知道要怎麼形容這群男子）一樣的臉，泛紅嬌羞又忍不住叫了聲：「媽媽。」

俐茹心中忍不住翻了白眼，雖然在腔體表面根本看不出來，但芸靜卻好像能知道她內心所想的輕笑出聲：「俐茹，我們以前很愛一起看海綿寶寶的啊。」

「妳這樣……」

「珊迪都能頂著太空罩在海底生活了，我也能這樣來找妳啊。」芸靜試著像太空人那樣在空中飄浮，拙劣地揮舞著四肢，男子群就紛紛改變姿勢配合著她，像是她馴養的小動物般溫馴。

「他們不是喊我媽媽嗎？我怎麼覺得他們對妳才比較像是對媽啊？」

「俐茹妳是吃醋了嗎？」

「才沒有！」

「妳這反應跟我當初跟妳說我跟阿寬在交往的時候是一模一樣的表情呢。」

俐茹頓時發現自己陷入兩難陷阱，只好選擇沉默。

「我知道妳一定有很多疑問，我這不就來跟妳說明了嗎？」

「前幾集都在演動作片，現在要開始劇情片了嗎？我知道了，妳要跟我說這些喊我媽媽的，其實是我跟阿寬有性生殖後的無性生殖複製體，因為我是『被選中的』，為了要將人類進化成新人類，水母是最完美的介質。」

「看來妳都想起來了嘛。」

「我只是不想讓自己看起來很笨，在妳說明的時候只會一直附和或發問，感覺很多bug現在自己想一想就突然通了起來……只是為什麼是阿寬？」難怪她看到阿寬時都有種莫名的厭惡情緒，想來是被迫配種的感覺。

「因為他夠軟爛嘛！」

「就這樣？！」如果俐茹現在還有人類的五官的話，她想自己應該是爆氣的表情。

「妳以為要適合繁衍水母的軟爛男很好找嗎？我當初可是說好要保障他下半輩子生活無虞，他才肯答應的耶。」

真是將軟爛貫徹到底了。

不知道為什麼，即使現在這樣荒謬的情形，加上芸靜狀似邊認真說明但臉上那種無關緊要到近乎無辜又什麼都在掌握中的神情，大概配得上所謂綠茶的楷模，她還是無法對芸靜生氣。人類殘留的情感真是業障啊。

「那場災難後，妳的藍色火焰越來越擴散，擴散到難以控制，我很怕妳有天被吞噬，想來想去後，乾脆置死地於後生，將妳和阿寬推進了海裡。」

「那還要真感謝妳囉？」

「嘿嘿，還好啦。」

還嘿嘿咧。

「妳知道水母是在每一次大滅絕都生存下來的生物嗎？」芸靜知道俐茹一定又在心裡白眼，自己振奮起繼續說明。

「哇！我不知道呢！」為了配合芸靜的綠茶味，她也跟著飄散出茶香。可是又瞬間想到：「小強不是也是大滅絕都殺不死的生物嗎？」

「所以嘛，我沒有讓俐茹成為小強們的媽媽，是不是好棒棒？」

「你們馬上把她給我丟下去。」俐茹冷言對著孩子們（？）說，男子們露出為難糾結的臉。

「妳不要這樣對他們嘛，雖然妳是他們的生母，可是我卻是他們的養母喔。」

「是是是，我看得出我們地位的差別了，養育之恩無限大嘛，我不過就提供了一個子宮而已。」

「唉唷，俐茹，我也是迫不得已嘛，要不是我沒辦法找出同性生殖的辦法，我們就可以一起……」

「現在就不用再說那些了！」

「你們的媽媽害羞了！」男子們像是小孩看到自己的父母在自己面前第一次親熱般，又高興又害羞的扭舞著，俐茹想真是夠了，芸靜是解釋完了沒，哪時候可以送走她。

「我就快要離開了啦，我也沒辦法待太久，最後要跟妳說……」

俐茹搶著問：「我為什麼會變成現在這樣？」

「那是妳給妳自己的使命喔。」

□

可能是「使命」這種詞的份量太重，她們望著無窮的宇宙間，望著自己眼前和腔體內的藍色星球，像是重複審視和掂量這些跟所謂使命之間的重量。

「當妳的孩子們去找妳的時候，妳不想被分化只被叫『茹』；同理可證，妳現在這樣，表示妳也不想只變成『俐』的那部分……」芸靜露出很懷念的表情。

「小孩子才做選擇，大人全部都要。」兩人同時說出這句，說完後都笑了起來。芸靜接著有點哀傷地說：「可是妳重生過後就常常說，好像重生後就覺得什麼都不想要了。」芸靜嘆了口氣，像是自我安慰般繼續：「嗯，這樣也好，妳就是這樣完整的俐茹，才能消除了界限，成為守護這顆藍色星球的存在。」

「喂喂喂，不要突然就丟給我一個這麼大的任務啊！」

「這不是我丟給妳的喔，這是俐茹妳自己選的喔，妳要爆衝沒人攔得住呢！」

「這樣啊……」自己選的那就……（俐茹用觸手抓了抓圓腔體表面）

「好了，雖然不能常見面，但我以後知道，只要我望著天空就等於是看到妳了，這樣我也就開心了。」

「知道了，妳快滾回普通人的世界吧。」

「喔喔喔，妳那些酒吧的同事，如果妳很想見他們的話，也可以像我這樣……」芸靜指著男子們，男子們又客氣又想求表現的挺出胸膛，紛紛表示「歡迎使用」的感覺。

「我在這裡能知道他們活得很好就好。」

芸靜露出了然的微笑，溫柔地說：「真不愧是俐茹呢！」接著輕輕摸摸身旁的陌生男子們的頭，他們就隨時轉換隊形，要送芸靜回去了。

「等一下……」俐茹不知道要說什麼，只是直覺地叫住芸靜。

「怎麼了嗎？」

「我要……我要這樣在這裡待到什麼時候呢？」身為曾經是人類的俐茹，雖然選擇擔負了這個看似無窮無盡的使命，還是不免想要知道使命的盡頭。

「我也不知道呢……」芸靜偏了偏頭，俐茹此刻還是覺得習慣這樣偏頭思考的芸靜很可愛，還是以後常常叫孩子們把她帶來好了？

「俐茹，雖然這樣說好像是在推卸責任，但我並不是全知者喔。」

「我也……」

「當然妳也不是，我們都只是像彈珠台裡那一顆顆彈珠一樣，拼砰砯啷撞來撞去，搖搖晃晃走著自己的路徑，最終落到一個屬於自己的位置而已。」

「如果老闆沒有作弊的話。」兩人又默契十足地異口同聲起來，瞬間又回到兩人以前曾一起逛夜市一起打彈珠，最後互相撕開安慰獎沙士糖的包裝，落入對方口中的快樂時光。

「總之，」芸靜用更加俏皮輕鬆的語氣：「妳就是水母之母了，The Mother of 水母。」

「為什麼一定要用英文講啊？」直到最後，俐茹還是對芸靜這麼無可奈何。

「不知道啊……我就覺得這樣首字母大寫看起來會比較厲害，比較像專有名詞嘛，就跟我每次都要穿著白大袍出場一樣啊，這樣比較有生活的儀式感嘛……不然一切不就很虛幻了嗎？」

講到虛幻，好像沒有比現在的場景更虛幻的了，兩人看著眼前漂亮的藍色星球，以非常緩慢的、人類無法感知到的、但她們就是知道它在運轉著的速度運轉著。

「如果這一切都是夢，那不就沒意義了嗎？」俐茹問出口就馬上覺得不該問，好像開口就為自己立了個FLAG，瞬間就會像被刺破的氣球爆炸消滅。

芸靜像是預演過幾萬次對話般緊接著回答：「人活著也都會死，那我們的相遇也都沒意義了嗎？」芸靜停頓了下，俐茹不確定自己是不是需要接話，但她很喜歡讓現在這個短暫的停頓被記住。芸靜接著淡淡地說：「妳有性繁殖生出小水母，小水母再落入海底，自我複製成為新的水母，水母水母水母……連綿不絕的水母……不就像是一代一代的人類，他們接續著繁衍教導後代，複製人類的思想、強化人類的意志……這些這些，或者更普通的說，就是所謂的故事本身嗎？可能就是人類永垂不朽的部分……嗎？」

「妳是在問我嗎？」芸靜看了下俐茹不予回應，又自顧自說了起來：「人類追求永生，就算追求不到個體的永生，也都在不斷地成為一個新的……」芸靜漫長混亂的思考過程總算遇到了卡詞，俐茹以前常常覺得她總是在等待她們對話的這一刻。

「新的……水母？」

「對，成為一個新的水母。」

▲END▼

3 GOOD HEALTH AND WELL-BEING

10 REDUCED INEQUALITIES

時間軸5D

在日光中

BBcat 三隻貓

大齡貓宅宅寫小說紓解壓力。喜歡各種故事，喜歡架空與開放與生存世界。雖然在憂鬱面前，吃和喵喵喵都會失效。但現在努力活著。

「阻止她！」

吧檯後門一抹白色的身影閃出，窩在吧檯後的桃桃看見一雙黑色低跟猛然踩進視野。

握緊了發射裝置，桃桃心底稍安，那穿著白大褂的長腿主人語氣凌厲又冷靜。而那張肅穆的臉，赫然是應該車禍身亡的芸靜。

「是我，對不起，我太晚來了。」芸靜開口，聲音有些顫抖。「俐茹，是我，芸靜。」

芸靜述說的對象筆直地佇立在凌亂不堪的空間中央，像一簇燃燒著永恆的火苗，在這一刻靜靜地舔舐著周遭的人事物。

俐茹沒有回頭，她的感知已經伸遠，自然注意到酒吧外一圈的黑色特務裝扮的蒙面人，也注意到他們手上的槍械裝置，裡頭裝載著令人熟悉的銀色針標，當然也有致命的彈藥。她動也不動，小小的火苗像藤蔓從燭火的底部蔓延成蛛網，竄過倒塌的桌椅，竄過店門，攀上那些武裝特務的腳。

一切的動作都太快，藍色的火蛇纏上人體後一發不可收拾，人還來不及感覺到燒灼的疼痛，便化成一根根融化的蠟，像俐茹的記憶中那樣，將他們當作燃燒的軀殼，熔化他們同化他們，不需要再透過低劣的噬咬轉移那些火種，擺脫容易腐敗的肉體，他們就能進化成功。

店外柏豪僥倖躲過火蛇，他沒預料到這種風險，他以為這樣能拖延一點時間。可是那一根根圍繞著咖啡店的燭火，艷藍得刺痛了他的眼球，柏豪眨眼，他不信！眼看那些火蛇並沒有再度蔓延，他開通身上的通訊設備。他一定得多爭取一些時間！

「俐茹！還記得我們一起待的實驗室

嗎？」芸靜扶牆的手指節泛白用力。她不氣餒的大喊：「我們就快找到真正的解藥了！真的！不要被那些聲音欺騙！」

地板上那團由怪人轉化的火團噌地旺起，燃著焰火的觸手搖曳著，使那片湛藍更添妖異。

聲瑞和桃桃心感不妙，聲瑞往後退了大步，貓腰低首滾到一邊去的同時，桃桃衝上前去護住芸靜，兩人往後台廚房側倒，堪堪躲過那觸手強而有力的戳擊，而過境之處皆是火焰。

「俐茹，那是我們共同研究的心血！妳快想起來！想起來！」倒地的芸靜撥開桃桃，不顧桃桃勸阻，勉力撐著自己盡快站起。

幾隻觸手同時出擊，直直朝芸靜射去，然而到了芸靜面前卻轉眼燒盡，猶如過眼的絲絲雲煙。

「茹！」失去觸手的怪人大吼。

「妳是俐茹！我是芸靜！我們的團隊一起想辦法解決了這五年的災情，可是卻發現這些『病毒』都是陰謀，病毒的源頭從來不是我們！只是我們的解藥激化了那些火種，妳說過的信息素能壓抑那些火，那些聲音——俐茹，我也是了，我也聽見了！」

店內那團藍色火焰動了一下，正要轉過身，她身邊那個怪人卻先拔腿衝來。

「不要放棄！茹！不要聽那些人類——」

怪人在觸碰到芸靜之前，轉瞬化為藍色的幽魂，一絲一絲逸散在空中。

芸靜拉起襯衫上衣，露出一大片雪白肌膚，但更加刺眼的是，左胸下肋骨側邊那片凹陷如夜空的暗藍色。

「妳太愧疚了，所以我不想讓妳想起，但是，妳必須記起來！還記得嗎？這是妳，是妳咬過的痕跡！」

靜靜燃燒著的藍色火焰在她轉身面對芸靜時似乎抽動出劈啪火星，又像是錯覺。

俐茹挺著胸膛，嘴一勾，聲音顯得有些空洞：「又如何？」

已經完成進化的她和一個凡軀的火種，區隔的界線可以薄如輕紗糖紙，也可以厚如城牆鐵壁。這個時刻，一切都已經是她說了算。

『那個俐茹』和人類之間的恩惠也好，欺瞞也罷，在這股本質的能量面前都不具有意義。可惜由她點燃的第一團火焰，那個怪人，還堅持著沒有意義的意義，堅持著易朽的框架形體。

「我知道妳還在！俐茹！不要讓他們得逞……」

俐茹腳下的蛛網火焰朝著吧檯燒去，就算聲瑞想阻止，也只是讓自己的義肢觸碰到火焰，感染似的，一點一點火星吞噬機械零件將他們轉成豔麗飄逸的藍色。

「我以為妳不一樣。」聲瑞那雙眼眸沒了眼鏡的阻隔更顯銳利，他直起身子不管不顧自己的手臂是否正在燃燒，他跨步前衝，剛毅的臉部線條倏然在俐茹的眼前放大，俐茹下意識側身退步避開聲瑞燃著同樣能量的拳頭。

聲瑞大吼：「妳以為那些創傷鬥士、那些人為什麼這麼排斥重生者？」

不知何時，聲瑞的另一條手臂也燃著藍色火焰，一記上勾拳擦過俐茹臉頰，她堪堪後退避過。

「去你的狗幹進化！也不管別人願不願意——」

「那你願意嗎？」俐茹幾乎拋棄了形體，幽魂如她穿過聲瑞，而聲瑞毫髮無傷，只是兩條手臂仍在低低燃著藍光。

「不，來不及了……」一旁的芸靜沙啞著嗓音，俐茹把自己的肉身也當成燃料轉化。那個和她一起並肩作戰對抗陰謀的俐茹，跨過那道物質與能量的界線，真的回不來了。

聲瑞錯愕卻警惕地跳開，拉開和那團熊熊藍火的距離。

「那妳願意嗎？」藍火偏頭看向芸靜，火裡頭俐茹的形體依稀可辨。

「我……」

芸靜思緒翻騰，腦海裡是她們在所謂外貿公司實則實驗室成為朋友的種種，又閃過從殭屍狀態救回俐茹的場景，他們團隊努力了好幾個階段才推出現今廣為人知的重生解藥，然後發現當初病毒的背景牽扯出整個人類世界的陰謀。芸靜後悔，她不應該壓制俐茹的記憶，就算當時的俐茹無法接受咬過人、大啖親友血肉的自己，也應該用別的方式陪伴她度過那段艱難。而不是……而不是眼睜睜看著她洗去回憶成為公司的實驗目標。

她真的後悔。

「博士？」桃桃扯住芸靜手臂，她似乎讀懂她掙扎的表情。

「我願意。」

桃桃驚愕的『博士』呼聲隨著芸靜那聲願意落定後，一簇鮮豔的藍光舞動著長長火苗從芸靜肋骨的夜空中升起。

「因為阿寬，我用死亡車禍騙妳，妳不失望嗎？」芸靜不覺得痛，只覺得渾身充滿光和熱，就連視野裡也覆蓋著一層跳動的淡藍色。

阿寬是那家外貿公司的眼線，不騙過他想找真正的解藥，不行。

可是現在真正的解藥就算面世，似乎也毫無意義。

芸靜幾乎要沈浸在回憶與情緒裡，直到桃桃將剩餘的信息素打進她身體裡。

睜著眼錯愕的芸靜看向一邊的桃桃。這個挖牆角來的屬下，是想救她還是想背叛她？來不及深想，芸靜往一旁倒下，那簇藍火像是失去可燃物，逐漸縮小。她無法控制地癱軟，就像那天她在 Xpark 攔截俐茹，想帶她回去一樣。

「失望沒有意義。」那團藍色火焰發出的聲音悠遠空靈，火中的藍色眼瞳看著芸靜倒下，看她身上的小小火苗被驅逐，鎖進某個陰暗的角落。

桃桃見狀，緊張地上前查探。博士不能出事，不能出事。

聲瑞熱汗冷汗都出了，他可以感覺到雙臂的重量正被火焰吞盡，轉化成一種輕盈飄渺，難以掌握的東西。

也唯有這種東西或說這種能量能碰得到殭屍火種進化成的怪人，他可不想承認那是俐茹。

「進化吧。」

糾結著的聲瑞耳畔忽然響起那女人冷清的聲音。

「聲瑞！」桃桃的尖叫伴隨竄空舔舐著

天花板的火焰拔高，兩團藍火在幾息間融為一體。

霹哩啪拉的轟鳴乍然響起，酒吧外第二波武裝特警強勢對內無差別掃射。無視於柏豪堅持室內有自己人的警告，領頭的中年人今日仍穿著一身酒紅，他站得筆直，連帶氣勢也比總是一股蠻勁的柏豪要穩要高，墨鏡底下的眼睛犀利地盯著氣沖沖前來討說法的柏豪。

「已經無可挽回了。」就算柏豪端起手上的槍抵著他的腦袋，他還是將視線移向了他的酒吧。當初接受芸靜的安排，本就是背水一戰，能拖多久是多久，成功的話他們成為全世界的英雄，不成功的話也有全世界給他們陪葬。

面對全世界政府與財閥的虎視眈眈，他們這種地下組織撐得夠久了，久到能從零散破碎的舊網路世界找出蛛絲馬跡。

久到得以知道如今掌控著世界的頂端掠食者早已不是人類，他們就在八千萬公里開外，冷酷觀察著這塊土地上發生的一切。

地球上的掌權者並非不知道他們的存在，但那群掠食者拒絕任何通訊往來，就只是靜靜地，靜靜地蟄伏在每天抬頭都看得見日光中，仿若冬眠死寂。

病毒是實驗室團隊製造的，火種是他們給的。

「解藥從來都沒有。」中年西裝男人又說，語氣平靜。

「講什麼幹話！」柏豪氣紅了眼，槍口直直戳上昔日頂頭上司的太陽穴。

「最後來根菸吧。」男人拿出菸來，企

圖給他一根，被柏豪一槍拍掉。

他一點也不惱怒，徑直叼著煙，也不見點火。

「讓他們停火！」柏豪嘶吼。

聳聳肩，西裝男人出手示意停火。他的視線隨著柏豪疾跑的背影，直到他持槍隻身破入稀巴爛的酒吧。

中央那團旺盛的藍色火焰伸出四面八方舞動的觸手，將所觸之物、所經之路點燃深深淺淺美麗的藍。

如果只是盯著那團火，會發現填滿視野的湛藍色柔情得像是輕輕推送的海浪，浪潮總是越疊越高，浪頭總是激烈昂揚著捲入一切事物。

凌亂的灘頭沒有水花，吧檯破碎的後方有血蜿蜒。

柏豪找不到聲瑞，只找到還睜著眼看向芸靜的桃桃。芸靜站著像一根點燃的燭火，熔化的外殼逐漸填進皮肉外翻的彈孔裡，又黏稠地流了出去。

芸靜的幽靈在柏豪聲嘶力竭的哭嚎中猛烈地燃燒起來，火舌貪吃地將一動也不動的桃桃和直奔而來的柏豪捆入藍火的領域。像是彼此舉杯慶祝似的，兩團藍色的明火搭起橋樑，瘋狂將毀壞的不能再毀壞的酒吧建築吞吃殆盡，要將一切都化成海中異形般的虛影。

藍焰疊高，沖天火浪反映在墨鏡上，燎原的藍，真美。

最後還有人幫忙點菸，值了。

□

四千萬公里開外。不同形狀的零星船艦散落成一支沉寂的隊伍，艦隊在紅色火球的背景中看不清全貌。

遙遙對望，藍色星球的美麗並非浪得虛名，只不過以前百分之七十是藍色的水，現在和太陽一般滾燙著充滿活力的能量，熾熱翻滾的氣流像是一個個歡迎的鉤子，等著明眼人開採。

▲END▼

BIG-D

美術雜役，專注於繪製桌遊與成人遊戲插圖，風格融合了日美兩地的藝術元素。曾參與《殭屍小鎮》和《LonaRPG》的創作，同時也熱衷於製作《龍與地下城》和《戰錘》等桌遊的微縮模型。目標是將我對藝術與遊戲的熱情完美結合，創作出屬於自己的成功作品。

3 GOOD HEALTH AND WELL-BEING

5 GENDER EQUALITY

10 REDUCED INEQUALITIES

時間軸5E

Sweet Leaf, Sweet Lips

靜川

台北人。文字工作者。當了一輩子幽靈，偶爾也重拾肉身，回人間透透氣。作品散見實體網路平台。長篇小說有《萬物的終結》、《冰霜都市》、《小村守衛與世界的終末》、《致親愛的你》。

老闆這時突然起身，在俐茹還沒反應過來前，迅速地移動到了俐茹身邊，並將綠色的液體整杯澆在了俐茹的頭上，俐茹感到一股巨大的冰冷，並且立刻失去了意識。

□

俐茹睜開眼，發現自己仍在小廟。

頭痛欲裂。

「嘿，妳終於醒了。」模糊的輪廓在眼前逐漸清晰，老闆坐在她的對面，右肩掛著一條毛巾。「抱歉，必須用這種方式幫妳，不過已經沒事了，頭髮也幫妳擦乾了，呃，半乾。」

黑衣人背對著他們，不知道在忙些什麼。

「這樣可以嗎？」老闆對黑衣人說。

黑衣人說：「可以，這樣很好。不然小姐姐動來動去，我可不好做事。」

俐茹打了個冷顫。「你……對我做了什麼？」她想起最近常有人被迷昏、醒來發覺器官不翼而飛的新聞……她摸了摸後腰部，沒有傷痕，沒有縫補，腎臟還在。她鬆了口氣，整個人癱軟在椅子上。

「做這個。」

黑衣人轉過身，手上有個小晶片。

「這是？」

「追蹤晶片，放心，已經失效了。好，現在可以安心說話了。」黑衣人說：「這東西一直在妳身上，妳不知道嗎？」

俐茹不敢追問晶片從她身體什麼地方拿出來的，深怕那會是很可怕的答案。「這東西為什麼在我身上？我只是普通人，有什麼好追蹤的？」

黑衣人笑說：「妳怎麼會覺得自己是普通人？妳可是重生的林兵長耶。」

「你在說什麼？我從來都沒當過兵，我以前是……」俐茹越講越心虛，關於自己過往的一切，她根本一無所知。

她回想剛才的影片，那個戴墨鏡的長髮女子似乎有點眼熟……到底是誰？可惡，頭很痛，想不起來。

「那是因為妳的記憶還沒完全……」

「這件事等一下再說，先解決這一件。」老闆不知道從哪裡拿出一把散彈槍，抵住黑衣人的太陽穴。

黑衣人高舉雙手。「老朋友，有必要這樣嗎？」

老闆大吼：「派人來我酒吧砸場的，是不是你？」

黑衣人嘆氣：「聊了這麼久，你還是不相信我。我很傷心哪，老朋友。」

「聽說你在店外鬼鬼祟祟，還掉了東西是不是？俐茹，東西拿出來。」

「這個嗎？」俐茹從背包拿出有人在酒吧噴裝的機械護手。

老闆看了黑衣人一眼：「是不是你的？」

黑衣人莫可奈何，回答：「是。」

俐茹問：「為什麼要幫我付房租？我朋友反追蹤 IP，就是從這裡出來的。」

「看來你們有個駭客朋友，呵呵……我只能說，我只是想展現一點誠意而已。」黑衣人向她緩緩靠近。

俐茹產生警戒，退了幾步。她發現自己進入某種戰鬥姿態，雙手隨時可以拿出暗藏的刀子。「你想怎樣？」

「我就直說了，」黑衣人拉下帽子，露出蓋滿傷疤的側臉。「他們正在獵殺重生者。」

「他們？」

「尤其是像我們這種，對組織來說，是最棒的備品……」

「組織？備品？」

「就是……」黑衣人注意到外頭有動靜，「嘖」一聲說：「哎呀，結果還是找來了。」

「什麼？」老闆推開門，外頭密密麻麻全都是人……不，那不是人類！它們的眼睛都透出微弱藍光，手臂也早就不是人類的形狀，而是數百條血肉狀的紅色觸手。就跟在酒吧出現的怪人一樣。只不過，這次數量是成千上百！

怪人抓住來不及逃走的香客，像打開洋芋片包裝一樣開膛剖肚，吃得一乾二淨。

怪人各自踏著扭曲的步伐走來。

不知道為什麼，俐茹不但不怕，反而興奮地想大笑，一股燥熱感從腹部傳入腦門。

老闆罵了幾句很難聽的髒話：「你敢來陰的？」

「真要來陰的，你們可以活到現在？我們現在是在同一條船上啊，老友。」黑衣人抓抓頭，對俐茹說：「好了，該還我了吧？」

「咦？」

「護手啊，我的護手。」黑衣人說：「生死關頭，時間有限喔。」

黑衣人伸出鋼鐵製成的生化義體右手，露出潔白的牙齒。

「沒有那個護手當支架，我會打不準啦！」

俐茹想了幾秒，決定交出機械手。

「是了，這就對了。」黑衣人喀拉一聲裝好機械護手，嘴角上揚。「準備好大幹一場了嗎？林兵長？」

此時，牆壁在一個巨大的撞擊聲中碎裂，巨大肉色觸手從裂縫中竄進來。

原來敵人不只在廟外，而是從四面八方而來！

「王八蛋！」老闆大吼，不斷扣板機，轟轟轟，靠近觸手被轟得稀巴爛。

「老朋友，你也太老派了吧！」黑衣人生化義手吱嘎一聲翻轉，開口變成炮管，護手正好就是準星。

「所謂雜魚，」炮口發出滋滋電流聲，「就是要這樣殺才對啦！」白色光束迸射而出，能量炮直接貫穿整排的怪物。再次左右掃蕩，又有好幾隻被切成兩半。

老闆抱怨道：「喂喂，你那什麼鬼？你是《洛〇人》還是《眼〇蛇》嗎？」

黑衣人哈哈大笑：「現在不是計較這種事情的時候。」

老闆勃然大怒：「不然還可以計較什麼啦！」

俐茹傻在原地：「不要擅自裝傻吐槽起來好嗎！」

此時，天花板發出巨響，怪物砸出大洞，碎片飛得到處都是。怪人跳了進來，伸出惡臭的觸手撲向俐茹。

「俐茹，小心！」

一陣電流竄過身體，成千上萬個畫面同時塞進俐茹的腦袋。俐茹閉上眼睛，她似乎想起了什麼，又似乎……

「Garnish，Garnish……」俐茹抽出雙刀。

那是從酒吧帶出來的，一把是刀刃細瘦的雕花刀，一把是形狀怪異的切冰刀。

老闆大喊：「快逃！」

「啊啊……煩死了，老娘不爽的時候，不知道要閃遠一點嗎！」戰鬥意識接管俐茹的思考與行動，身心合一全然專注，她知道自己現在要做的，就只有一件事。

那就是戰。

就是他媽的戰啊！

雙刀憑空燃起藍火，以不可思議的速度在空中劃出一道又一道的弧線。怪物尚未落地，就已經被切成碎片。

「終於想起來了嗎？」黑衣人說。「歡迎回來，林兵長。」

俐茹低身蹲地，眼神鋒刃般銳利：「……後面交給你，老狗。」

被稱呼「老狗」的黑衣人嘴角一笑：「沒問題。」

俐茹感覺血液在體內狂亂奔騰，戰鬥本能驅使她高速移動，在敵陣來回穿梭。

目標只有一個。

就跟以前一樣。

殺光所有敵人。

殺光敵人。

殺光。

殺。

殺、殺、殺、殺、殺、殺、殺。

回過神來，廟外已是成堆的屍體。

血漬在俐茹周圍的地面畫出一個圓弧。

而她的身上，沒沾上任何一滴血。

「這般實戰能力，如果有她的話……」

老狗心中盤算著什麼。

一陣微風吹來，她感覺一陣舒暢的涼意。熟悉的，快感。

老闆對地面扣板機，正處理還沒死透的怪人。

老狗坐在長板凳上，一派悠閒用煤油打火機點起一根菸。

俐茹掏出自己的菸，啪，沒了。「嘖，老狗，擋一支。」

「給。」

「……這是……？好傢伙，哪弄來的？」

「識貨，妳要我可以幫妳叫？」

「……多少？」

老狗比了一個數字。

「有夠貴。」

「現在是後末日的世界耶。」

俐茹白了一眼，比出一個ＯＫ。

老狗咧嘴一笑：「怎麼樣？林兵長，稍微熱身一下，還行嗎？」

俐茹「哼」一聲：「小意思，想當年我也是手拿兩把刀……」她看了一眼手中的刀：「……是比這兩支長一點。從承恩門一直砍到社子島。來回砍了三天三夜，是血流成河。我是手起刀落、手起刀落、手起刀落，一眼都沒眨過……然後我……嗯嗯？這真的是我的記憶嗎？還是哪裡搞錯了……奇怪……」

俐茹望著天空陷入沉思。

老闆肩扛散彈槍走來：「沒受傷吧？」

俐茹看了老闆一眼：「沒事……只是我的記憶……可惡，想不起來。」

老狗問：「妳還記得什麼？」

俐茹搖搖頭：「除了戰鬥記憶之外，什

麼都沒有……」

「沒關係，總會想起來的。妳現在只要知道，我們是一國的就行了。」

老闆堅決反對：「誰跟你一國？再說我真的朝你臉開槍。」

老狗雙手一攤：「我們感情這麼好，你才捨不得殺我，嘻嘻……對了，林兵長。之前我一個人沒把握，所以才想勸妳早點離開。但既然妳恢復記憶了，呃，部分記憶，不如我們一起去找幕後黑手談談？」

「幕後黑手？很好。」俐茹甩掉沾在刀上的血漬：「帶路。」

一個女聲自遠方傳來：「不用麻煩了！」

那是個熟悉的女聲。

不可能……！那聲音是……！

一個女子的身影，從暗處現身。長髮披在粉色系套裝上，臉上戴著大大的墨鏡。緊跟在後的是四個士兵，手持衝鋒槍，頭上戴著防毒面具。

女子脫下墨鏡，那張臉是……

俐茹不敢相信自己的眼睛，但……錯不了，那是芸靜。原本高漲的戰鬥慾望，此時此刻煙消雲散。

「芸靜……真的是妳？」

俐茹往前幾步，士兵用衝鋒槍瞄準她大吼：「再動就開槍了！」

芸靜制止士兵：「沒事，把槍放下。」

其中一個士兵說：「可是，長官……」

芸靜語帶慍怒，低聲道：「叫你們放下聽不懂嗎？」

士兵這才心不甘情不願退到後方，但看得出來他們仍處在戒備狀態。

「……芸靜？」

「好久不見了，俐茹，不，應該叫妳林兵長。」

俐茹思緒陷入混亂。她想起遇見芸靜的那天，芸靜怎麼告訴她自己的過去，還有兩人的關係。俐茹問：「妳不是已經在……那場車禍……？」她語帶哽咽，不忍說出死這個字。

「很抱歉，那是假的。」芸靜直截了當地回答。

俐茹說：「所以，我們也不是同事？」

芸靜露出複雜的表情：「某種程度上，算是吧？」

「一切都是謊言？」

「不全然，全看妳怎麼想。」

俐茹指著地上滿地屍體，怒道：「怎麼想？一堆怪物來要我命，還能怎麼想？」俐茹氣得發抖，眼中迸射藍色火焰，雙刀出現在手上：「妳到底想怎樣！」

士兵見狀立即衝出來，擋在兩人中間。衝鋒槍發出暗藍色的光，鐵灰色槍管長出肉色的枝芽。

老闆和老狗見狀也趕緊找了掩蔽，隨時準備戰鬥。

「俐茹，小心！那不是一般的槍！」

俐茹凝聚心神，想讓原始的戰鬥本能再次掌控全身。

此時，她只聽見「窣」一聲，眼前四個士兵就這樣身首分家，像是斷了絲線的傀儡，紛紛癱軟倒地。

芸靜一個收手，藍色火焰自掌中消失。

「都說了把槍放下，非得要惹我生氣才會高

興是嗎？」

俐茹吃了一驚，不知該進或退。還來不及反應，老闆已把俐茹拉到掩蔽物後方，同時，老狗跳出來發射能量炮。芸靜連閃都沒閃，白色光束竟在她眼前突然消失，彷彿有某種無形的防護罩。

芸靜失笑：「就這樣？」

又是「窣」一聲。

老狗像是被一輛無形的卡車撞到，整個人飛出去，機械手也被看不見的利刃切得四分五裂，化成金屬碎片。老狗在空中翻了好幾圈，摔落在地面。

「沒事吧？」老闆大喊。

「這值好幾千人份的國小營養午餐耶。」

老狗吐出一口鮮血。

「混帳！」老闆大罵，拿著散彈槍準備衝出去。

「別去，白癡嗎？你那破槍能幹嘛？」

「不然呢？在這邊坐以待斃？我出去拖點時間，你們趁機……」

話還沒說完，又是「窣」的一聲，掩蔽物像青菜蘿蔔一樣被切成好幾塊。老闆的散彈槍也被切成了一堆廢鐵。

「糟了！」老狗心中暗叫我命休矣。

俐茹以迅雷般的速度衝出去，雙刀劃出弧線，同時砍了出去，藍色火焰化為十字，一如煙花，在芸靜身上炸開、散落。

「中了！」俐茹暗忖。

「漂亮，但還不夠。」芸靜毫髮無傷，表情一派輕鬆。

「不可能！」

雙刀應聲碎裂。

三對一，結果是慘敗。

俐茹的手被震得又痛又麻，她把破碎的刀丟在地上。「妳想怎樣就怎樣吧，怎麼了？不是要我的命嗎？來啊！」

芸靜搖頭說：「我只是在處罰不聽話的下屬，你們怎麼就攻過來了？不，我並不是要你們的命。」

「那妳到底要怎樣？」

芸靜說：「妳不是想知道五年前發生了什麼？還有這一切到底發生了什麼事？俐茹，不，林兵長，我一直以為妳永遠不會醒，但現在，一切不一樣了。來，跟我來吧？」

芸靜伸手，走向俐茹。

俐茹猶豫不決。去？或不去？

老狗躺在地上：「別聽她的！」

「對啊，快走！」老闆說。

芸靜臉色一沉，眼神閃現殺意，又瞬間消失。「當然，我會放過他們兩個。」

「如果妳願意跟我來。」

芸靜說得很明白。

俐茹望向老闆還有老狗。

她知道，自己其實一點選擇也沒有。

就像重生後，結果還是必須一如行屍走肉，苟活在這該死的破世界。

「小俐？」

俐茹有點訝異，芸靜竟這樣稱呼她。就像剛才老狗播放的那段影片。

「……好，我跟妳走。」

「林兵長！」

俐茹伸手制止老狗繼續說下去：「沒關係，我會沒事的。老闆，你放心，明天我會準時去上班。」

俐茹轉向芸靜：「走吧。」

「好，我們走吧，對了，」芸靜點點頭，露出陽光般爽朗的笑容，她用銀鈴般的聲音問俐茹：「妳有帶悠遊卡嗎？」

俐茹望著她，嘴巴張得老大，最後終於吐出充滿疑問的一個字。

「有？」

□

兩人並肩步行，搭上最近的捷運。車子一路往北，離開環河區。

這時正好是下班時間，捷運裡擠滿人。離開公司的人，要去吃飯的人，要去約會的人，要去應酬的人，滿臉疲憊的人，帶著藍芽耳機聽歌、看劇的人……進進出出，擁擠嘈雜。

兩人選擇站在最角落，避開洶湧人群。

芸靜凝望窗外，看得出神，好像剛才什麼事都沒發生過一樣。即使如此，俐茹也不敢輕舉妄動。

芸靜輕聲問：「還喜歡嗎？這樣的生活。」

「咦？」突如其來的問題，讓俐茹有些不知所措：「這樣的生活？」

「上班、下班，吃飯、睡覺，出生、死去……」

「不然呢？誰不是這樣？」

芸靜視線緩緩移向俐茹。「妳不是啊。至少，妳已經死過一次了。」

俐茹連忙望向四周，深怕有人發現自己是重生者。「妳到底想說什麼？」

「這樣的生活不適合妳，」芸靜嫣然一笑。「無論是災變前或災變後，這都不是妳應該存在的地方。在妳心中，是不是一直有個疑問，我在這裡做什麼？我是不是不屬於這個世界？」

「……我、我正努力工作，希望回歸正軌，這樣不對嗎？」

「妳確定，這是妳的正軌？」

俐茹無言以對，她想起影片中的自己，還有片片段段的戰鬥記憶。

重生後，自己一直過著行屍走肉的生活，不知道自己在哪，該去何方。這樣的日子，真的是人該過的嗎？這樣的人生，跟所謂的殭屍又有什麼差別？

腦中閃過許多看不清的記憶片段，俐茹感到一陣暈眩。

我到底是誰？五年前到底發生了什麼事？我……

芸靜的聲音再次劃破兩人之間的沉默。「如果……有個機會可以離開，妳想去哪？」

俐茹想了很久，努力搜尋腦海中那些片片段段的記憶，試圖找出曾經有過的夢想的蛛絲馬跡。「……南極吧？」

「南極？為什麼？」

「不知道，只是心中忽然出現一個畫面。我覺得如果是以前的我，可能會想過去看看，那邊是不是真的有高得讓人想發瘋的白色山脈。」

芸靜嘴角一笑。「到了，下車吧。」

車廂門打開，巨大的人流來來去去。

俐茹連忙跟上，深怕走散。出了車廂，定睛一瞧。

「這是……台北車站？」

□嗶嗶。

刷過悠遊卡，走出電子閘門，走進迷宮般的地下街道。

俐茹幾乎要忘了，這裡的路有多難找。芸靜腳步非常快，高跟鞋踩出叩叩叩的聲響，俐茹幾乎要小跑步才能跟上。

轉過一個彎，道路盡頭有個推門，芸靜走過去，在門旁的感應器刷卡。門內是個電梯，電梯門已經是敞開的。一進入電梯，門便迅速緊閉向下。

下降速度非常快，因為她已經吞了好幾次口水，才能平衡體內外的氣壓。她不知道下降了多久，但憑她記憶中的印象，可能比以前去101搭的電梯還久。

速度趨緩，最後停止，梯門敞開，映入眼簾的是偌大的地底空間，裡頭有許多包覆厚重水泥的方格，像是一個又一個獨立的「房間」。一眼望去，難以計數。粗估至少有上千個。

奇怪的是，有的房間裡只是一個椅子、冰箱、文件、販賣機或雕像。有的房間裡則有老人、小孩、戴面具的怪人，看起來都是被刻意地單獨隔離著。再往後的房間，有的更大，就像好幾個貨櫃堆疊起來，但實在太遠了，俐茹看不清楚裡頭到底有什麼。

芸靜領著她，走進一個像是辦公室的地方，裡頭有許多穿白袍的研究人員，有的捧著資料走來走去，有的在電腦前敲打鍵盤。其中一個安靜走來，拿一份報表給芸靜。芸靜看了一眼，交代幾句，研究人員便離去。走進深處，聲音逐漸遠離。最後，兩人停在其中一個房間前，上頭有個號碼「420」。房裡有一個盆栽，長出藍色葉子的奇特植物。

終於，芸靜開口了。

「歡迎來到組織的核心，我們在這裡控制（Secure）、收容（Contain）並且保護（Protect）三千多種不該出現在世界上，或具有危害的不明物體，這是第420號，我們叫它Sweet Leaf。至於為什麼保存在這裡？為什麼是台北正中心的地底，我不認為妳會想知道。不，妳記憶深處應該早就知道了。」

芸靜繼續說：「災變發生前，組織已掌握訊息，並從Sweet Leaf提煉出疫苗，我們都是第一批試用者。而讓殭屍重生成人類的解藥，也是以Sweet Leaf為核心原料研發出來的。」

俐茹想起在影片中所謂的第二階段人體測試，裡面有芸靜還有……阿寬？

「既然如此……為什麼還要獵殺重生者？」

「因為解藥效果並不完全，有高達百分之八十的機率會在五年內失效，重生者將再度變回殭屍，或變成比殭屍更可怕的怪物。」

俐茹質問說：「製造怪物，攻擊我們的不就是妳嗎？」

「妳是指剛才在廟裡的那些東西？不，那只是組織製造出來，用來對抗怪物的人工生命體而已，對付真正的怪物也只能當砲灰。我只是拿它們來測試妳的實力而已。」

「實力？」

「在變殭屍前，妳一直是組織仰賴的戰力之一。但我們不確定現在的妳，還有幾成功力。」

俐茹眼色一沉：「測試？笑死。被吃掉的那幾個香客怎麼算？」

芸靜聳肩：「很抱歉，只能算他們倒楣了。」

俐茹以迅雷不急掩耳的速度，「啪」一聲，賞芸靜一個大巴掌。

芸靜完全閃避不及，心頭著實吃了一驚。「好快。」

「講話不要太過分，再有下一次我就打穿妳的臉。順便把這裡全部破壞。」

芸靜知道她是認真的，不但沒有發怒，反而大笑了起來。

俐茹感覺窘迫。「妳……笑什麼？」

「俐茹，妳真的不一樣了。不是以前那個乖乖的俐茹。」

俐茹臉色一沉：「對，現在的我是暴躁的俐茹，要試試看嗎？」

芸靜揮手說：「我今天找妳來，不是想跟妳打架。我只是代表組織，跟妳提一個交易。」

「交易？」俐茹眉頭一皺。

「俐茹，妳的命是組織給的，組織自然有權收回。不，我不是在威脅妳，只是陳述事實。但，如今日所見，妳已恢復昔日能力，所以我代表組織，想提出合作方案，一起為社會的和平穩定而努力。」

「原來如此，所以妳以前對我說過的話，都是謊言。」

「這是為了就近觀察，避免妳變成殭屍或怪物，對環河區造成威脅。造成妳心理的不適，在這跟妳鄭重道歉。」

「……」

「不過，有一點是真的，那就是我們災變之前就認識。因為，妳以前本來就是組織的成員。只不過，那時妳是乖乖的俐茹。」

俐茹心頭一驚。

她想起影像中的畫面，那是她和芸靜取得疫苗後……不行，頭又痛了起來。

芸靜問：「怎麼樣？妳怎麼決定？合作，或不合作？」

「如果我不合作，會怎麼樣？」

「那麼，組織有權回收妳身上重新長出來的器官，換句話說，妳會被拆掉，各自保存，當作可用零件，以備不時之需。」

這就是老狗說的備品嗎？原來如此。

俐茹在發抖，看起來很害怕，說話變得唯唯諾諾：「所以，只、只要我合作的話，就、就能保住自己一條命對嗎？」

「沒錯，組織說話算話，所以……合作愉快？」

俐茹板起臉孔：「但是，我拒絕。」

「什麼？」

「換我給妳一個提議吧，乖乖讓我回去，一個屁都不要放，也不要來煩我，否則，我就現在跟妳打。我會打輸嗎？可能會。會死掉嗎？也很可能會。妳很強，我見過妳的能力。但要我毫無還手能力當場瞬間死亡，恐怕也沒這麼容易，這裡可能會搞得一團糟，可能有些東西會跑出來，有些重要的研究人員會被波及，有些資料會打翻弄亂，妳覺得可以接受的話，那就來啊！」

俐茹退開數公尺，進入戰鬥狀態。

終須一戰……嗎？芸靜暗暗嘆息，眼神迸射出前所未有的殺意，身後出現上百條怪物般的肉色觸手。

戰火一觸即發。

「還是算了，」芸靜嫣然一笑，身後的觸手便消失無蹤，「妳回去吧。」

「咦？」俐茹相當意外，順勢解除戰鬥姿態。

「但是，我有一個條件，」

芸靜說：「組織預估在兩年後，災變將有極高的機率再次發生，在這之前，我希望妳跟老狗組成一個小隊，其他隊員任妳挑。若有任務指派，我會直接跟妳聯絡。妳有接或不接的自由，當然，作為回報，我們也會給予資訊、武器跟資金上的支援。兩年後，如果災變真的發生了，也請務必加入戰鬥，這不只是在幫組織，也是在救環河區的無數生命。」

俐茹聽到關鍵字：「……資金支援？多少？」

芸靜說了一個數字。

俐茹思考許久，回答：「……可以。」

聽到她的答案，芸靜彈了一下手指：「阿寬？」

阿寬叼著菸，忽然出現在俐茹眼前。

「阿寬，是你？」

「嗨。」阿寬揮手示意。「抱歉騙妳這麼久。」

芸靜說：「把機車還給俐茹，還有，幫老狗換個機械手，好一點的。」

「好喔。」說完，阿寬又消失了。

芸靜說：「就這樣吧，我帶妳出去。」

「等一下，我想知道是什麼改變了妳的心意？」

芸靜頓了一下，眼神隱藏在黑暗中。

沉默良久，她回答：「那還用說嗎？誰叫我們是……沒事，妳走吧。」

□

兩年後，第二次災變在預料內發生了。

起因是某個重生者在搭乘捷運時忽然變成殭屍，不但讓整輛車上的人都變成殭屍，更慘的是，殭屍還沿線在各捷運站下車，疫情很快就擴散開來。現在，這輛捷運即將駛入環河區。

芸靜在直升機上聽取簡報，指派各項任務。「……好，就這樣，希望還來得及。還有，幫我聯絡 420 小隊。通了嗎？好，電話給我。喂？俐茹嗎……」

「……知道了。」俐茹用左手調整通訊器的音量，右手催緊油門，紅色本田 CB1100 重型機車發出怒吼，高速衝向馬路。

「慢點啦！要掉出去了！」在後座抱著俐茹的老狗大喊哀求，機械手閃著銀光。

「不行，來不及了！」

「不是，前面沒有路欸！妳是要利用斜坡飛上去嗎？……結果真的要飛過去啊啊啊啊啊啊啊啊！」

通訊器傳出老闆的聲音：「吵死了老狗，給我鎮定點！」

「啊啊啊啊啊啊啊啊！」

無視老狗慘叫，俐茹鎮定地作出指示：「老闆，殭屍來了，我跟老狗會處理前方，零星的跟疏散就交給你們。」

「沒問題，交給我們！」除了老闆的聲音，後面柏豪跟聲瑞在猴子亂吼，呼呼嘿嘿。

這讓俐茹很安心。

俐茹以高超的技術飛越捷運電子閘門，剎車鎖死，輪胎發出尖銳的摩擦聲。捷運正好到站，殭屍發出嗚嗚聲，爭先恐後走出車廂。

「Garmish、Garmish……」

俐茹一身黑皮衣，連安全帽也沒脫。

手持雙刀，朝殭屍走去。

一把是刀刃細瘦的雕花刀，一把是形狀怪異的切冰刀。她也不知道為什麼，就是覺得很稱手，即使有其他更好的選擇，她仍堅持使用這種怪異的武器。

老狗率先跳出去：「我先上啦！口桀口桀口桀口桀！」他的新式機械手，前方打開變成巨大的砲管，集氣射出巨大的能量砲，光束周圍還有另一條光束螺旋前進，長得就像是純白版的魔貫○殺炮。月台炸出一個大洞，殭屍因破碎的地形而各自散開。

「換妳上了，林兵長。」

「謝謝你，比克叔叔。」

「在叫誰啦……」

俐茹打開音樂串流。

藍芽耳機傳來的歌曲，正好是酒吧常播放的加拿大樂團 Men I Trust，歌名是 Show Me How。

準備就緒，俐茹高速衝向殭屍，以肉眼無法看見的速度揮舞雙刀。

沒有任何殭屍，可以突破她的劍圍。

第二次災變很快就落幕了，沒釀成巨大傷亡，最主要歸功於中階執行者李芸靜調度得宜。而 420 小隊的活躍，更讓環河區的傷亡幾乎可以忽略不計。

□

任務結束，俐茹直接回家。

她自己一個人住了，沒有人在客廳抽菸，也沒有人亂丟吃剩的泡麵，或喝剩的飲料。

她脫下騎士皮衣，走進浴室，十五分鐘後，她包著浴巾出來，滿身蒸騰熱氣。

她從冰箱拿出啤酒，喝了一口。接著，對黑暗的角落說：「還不出來？」

芸靜從暗處中現身：「好眼力。」

「是妳太明顯了，喝個？」

「不了，回去還得跟上級報告。」

「無趣。」

「這次也要謝謝妳了。」

「沒什麼好謝的，這是交易。」

芸靜笑容裡帶著一絲苦澀：「是啊，交易。」

「我會幫妳們，直到欠的都還完。」

「還完？我看是很難。」

「誰知道呢？」俐茹又啜飲一口。「我累了，沒什麼事的話請回吧。指揮官。」

此時，芸靜忽然近身，雙手環抱她，用柔軟溫熱的雙唇親吻她。不知道為什麼，俐茹覺得很熟悉，還沒意識過來，自己早已給予對方回應。

兩人難分難捨，過了許久才分開。

芸靜低下頭，「再見。」

芸靜偷偷塞了一個東西在她手上。

一個牛皮紙袋。「這是……？」

再次抬頭，芸靜已消失在眼前。

紙袋裡，有好幾本不同國家的護照、身分證，照片都是俐茹的臉，而資料全是假的。還有幾張機票，好幾卷厚厚的鈔票，都是美金。要弄到這些東西，並不是不可能，但應該要花上不少時間，芸靜是什麼時候開始……

裡頭有一張紙，指示如何使用新身分，如何轉機到阿根廷，抵達烏蘇懷亞，買到前往南極的船票，到了那邊之後，再如何透過機密的方式閃避組織的追蹤網，重獲真正的自由……首先，她必須先搭飛機到……接著再……媽呀，有夠複雜。

班機起飛的時間是……明天早上九點！

□

隔天午夜，俐茹照例下班離開酒吧，搭乘最後一班捷運回家。打開門就看到芸靜在裡頭。

「嗨。」俐茹向她打招呼。

「妳怎麼沒走？」芸靜幽怨地問：「妳知不知道我準備多久？」

俐茹坦然一笑：「對不起，我不能走。」

「為什麼？妳明明就……」

「就是不行，我不能丟下妳不管。不，應該說，再一次丟下妳。」

「妳……什麼意思？」芸靜問。

俐茹回答說：「我全想起來了，五年前發生了什麼事。」

芸靜望著俐茹，說不出半句話。

她點點頭：「對，我想起來了。想起我們如何成為第一批實驗者、如何成為非人的存在；我們如何散布疫苗、如何散布病毒，如何降低世界人口，如何加速人類進化的速度；還有，我如何受不了自我譴責，最後精神崩潰，自己走進殭屍堆讓它們咬得稀巴爛。多虧了妳昨晚的那一吻，我全都想起來了。」

「俐茹……」

俐茹繼續說：「五年前，身為執行者的我，丟下責任自己逃走，擅自去死，卻讓妳成為下一任執行者，必須把一切都承擔下來。對不起。」

「不，別道歉，那時候我們都想這麼做。只是妳先了。」

芸靜吸了口氣，說：

「妳重生後，組織原本決定要解決妳，是我擋下來的，理由是妳什麼都不記得，我就近接觸觀察，結論也是如此。後來，妳能力覺醒了，我也必須讓組織相信，擔保妳即使能力還在，記憶卻已完全喪失，可以當作工具使用。只有這樣，組織才不會對妳五年前擅離職守做出究責處分。但我其實還是很害怕，因為我知道，組織始終沒有打消抹殺妳的念頭，也不知道何時會採取行動，所以，我只能先行動了，利用我自己這幾年打通的人脈，在第二次災變結束後讓妳悄悄離開，完全消失在地球表面。俐茹，千萬不要相信組織，也不要被他們抓到，相信我，那將會比死還可怕。」

「我知道，」俐茹說：「我當然知道。」

「那妳怎麼不走？」

俐茹反問：「我走了，妳怎麼辦？」

芸靜雙手一攤：「我怎麼辦？我根本無法脫身，我能怎麼辦？」

「我走了，身為執行者的妳，自然也逃不過組織的報復。但這就是妳的目的，對吧？妳再也不想繼續替組織辦事了，所以妳想找個方法自我了斷，就跟我以前一樣。芸靜，我這麼瞭解妳，妳是騙不過我的。」

俐茹推論得完全正確，芸靜啞口無言。

俐茹說：「不，我不會讓妳這麼做的。我要讓妳也可以脫身才行。」

芸靜搖頭，不認為這樣可行。說：「俐茹，妳應該知道組織的能耐才是。」

俐茹點頭：「我知道，可是組織並不知道我想起來了。利用這一點，我能做很多事。這次我不逃了，我要選擇面對。」

芸靜思量許久，終於抬起頭問：「妳想怎麼做？」

俐茹頓了一下，嘆息道：「抱歉，我還不知道，我剛恢復記憶，還需要一點時間理出頭緒。但第一步，我必須找到更多盟友，老狗雖然很吵但一定會挺我，酒吧那邊還有老闆、柏豪跟聲瑞。」

芸靜說：「阿寬，雖然他很噁，但可以信任他。」

「幫手多一個是一個。」俐茹雙手一攤：「不過我很高興不用跟他一起住了。」

芸靜點頭表示理解。「大家碰個頭，或許能想出什麼辦法。」

俐茹說：「好，這幾天我問一下，到時再跟妳說。」

「好，那就……」芸靜說：「回頭見？」

「對，回頭見。」

「妳真的恢復記憶了，」芸靜忽然轉身，緊抱著俐茹：「妳不知道我有多高興。」

俐茹聞到髮香，也以擁抱回應。「對不起，又把妳拖下水了。」

「那有什麼辦法?誰叫我們是……朋友呢?」

「只要我們在一起，一定可以找出辦

法，」俐茹說：「就跟以前一樣。對吧？」

「對，啊，才不對，」芸靜露出笑容：「妳以前脾氣很好，都會乖乖聽話的。」

「很抱歉，回不去了。」俐茹做出鬼臉：「我現在是暴躁的俐茹。」

「好，那很好。」芸靜笑了，笑得很美。

她們的眼睛映照著彼此，在深夜中發出久違的光芒。

▲END▼

3 GOOD HEALTH AND WELL-BEING

10 REDUCED INEQUALITIES

時間軸5F

生命的極緻

邱鉦倫

大專流浪教師，13 隻貓與 3 隻狗的無情賺錢機械，熱愛籃球，以及希望成為寶可夢大師。

老闆這時突然起身，手上端著酒吧裡的散彈槍（這麼大一把槍他到底都藏在哪裡？），對著穿黑衣的男人說道：「不要再玩我家的女員工了，我們這麼多年來的恩怨還沒算清，現在不把事情好好交代、了結清楚，信不信我像當年那樣，一發轟飛你的腦袋？」

俐茹兵長？俐茹兵長！

俐茹直盯著老闆手中的散彈槍，腦中記憶像是散發噴射的子彈，在此時卻慢動作似地回收，爆烈的記憶倒轉、凝結、成型，回到腦子裡。

這把溫徹斯特M1887槓動式散彈槍是老闆最愛用的槍，與其說他是「老闆」，還不如叫他「溫徹斯特准尉」。新訓時就聽過不少「溫徹斯特准尉」的傳聞，有人說他是以槍為名，溫徹斯特只是假名；有人說他只是愛看電影，學著阿諾裝帥而已；又有人曾看過准尉單手上子彈的速度飛快，才聽到一聲轉槍退膛「喀喳」聲，敵人就已經倒地。但不論何種傳言為真，記憶中的溫徹斯特准尉嗓門特大，罵人時一點不輸溫徹斯特散彈槍爆發的槍聲。

俐茹怯怯地喊了記憶中的人名，「溫……徹斯特准尉？」但也還無法肯定是否為真。

「就叫我老闆啦！」手持溫徹斯特M1887槓動式散彈槍的准尉爽朗地大聲說道。

「看來妳記憶慢慢恢復了啊！俐茹兵長。」

看著持槍大笑的老闆，以及雙手高舉過頭，像是惡作劇被逮住的黑衣男，俐茹的頭越來越痛，記憶的子彈一顆一顆擊入腦中，想起新訓時芸靜和阿寬的糗樣，他們兩人總是在爭高低，芸靜敏捷、反應快，在偷襲、暗殺任務時總能寂靜、沉穩地完成；阿寬則是強大的支援輸出，甚至可以擔任誘餌，吸走眾人注意，讓芸靜潛入敵後。

「而我呢？為什麼我想得起他們的記憶，但自己的事仍無法順利記起呢？」俐茹中彈的腦子除了回放過去外，在此時也慢慢恢復運作，開始思考起這一些的可能與疏漏。

「啊！難怪我會戰鬥啊！因為我可是受過嚴格訓練的。」「那為什麼我又會調酒與作菜呢？」

看著腦子翻攪的俐茹，老闆對她喊道：「現在妳應該感覺到記憶回溯的衝擊，妳的情況又更特殊，似乎是將近二十年份的記憶在出現，媽的，真想來杯二十年的威士忌，但不管怎麼樣啦，先打起精神來處理這傢伙。」

「到底……發生了什麼事？」俐茹用盡全力重整好思緒後，就只吐出這段話。

「就看這傢伙願不願意說實話啦。」老闆輕蔑地說，同時又把槍管伸更出去。

黑衣男輕輕嘆了一聲，「你們真的想知道嗎？只怕妳的靈魂承受不了。」黑衣男反而輕鬆了一點，雖不知他的自信從何而來，面對漆黑幽幽的槍管，黑衣男眼中的藍光似乎更加燃燒閃爍。

老闆更慎重地托好槍身，槍管直逼黑衣男，「你可別耍花樣。」聲調輕挑但又威嚇力十足。

本以為停止的影片，突然放起了 The Cranberries 樂團的《Zombie》MV，看來是當初剪輯影片時收錄其中的。爆裂的鼓點先打破了三人間的沉默，隨之而來的吉他聲預告著人聲將要進入：

Another head hangs lowly
Child is slowly taken
And if violence causes the silence...

三個人就如此聽著，直到間奏時黑衣人突然開了口：

「十五年前，那是還沒有重生者、也沒有創傷鬥士的年代，人們就這麼順著時代的樣貌活著，反正他們活著和死了也差不多，你們有沒有想過，每天這樣上班、下班，等著薪水，算著帳單，這叫活著？我才不這麼覺得，哼！」

在一通抱怨之後，黑衣人已經不顧老闆手上的槍，伸手揮了一揮，「別一直舉著，像起秋一樣，放下吧，手會酸的。」說完黑衣男逕自去倒了杯琥珀色的飲料潤喉，接著說：「那時中央已經在開發各種生化戰的可能，你們以為的活屍、喪屍奔跑咬人的畫面，只是電影想像，落後到連山裡的猴子都會笑你。中央政府主要往幾個方向走，一種是研發病毒武器，同時又產出能快速遏止傳染的解藥；另一種是開發藥物強化人體基能，簡單講就是超級士兵。最後一種則是生化武裝，你看就是這個！」

黑衣男拉開袖子展現變化的觸手，俐茹忍不住又想找有沒有切冰刀，不過這裡只有一把小水果刀。黑衣男則用眼神示意，似乎在說著，放心，現在我還沒想和你們打。

「你們覺得人什麼樣才算活著？」黑衣

男的觸手不停延展、變化，像是隨著話音在舞動，黑衣男看著舞動的觸手接著說：「我覺得只有在生命的挑戰中才算活著，上班打卡等下班也是種挑戰，但始終只是為了溫飽，只有在生死之間才能體會到生命的重量。當初在中央測驗病毒武器時，從街上『招來』流浪漢進行人體試驗，看那些平時要活不活的傢伙，突然驚醒想盡辦法要離開的臉啊！那才是藝術。測試的日子久了又落入公式，有天我看著培養皿裡的病毒，才驚覺這些傢伙也是半死不活的啊！它們就該是要出去看看世界上的變化，不然只是實驗、看數據、銷毀，這些傢伙才沒有真的活著呢，明明就能開出更多藝術的花啊！」

「所以說五年前的災變是你造成的嗎？」俐茹氣急敗壞地喊，順手找到的水果刀在手中握得更緊。

老闆按了按俐茹的肩，輕聲的說：「先別急，聽他說完，這已經發生的事我們都知道。」

「俐茹兵長啊！」黑衣男大笑說著：「哈哈哈！俐茹兵長啊！妳要感謝我啊，我可是讓妳活的相當精彩啊！」

「到底是什麼？」俐茹咬著牙低聲問著。

「我剛說過了，開發生化武器有很多方向，而你們就是身體機能強化派的，只透過藥物與高效鍛鍊，打造出一批批的超級士兵。當然啦，想看人們為了活下去的臉孔只是我個人的想法，但是，其他人可不是這樣想。你們這些站在中央政府立場的士兵有看過中央的黑暗嗎？有些人帶著崇高理念想要揭開黑布，有些人只是想撈一筆，不論什麼，我倒是最單純的那個，只是想看看人活著的極限，過去那五年，真的是我人生中最幸福的時光，感動到像是骨髓都要化成蜜了，雖然，到最後都是我在把別人化成爛泥就是了。」

黑衣人的觸手隨著語調變化得更加激烈，而他眼神裡的藍色光芒幾乎像是燄火閃耀，隔著距離都能感受到熱度。

「你似乎還沒說到重點啊，混帳小子，信不信我再給你一槍！」老闆抬了抬槍管。

「有什麼重點呢？反正我想看生命爆發的藝術，有人想賺錢，有人想幹翻中央，當然，也有人要維持現有的一切，倒楣的是誰呢？老百姓嗎？才不是呢，那是他們必然會碰到的鳥事，上班被長官罵，下班回家出車禍，那只是老百姓的日常。倒楣的當然是你們啊！哈哈哈哈哈哈，溫徹斯特准尉，俐茹兵長，哈哈哈哈哈。」

黑衣男語音上揚地喊著兩人的名字，接著說道：「老百姓死不完的，活著或許有好事，死了也許是幸福，而你們這些軍人呢？為了什麼而戰呢？那樣的中央政府真的值得你們保護嗎？」

黑衣男站了起來，語調激昂的說：「當病毒散發到世界時，中央政府本來計畫立即投放藥物，但政府裡竟傳出聲音、想看看病毒的效力究竟如何？他們估算設計好的藥物可以面對病毒的多數變異，同時治療效果相當好，既然有可以克制的解藥，這病毒豈不是註定失敗嗎？換個角度想，政府裡的豬頭就認為這是萬無一失的大規模實驗，只要在一定範圍內擴散，再事後說研發出藥物，他們只是想看這武器的效果啊，同時再改良後，未來就能投入戰場啦，這就是你們要保護的政府啊！」

「那這些和我們有什麼關係！」俐茹用盡力氣地吼回去，「我到底怎麼了？」

「俐茹兵長啊，妳才是生命的極致啊。」黑衣男用冒著藍色光芒的眼睛直盯著俐茹，語氣一沉：「你們的任務就只有保護政府要員的軍人，測試發動後，你們只護衛中央政府一帶，一般士兵與警察看似在對抗那些變異喪屍，不過也都是受試的一份子而已。」

黑衣男眼光轉向老闆，「這傢伙不知道有什麼問題，最後決定帶著一支小隊去救老百姓，救了人，卻又散布更多病毒出去，中央政府花了五年才結束這一切，才有什麼重生者、創傷鬥士，什麼都好，不過都只是中央的白老鼠。」

「那我為什麼是生命的極致？」俐茹幾乎用嘔吐的姿態唸出她的困惑。

「妳可是被咬過的超級士兵啊！」

黑衣男身軀似乎越來越漲大，觸手早已停止擺動，而是將所有的尖端對準俐茹。黑衣男再說：「妳可是有著強大戰鬥力又有變異的……『怪物』啊，請原諒我這樣說，妳可是混亂不堪戰場上的終極存在，根本是唯一的太陽，焚燒萬物又能照耀萬物。」

俐茹轉向老闆，滿是淚水的雙眼無法抑制藍色光芒的燃燒，凝視了許久才說出：「老闆，准尉，我到底是誰？我到底是不是人呢？」

「妳先深呼吸。」老闆本來高舉的槍管垂低了頭，「我很感謝你們當初願意和我一起去救人，雖然最終這結果我也不知道是好是壞，但至少我們救了一些人，還記得聲瑞、柏豪和桃桃吧，還有更多人是妳救回來的，相信妳自己的本性。現在我們在調查的事，不只你的身世，等這結束了我再和妳說。」

「俐茹兵長啊，眼中有藍色光芒的才是真正的倖存者，才是真正活著的人，妳只要記得這點就好。」話音剛落下，黑衣男就直攻俐茹而去，身上的觸手分成三段刺向俐茹的心臟、大腦與一旁的老闆。

老闆扣下板機打碎一截觸手，瞬間血花、肉塊爆飛，俐茹反手一刀再接上正手回擊，霎時落下觸手肉塊無數，「哈哈哈，就是這樣啊，就是活著啊！」黑衣男身上再竄出無數的觸手，甚至有的觸手化為尖刀樣；又有的觸手能舉起鐵塊重物砸向兩人。

「我早想和擁有最亮眼藍色光芒的俐茹兵長交手啦，只有妳才能印證我生命的價值。」觸手有生命似的自主攻擊，黑衣男則滔滔不絕的講著。

黑衣男的本體沒變，但連接在身上的觸手不停長大，也慢慢將黑衣男包覆起來，像是無敵鐵金鋼與指揮艇，只不過是肉狀觸手的材質，本是分散的細小觸手則合為電線杆粗細的重型凶器，挨上一下可是會成肉泥的。

房子也承受不了巨型觸手怪物，開始掉落磚瓦迸裂，老闆迴旋槍身上膛開槍，另一手不停拿出預備子彈裝填，「俐茹兵長妳切他中路，找到本體後，我再補他一槍，媽的王八蛋，這次真的要他命。」混亂中老闆的聲音還是不輸槍聲。而俐茹一手抓著水果刀，一手握著掉落的鋼筋，輕巧地在觸手空檔中破壞前進，正開出一條血路時，雙腳則被沒注意的小觸手抓住了。

「俐茹兵長啊，當了一陣子平凡人，忘了如何戰鬥了嗎？哈哈哈哈。」沒想到遠處傳來尖銳的槍聲，同時小觸手被打爆一地，俐茹衝上前去，使勁畫開厚重的觸手裝甲，顯現出黑衣男的本體，老闆立即補上一槍，遠方再度響起一聲槍響，兩發子彈分別擊中黑衣男的心臟和觸手的核心。

「幹，我的戰鬥竟被你們暗算破壞。」黑衣男憤憤的吐血大喊。

「媽的，你怎麼還不會死啦。」老闆邊擦頭上的血與汗，邊迅速上膛子彈說著：「你快點說這幾年為什麼會獵殺重生者的事。」

「嘿嘿嘿，嘔。」黑衣男吐出像血又像肉泥的物質，「算了，核心都破壞了，就和你們說吧。那可不是『獵殺』而是『實驗』，中央政府知道了擁有藍色光芒的重生者，甚至他們發現了你啊，俐茹兵長。」

黑衣男口氣開始急促，大口喘氣，「他們發現重生者可能會覺醒某些力量，介於超級士兵與喪屍病毒之間，這五年他們又有不同的開發，這只是他們的實驗而已。」黑衣男的聲調開始越來越小聲：「我……只是……想看……生命的……藝術。」說完他就斷氣了。

俐茹和老闆看著黑衣男的屍體，觸手仍在動著，但似乎也越來越虛弱。後方傳來緩緩的腳步聲，「應該是在遠方開槍的傢伙」，俐茹心想著並回頭一看，原來是阿寬。

老闆終於放下手上的槍轉過頭向俐茹說道：「俐茹兵長抱歉，讓妳當了五年的殭屍兵器，但妳真的太特別了。所以我們決定讓妳回復後就像個平凡人，才會安排阿寬和芸靜照顧妳，給妳一段編造的回憶，我則開著酒吧照顧救回的人，同時保護大家，我們想斷絕和中央政府的一切往來，但過去的幽魂始終纏著，還害得芸靜犧牲。黑衣男只是開端，相信中央政府的人馬會繼續追著你不放的。」老闆找了根菸，吸了一口繼續說：「妳要跟我們走，還是怎麼樣呢？」

「你們要去那裡？」俐茹望著滿手的鮮血，像是自言自語地問道。

「其實，我也不知道，或許去反中央政府組織那裡，或是再找個地方低調度日。」老闆緩緩吐出嘴裡的菸。

「那……我要自己先到處走走，我要創造一些新的記憶。」俐茹抬頭望向老闆與阿寬，眼裡再度燃起藍色光芒。

「好的，我再給妳聯絡方式，有任何問題都要和我們說，我一定帶著溫徹斯特趕到。」老闆晃了晃手上的大槍。

「那……老闆。」俐茹突然大聲的問：「我到底是什麼呢？」

老闆將俐茹抱住，拍著他的背大聲說：「當然是好人啊！」

殘破的宮廟似乎還聽得到 The Cranberries 的《Zombie》幽幽響著，那歌詞似乎是：

In your head in your head
Their still fighting
With their tanks and their bombs
And their bombs and their guns
In your head in your head they are dying...

▲END▼

3 GOOD HEALTH AND WELL-BEING

10 REDUCED INEQUALITIES

時間軸5G

蒼焰彼岸花

大獵蜥

蜥蜴，來自地球，躲藏在人類社會中，掙扎求生。
最快樂的事情是和其他外星人聚集在科幻學會中，
規劃各種奇怪的活動。

「我怎麼能確定你們是不是好人？莫名其妙突然冒出來說我最好朋友的死不是一場意外，還要我跟你們走？」俐茹說完便站起身，向門外走去。

「妳不在意自己再度變成怪物嗎？」酒吧老闆吸了一口菸，朝茹的方向吐出一個巨大煙圈。

「就算是那樣，比起相信你們，我寧願相信自己。」俐茹話一說完，就立刻甩門而去。

俐茹忿忿地步向大街，整個人感到氣憤難耐，「什麼藍星計畫？什麼Moonstar博士？盡是些狗屁不通的東西，關我屁事！」

她一想到，自己無論是當殭屍或是轉變成重生者，都一直這樣被那些人利用，甚至連最好的朋友芸靜也因此死亡，除了憤怒外，再也沒有其他的情緒存在了。

當個重生者已經夠辛苦了！俐茹望著手腕，接著握緊拳頭，朝天空用力揮拳。

在回酒吧的路途上，她還倒霉遇到警察盤查，這個社會不只一般民眾對於重生者態度不友善，就連那些公家機關也都對於重生者保持一定的戒備，警察常常會藉故攔下重生者，嘴巴上說是「關心」一下，但其實就是擔心這些身上布滿藍色疤痕的傢伙會忽然開口咬人還是什麼的。就算各界專家一再保證，重生者不會再轉變成殭屍，但這社會大多數的人仍然相信，既然可以從原本神智不清的殭屍變回人的模樣，那麼在某些狀況下，重生者變回殭屍也不是不可能的事情。

俐茹本來對這種想法嗤之以鼻，她不認為自己會再變回殭屍，抑或是她也拒絕去想這種令人不快的可能性。然而，剛才明篤跟酒吧老闆所說的內容，就是在告訴她一件恐怖的事實，重生者會再變成殭屍，不，是比殭屍更糟糕的東西。

在滿心無奈回答警察所問的問題時，俐茹努力表現出自己神智清晰、腦袋靈光的模樣。只不過，在俐茹回答完所有問題後，警察並沒有立刻轉身就走，他凝視著俐茹臉上的疤一會兒，然後說：「最近啊，這附近有重生者遭不明人士攻擊，妳最好不要單獨一人行動。」

俐茹聽聞後忍不住大笑。「幹，難不成要我請保鑣喔！」

「要不然，結伴會比較好一點。」

「你以為重生者都很閒喔？」雖然俐茹知道這名警察是出自於好意，但還是忍不住多嗆幾句。「保護人民的生活安全不就是你們的責任嗎？有時間跟我閒聊，不如多巡邏個幾圈。」

面對俐茹連珠炮般的抱怨，警察趕緊表示要繼續執勤，並匆匆離去。俐茹不屑地嘖一聲。想說在回到酒吧前，先繞個遠路回家拿點東西，除了讓滿肚子的火氣稍微消退一些外，也再跟阿寬問一下那名神秘老男人的事情。也許問出一些事情後，還可以請桃桃幫忙查一下。

然而，當俐茹靠近自己家附近時，她渾身肌肉頓時緊繃，呼吸變得急促，她感到體內的循環加速，血液不斷地增溫，整個人感到燥熱，宛如燃燒的火焰。

雖然俐茹過去從未有這種詭異的經驗，但她腦中的意識清楚地告訴著自己，自己正逐步陷入危險之中。俐茹的身體本能豎起警戒，找尋四周有無任何可用作防衛的武器，當她瞥見街角地上的銹鐵棒時，立刻將它拾起並緊握手中。

當俐茹走回家中並推開房門時，發現自己已經完全認不出原本客廳的模樣，電視機被砸爛，沙發像是硬生生地被折成兩段，牆壁有數個像是被重物擊打的凹陷痕跡，就連阿寬平時隨手亂丟的滿地垃圾，也都被搗得粉碎。

「阿寬你在嗎？」阿寬的生活費之前都是芸靜負責的，偶爾打個零工表示自己有努力，只是在芸靜過世後，這傢伙不是在房間睡覺，就是在客廳看電視。俐茹有時候都覺得，他比殭屍還廢。最起碼殭屍還有機會重生，他看起來一副要死不活的，變成殭屍大概也只會倒在沙發上看電視，就跟當人類時一模一樣。

然而此時此刻，俐茹希望阿寬這時候不要待在家裡，否則依照四周呈現的慘狀，阿寬要是待在家，絕對無生還可能。

無人回應，俐茹一面往阿寬的房間走，一面祈禱不要看見他的屍體。她推開門，不知道是否因為身體自動進入警戒狀態的緣故，漆黑一片的房間在她眼中顯得清晰無比，俐茹注意到，塑膠布幕衣櫃裡有東西在抖動——是阿寬。她很驚訝一個大男人是怎麼把自己塞進這麼狹窄的空間中。

「阿寬，我是俐茹。」她靠近衣櫃，掀開布幕，看見阿寬整個人蜷曲在衣櫃內，模樣十分很狼狽，不過身上無任何外傷。

「不不不，不要攻擊我……」

要不是她的本能不斷地傳遞出危險的訊號，否則俐茹絕對會笑出來，她甚至想掏出手機，把阿寬瑟瑟發抖的死樣子錄下來，重複播放給芸靜看，然後笑她的眼光實在有夠爛。

啊，但這已經是不可能的事情了。

「幹，是我啦！」俐茹立刻一腳踹向阿寬，然後又補上一句：「幹，這裡發生什麼事了？開嗑藥趴也沒那麼誇張。」

「有……怪物……」

廢話！白癡都看得出來。俐茹心想。

「我剛才進門時已經沒看到你他媽的怪物啦！快點出來。」

阿寬臉色刷白，喃喃地說：「不不不，那怪物一定還在客廳，它一進門就用很恐怖的聲音持續呼喊妳的名字！」

「我的名字？」俐茹想起之前酒吧的那名被她殺死，有著奇怪觸手的男人，難道闖進她家是那男人的同夥嗎？但更讓俐茹最不安的是，她在進客廳的時候，並未看見任何人。

「怪物長什麼樣子？」

「啊啊啊……」阿寬邊哀嚎邊瑟縮身子，拒絕回想起自己看到什麼，俐茹只好放棄追問，她知道，阿寬大概也還沒從崩潰中回神，只好任由他繼續躲在衣櫃裡。

俐茹回到客廳後隨即查看四周，凌亂的空間仍沒有看到任何蹤跡。不過她身體的某個角落持續地發出警告，她明白阿寬並沒有弄錯，「怪物」依然存在於這屋子內。

「給我滾出來！混帳！是沒屌嗎？」俐茹用最粗俗的方式對著空氣謾罵，希望能透過語言把怪物給逼現形，然而無論俐茹再怎麼幹譙，周圍依然安靜無聲。經過幾分鐘後，她嘆氣，決定先把阿寬帶離屋子，接下來有什麼事情的再看著辦。

「阿寬沒事了，快出來，我們先離開去警察局報案。」俐茹轉頭對房內的阿寬大喊：「別跟我說你尿褲子！要不待會兒你到警局時，跟那些警察借褲子穿。」

話才剛說完，一條像是粗繩的東西出現在俐茹眼前，像是鞭子般往她站的位置劈砍，她迅速向後跳，並同時大罵一聲：「肏！」

此時她才發覺到，天花板上有一大塊灰黑而柔軟的物體，那「怪物」中間有一塊像花苞一樣的突起物，突起物外圈所連結的是數不清的觸手，這個怪物似乎想阻止俐茹跟阿寬離開，牠的觸手沿著牆壁不斷延伸，最後遮住正門口。

「不讓我們離開對吧！」似乎是本能反應，在感到恐懼前，俐茹立刻舉起手中的銹鐵棒，往怪物的觸手用力揮過去。

在鐵棒擊打到觸手的瞬間，俐茹感到雙手一麻，怪物看似柔軟，但卻堅硬如鋼，她甚至覺得要是再多幾下，鐵棒還可能斷裂。她拔腿往廚房的方向跑，打算找更多可以對付怪物的武器。這時候，怪物也開始動起其他的觸手，朝俐茹的方向直撲過去。

俐茹隨即掄起鐵棒再一擊，匡噹一聲，鐵棒半截飛出去，剛好插在裂成兩半的沙發上。她順勢將手中的鐵棒斷尖朝觸手戳刺，然後迅速衝進廚房，毫不猶豫地直接從刀架上抽出兩把刀，剛好分別是切魚用的薄刃庖丁，以及中菜廚師專門剁肉骨用的剁刀。怪物的觸手探進廚房，俐茹倏地轉過身，一刀對準觸手的末段，奮力地切下去。當刀子接觸到怪物觸手表層的瞬間，她的身體彷彿像是忽然開啟某種攻擊流程，刀鋒順暢地沿著觸手似乎較脆弱的角度切入，穿過肌理迅速下滑，切開怪物的筋肉，瞬間斬斷原本看似堅硬的觸手。

怪物伸出其他觸手，俐茹望見黑影在她周圍打轉，她蹲低身子，接著右腳一縮，壓在地上偷偷伸展的觸手頓時僵硬，這時俐茹立刻揮刀，彷彿舞蹈般地朝怪物攻擊，每一擊都又快又狠。

怪物的觸手從四面八方而來，俐茹左右揮刀，動作宛如閃電般抵擋怪物攻擊。

俐茹從不知道自己這麼能打，但她感覺自己很孰悉這種打鬥的模式，所有反應就像是刻在身體裡的本能直覺，她渾身感官全開，身上每一片肌膚都能感受到空氣流動的方向，而她抓準怪物的攻擊間隙，閃避並持續揮擊。

俐茹可以看見，四周氣體隨著怪物的揮擊而變化，彷彿不斷流動的藍色火焰。

此時俐茹感覺到，怪物變得有些驚慌，可能是沒料到敵手可以如此敏捷，牠使盡地往俐茹身上戳刺，攻擊變得有些紊亂，她則是越打越順手，每當牠伸手靠近時她的感官範圍時，俐茹就立刻用菜刀瞄準其觸腕砍下。

短短的時間內，俐茹斬斷數不清的觸手，而就在此時，腦中的聲音告訴她，這種怪物的弱點在「中心」，即是如花苞的突起物。她不清楚自己為何知道這件事，但在生死交關之際，根本沒時間去思索這種問題。

殺了牠。俐茹心底就僅剩那麼一句話。

俐茹輕巧地躍起，踩在其中一根觸手上，數不清的黑影朝她面前襲擊而來，她旋身揮刀，並保持著身體平衡，只要一被攻擊，就立刻跳躍、劈砍，然後跳到另一根觸手上。在這短短的幾秒內，屋內頓時血肉橫飛，怪物完全不敵俐茹，可說是被單方面虐殺。俐茹靈敏地跨大步，花苞進到視野中，她舉高菜刀，決定直接給對方致命一擊。

然而，就在刀刃接觸到中心的瞬間，原本緊閉的花苞頓時綻放。

「俐茹……」

怪物發出熟悉的聲音。

俐茹整個人呆住，渾身僵硬無法動彈。她想起，在希臘神話中有一種叫美杜莎的怪物，牠有著絕世美女般的面孔，但身體卻是恐怖的大蛇，頭髮則是由數百條小蛇所組成，對手只要與牠視線對上的話，就會瞬間石化。

現在，俐茹覺得自己就像與美杜莎對峙的傢伙，她整個人高舉著手裡刀刃，雙眼緊盯著花苞裡的人頭，視線完全沒辦法從中移開。

因為那顆頭顱有著芸靜的面孔。

「俐茹……」怪物用俐茹記憶中的聲音輕喚著她。

緊接著，俐茹感覺到胸口一陣刺痛感，那不是心理作用，而是怪物的觸手正硬生生地貫穿俐茹的身體。她可以感受到怪物在體內翻騰，扭著她的五臟六腑，以最殘虐的方式把她從內而外絞個稀爛。

不過，可能因為是重生者的緣故，她覺得那股痛楚不至於讓人失去意識，真正讓她撕裂心肺的，是芸靜那雙無比悲痛的雙眼。

「是芸靜嗎？他們到底對妳做了什麼？」俐茹撕心裂肺地大吼然而聲音到她嘴邊時，只剩下呢喃。

「俐茹……」有著芸靜面孔的怪物，僅不斷重複相同的字句，並同時不斷地攻擊她，在她身上鑿滿了窟窿。

眼裡所見的藍色火焰逐漸消退，俐茹感覺到自己的生命正在流逝。

她心想，反正之前已經死過一次了，再死一次似乎也無妨。

而且這一次，芸靜會陪在她身邊。

□

「還好及時趕到，要是再慢個一分鐘就來不及了。」明篤望著醫療床上的俐茹，後者看起來四肢幾乎支離破碎，軀幹被鑿的全是窟窿，整個人完全失去意識。有一群穿著白袍的研究人員正圍在俐茹周圍，檢查她的身體狀況。

「十號那邊的狀況如何。」酒吧老闆詢問道。

「已經派人把牠送回實驗室了，還好九號沒給牠造成太大損傷。」明篤臉色嚴肅地發出一聲嘆息。「媽的，又得重頭來過了。」

「不過，這次收獲不少，得到許多新的資訊。」酒吧老闆嘴裡叼著菸，盯著一旁的生理監視器，上頭顯示俐茹生理狀況雖不佳，但整體生命跡象仍算穩定。「像是我還真沒想到，十號就算徹底變成Monster，仍會保有部分記憶。」

「就跟九號的狀況一樣。」明篤朝俐茹的方向點了點頭。

「真糟糕，這次不知道又會變成什麼樣子。」

「反正也不是第一次發生，按照原本的SOP進行就好啦！」

「真可惜，我其實還挺喜歡那間酒吧的。」酒吧老闆聽聞後無奈聳肩。

「反正只要換個地點跟招牌，你還是可以繼續賣酒。」

「不了，這次我打算改開熱炒店。」

「你想換什麼我沒任何意見，你自己跟屬下們談好即可。」

「阿瑞他們幾個只要店裡有賣酒跟偶爾有架打就沒問題了，熱炒店也很符合這些條件的。」

「待會兒離開後，你們就開始動工吧，九號的復原能力可是非常迅速的。」明篤接著問：「另外，那個躲在屋裡的男人，你最後是怎麼處理？」

酒吧老闆用力吸了一口菸，接著緩緩呼氣，像是想好好品嘗那口煙霧似的。「還能怎麼處理，不就是塞些錢把他給打發掉嗎？」

「我有點擔心他會四處張揚。」

「放心，不會有人相信無業遊民所說的任何話。」

明篤雖然臉上仍寫著擔憂，但他的語氣維持一貫冷靜。「等九號恢復至原本狀態後，你再重新跟她接觸。記住，一開始避免提到可能會跟她過去相關的資訊，以免刺激到她。」

「拜託，都已經重複幾十次了，你以為我還不清楚嗎？」

「還是得謹慎些，因為我們無法確定九

號每次所記得的是否一樣。」

「你放心，我的演技一向很好的。」酒吧老闆自信滿滿地表示。

□

俐茹在清晨醒來，她對於昨夜睡前做了什麼事情毫無記憶，只記得，夢裡滿是藍色的火焰。

她感覺渾身痠痛，頭痛欲裂，在休息個幾分鐘後，再艱難地從床上爬起來，床頭邊的藥罐與半滿杯水彷彿在提醒她，昨晚應該是吞了不少安眠藥才入睡。

喝了些水後，俐茹感到舒坦些。她下床後望著四周，花了幾秒才確定自己不是在其他男人家，這裡是她自己的房間。接著她盯著床旁的鏡子，看著只穿著內衣內褲的自己，身軀覆滿了暗藍色的疤痕，尤其是肩膀的位置，幾乎暗如夜空。

那是她被咬的地方。

她現在是重生者，過去則是殭屍，但在更早以前她是誰呢？其實俐茹一點記憶也沒有。

俐茹隨便穿了個T恤跟短褲後就走出房間，客廳看起來空蕩蕩，像是剛搬來後尚未添購任何家具的模樣，連張沙發椅都沒有。俐茹心想，也許等有工作後，就去買台電視機，雖然她不太愛看電視，不過偌大的空間整個靜悄悄地，總令人感到有些孤寂。

啊，看來客廳還要加個沙發，要是能夠一進家門就有沙發可以躺，那就真是太好了。

就算兩房一廳感覺還是太寬了，俐茹覺得自己不應該租如此大空間的舊公寓，要不是因為房東算她租金便宜，且附近交通實在是很方便，要不，她應該會選個小巧新穎的大廈套房。

她感到自己的腦袋依然沉甸甸地，很不舒服。可是現在已經毫無睡意了，再躺下去只會讓頭疼再犯而已。因此俐茹套上布鞋，決定出去河邊慢跑，她走到家門口，推開門，微弱的光線剛好沿著樓梯間的氣窗照進來，灑在她的臉上，使她整個人清醒不少。

俐茹沿著河堤慢跑，來到附近的商業區，經過一晚的熱鬧後，這處小小的商圈雖尚未完全甦醒，但聽著沿街菜販叫賣聲與聞到早餐店內飄處的氣味，俐茹仍可以感受到，這個地區所蘊含的無比活力。就像災難前一樣，所有人的日子總得過下去，就算最近附近治安亮起紅燈，大家還是照舊出門過生活。

這時候，俐茹的視線不自覺地轉向某處掛著出租招牌的店面，那是一間老屋改建的房屋，從它門口的裝潢看起來，感覺這裡原本應該是間酒吧。

總覺得，好像哪裡不對勁……

俐茹頓時感覺腦袋有些刺痛，就像瞬間被埋入冰水中的那種不舒適感。她覺得似乎忘記一些重要的事情，但此刻，她的記憶裡就只剩下一個名字。

芸靜……

不知在河畔邊站了多久，俐茹依然無法想起這個名字主人的面孔，然而，難以言喻的寂寞感從她心底油然而生。

「肏！」俐茹對著河的另一端發出怒吼，此時太陽已慢慢地升起，她感覺到河堤邊的溫度逐漸爬升。接著，俐茹深吸一口氣，頭也不回頭地邁開大步持續奔跑，就算只是暫時的也好，她希望能把心底所有的悲傷、憤怒與混沌通通拋諸腦後。

俐茹的身影逐漸隱沒在河畔邊，而她所行經之處，藍色的火焰正隱隱燃燒。

▲END▼

3 GOOD HEALTH AND WELL-BEING

10 REDUCED INEQUALITIES

時間軸5H

循跡

蝕鈴

蝕鈴，逐飯而居燈籠魚，用自己的光芒照亮前路。
創作傭兵，使用錢錢與合約即可召喚。
BL 是精神糧食，生命之水是珍奶。

「不要再講廢話了。所以我們要怎麼抵達地圖上標示的峽谷？」

「妳決定要跟我們一起行動了？」明篤凝視俐茹。

「殺死我好朋友的人，我是不會原諒的。」俐茹氣憤地握緊拳頭。

——雖然充滿氣勢地答應了，但啟程後俐如覺得自己有點衝動。

峽谷當然不可能在雙北市區，於是他們開上彎彎曲曲的山路，老闆開車，明篤坐在副駕幫忙導航。

俐如一個人坐在後座，暈到快吐。

她已經開始搞不清楚自己的暈是因為「星藍計畫」導致的症狀、還是她純粹暈車。

為了轉移注意力，她不得不說點什麼：

「那個……你叫明篤吧？」

「怎樣？」

「你既然認識老闆，那天幹嘛要像變態一樣直接抓住我，弄完還跑掉？」

「拜託，還不是這個死人不肯幫我介紹。」

掛在車子中央的後照鏡直接映出老闆翻白眼的樣子——老闆還是戴著墨鏡，但那個挑眉跟微微擺頭的姿勢絕對是在翻白眼——老闆嘆了一口氣：「我就說我溝通就好，誰知道你衝動到直接跑來。」

「哼，你最好是有溝通啦！」明篤一整個不屑，「前面那個岔路左轉——每次我問進度你都說要等，等等等，等那麼久一點消息也沒有，結果還不是我一出馬，她就自己查過來了？」

「……我本人就在你們後面好嗎？這樣

討論我很怪。」俐茹覺得頭不那麼暈了。

「好啦，」明篤聳聳肩，「反正就是我們想找你，啊這傢伙拖得要死，我就自己找了。」

「你說老闆是Moonstar博士的合夥人，OK這我可以理解。」俐茹盯著對方的側臉，「但這跟你有什麼關係？」

「嗯——畢竟我們某種程度算眷屬？」老闆慢悠悠地答腔。

「不要說這種無關的事。」明篤撇撇嘴，舉起自己的機械義肢，意有所指地看向俐茹左半邊那佈滿火焰藍疤的身體，「Moonstar博士做的實驗不只一個，在妳身上是那堆親朋好友出事情的垃圾事，在我身上是這個。」

「那不是殭屍病毒的後遺症嗎？」

明篤一臉平靜地伸出手，讓她細看機械義肢跟手臂的連接處，「你看我的手臂，有任何一點藍色嗎？」

「你是說——」

「嗯，她也試圖研究過劇痛算不算一種強大的刺激。哦，不過我還來不及服藥就是了，她的前一個推測是殭屍病毒的殘留接受刺激後可能也會有效，但這個搞太大，我直接被送醫院，從此就聯絡不上她了。」

俐茹不知道該怎麼回應。

「呀，明篤就是不太會聊天，俐茹妳體諒一下啦。」正在開車的老闆聲音依然悠悠哉哉的，但俐茹看到他捏方向盤捏得骨節發白，似乎也沒那麼不在意，「妳要是累就睡一下，晚點可能要打架的，妳知道吧？」

「嗯。」

「當然啦，有需要的話，我放在後車廂

的機槍也可以借妳一兩把就是了。」

「……還真是謝謝喔。」

一路顛簸，俐茹暈車暈得要命，精神還是好得跟什麼一樣。

什麼睡一下，老闆說得輕巧，驅車找仇人算帳的路途上怎麼可能隨便就睡得著？

她皺著眉用力把腦袋枕在靠墊上，車裡好一陣子都是最近的熱門歌曲，有幾首她在酒吧聽過——她可不是什麼有閒心去特地聽音樂的那種傢伙，但是在這種時刻，聽到熟悉的音樂讓她意外覺得安定不少。

原本老闆跟明篤還會不時一個報路一個吐槽，過陣子岔路少了後，就是不斷不斷往前開，車裡一片沉默。

俐茹實在被顛得受不了，煩躁到忍不住睜眼時，透過後照鏡跟老闆對到眼。

老闆很快就把視線調回前面，正當俐茹想要翻個身繼續閉目養神的時候，老闆忽然用他有點沙啞的菸嗓說：「你見到 Moonstar 博士之後，有什麼想做的嗎？」

「我很混亂，我不確定……」

俐茹腦內閃過很多念頭，真的很多很多。

比如揪著博士的衣領問她幹嘛弄出這麼多事、憑什麼殺她的家人朋友，問完了得到解藥，再來打算。

她發誓她會盡量說服自己要冷靜，冷靜看待這個繼殭屍病毒之後二度毀掉她人生的人，至少在解藥量產出來前是如此。

她知道明篤是重生者，老闆是星藍計畫的前合夥人，這兩個人在試圖拯救世界，但這不關她的事。

她只想找到 Moonstar 博士，試圖為她顛籔的人生找一個交代。

但她覺得不要說出來比較好。

俐茹忽然注意到，剛剛老闆問的是「有什麼想做」。她以為他們現在共同行動的目標是「要求博士開發解藥」，那為什麼……又要再問呢？

難道老闆察覺了什麼嗎？

「這些亂七八糟的事都太突然了，反正……先用解藥吧？」

老闆透過後照鏡看了她半秒，又什麼都沒說地繼續開車。

但她覺得好像被看穿了。

之後一路無話。

□

他們找到 Moonstar 博士所在的峽谷，沒怎麼障礙地沿著山邊的Z形車道開下去，對方也許覺得實驗室藏在荒山野嶺，就疏忽了警戒。

但當他們試圖打爆實驗室最外的玻璃門時，門卻自己開了。

裡頭的人顯然有所準備，荷槍實彈的保全一大堆。

那個影片裡的白袍女人站在後面的台階上，大聲說話。

「你臉皮真厚。」Moonstar 博士看著老闆，毫不掩飾地說：「突然帶著資料跑了，現在還有臉回來。」

老闆一臉嚴肅地盯著 Moonstar 博士，「我早就要求妳停止實驗，如果妳有聽，根本不會鬧成今天這樣。」

「今天怎麼樣？如果不是要重新投資的

話，我沒打算招待你。」

「妳到底知不知道妳打過藥的重生者跑了？他們要是沒有藥的話，過沒多久就會出大問題的！」

「是他們強力要求回歸社會，我就讓他們回去，有什麼不對？」Moonstar博士一臉不在乎，但她看到明篤的機械關節時輕輕啊了一聲，這才想起什麼似地說：「這是重生者4-27吧？你要回來重新參與實驗的話已經沒有名額了。」

對方毫無悔意，明篤的臉色難看到不行。

俐茹一邊聽一邊試著壓抑憤怒，她的頭痛漸漸升起，但不是瞬間暴起那種讓她毫無招架之力的突襲。

老闆跟Moonstar博士嗡嗡嗡地互相指責，她的頭越來越痛，她也越來越難聽懂這兩人在吵什麼，她的視野漸漸有一小點一小點的藍焰閃過。

不妙。

俐茹按著額角，手在空中虛抓兩下，明篤發現不對，好像想跟她說什麼，她努力地甩頭，但是明篤的聲音也不太清楚，她得看著對方的嘴形才懂明篤要她深呼吸，冷靜。

她也想冷靜。

但她敏銳地捕捉到博士吐出一個關鍵的詞：房租。

「等一下……」俐茹掐著明篤的手，死命盯著對方的嘴巴，「她剛說什麼？」

「她說都是老闆的錯，她明明……」

在關鍵的時刻，俐茹眼前一蓬藍焰燒起，遮住了明篤的嘴形，一切變成模糊的噪音，她又聽不清楚了。

俐茹挫敗而憤怒地大吼。

老闆跟 Moonstar 博士注意到俐如狀態異常，而博士竟然像是要激怒她一般，在不遠處直接對著她說話，彷彿在確保她能看見嘴形。

「我剛剛說，都是這傢伙多事把妳弄過來，明明我就買通妳室友跟妳說房租沒問題，之後再讓妳住處突然出狀況，只要靜待觀察就可以知道連續衝擊的激發極限，結果他……」

「妳說什麼！」

她串起來了。

難怪阿寬忽然跟她說什麼已經繳房租、自己好聰明，原來都是假的。

媽的廢物，養不活自己就算了，人還蠢到好利用得要死。

她頭痛得要命，Moonstar 博士真的沒把她當人，只要簽了約，就是個「為了『幫助其他重生者』的實驗品」。

只要是為了實驗，博士什麼都會安排。殺掉她的家人父母是這樣，撞死芸靜也是這樣。

「妳是魔鬼嗎！這種事妳都……」

「妳誤會了，我是真的想幫忙。」Moonstar 博士一臉懇切地說，「我查過了，反正妳都說自己以前也不是什麼好人，也同意進行實驗，我才做的。」

「那又怎樣？我不是好人我身邊的人就活該去死嗎？」

Moonstar 博士點點頭。

藍焰燒盡她的視野，俐茹聽到自己發出猛獸般的嘶吼——她從沒有過這樣的聲音，但是這麼吼叫很痛快——全身充滿強烈的撕裂疼痛，她看見自己的視角迅速拔高，那些擋在博士面前的保全拿槍瞄準她猛射，但她一點感覺都沒有。

她煩躁地想伸手揮開保全，然後看見那保全就被一根巨大而滿佈吸盤的觸手揍到一邊，脊椎盡斷，整個人歪成噁心又奇怪的形狀。

保全們拿槍射她，她懶得管，只繼續朝博士移動，那些保全們最後潰散逃逸。

她的視野裡有老闆也有明篤，他們看她的表情非常戒備但沒有攻擊。

Moonstar博士也許成功了，她不知道自己變成什麼鬼樣，但顯然她還有足夠的理智可以保持對博士的怨恨，以及避免自己攻擊老闆跟明篤。

博士竟然沒有逃。

她用觸手把博士抓起來，小心地控制自己不要馬上把博士整個胸腔跟脊椎捏碎。

妳這瘋子！神經病！

把芸靜還來！

垃圾！

妳以為妳是什麼東西！

她有幾百句話想吼，但除了野獸的叫聲，卻什麼都發不出來，俐茹非常非常生氣。

氣到她沒注意到博士始終一臉冷靜，直到她感到手——觸手一陣刺痛，反射性地放開把博士、讓他摔回地上，俐茹這才注意到博士手裡有根針筒。

被扎針的地方，尖銳的痛覺沿著神經蔓延開來，但藥效讓那些藍焰跟模糊的噪音被驅散。

博士儘管被扔下地面，還是爬起來回到常人的站姿，甚至看著她從怪獸狀態縮小、在原地痛到痙攣。

一副欣賞實驗成果的樣子。

俐茹感覺自己像是整個人被擠扁一樣全身酸痛，但藥效也讓她神智清明到可以去撿保全扔在地上的長槍。

她拿著槍對著 Moonstar 博士。

「老闆，當初參與實驗的有多少人？」

「……妳想幹嘛？」

「說！」俐茹轉而拿槍指著老闆，「不要裝傻！你能找到我就表示你有資料！」

「唉……」老闆嘆氣，「妳冷靜點不要這麼衝動，參與實驗大概三百個，分三批。」

「那有幾個跟我一樣劑量高成這樣？」

「實驗進程有先有後，但是都會控制在差不多的進度，妳是第一批，所以其他人……」

俐茹冷笑，「等於是另外還有九十九頭潛在的怪物在外面晃。」

「所以我一開始才說很危險。」明篤補充。

俐茹換把槍指回博士的胸口，「妳說呢？」

「沒有更多了，就你們。」Moonstar 博士看起來並不怕她，她一臉平靜地盯著俐茹的眼睛，「如果這種強化的新能力妳不喜歡，希望退出實驗的話，我定期做解藥提供給妳也不是什麼問題。」

俐茹感到一陣狂怒。

但她的感官中不再出現發作前的尖叫聲與藍焰，她只覺得自己的心臟跟太陽穴血管突突地跳，咚咚咚咚。

解藥很有效，但她一點都不覺得好轉。

「妳騙人。」

Moonstar博士偏了偏頭，還是一臉平靜，甚至沒有愧疚的表情，只是非常平靜地陳述事實：「我沒有。」

「妳騙人！」俐茹更加猛烈地憤怒起來，她吼道：「要是妳願意讓我『退出』，妳幹嘛還要監視我？幹嘛偷偷殺掉芸靜？妳根本沒有讓我有任何選擇的機會！」

「妳的說法有問題，根據妳一開始簽的同意書……」

「我他媽失憶了！而且在變成殭屍前我幹嘛要簽同意書？變殭屍後我又有什麼理智簽同意書？這根本是騙局！」

「關於這點，在重生之後妳有成功恢復到意識、認知都清楚的狀態，同意書是當時妳本人簽的沒錯。雖然的確有些受試者會在進行星藍計畫後有失憶的狀況，但由於妳本人先前在意識認知清楚的情況下簽署的同意書仍舊有效，我不認為我有任何違……」

「垃圾！妳給我閉嘴！」

俐茹尖叫著對她開了好幾槍，Moonstar博士直接被子彈射到倒下。

「喂！」明篤察覺她要動手時已經來不及了，他衝過來打歪俐茹的手，但子彈早已射空。

「妳在幹嘛！妳把她弄死了？那別人的解藥怎麼辦？啊？」明篤急得大叫。

「什麼叫別人？她殺芸靜的時候也沒想過我要怎麼辦。」俐茹死著一張臉說，「其他我記不得的家人就算我可以假裝從來沒有過，但讓她去死賠芸靜一命，也算公平吧。」

「妳幹嘛這麼衝動！妳知不知道……」

「我本來就不是來拯救世界的。」

明篤還想嘩啦嘩啦地罵，卻被老闆舉手制止。

「明篤，好了。」老闆的聲音還是溫溫慢慢地，他轉而面對俐茹，「現在妳把人殺了，解藥沒有了，連妳也遲早會瘋掉——所以，妳現在打算怎麼辦？」

「她不是博士嗎？做研究會不留資料？」

俐茹覺得她的腦袋還真是該死的清晰，「你以前既然幹過這裡的老闆，總認識別的研究員吧，找回來弄不就得了？」

老闆嘆氣，「藥可不是說做就做得出來的，除了配方還有製程的問題。」

「……外面那九十九個，我會負起責任把他們幹掉的——反正聽說我本來就不是什麼好人。」

▲END▼

3 GOOD HEALTH AND WELL-BEING

10 REDUCED INEQUALITIES

時間軸5I

新天地

bloodjake

臺灣人，曾經夢想著能夠瞭解世界上的一切，長大後明白其實我們都活在不同的世界中。正在嘗試讓自己接觸更多不同的世界。

俐茹不確定自己是怎麼走回家門口的，一路上腦袋裡都是李孝松的說詞、在酒吧裡跟桃桃還有柏豪工作時的屁話、剛剛抽著雪茄男人的遊說，還有從他嘴裡吐出的：「我能讓妳再見到芸靜」。

緊抱雙臂身體不住發抖的俐茹，望向刷著紅漆的鐵欄杆大門，在其後的木門裡傳來Two-Mix 的《LAST IMPRESSION》，這是芸靜喜歡的老歌之一。

或許是剛剛得到有可能見到芸靜的消息，讓俐茹產生了打開門後，最近的苦難都只是作夢的幻覺，芸靜如同過去的約定在自己最需要的時候出現，一這麼想之後俐茹趕忙拿出鑰匙打開鐵門，推開木門。

現實畢竟是現實，門推開之後，視線可及的是，阿寬依然裸著上身，以大字型的姿勢靠坐在沙發上，眼睛半閉，歪著頭嘴巴微開，平穩的呼吸在泛黃的齒間進出，臉孔隨著電視螢幕的跳動時而清楚；時而昏暗。

因雨水而渾身顫抖的俐茹走上前去，此時腦中浮現把眼前這張邋遢、對生活毫無動力的臉，砸個稀巴爛的畫面。

她剛拿起放在桌上的噶瑪蘭威士忌酒瓶，眼角餘光所見之物卻讓她彷彿受到重擊。

一張照片被壓在酒瓶原本的位置下，照片裡的人物雖然沒有注意到鏡頭，但是笑得很開心，而這個人俐茹絕對不會認錯，正是芸靜。

俐茹顫抖的手放開酒瓶，阿寬被落下的酒瓶砸中腳而被驚醒。

「啊！幹！衝蝦小啦！」

阿寬曲起左腳用雙手撫著被酒瓶砸中的

腳背。

但是俐茹根本沒有心思去管，她只想好好確認這張照片是不是她看錯或是幻覺，因為這張照片的背景是今年市中心重新開始的聖誕城活動主題燈飾，而且上個禮拜才正式點燈啟用。

「這張照片怎麼會在桌上？是誰拿來的？」俐茹轉身激動地質問阿寬。

「什麼照片？我怎麼知道？」阿寬一邊搓著腳背一邊探頭要看俐茹手中的照片。

「你不知道就算了，沒你的事。」俐茹把照片收在口袋，她突然驚覺，不能讓阿寬知道芸靜還活著的事情。

如果芸靜真的還活著，那找到她之後，或許可以說服她把阿寬丟下，兩個人再去其他沒人認識的地方靜靜的生活。

這時，俐茹又發現桌上還有一張紙條，上面寫著「把他們殺掉就讓妳們見面。」這句話任何人來看都會覺得沒頭沒尾莫名其妙，但是俐茹馬上聯想到是誰留的字條，她把字條隨手撿起來撕碎後丟到垃圾桶，走回自己房間，丟下阿寬一人獨自在客廳中。

「媽的！講得這麼好聽不想打仗，用這種陰險手段。」

「要殺誰？酒吧的人嗎？還是其實是另外有人要殺掉殭屍王他們？」

這幾天接連遇到這種影集中才看得到的爾虞我詐陰謀，讓俐茹忍不住想到說不定接下來又跑出什麼組織要來拉攏自己。

俐茹拿出照片再次仔細端詳，確認照片中的人確實是芸靜，而背景是上週才點燈的聖誕城。

「以目前的情況來看，我一個人要殺掉桃桃是有機會，但其他人則是大問題。」

雖然現在俐茹千頭萬緒，但光是可能還可以見到芸靜，就讓她心裡沒有那麼的無所適從，甚至冷酷到可以好好思考殺人這件事情。

「不過，就算我真的把大家都殺掉，殭屍王那邊真的會讓我跟芸靜見面嗎？說到底我根本不知道該怎麼找到他們。」

俐茹一直有個感覺，如果不好好選擇的話，她跟芸靜最後的聯繫就會只剩這張照片而已了……

□

聲瑞撿起被派報員丟在酒吧門口的報紙，正要開門進去店裡時，透過夕陽的影子發現身後有人，他轉過身看到臉色憔悴，眼神卻不若以往的俐茹。

聲瑞定住身子，原本要跟俐茹打招呼的話卡在喉嚨。

「唉呦！今天這麼早，一天不見而已，就這麼想我了喔？」

柏豪不知道從哪裡竄了出來，雙手插在口袋，如常地說著輕佻話語一邊走向俐茹。

「我現在有話要跟老闆說，很重要。」

俐茹直視柏豪，語調清楚，而且帶著不容拒絕的氣勢。

「這樣啊！」柏豪原本笑瞇瞇的臉一瞬變得冷冽，語氣也降低好幾度，但就真的只是一瞬間而已。

「看來我們的正妹有害羞的事情要跟老闆說，啊！有錢真好！聲瑞，看來我們兩個單身狗還是不要靠近，不然要被……」柏豪邊說邊轉身要去抱著聲瑞，不顧他的抵抗，試圖要把他帶離酒吧。

「這件事情可能也會跟聲瑞有關，讓他聽聽也好。」

「喔齁！這樣我也好奇是什麼事情了。」

柏豪皮笑肉不笑地轉頭看著俐茹，絲毫不在意聲瑞的掙扎。

□

「我被人恐嚇，他們以我好朋友的性命要脅，要我殺掉大家。」

俐茹把芸靜的照片還有字條放在桌上，以證實所言不假。

柏豪吹了個口哨拿起照片：「想不到妳好朋友這麼漂亮，如果要我為她付出性命也不是不行喔。」

聲瑞用他的金屬義肢往柏豪後腦勺敲過去。

「要死自己去路邊死就好。」

桃桃也在一旁幫腔。

「現在俐茹遇到這麼嚴重的事情，你們正經一點好不好。」

「妳說他們，難道是有組織的行動？」

老闆直接問向最關鍵的核心。

俐茹搖頭：「我也不知道，昨天只有幾個人圍著我而已。」

「那他們有沒有對妳怎麼樣？」

桃桃一臉擔心地握著俐茹的手。

俐茹無法判斷桃桃現在的關心是出於真心，還是因為被視作同「組織」的人才這樣表現。

「放心好了，他們好像也想拉我入夥，所以沒對我怎樣。不過他們其中有人自稱殭屍王。」

俐茹剛說完，除了聲瑞之外的其他人，眼神稍微有點波動。

「殭屍王？這是哪裡來的妄想症患者啊！我看妳搞不好是被邪教團體纏上了。」

柏豪一臉不置可否的表情。

「欸！你又不是不知道現在奇怪的人很多，而且又有人專殺重生者……啊！抱歉！」

桃桃遮住自己嘴巴，一臉抱歉地看向俐茹。

俐茹揮揮手表示不在意。

「不過既然已經有恐嚇的行為了，也不能就這樣丟著，聲瑞你去聯絡一下警局的小陳，跟他說明一下狀況，然後要他多派警察來附近巡邏一下。」老闆說完後，聲瑞表示瞭解，並離開房間。

「想不到殭屍王這麼快就找上妳。」

「這也算是個好機會。」

「雖然是自稱但是也不能夠掉以輕心。」

「不過現在看起來對方滿滿的敵意啊！」

「要先聯絡獵犬去把對方的底摸清楚嗎？」

聲瑞離開後，酒吧的眾人就換了個神情，嚴肅地討論關於殭屍王的事情。

「我可以說句話嗎？」

俐茹打斷其他三人的討論。

「嗯！當然可以，抱歉忽略了妳，畢竟妳是當事人。」老闆雖然口說抱歉，但卻用眼神催促俐茹有話快講。

「我想要救我朋友。昨天看到這張照片後，我就一直聯絡不上她，很擔心她會不會遭遇不測。」

老闆聽完，雙手交叉於胸前，低頭沉思。

「還是先叫獵犬去把他們的據點查清楚，如果有找到俐茹的朋友，也可以第一時間救她出來啊！」桃桃著急地向老闆說。

「俐茹，妳跟這個女性是怎麼認識的。」老闆似乎要先確定俐茹的想法再決定後續的行動。

俐茹簡略地說明自己「重生」後，偶然在路上被芸靜搭話，才知道兩人以前是朋友，之後就跟她的男友三人共租一起生活。但並未交代之前車禍一事。

「我知道，雖然我沒有變成殭屍時、以及變成殭屍前的記憶，但是，我一直有個感覺，我跟她之前是真的有所關聯的。」俐茹說完之後，雙拳緊握，又再次體認到自己是多麼依賴芸靜。

「但是，就我們的調查，目前妳住的地方，只有妳跟一位酒精中毒的男人而已，沒有其他人了。」老闆平靜地的提出質疑。

「芸靜她去日本出差半年，所以都不在，原本年底這個時候要回來……」俐茹聲音越來越小。

「算了，如果你們不肯幫忙，我就自己再想辦法。」

俐茹低著頭往門口走。

「俐茹，等等！我們沒有說不幫妳啊！」桃桃伸手拉住俐茹的手腕。

「老闆，情況緊急，我們先把人救出來再討論吧？」

「她會跟我們求助，不也是信任我們的表現，這時候潑人家一盆冷水，也不太好吧？」

「對啊，對啊。」

桃桃跟柏豪輪番試圖說服老闆。

但是，老闆的視線沒有離開過俐茹，彷彿要從她的眼神與表情中讀出什麼。不久，老闆終於開口。

「好吧，待會桃桃去聯絡獵犬，把剛剛俐茹說的地點以及可能的範圍整理給他們，還有跟他們交代可能會有需要救援的情況。」

「好的，遵命。」桃桃雀躍地將右手舉到眉毛向老闆敬禮。

「為了避免節外生枝，今天酒吧就不營業了。不過，俐茹妳要留在這邊，等事情有個結果再回去，我們也好保護妳。」

俐茹鬆了口氣，點了點頭表示答應老闆的安排。

「雖然有員警會來店附近巡邏，但還是小心為上，柏豪你就留下來保護桃桃跟俐茹。」

「好耶！跟兩個正妹同住。看來我艷福不淺。」柏豪高舉雙手歡慶。

桃桃一臉無奈地說：「才剛想要誇讚你，結果又在想這些有的沒的，你自己找地方睡，別進來我們房間。」

「店休的事情等等跟聲瑞說一下，我去跟總部那邊報告一下。」老闆起身離開房間。

「沒問題！」

「好的。」

桃桃跟柏豪很有精神地回應完後，就分別去辦理剛剛被交代的工作。桃桃離開房間前轉頭向俐茹說：「俐茹，妳就先在這邊休息一下，我等等去拿個熱的來給妳喝。」

「嗯，謝謝妳。」俐茹回以一個笑容。

「唉呦，謝什麼啦！」說完桃桃就關門離開。

房內只剩下俐茹一個人，她放鬆緊繃的情緒坐在沙發上，不斷地安慰自己一切能夠順利。

□

窗外的夜雨漸弱，但似乎沒有下透，空氣中仍有無法稱作細雨的水氣隨風飄散。

俐茹被滲進房內的寒意冷醒，她搓揉雙臂，不自主的顫抖從後腰分別往肩膀與大腿竄去。

「應該要多拿一件被子才對。」俐茹開始後悔小看這次冬天。在考慮了一陣子之後，決定起身到廚房拿點熱的來喝。

俐茹就著窗戶外透進來的霓虹燈光線小心地動作，盡量不發出聲音以免吵醒睡在一旁的桃桃。

走出辦公室後，走廊也是一片昏暗，不過另一端的廚房燈是打開的。俐茹憑著感覺在昏暗的走廊向廚房慢慢走去，路上不小心撞倒空箱子，還好沒發出太大聲響。

俐茹走到廚房門口，看到大冰箱門開著，冷氣不斷散出來。

「冰箱裡還有什麼吃的嗎？」俐茹走向爐邊裝著晚上煮玉米濃湯的大鍋，一邊隨意地問。

她把鍋蓋打開，鍋中的玉米濃湯剩下大概四、五碗的份量，廚房裡一片靜默。

「欸！如果沒有要找吃的，冰箱不要一直開著啦！」

「柏豪……？」還是沒有人回應她，這時俐茹感覺到一股寒意，各種不好的念頭浮上腦海。她繞過廚房中島的料理檯走向冰箱，眼前的畫面讓她渾身僵硬。

柏豪以跪姿面向冰箱儲物架，上半身傾倒在架上，他的背後還有腦門上各插著一把菜刀。

俐茹驚慌地轉身跑到廚房門口，試著想要開啟店面還有其他地方的燈，但想不到下一秒連廚房的燈都熄滅。

「啊！」不小心驚叫出來的俐茹趕忙用手摀住自己的嘴，向四周的黑暗看去，並且試圖想要感覺周圍的動靜。

在確認身邊沒人後，俐茹摸黑走回辦公室，想要叫醒桃桃一起逃出店裡。原本不用幾秒鐘就能走完的走廊，此時對俐茹來說好像花了幾十分鐘甚至幾小時。

終於悄悄地走到辦公室門口時，俐茹發現原本關上的門被打開，只是半掩著而已。

俐茹緩緩推開門，在窗外霓虹燈的照射下，看到一個穿著連帽黑衣的人正壓住桃桃，底下的桃桃也舉手保護自己。

「桃桃！」俐茹推開門想要上前阻止。但是，黑衣人手中的東西已經沒入桃桃的胸口。

「快走……呃……」昏暗中看不清楚桃桃的表情，只能聽到她虛弱的哀鳴。

原本想要上前的俐茹，看到壓在桃桃身上的人緩緩起身轉頭過來，剛剛柏豪悽慘的死法浮現腦中，讓她全身發抖，嘴巴只能勉強吐出兩個字「不要」。接著人影走向自己，俐茹使盡自己的意志力讓身體往印象中出口的方向跑。

俐茹跌跌撞撞地跑出店門口，發現門邊有一名員警低頭坐在店內拿出來的椅子上。

俐茹帶著怒氣抓著警察肩膀說：「還在睡啊！有人闖進來了。」

俐茹搖晃警察時，警察帽子落下，頭部也隨著搖晃擺動起來，這時，俐茹才發現這名警察脖子上清晰的暗紅色裂口，隨著搖晃又再次噴濺的鮮血。

「噫。」

再次近距離看到慘死的屍體，讓俐茹畏懼地放開手，忍不住發出悲鳴。失去支撐與重心的警察身體就直接倒在地上。這個畫面讓俐茹馬上聯想到剛剛店內看黑衣人正壓在桃桃身上的情景。

「我怎麼可以丟下她？」突然的一股同伴意識與罪惡感湧上俐茹的心頭。

俐茹轉身進入店中，但是，店內深處傳來清晰的腳步聲。這個生死交關的時刻，俐茹迅速判斷在昏暗的店內打鬥對自己不利，她拿起酒吧檯子上的一瓶酒，往店外衝，此時她也聽到後面的腳步聲急促了起來。

俐茹跑過店門口時，順勢把酒瓶尾端敲破，跑到離店門口大約六、七步外的距離時，她轉身將握著酒瓶的右手伸向前方。虛張聲勢地大喊：「不要過來，我剛剛已經聯絡警察了，我可不認為你可以在警察來之前這麼快殺掉我。」

「俐茹，好久不見。」一個沙啞的聲音從黑暗中傳出來。

「你是誰？為什麼知道我的名字？」俐茹手持碎酒瓶不停地顫抖。

黑衣人從昏暗的店內走出來，掀開外套上的帽子，映入俐茹眼中的是最渴望重逢的對象。

「芸靜？」

在酒吧霓虹燈招牌的映照下，芸靜右側眼睛下方一直到喉嚨是整塊的暗紅色，不僅看得到部分完好的肌肉線條，犬齒之後的牙齒也裸露在外。

「嗯！是我喔！」

雖然，聲音已經沙啞到俐茹完全無法聯想到是芸靜，但講話的口氣，還有那個笑容，真真確確是芸靜沒錯，俐茹腦袋非常確定。不過，身體卻完全無法上前抱住她。

並不是因為芸靜臉上觸目的傷口，讓俐茹躊躇，而是芸靜手上抓著一個連結無數粉色細絲的圓形物體。

「俐茹，怎麼了？我們那麼久不見，妳怎麼那麼冷淡？」

芸靜看著警戒著自己的俐茹，擺出有點委屈的表情。順著俐茹的視線才想起自己手中的東西。

「啊！妳是在意這個啊。」芸靜把手鬆開，圓形物體落在地上，滾動了半圈後，桃桃雙眼圓瞪、極度驚恐的表情，直接面對俐茹。

見到這幕，俐茹感到暈眩。此時，腥臭味無情地飄進鼻腔，罪惡感、噁心、恐懼等各種感覺在腦中閃過，她再也無法用意志控制自己，瞬間腹部一陣抽搐，不自主地彎下腰，暖流從胸口竄上，在手反射性地往臉部遮掩時，午餐的碎肉、酒水、玉米碎粒，連著胃酸噴出口鼻，噴濺在掌心，部分則順著鼻孔與嘴唇流下，滴濺在褲子、鞋子以及掉地板的碎酒瓶上。

「對不起喔，其實我醒過來之後，真的有要馬上過來找妳。妳不要生氣好不好？」芸靜將沾滿鮮血的雙手合十，笑著跟俐茹道歉。

「但是，有一群殭屍還有一個自稱殭屍王的人，一直把我關著，後來，好不容易出來之後，我看到妳為我失魂落魄的樣子，實在太迷人了，所以一不小心就想要知道再接下去妳會變成怎樣。」芸靜眼神迷濛地看著俐茹，雙手交錯緊抱著上臂，蒼白的雙臂染上鮮紅的掌印。

但是，下一瞬間芸靜表情一換，怒目扭曲，咬牙切齒的說：「可是，這群發情的猴子、婊子、畜生、小偷，居然敢誘拐我的俐茹，還想要讓妳變成不堪入目的樣子，就這些垃圾，就這些蛆蟲。呸！」芸靜一邊說，一邊抬起右腳用力踩踏地上桃桃的頭顱，並且把噴濺出來的眼球一腳踩爛，講完吐了口水，再把頭顱踢向俐茹。

「當然，我可愛的俐茹才不會因為這些渣渣就墮落了厚？」

沾染鮮血、凹陷變形的頭顱滾到俐茹面前，俐茹只能恍惚地看著這一切。

此時俐茹身後響起腳步聲，聲瑞臉色鐵青地走到俐茹身旁。

俐茹抬頭看著聲瑞，泫然欲泣地說：「桃桃他們……」

沒等俐茹說完，聲瑞就走向芸靜，但是當他走到芸靜面前時，立刻雙腿跪地，彎下腰，將嘴唇貼上沾滿鮮血、還有不知道是泥巴還是碎肉纖維的靴子鞋面，顫抖的說：「主人，另一邊也已經處理好了，但是……」聲瑞遲遲沒有講出後面的句子，只能重複著但是。

出乎意料的事情接二連三發生，俐茹腦中一片混亂，只能瞪著眼睛張著嘴巴。

芸靜面對著俐茹，僅以眼球睨著聲瑞，以稍微高一點的聲調「哼」了一聲。

「對不起！讓他們對外聯絡、取得支援了，估計不久後就會到。請您原諒。」聲瑞聽到聲音，非常緊張，不僅講話聲越來越高，臉還整個貼到地上。

「廢物。」芸靜沒有轉頭，一腳踩在聲瑞後腦勺上。

「算了，那些豬有處理掉比較重要。準備回去了。」

芸靜說完，就把腳收回，只見聲瑞起身以跪姿用金屬手臂從背後的背包，拿出一雙烏亮的高跟鞋還有一件白底點綴著紫花的連身裙，接著躺在地上，並把高跟鞋擺在胸口，衣服擺在臉上。

芸靜單腳跨過聲瑞腰部，聲瑞雙手各抓住一隻靴子，芸靜蒼白的腳踝從靴子中拔出，接著踩在聲瑞腹部上，聲瑞悶了一聲，芸靜開始把外套脫下，褪去長褲，將上衣掀起脫掉，全身只剩下白色的蕾絲內褲。

「我變成這樣妳會討厭我嗎？」芸靜神情有點嬌羞也有點緊張，用手分別遮住從臉到脖子，以及從微凸起的雙乳間斜畫到右大腿的傷口，除此之外，四肢也有零星的暗紅斑塊。

俐茹腦袋似乎無法理解這句話，只能傻

傻地看著芸靜。

芸靜露出有點無奈的「半個」微笑之後，就低頭拿起聲瑞臉上的衣服，從頭套進身體，將雙手伸出袖口，穿好後稍微整理一下再轉了一圈，長袖白底配著紫花的連身長裙，剛好將芸靜臉部以外的傷斑遮住。

看到聲瑞潮紅的臉龐向上點了兩下後，芸靜就把右腳先伸進高跟鞋，換穿左腳時，聲瑞又發出低沉的悶聲，當兩隻腳都穿好後，芸靜從聲瑞身上走下來。聲瑞迅速起身將芸靜丟在地上的衣物收入背包。

芸靜換裝完後，走向俐茹，喀喀喀的聲音規律響起。

與芸靜重逢後，俐茹眼前所發生的一連串事情太過扭曲奇幻，讓她現在只能癱軟坐在地上看著一切，任憑所有事情發生。

「現在的妳，很美。」

說完芸靜彎腰在俐茹的額頭上親一下，接著面帶微笑一臉歉意地說：「對不起，目前我還沒辦法帶妳一起走，等我那邊沒有人妨礙我之後，我就會來接妳的。在那之前妳要乖乖等我喔。」

芸靜剛轉身正要離去時，似乎突然想起什麼，又轉身回來，笑著對俐茹說：「差點忘了，我這次是偷跑出來的呦，俐茹幫我保密一下，不要跟其他人說喔。」

看著毫無反應的俐茹，芸靜擺出一副傷腦筋的表情。

「看來俐茹最近真的是太累了，要好好睡一下才行。」

剛聽到這句，俐茹感覺到有什麼東西快速往眼前飛過來，最後只聽見一個撞擊的聲音。

□

「俐茹，如果明天就死掉的話，妳先想到的是誰？」

芸靜托著臉，一邊問，一邊用沾著飲料的攪拌棒在速食店的托盤紙上畫著簡單的幾何圖。

「我不知道，可能媽媽吧，再來是弟弟，老爸的話，沒差，反正對我來說他現在跟死了沒兩樣。」

「嗯～是喔，原來在俐茹心中他們比我重要喔？」

芸靜雖然這樣講但還是滿臉笑容。

「笨蛋，如果我明天就死掉，當然剩下的時間要跟妳一起過啊。在一起就不用去想啦。」

「哈哈！哪有人這樣的啦。」

□

「芸靜，這是？」

芸靜站在廚房，手裡拿著染著暗紅色的水果刀，一名婦女面朝下倒在地上。

芸靜露出不捨的表情說：「對不起，太晚了，我們來不及了，為了保護妳我只好……」

□

「俐茹！俐茹！啊啊啊啊！不要啊！」

「放開我！我要殺了你！放開我！俐茹！俐茹！」

芸靜一邊哭喊，一邊掙扎抵抗身著厚重

防護裝備警察們的環抱，還試圖把手伸向，左臂以及部分半身被卡在汽車之間的俐茹。

在芸靜逐漸被拉遠之後，震地的腳步聲越過俐茹，向芸靜離去的地方奔去，接著撞成一團的汽車，從遠處開始爆炸起火。一個只剩半張臉皮，另一半全是肌肉線條與白骨的殭屍停下腳步回頭看著俐茹，下一秒……

□

一片白色、還有持續的嘶嘶聲，是俐茹對這個空間第一個印象。

「妳終於醒了。」一個低沉的男聲在左邊響起。

俐茹想要往聲音方向看過去時，發現口鼻處被透明罩子蓋著，雖然全身有點使不上力，但還是勉強能轉頭。

一名身著黑色西裝、留著五分頭、長相精瘦、帶著方框墨鏡的男子坐在椅子上，挺胸雙手放在膝上，面無表情看著俐茹。

「喀……啊……」俐茹想開口詢問許多事情，卻發現光是發出些許聲音都有點吃力。

「妳昏迷八個月多了，醫生說如果妳醒來，不要太勉強自己。」

男子聲音低沉但是語調平穩。

「我隸屬於政府新成立的殭屍突擊警隊（ZombieAssaultPolice），簡稱ZAP，我是第一分隊分隊長，敝姓賴。」

西裝男子簡潔快速自我介紹後對著俐茹點了一下頭。

「很抱歉，雖然妳剛醒來，還不能說話，但是，有些事情需妳極力協助。」

接著他從西裝內側口袋拿出一張照片，

語調平穩地說：「請問妳認識照片中這個人嗎？如果認識就點個頭。」

紙上的是那一天不知道是誰，放在家中，芸靜的照片。

看到照片的俐茹，用盡力氣搖了搖頭，但是淚水卻無法控制地奪眶而出。

「我知道了，謝謝妳的配合。」

平頭西裝男面無表情地收起照片，正要起身離去時，一個聽起來慵懶的女性聲音在房門邊響起：「賴桑，你要的大佬咖啡沒有了，所以我買了鍋貼。還有剛剛應該不是『我知道了，謝謝妳的配合。』吧？對方明顯認識目標啊。」

「我們的任務是要確認對象與事件的關係，才能清楚他們真正的目的，之前的會議妳這薪水小偷根本都在睡覺吧！還有等等把錢還給我。」

被稱作賴桑的平頭西裝男語氣依然平順，但臉上的表情很明顯是在壓抑怒氣。

「沒在聽調查目的的是賴桑吧？要找出目標的關聯性，並且根據獲得的資訊規劃搜索方向。你不要鍋貼的話，等等自己去退貨。」

一名女性留著捲曲雜亂長髮，戴著圓形墨鏡，穿著寬鬆的西裝上衣與牛仔褲，站在門邊，一手插著腰，一手拿著塑膠袋並且指著平頭西裝男。

平頭西裝男走上前，一把搶過袋子，語氣開始帶點情緒：「所以我不就在這邊顧著關係人，確認與對象的關係，並且找出合作的可能性了嗎？妳還是要給我錢。」

把袋子搶過來後，賴桑彷彿察覺了什麼，

把袋子打開，接著憤怒地說：「喂！鍋貼呢？」

捲髮西裝女拉了一張椅子，在俐茹旁邊靠坐著：「要人合作，最起碼的誠意要拿出來吧？那個我吃掉了。」

「妳這個鍋貼中毒者，把我的錢還我。」賴桑的表情很明顯是在壓抑自己，咬牙切齒地講出這句話。

「後天發薪水再說～妳好，我是殭屍突擊警隊第一分隊預定分隊長，這個傢伙死掉之後，就是我接任，跟我熟的都叫我雯雯，不熟的就叫我穌雯。」

俐茹原本醒來時還有點不清楚的思緒，這時終於逐漸清晰，現在她必須確認昏迷期間發生的事情，她用盡力氣發出聲音。

「巴……呃……噎……」

「嗯，對喔，妳昏迷了八個月，這段期間發生很多事情。」

「我從頭開始講好了，八個月前妳所在的酒吧，發生巡邏員警以及酒吧內民眾被全數殺害的事件，妳是現場唯一的倖存者。當時雖然警察單位盡力搜查，但是沒有任何發現與進度。」

「喂！鍋貼女！不要亂講話。」賴桑語氣恢復剛開始的樣子，但聲音變大。

「我已經有跟老頭子講過了，他說他會負責的呦。」自稱雯雯的捲髮西裝女講完扮了一個鬼臉。

「當時還沒有人知道警局與許多政府單位裡面已經有『新人類』的同夥了，基層警察根本找不到凶手是誰。」賴桑突然開始接著說明。

「你不是說不能講太多？」

「交給妳講更讓我不放心。」

「事件後大約兩個月，也就是距今半年前，突然大批的殭屍入侵中央電視台，並且透過電視台與網路直播，宣稱殺掉了殭屍王，並且自稱所謂的殭屍是進化後的新人類。」

賴桑瞪完雯雯後繼續用低沉平穩的語調講述。

「那時候他們證明的方式還真的很瘋狂，根本跟尼安德塔人滅亡論完全沒關係嘛。」

雯雯突然拍著手笑起來。

「閉嘴！後來，政府設立獨立單位，殭屍突擊警隊，專門處理日漸增多的殭屍相關事件。」

雯雯用兩隻手指著賴桑，一臉嘲笑地說：

「政府高層應該也是察覺到這個國家裡面有太多內鬼，才把一些本來就孤僻沒有跟人來往的人湊在一起，看能不能搞出個什麼吧？」

賴桑斜眼看了一下雯雯後，繼續說明：

「看來妳還有自知之明。在經過調查後，我們發現有名女性可能與這些崛起的殭屍有關係，而且得知她在死前與妳共租一間房，但同時我們也發現……」

雯雯高舉右手自滿的對俐茹說：「我根據這些打雜所收集來的資料，推理出八個月前妳工作的酒吧，發生的屠殺事件就是這個女的所做的。」

「除此之外，在妳昏迷期間，妳住的醫院發生兩次大規模的殭屍入侵事件，因此，我們研判，妳與此女性有著相當程度的關係，所以，將妳保護管束了起來。」

「順帶跟妳說一下，把那個酒吧當作分部的重生者扶助基金會、還有他們背後的群體，在半年前中央電視台的新人類宣告事件後，已經決定跟政府合作，協力解決這次的殭屍危機。」說完這句話，雯雯把自己的墨鏡掀起來，一條藍色疤痕剛好從她兩眼之間穿過。

「以上，就是我們能夠告訴妳的事情了。謝謝妳的合作，之後我們會再來確認詳細的事情，在對象被逮捕或……，總之在確認事件結束前，本隊會負責保護妳的工作。」

賴桑在床邊向俐茹彎腰鞠躬後，轉身要離開時，感覺到自己的衣服被拉住。原來是俐茹伸手拉著，不過這樣子已經是她用盡全身的氣力去做的動作，抓住衣角的手不住的顫抖。

「賴桑，看來她似乎對於乖乖躺在這邊等事情結束並不滿意啊。」

雖然，俐茹並未完全相信眼前的這對男女，但是，她已經知道芸靜還「活著」，而且如果要能夠找到芸靜，那麼她的選擇就只有一個，就是利用眼前的所有資源。

「賴桑，要不要跟上面報告一下，與其把這麼好的餌鎖在櫃子裡發爛，倒不如拋出去來釣大魚呢？」雯雯帶著不懷好意地笑容看著賴桑。

□

「注意，再提醒一次，我們不是軍人，不要像之前殭屍危機那樣直接殺掉，先對目標射擊轉化彈，確定轉化彈射中後，要盡快用非致命性武器制伏對方。」一名比平常男性高出一顆頭、身材壯碩的西裝男，嚴肅地對著面前三位同樣身著西裝長褲、戴著墨鏡的人喊話。

俐茹身著西裝、長褲戴著墨鏡，站在三人之中。醒來之後花了半年的時間進行復健，又再花一年多的時間受訓，期間雖然偶有得知ZAP對於「新人類」團體搜捕行動有所斬獲，但，始終沒有聽到抓到芸靜的消息，而自己仍不時地做著藍色火焰的夢。

「不過實際行動中狀況會很複雜啦！你們就自己斟酌分寸就好。」另一名男子也是身著西裝服，蹲在壯碩西裝男的影子底下，身旁是一把超過半個人高的狙擊槍。

「啊～好熱，好熱，才四月而已，怎麼太陽就這麼大了，老呂，趕快讓他們行動，把人抓一抓，不然等等中午太陽更大了。」蹲著的西裝男領口敞開，拿著扇子往自己的臉不停地搧。

壯碩的西裝男沒有低頭，一秒也不考慮地說：「不行！要嚴守作戰時間。」

「啊～所以我才討厭跟你一起出來啊。」

在賴桑跟雯雯的推薦下，俐茹以有條件的形式加入ZAP，並且受訓，今日得以第一次參與實際搜捕。雖然知道自己可能會被當作引誘芸靜的餌，但是，這次，她決定自己去找芸靜。

▲END▼

3 GOOD HEALTH AND WELL-BEING

時間軸5J

夜幕真相

小樹

長年在日文翻譯中打滾，人生走到一半時終於決定，在當別人與世界的橋樑之餘，也要成為自己與世界的橋樑。嘗試各種不一樣的創作方式，期許有天能完整表達自己所看到的世界。

芸靜。

唯有她，是在這麼多說法、這麼多記憶、這麼多可能性，夾雜著真實與謊言之中，唯一無可動搖的存在。

殭屍王什麼的、能夠取回過去的記憶、殭屍與人類之間的和平這些瑣事，根本就不重要。就算能知道所有一切發生的緣由，也不代表什麼。但是芸靜，如果有機會再見到芸靜一面，那個在我重生後與世界唯一的連結……好像就值得嘗試看看。

俐茹咬了咬牙，下定了決心。

□

在離開房間前，頭頭給了她一個黑色的、看起來像發信器的手掌大小機器。

「這叫 BBCALL。」頭頭露出了一個有點嘲諷的笑。「經過一點改良的 BBCALL。妳沒有以前的記憶了，大概不知道這是什麼東西……只要輸入這個號碼，再加上『520』，不論你在哪，我們都會去接妳。記得，要盡快。」

俐茹不解地歪了一下頭：「520？」

頭頭看向俐茹，原本只略帶嘲諷的撇嘴一笑在他嚴肅的臉上綻裂。

他拿起手中的雪茄，深深吸了一口。「一個代號罷了，一個小玩笑……在這個世道，不論是人類、殭屍，還是異客，保持小小的幽默感才能長久的生存下去。俐茹，如果不想要墮入瘋狂，就找到屬於自己的樂趣吧。」

□

不想回公寓，也不想回酒吧。

俐茹搖搖擺擺、漫無目的地遊晃。到哪裡都好，雖然已經下定決心，一想起頭頭戲謔的表情，那決心便開始就像風中的燭焰般晃盪不明。再拖一下好了，她想。雨越下越滂沱，黑夜綿延沒有盡頭。什麼尋找自己的樂趣呀，沒有芸靜的世界、充滿混亂的世界到底有什麼樂趣可言。

就這樣消失就好了。

俐茹舉起纏繞著藍色火焰的左手，仔細並緩慢地觀察火焰的紋路。他人纏繞在我身上的火焰，曾經身為殭屍的印記，永無翻身之日的重生者。即便頭頭承諾了轉生為高智力殭屍——餘生者又如何，我還是永遠的在四方角力之間翻騰，沒有真正的歸宿。

但倘若真的能夠見到芸靜，一切的迷惘便有了終點。可以回到之前那樣大吃大喝、放膽大笑的日子。等到事情都告一個段落，兩個人手牽著手，尋一間偏遠的小公寓，在空曠的客廳裡擺一張舊到棉花炸出來的沙發，再從垃圾堆中掏一台螢幕有點缺角的二手電視，兩個人一起癱在沙發上，邊吃洋芋片邊看災難前的電影。

好想要立刻快轉，跳過這些紛紛擾擾，直接蜷縮在那個沙發上啊。

俐茹嘆了一口氣。身上的衣物在她沒有目的胡走亂逛時默默濕透了，她低頭看著濕到緊緊黏貼在她身上、毫無遮蔽保暖功能、不再能稱之為衣物的布料，心想，先找個地方把身體擦乾，好好洗個澡、睡個覺再跟頭頭聯絡。

好在錢還是有一點的。周遭也漸漸有些零星的小店，看來是走進了一個規模不大的城鎮，往前走應該就會有旅社可以投宿，再不濟到處問人也總能找到一個地方借宿吧。

雖然我是重生者。俐茹下意識地用右手遮住自己左手的藍焰。但每個城鎮都有重生者，只要能找到重生者的據點就好。

路上的行人，看著俐茹的眼光裡沒有厭惡，卻帶著一股令人反感的淡漠。

俐茹走到了一間略為破舊、招牌閃著詭異粉紅光的旅社前。鑲在鋁製雙開大門上，兩片大大的馬賽克玻璃隱隱透著站在櫃台裡的人影。俐茹嚥了嚥口水，輕輕地踏上門前的塑膠墊再重重地跳了一下，把身上的水分甩了一地後，用纏滿藍焰的左手推開掛著營業中牌子的大門，走了進去。

「歡迎光臨，請問住宿還是休息呢？」櫃檯的人影抬起頭，聲音中充滿與這個城市全然不同的溫暖氣息。

「一個人，住宿，一晚。」俐茹略帶疲憊地說。櫃台的女子歪了一下頭，用如水晶般清澈的紅色眼眸打量了俐茹一番後，轉身面對掛著零星房門鑰匙的牆壁，托起下巴思考。

「那個……」在過了一段難以承受的沉默，俐茹清了清喉嚨，開口。

「我知道、我知道。」女子用清脆的聲音打斷俐茹的詢問：「613……不，612好了。」她拿起了鑰匙，遞給俐茹。

「二樓邊間。上二樓就可以看到指示牌，路是有點複雜，記得盯緊指示牌，別迷路了。」

「費用的部分是退房時一起結算，祝您有個愉快的夜晚，俐茹小姐。」

到了二樓，俐茹才回過神來。她認識我？她看起來不像重生者、也不像創傷鬥士。身上乾乾淨淨沒有任何疤痕，氣質溫暖平和，只有一雙太過乾淨的眼睛。俐茹回想在重生後認識的人們。不論阿寬、桃桃、柏豪、聲瑞、老闆、甚至餘生者的頭頭，每個人都有一種屬於自己的特質，一片僅屬於自己的場域。那個女生卻完全沒有任何『場域』，任何人都可以走進，也都可以離開。

但是她認識我，她認識什麼時候的我？重生前、頭頭口中那個餘生者的我？災難前的我？還是……重生後的我？什麼時間點，透過什麼方式認識的我？

俐茹握緊了鑰匙，手心冒汗，心跳開始加速。這裡安全嗎？又或者是另一個圈套？是不是所有遇到的事物都是精緻編織好的蜘蛛網，就等著她自墜陷阱？不，先冷靜，俐茹深吸了一口氣。既來之則安之，既然已經決定好要為了芸靜朝餘生者靠攏，那麼遇到什麼樣的圈套都可以置之不理。俐茹摸了摸放在褲子口袋裡的BBCALL，抬頭望向指示牌。

【↑1111-1011】【↑3125-4236】
【↓912-612】【→00-1】

這什麼亂七八糟的東西。俐茹揉揉眼睛，不可置信地瞅著前面的指示牌。這間旅社看起來也不過五層，一層大不了十間，沒道理指示牌長成這樣！俐茹看了一下四周的環境，她在一個看似許久無人造訪、布滿灰塵的豪華飯店大廳的正中間，身後是往一樓的螺旋梯，指示牌孤零零地站在她的正前方，前後左右分別有四條一眼望去看不到盡頭的長廊。

指示牌孤零零的站在樓梯的正前方，前後左右分別有四條一眼望去看不到盡頭的長廊。不科學啊……俐茹望著四條長廊，再往回看佇立在她前面的指示牌。算了，想來也不至於會迷路，也真的是累了，需要好好的洗個澡休息一下，明天再來面對頭頭那邊的現實。俐茹拍了拍自己的臉頰，往左邊的長廊走去。

出了空地之後四周隨之一暗，長廊上沒有設置壁燈，能辨識的只有房間號碼發出的亮光。912、823、906……每個房間的編號像是旅社主人隨機安排的一樣，有些連號，有些卻差得天南地北，沒有絲毫規律可言。俐茹放棄去思考編號的意義，只是認真的、一間一間數著號碼。對了……剛剛那個女生說是邊間啊，在對房門號碼對到有點頭暈目眩時，俐茹猛然想起剛剛櫃台女子對她說的話。那往邊間的方向走過去就可以了吧，這幾間一定不是她要找的房間。俐茹轉頭注視著長廊盡頭的同時，突然瞄到一間房間門上的號碼。

【712、701、711、612、613、600】

好，這倒看似有規律了。俐茹嘆口氣，推開厚重房門。地毯鋪得很厚，然而還是可以聽到門板間彈簧被擠壓發出的微弱咭吱聲。印入眼簾的是一個明亮、約有10坪的四方型空地，中間擺了張有著可愛粉紅色紗簾的公主床，床前還有個指示牌。俐茹走近一看，上面寫著：

【↓613】【↙612】【←701】【↖712】

【↑711】【→→600】

俐茹瞥向地板，指示牌正後方有一個四方型的黑洞、連著像是通往下水道的階梯。

這是要去哪……俐茹搖搖頭，甩開想要一探究竟的想法，抬起頭看向左前方的斑駁黑色鐵門，疲憊感突然一擁而上。好想休息啊，逃離那些選擇、逃離這個莫名其妙的地方。俐茹握住鐵門上的把手，冰涼的感覺讓她突然微微地打了個冷顫，她長嘆了一口氣，轉下把手，推開門。

映入眼簾的是，一片看不到盡頭的熱帶雨林。

熱帶植物佈滿了整個空間，茂密到完全看不到天花板，讓人無法判斷整個空間到底是在室內還是室外。雖然迎面撲來的空氣又濕又熱，植物生長得異樣猖狂，卻依舊能感覺到一種被刻意維持的和諧。俐茹鑽進隱隱要被植物們淹沒的小徑，揮手撥開樹葉防備地抬腳向前，每一步都讓她汗如雨下。滲進骨子裡的疲憊、止不住的汗水，俐茹感覺自己的腦袋漸漸變得空白，只能不斷地持續撥開樹葉，專注著朝隱隱顯現的路徑邁進。就在意識快要消失、一切都開始變得飄渺宛若夢境之際，她的前面出現了一扇與周遭完全不相襯的門扉。

那是一扇三、四十年的老舊公寓會出現的不銹鋼大門，門板上只有一個信箱，信箱上孤零零地掛了一個【612】的牌子。門的周圍異常乾淨整潔，沒有藤蔓盤旋，沒有猖狂的闊葉樹遮蓋視線。俐茹盯著門，上前握住了門把，這才從遙遠的夢境裡清醒過來。

這就是盡頭。

俐茹推開了門，眼前意外地是一個精巧的商務飯店套房。她正對一面能夠飽覽街道的大型落地窗，落地窗前擺了張意圖使人懶在上頭眺望街景的國王椅，還有張看起來軟硬適中的雙人床。一個可以懶在上面眺望街景的國王椅，還有一個軟硬適中的雙人床。浴室雖然只有基本的衛浴設備，但用來梳洗也足夠了。俐茹毫不猶豫地拐進浴室痛快地沖了一個澡，換上浴袍蜷縮在國王椅上，目光迷離地面向街道。雨依舊滂沱地下，黑夜也仍然沒有終點。

在幾近意識朦朧之際似乎看到了芸靜。頭頭說能夠再見到芸靜，可是芸靜是車禍過世的，應該沒有條件能夠轉生為殭屍或餘生者，人類當然就更不可能了。她在聽到芸靜車禍後飛奔去醫院，親手感受過那肉體的冰冷、靈魂已然消散的事實。跟從殭屍再重生回人類完全不同——將人類變成殭屍並非是讓人類死亡，而是透過病毒改變肉體的波長，使肉體與靈魂之間的節點消失，一旦意識無法連結上肉體，人類便會處於一種半自動的野生狀態，在這個情況下肉體會選擇對生存最有利的進化方式——俐茹依稀記得某個人曾開心地這樣跟她說。

是誰？你是誰？我又是誰？

藍色火焰搖曳，左半身的火焰疤痕隨著周遭的藍色火焰一點一點地燃燒了起來，深入骨髓的疼痛讓俐茹把身體蜷得更緊了。進化與退化、人類與殭屍、異客的實驗、害怕殭屍的理由、人類執著於人類的意義……的確殭屍會襲擊人類，但倘若這是整體進化的必要過程呢？明明殭屍襲擊人類後並不見得會完全分食乾淨，也有一半的機率人類會在當下轉變為殭屍，那這不完全是為了進食的襲擊又代表了什麼？

感覺好像從一開始就搞錯了，可是到底是搞錯了什麼呢？

為了進化，記憶中的那個人微微一笑。進化需要殘酷的過程，像修枝一樣把不必要的基因從物種裡面剃除，加快進化的步驟就是要靠強制性的轉變。俐茹恍惚地看著他。但是那樣太殘酷了，她無聲地喊著。你有思考過那些一旦知道自己啃噬過同類的人的心情嗎？

沒有，一切都是為了群體的進化，某個聲音冷酷地說。

「嗶嗶嗶嗶嗶……」

俐茹滿身大汗地在床上醒來，望向發出聲音的元兇——頭頭給的BBCALL。還以為只能單向發送訊息呢，俐茹搖搖晃晃地拿起BBALL甩了甩。BBCALL小小的畫面上顯示【119】，這跟現在的緊急報案專線是同一個意思嗎？是要我去報案？有人已經報案？傳的人知道這是頭頭給我的BBCALL嗎？或者這其實就是頭頭傳給我的？

真真假假，所有的事物都充滿了問號。俐茹摀著發燙的火焰疤痕，努力讓自己回想起芸靜的笑臉。沒問題，只要有節點我就能找到自己的立足之地。可是不知道為什麼，芸靜的溫度、笑容、身影好像突然從腦中被剃除乾淨了一樣，就好像芸靜這個人從來沒・有・存・在・過。那些愉快的記憶、在身邊一起大笑過的人，莫名地被塗上了一層立可白，彷彿誰都可以帶入那個畫面一般的乾淨，乾淨到沒有殘留一丁點能讓人追尋的軌跡。

不、不對，不是誰都可以，俐茹慌亂地

想。想想阿寬，我討厭的同居人，芸靜的另一半，只要想著那個拿著芸靜的賠償金過日子的男人，就可以證明芸靜存在過，很多跡象都可以證明她存在過，只是我狀態不太好罷了。藍色火焰又開始在眼前燃燒，夢裡的人影開始進入她的回憶，被塗上立可白的部分漸漸的被『他』染上了色彩。

不可以。那是我重生後與這個世界唯一的連結啊。俐茹抓住喉嚨，想求救卻只發出微弱的嘶啞聲。不要取代掉芸靜，只有這個不可以。

就在俐茹要被『他』吞噬的時候，傳來了一聲清脆的開門聲。某個人走了進來，緊緊地抱住了她。

「沒事的。當然一定是有事的，但沒事的。」那個人溫柔地說，帶著夏日午後雷陣雨過後青草的溫暖氣息。

俐茹微微地呻吟了一聲後便沉沉睡去。

□

食物的香氣飄進了俐茹的鼻腔，勾住俐茹的意識再向下一扯——俐茹轉動了一下眼珠，感受從胃的深處傳來的飢餓感，緩緩睜開了眼睛。

一份完美的早餐擺在國王椅的正中央。陽光從落地窗和煦地照在兩顆飽滿的半熟蛋、四片酥脆的培根、帶著烤痕切成對半的厚片吐司上，餐點就像是剛剛才做好般地冒著誘人的熱氣，旁邊還擺了一對混著米的鹽跟已經研磨好的黑胡椒粒。這麼說來的確好一陣子沒好好吃飯了，事情才過了兩天，卻像一輩子般漫長。俐茹定了定神，捂著胃走向國王椅，端起早餐大口吃了起來。新鮮、美好的食物，所有的煩惱痛苦都在這一刻灰飛煙滅。俐茹忘我地吃著，在啃下最後一口麵包後還意猶未盡地舔了舔流到指尖上金黃濃稠的蛋液。

太美味了，這大概是轉生後最好吃的一餐，俐茹滿足、卻又有點愧咎地想。明明還有跟芸靜一起快樂用餐的回憶，然而越是努力回想，記憶裡芸靜的臉就越模糊不清。

俐茹慵懶地倒在國王椅上，撐著臉眺望街道。城市看起來才剛睡醒，路上行人稀稀落落，太陽從容地烘著被雨淋濕的地面，一切沉穩安逸到令人覺得難以置信。如果要給這個早晨打個分數，那可只有一百分。俐茹一邊感受陽光帶給她直達內心深處的溫暖，一邊拿起了BBCALL，不可置否地按下了頭頭給她的號碼，再按下520。

門被推開了。俐茹翻身面向大門，眼前的景象讓她忍不住瞪大了眼睛。站在她面前的不是頭頭、不是當初帶她去見頭頭的老人、也不是酒吧裡或者這段時間內突然冒出來的任何人，而是——

阿寬。

□

這個人看起來像阿寬，卻有著與阿寬完全不一樣的氣質。沒有慵懶、頹廢、無力改變世界的絕望感，有的是一股莫名的謹慎與略帶神經質的幹練。他真的是阿寬嗎？俐茹試圖想回想起跟阿寬在同一個公寓裡生活的細節，發現怎麼樣也對不上來。眼前的這個人只是看起來像阿寬。他是包著阿寬皮的某種生物，但絕對不是阿寬。

「嗨，俐茹。」穿著阿寬皮的生物裂嘴一笑。和煦的、像太陽一樣的笑容，帶著似曾相似的熟悉，彷彿可以聽見某個人在俐茹耳邊輕聲低訴：「……為了進化。」

「你是誰，你不是阿寬。」俐茹扶著頭沙啞地說：「阿寬不是這樣的，雖然我不喜歡他，但我們一起相處了好一陣子了，我知道。」俐茹緩緩站起身，左半邊的火焰傷疤開始抽痛。「你把阿寬吃了嗎？用阿寬的樣貌出現在我面前，你們到底想幹嘛！」

「哎，妳有點誤會了，我的確是阿寬。」自稱阿寬的人搔搔頭，像是在選擇字句似地答：「我從一開始就一直在妳身邊看照妳，為了要確保妳，我們花了很多心力……妳知道的，不能做得太顯眼，」他撇了撇嘴，伸出右手搓揉西裝左胸前的口袋巾角，「只是要做得低調很不容易，所以我們選擇植入替代靈魂讓我看起來像完全不同的人。噢，用雙重人格系統來解釋可能比較好被理解吧。」

「當然不能由我的自由意識來切換，不然很容易就會被發現……所以我們設定了幾個關鍵字、幾個關鍵事件，只要關鍵出現，真正的意識就會回歸並且行動。」他沉默，走到床邊用右手撫平俐茹睡皺的床單，彎下腰確認皺褶都沒了才滿意地坐了下來，從西裝外套右側的口袋裡掏出了香煙，自顧自地點燃後，極為緩慢且仔細地吸了一口。他旁若無人的抽菸動作，跟俐茹回憶裡的阿寬一模一樣。

「這裡還算安全……當然繼續在這裡講

也可以，不過我們還是換個地方說吧？」

阿寬叼著菸起身，俐茹一個箭步衝上前抓住他的手，飽含怒氣地問：「安全？是對・誰・而・言的安全？」

「你還有你們，在旁邊窺視我，看我因為失去記憶痛苦掙扎，看我在重生後對自己定位的矛盾，不斷不斷地躲在一旁看我的笑話。你說你看照我？什麼鬼人格叫你不要在客廳抽菸你還抽，每次喝醉酒都要我來擦屁股，我真的需要幫助的時候你們哪一次有個人出來幫我。現在才說多花心力多不容易，鬼才相信你們！」

她的身體因為過於憤怒而顫抖，左半身的藍色火焰疤痕隨著她逐漸升高的怒火，從蒼藍轉為艷麗的寶藍色。

「你們所有人都是假的！都是騙子！只有芸靜才是真的！」俐茹捏緊抓住阿寬的手，傾盡全力地大吼。他沒有說話，只是靜靜地盯著她。

感受到阿寬的沉默，俐茹的情緒被點燃到最高點。好想宰了這個男人，然後再把那些煩死人的東西全部幹掉，人類、異客、殭屍，只要通通毀掉就沒事了，毀掉就沒有這些問題了。俐茹舉起左手，手上的藍色火焰差一步就要奔騰而出。就這樣毀滅一切吧，燒毀一切吧！

「這件事情真的不能怪阿寬，是我們的不對呢。」一個像夏季微風般輕柔和暢的聲音說道。房間裡原本已飽和到一個小小的動作就會被點燃的空氣，隨著這股微風忽地飄散消失。俐茹甩開阿寬的手，大口大口地喘氣。她心中的憤怒逐漸被一股難以言喻的寧靜取代，就像在盛夏從懸崖縱入海洋，面對迎面而來的冰涼卻絲毫不覺得恐懼，只有被海洋之母緊緊抱進了懷裡的安心。

俐茹瞧向那個聲音的主人、昨天在飯店櫃台給她房間鑰匙的女子。女子穿著一件白色綴有細緻蕾絲邊的燈籠袖雪紡紗洋裝，身高大約一六五公分，黑色短髮即肩，身材濃纖合宜。雖然一雙鮮紅色眼眸略為顯眼，但其散發出的溫和氣質，使她在任何場所都不顯突兀。女子經過俐茹身邊，扶著國王椅優雅地坐下。有一股薰衣草、尤加利混合著其他香草與雨水的氣息，以國王椅為中心擴散，悄悄地渲染了整個房間。

「如果在這兒比較安心，那就在這兒說吧。」女子嘴角勾勒出一個美麗的半圓，紅色眼眸直視俐茹。雖然有種被看透的感覺，卻不覺得討厭，甚至還有點熟悉。俐茹回望女子，帶著不解地想。

「我就開宗明義地說了，一切都是因為人類政府。」女子抿抿嘴，無可奈何地說：「人類政府不能、也沒辦法接受人類轉為殭屍的進化過程。當然也是可以理解的，因為一旦這樣就無法進行愚民統治，由少數人握有權力的政治體系也將會不復存在。」

女子舉起右手托住下巴，無力地嘆了一口氣。俐茹發誓她的右手是自己看過最美麗的右手，彷彿存在本身就是個奇蹟。

「再來就是人類情感上無法接受吧，吃人或傷害人聽起來很恐怖。當然等待人類自然淘汰也可以，但這樣做就太慢了呀。」女子垂下眼眸沉默。此時不鏽鋼的大門傳來一陣咚咚地敲門聲，阿寬起身應門，有個人推了一台推車走了進來。俐茹瞟了一下那個人，赫然發現——

居然是桃桃！

俐茹難以置信地張大了嘴，像是要把桃桃看穿般死勁地瞪著她。桃桃尷尬地笑道：「即使只是茶，說到飲料還是只能由我來做吧，其他人做的飲料能喝嗎？」俐茹這才發現推車的最上面一層堆著各種類型的茶點，第二層則是一套精美的歐式茶具，最後一層擺滿玲瑯滿目的茶罐。

女子站起了身，走到桃桃身邊，輕輕拍了拍桃桃的肩膀，像是能讀到俐茹的混亂般補充道：「謝謝桃桃願意迎合我微不足道的興趣，畢竟沒有茶真的是不太容易繼續說下去呢。」她有些虧欠地說：「這對桃桃也不太容易……畢竟雖然是『異客邦』的一員，桃桃仍舊是個人類。面對妳，她還是會覺得有些尷尬的。」

女子說完便鎖緊眉頭，十足認真地望向甜點，在甜點盤前左思右想了好一陣子後，終於挑了兩塊烤得恰到好處的瑪德蓮跟費南雪。她蹲下身子從推車的最下層拿起隱約印著知名英國品牌的茶葉罐，輕聲請桃桃幫她泡一壺法式藍伯爵後，捧著盤子走回國王椅，拿起瑪德蓮開心咬了一口。

阿寬抱歉地說：「她一旦進入這個模式，就要等她滿足了才會開口。突然接受到這麼多資訊應該也有點累了吧，不如就挑些甜點，茶的話，一樣喝這壺法式藍伯爵，好嗎？」

聽到阿寬這麼說，俐茹瞅著津津有味吃著瑪德蓮的女子，決定放棄思考。她隨意掂起一塊檸檬糖霜蛋糕，邊吃邊觀察桃桃泡茶的樣子。桃桃神情專注地把滾到一半的溫水倒進茶壺，略為轉動茶壺，接著把水倒到茶杯中，再謹慎地將茶罐打開，放進四匙茶葉後轉頭，極為專注地凝視著熱水。俐茹這才發現房間裡竟然有熱水壺——或許昨晚實在太過疲累，早上的早餐又占據了她所有的視線，所以才完全沒有發現——待熱水滾起，桃桃等了約三秒才把水壺中的熱水倒入壺內，蓋上蓋子跟厚厚的保溫套靜置。一切的動作行雲流水，像極了她在酒吧調酒時的身影。

「剛滾開的熱水氣泡會太大，」感覺到俐茹的疑惑，桃桃開口說明：「所以要等一下，讓水平靜一點再倒入，這樣澀味比較不會出來……但也不能等太久，溫度不夠高香味會被悶在裡頭，所以抓到水的感覺才能泡出好喝的茶。」桃桃吐了吐舌頭，露出了一個爽朗的笑容：「抱歉，明明妳不喜歡聽這些的。」她把保溫套拿起來，過濾網掛上茶杯，徐徐地將茶湯注入溫好的茶杯內。在四杯茶都準備就緒後，桃桃便托起第一杯茶，恭謹地遞給俐茹。

「我知道妳有很多疑惑。其實本來應該是老闆要跟聲瑞一起過來的……身為創傷鬥士卻又隸屬於基金會的聲瑞，來這會更有說服力一點。只是某個人說什麼都不願意喝不好喝的茶，」桃桃斜眼瞄了一下跳著小雀步過來的女子。

「重要時刻為什麼不能忍忍呢……」桃桃百般無奈地搖了搖頭，女子用她跟右手一樣完美的左手勾住茶杯的手把，提起茶杯用右手小心翼翼地扶著杯緣，啜飲了一口，「哎呀，在這個世道，還是要有點自己的嗜好才能長久的生存下去呢，不然多無趣呀。妳說是吧，俐茹。」

俐茹低頭安靜地喝著茶。阿寬的出現讓她意外且憤怒到不可遏抑，桃桃的現身卻完全沒有引起這些情緒。當然驚訝是很驚訝，應該是說驚訝到無以復加，只是沒有想要燒毀一切的憤怒……想到這，俐茹瞧了瞧自己左手上的火焰疤痕。那時抓住阿寬想要毀滅世界的時候，總覺得火焰會猛烈地竄出、燃盡目光所及的所有事物。然而現在火焰呈現淡藍色，安安穩穩地在左手沉睡。這個重生後、頭頭說被刻意刻劃在身上的火焰印記，到底代表什麼呢？

女子的一席話倒是讓俐茹想起了頭頭。本來應該會是由高級殭屍——餘生者們來接她的，然後根據他們的說法，她會再度轉生為殭屍，和身上的印記告別，並投入對抗人類的戰線……

「那個，」俐茹抬起頭：「為什麼我用餘生者給我的BBCALL聯絡，卻是你們過來？餘生者他們呢？」

阿寬、桃桃跟女子三人互看了一下，女子聳聳肩回：「他們還是有點不太瞭解進化這件事……當然一旦轉變為他們所謂的餘生者——高級殭屍之後，理論上在肉體的部分應該就能完全跳脫人類概念，但是，」女子舉起茶杯面向陽光，瞇起眼睛。

「雖然昨天跟你講話的那個餘生者能懂，其他人還是不太行……對立是最能引發共鳴的作法。只要擺著一副進化後比較高級、都是人類政府迫害的心態，這樣就能凝聚其他尚未『理解』的餘生者的共識。」像突然想到什麼似的，女子嫣然一笑道：「你其實也不打從心裡希望他們現身吧，只是以目的性來說，他們提出了你想要的條件罷了。」

女子最後一口茶飲盡，端起茶杯走到推車前，在眾多茶之中選了罐東方美人，一本正經地跟桃桃討論好泡法後，才滿意地點點頭，走回國王椅側身坐下，「後來大家討論了一下，由我們過來比較妥當……雖然妳的記憶應該恢復了一點，在這關鍵時刻還是謹慎為佳。」看到桃桃翻的白眼，女子露出了會心一笑：「當然我有些私心，麻煩桃桃跟阿寬幫我不少忙，這倒是真的很對不住呀。」

她接下桃桃送來的第二杯茶，低頭凝視冒著熱氣、散發濃濃蜜香的茶湯，緩緩地說：「一旦感染了病毒，從人類變成殭屍，意識會暫時無法跟肉體連結，你可以想像成是肉體跟靈魂之間的橋樑突然封路整修，肉體在沒有意識的控制之下會自動執行生存本能。當然我們在病毒裡塞了一點小小指令，讓病毒占據身體而身體還來不及產生抗體的時候，主動攻擊人類並擴大病毒傳染。感染者咬下其他人的瞬間，可以瞬間偵測到對方的基因是否有・必・要繼續留在地球上，若沒有，便會當下把對方吃個乾淨。」

講到這兒，女子紅色的眼瞳閃過一絲凌厲，本來飄盪在房間內的青草氣息也隨之一轉悶熱，像一腳踏進了熱帶雨林。俐茹的喉頭不自覺滾動，她握緊拳頭，緊張地看著女子。

「判斷的依據是內分泌與大腦開發狀態，特別是杏仁核、前葉額、前葉額皮質與鏡像神經元，也就是看恐懼迴路與同理心迴路是否完整，當然還要考慮非常多細部條件。」

女子雙手捧住茶杯，踮起腳尖微微地拱起身子，將手靠在膝蓋上，仰頭看向天花板。

「肉體承載著人類一路從猿猴到現在的記憶，即便細胞會代謝死亡，但父系母系的每一代、每一個選擇，都會決定我們擁有的肉體的條件與走向。畢竟，做錯選擇就不會產生下一代了呢。」

女子用一種像是在夢遊的口吻說：「這幾百年來，人類被物質跟權力蒙蔽了雙眼，甚至遺留在基因裡，讓下一代繼續盲目的追求那些對自己而言過多的事物、那些浪費資源的渴望。」

「精神力——即便在近年來已經越來越被重視，這個進化速度仍舊太慢。在精神的世界到來之前，地球會先被你們給毀掉的。」

她喝了一口茶，周圍濕熱的空氣又被徐徐的微風取代，從她的眉間可以看得出她滿腹憂愁。

「我們不斷地等，等到最後一分一秒才決定放棄自然演化……利用了人類部分領導者對權力的追求和永無止盡的戰爭慾——只要一點點說法與契機，他們便會欣然接受這個從天上掉下來的禮物——一開始先從戰場上無差別攻擊做起，反正是利用犯罪者跟社會底層人士，殭屍無法被控制就封鎖區域，拿導彈全部殺光，如果有意外也有解藥，就像你轉為重生者那樣。」

「我們在一些重要機關裡面安插了執行者，確保計畫能夠順利推行。只是沒想到人類當權者發現了我們的意圖，害怕自己被摒棄於計畫之外，因此偷偷地反控制了我們幾個重要的執行者。倒沒想到人類在精神方面的研究已經如此進步了呢。」

她訕訕一笑，桃桃抓住了這個空檔，幫所有人再倒了一杯茶。

「這就是為什麼我們還是需要人類的協助。我們可以透過精神力互相聯繫，但若波長沒調好或之中有其他干擾，就會影響整個計畫的執行狀況。」女子向桃桃點頭道謝，閉上眼睛。

「我們自稱異客的原因是這個名稱比較容易被理解……其實我們就是純粹的『靈魂』，多如繁星的有意識波長中，一個波長相近的群體。我們存在於所有的時間空間之中，可以調整自身波長連接上任何肉體、只要有被允許或邀請。這次的計畫最終目的是，希望能透過三維的有限來突破無限。」

無限。俐茹有點跟不上這些話的資訊量，只是在隱約之中好像在那裡聽過類似的說法。地球已經被極權統治太久了，不論民主、共產甚至帝王制，所有的政治都是往愚民政策方向邁進。握有權力的人是不會放手的，而權力只會換來更多的慾望跟掠奪。一切都很合理，但這也是一種利用。正當俐茹這樣想的時候，抬頭對上了女子清澈的雙眼。

她像看透一切地說：「這當然是一種利用。每個人、每個行為都有目的，就只有影響層面上的問題……如果繼續任由統治階級這樣搞下去，不但人類無法向前進化，整個地球也會就此毀於一旦。」

「就我們而言，等待、培育都是一段耗費心力的過程，不能在此功虧一簣。當然如果硬要說的話，我們也可以不透過人類的進化達成我們的目的，而是透過自身降維試圖突破無限。」

「對，降維是一個做法……不過通常降維、擁有肉體後，精神波長的控制會變得很弱、也很容易被影響，隨便一個電磁波都會讓接收度變得奇差無比，記憶與知識也很難隨取隨用。而且一個靈魂、或者即便我們這群靈魂的能耐依舊有限，經過我們的計算，即便人類變成殭屍自相殘殺過後取得的數量，仍舊遠遠大過於我們現有的異客。」

女子垂頭晃了晃茶杯，用略為悲傷的眼神看著已經冷掉的琥珀色茶湯。俐茹望向窗外，這才發現太陽已張揚地懸掛在半空中，柏油路上不見絲毫水氣，行人躲藏在任何可以遮蔽太陽的陰影中往來穿梭。

「我們的實驗有經過其他靈魂的默許……或許你不相信，但大多數、不論高或低……應該說是神或魔比較好理解？都間接表示過同意。」

「這個實驗也持續很久了，進化後對人類本身也有好處，大家都想知道再加上三維的力量是否有辦法突破無限……」她猛然抬起頭，露出一個有點虛弱地笑容。

「他們來了。」

伴隨著一聲刺耳的爆破聲，煙霧瞬間瀰漫了整個房間。俐茹下意識起身護住女子，望向爆炸聲的源頭，依稀可見原本應該是門的地方變成一個大洞，熱帶雨林的悶熱氣壓伴隨濃煙一股腦地湧入房間內，濕氣勒緊脖子，每個鬆懈都有可能會窒息。這時俐茹看到了一個人影從煙霧深處朝她的方向走來。

「妳好，俐茹小姐，我們是國安局第九

處。」一個略帶粗曠的聲音說：「第九處，王彥斌。」

濃霧漸漸散去，聲音的來源越來越清晰，一個目光凌厲、身材精瘦，約略一八〇公分的青年站在俐茹的正前方，伸出右手：「相信妳聽過我的名字，異客向來沒什麼創意，只會用現成的。」他輕蔑地俯視女子，「好了，跟我們走吧。珍惜妳身為人的印記，別選錯邊站了啊。」

俐如睜大眼看著王彥斌。選邊站什麼的，從頭到尾她在意的就只有那個在心中已經有點模糊的身影，想要跟她一起拋開所有，兩個人到一個人煙罕至的地方，蹲在電視機前喝酒聊天發呆而已。

我不想管了，就在俐茹這麼想的這一刻，一個身影從煙霧中衝出來，一刀割下女子的腦袋。

桃桃放聲尖叫，寬強忍狂怒，狠狠瞪著割下女子腦袋的那個人。

俐茹雙手濺滿鮮血，呆呆地望向那個無頭的軀體，定眼仔細一看，砍下女子腦袋的人是——聲瑞。

「人的走向由人來決定。」聲瑞冷冷地說：「即便現在的社會與統治階級如何不好，我們就是普通的人類。不需要不是人的東西對我們說三道四。」他撿起仍在噴血的頭顱，女子鮮紅色的眼眸像是還有生命似地直勾勾盯著他。他不帶感情地把頭甩到床上，「我們以現有的自己為傲，全然承受所有的好與不好、對與錯。但這到底是一個什麼樣的高姿態認為我們進化了會比較好？自以為的取捨與進化，哼。」

聲瑞推了下眼鏡，點頭向王彥斌示意後，便走到王彥斌身後，直起腰桿沉默地低下頭，用眼角瞅著俐茹。

「好了。」王彥斌拍拍手，中氣十足地說：「俐茹小姐，我們也不是故意要嚇唬你……只是我們好不容易掌握了從殭屍轉變回人類的方法，無論如何都要把危險因子去除。」王彥斌瞪向床上的頭女子此時的眼眸已再無生氣，無神地望向虛空。

「異客慣用的手法，先用同調共振干涉記憶，再用溫言軟語試圖說服，從沒想過人類群體『自我』的意識。」

「我們人類就是屬於人類。雖然的確還有些重生者的歧視，但那些重生為人類的人們會再次帶領我們、往『人類』的未來前進。」

他挺起胸膛望向俐茹問：「過去不重要，重要的是，妳想要怎樣的未來？」

俐茹皺起了眉，有些舉棋不定地看著王彥斌，再撇向床上那個無神的頭顱，沉默一陣子後，啞著聲音回：「那，芸靜呢？」

所有人突然一陣安靜，兩營人馬有點不知所措地互相交換眼神，周遭安靜到甚至可以聽見微風吹過樹葉的沙沙聲。就在俐茹快要忍不住他們眉來眼去時，聲瑞緩緩地答：

「芸靜已經死了。作為一個人類，永遠不可能再度復活。若你選擇拋棄人類的身分與他們合而為一，倒是有可能再見一面，」他玩了一下手中用來砍女子的開山刀，機械義肢閃耀著冰冷的金屬光澤。「但妳期待的兩人世界永遠不可能存在，一旦選擇靈魂後，妳就是大宇宙意識的一部分了，毫無隱私，自然也沒有任何的情緒與個人願望，一切都是為了『群體』。」

聲瑞瞇起眼看著桃桃、阿寬與女子的屍體，不悅地說：「想透過強制進化消除靈魂與肉體的邊界根本笑掉人的大牙。是人就會受到時間的影響，有內外在的衝撞產生的情緒，所以能夠成長進化。」

「想擁有肉體又能同時存在於任何時間空間，進而突破無限的邊際？被狗幹一幹比較快。」

不是，那些對我而言根本不重要。俐茹頓然覺得腳底有點虛浮，她一面試圖從隨時要倒下的搖晃感中取得平衡，一面用顫抖的聲音問：「所以你是說，他們是騙我的嗎？我再也見不到芸靜了，是這樣對嗎？」

王彥斌伸手制止了想要回答的聲瑞，用帶著安撫的口吻對俐茹說：「他們沒有騙妳，我們也沒有騙妳。芸靜確實存在也已然死去，人死永遠不能復生，因此我們才能夠珍惜我們所擁有的每一刻。」

「但對靈魂、應該說是異客而言沒有終點，他們只有機率與可能性，在共享知識與無限底下，自然沒有什麼超越自我極限與珍惜現在的想法。」他張開雙手，堅定地看著俐茹：

「一旦真的轉生成為餘生者，在永恆之下妳會跟異客一樣，喪失對『現在』追求的渴望，也不再珍惜當下。」他牽起俐茹的手，俐茹感覺手上的火焰印記熊熊燃燒，左半邊像要被燒盡般的疼痛，讓俐茹只能跪下緊緊地抓住左手，彷彿下一秒就會被火焰吞噬殆盡。

「妳，深知擁有肉體的不便、就算被情

緒的火焰吞沒，也仍然願意降身為三維空間，親自體驗生與死的交界的『原』異客啊。就這樣帶著缺陷，跟我們一起走下去、以人類之身引領我們前往下一個紀元吧。」

王彥斌單膝著地，舉起俐茹佈滿火焰的左手，輕吻了一下。

俐茹不安地環視左右。仍舊面帶驚恐的桃桃、充滿憤怒的阿寬、女子無神的目光、看不出表情的聲瑞與跪在她眼前的王彥斌。我搞不懂，俐茹心想。怎樣做才是對呢？我不懂。「我想回家。」俐茹喃喃地說：「就回家。」

王彥斌抬起頭，雙眼嚴肅地注視俐茹。

「好。」他用手打了個響板，周圍突然出現了一些看起來很像昨天在頭頭那邊看到的人，在不經意之間背後被刺進了某樣東西。

「好痛……！」俐茹不自覺地大喊，緊接著便失去了意識。朦朧之間似乎看到女子的笑容。

再度醒來的俐茹已經躺在自己的暗藍色床上。她環顧了一下四周，衣櫃書桌都在原本記憶中應該有的位置，就連氣味和床頭旁的涼菸都能與自己的記憶接軌。她深吸了一口氣，房間內昏暗卻不至於全黑，研判應該是在傍晚左右。她動動四肢，火焰印記安好，身體沒有任何不協調的地方，記憶也完全沒有任何缺失，只是這兩天經歷的所有都像是一場夢境。她起身走到客廳，阿寬生活過的痕跡依舊存在，桌上擺了一碗不知道放了多久的泡麵，電視播放著外國的影集。

俐茹拿起那碗裡面看起來沒有浸到菸蒂的泡麵，捲起毯子，縮在沙發的一角，看著影集就這樣吃了起來。

▲END▼

3 GOOD HEALTH AND WELL-BEING

10 REDUCED INEQUALITIES

時間軸5K

線

法爾索

於ＰＴＴ西斯版連載小說出道，著有《Candy》、《耳東》、《同窗》、《轉角．卡到陰》、《放學後的魔法師》、《平凡的Ｐ穿日子》等；《同窗》曾入選第七屆皇冠大眾小說獎決選。《同窗》、《耳東》二書於 2022 年售出電影授權，正緊鑼密鼓製作中。

即使是重生者，體能上也沒有任何的加乘。俐茹不確定她重生之前的身體狀況是怎樣，但這段時間裡酒精、禁藥，偶爾加上不知節制的自殘式洩慾，她確實感覺到慢性自殺是有效果的。她需要那顆藥。

解開安全帶，奮力爬出翻覆的車體，俐茹碾過一地碎玻璃，臂下曳著烏濃的血漬，與肌膚上爪痕般的普魯士藍相映，顯得既合稱又乖離。

刺耳的燒胎與急煞聲此起彼落，伴隨著急促的腳步聲及呼喊……俐茹知道時間不多了，匆匆打開鐵盒，想也不想便吞下了藥片。

一瞬間，她又回到那熟悉的、充滿藍色火焰的夢境，熊熊燃燒的惡火急遽降溫，吞吐的焰蛇由藍轉灰，聲音全都消失不見，包括自她口中迸出的駭人慘叫。

感官次第沉默，像被一一剪斷了連結大腦的訊號線，視界裡籠罩著隔膜似的朦朧灰翳；再次重啟的音源彷彿來自於極遠處，又像整個人突然被浸入深海，隔著無邊無際的深水窺伺著水面上的動靜——

原來……殭屍是這樣活著的。

俐茹回過神，低頭凝視雙手。

殭屍化的視覺很難區分顏色，她的皮膚看起來像是灰色，但又像是某種綠，腦海裡漸漸無法想起對應的詞彙。

但重生者不是這樣的。重生後的感知變得更加細銳而易損，彷彿裸露的玻璃光纖；她高潮起來比觸電還要生猛，幾乎像是某種瀕死體驗。只要對方不嫌棄她遍佈半身的藍色爪痕印記，俐茹很樂意用這種方式麻痺自己。

豆綠。還是松花綠？「或許再摻點柳黃。」她似乎能聽見芸靜輕捏下巴抱臂沉吟，視線越過她的肩頸，在她耳畔不經意地說。

芸靜對顏色非常敏感。與她餬口的進口織物採購無關，比起色票，芸靜更喜歡那些俐茹聽都沒聽過的古風詞彙。

玄色、黝色、群青、月牙白……像猜謎節目主持人似的考她，無論答對答錯、記得不記得，芸靜都笑得很開心。

而那個自稱「立德」的混球，居然說她是國安局的特務。

俐茹閉著眼睛轉動脖子，頸椎間迸出異常清脆的喀喇響。

從包圍現場的黑頭車衝下來的黑衣人們，在翻覆的小車周圍散成了大圈，將一身宅裝的頭頭鄭和寬襯托得加倍惹眼；槍機上膛的聲響此起彼落，卻無人上前。當然不是因為害怕，俐茹想。

被碎玻璃劃傷的兩臂傷口以驚人速度癒合著，看來由殭屍轉化為重生者，再從重生者轉化為殭屍的過程，可視為是某種進化，畢竟印象中「屍潮」的殭屍並不具備這樣的能力，否則早在解藥現世前，人類就已滅絕殆盡。

殭屍連思考的方式都與人類不同。

她該要恐懼或慌亂的，但情緒對俐茹的影響正迅速消褪，邏輯能力則有驚人的躍進：原本在吞服藥丸之前掠過腦海的一抹靈光，那些只能朦朦朧朧抓到些什麼、無法理解其意義的片段，此刻突然變得再清晰不過，簡直是不言自明。

「俐……俐茹……」男人的聲音從遠處

傳來，其實翻覆的車輛只在身後而已。

車內，立德勉強以隨身的折疊刀割斷安全帶，光是這樣已經痛得他冷汗直流，爬出轎車是不可能的，直到一片斜斜兜落的黑影遮覆了他。

俐茹扯開變形的車門，將他從車裡「拎」出來。看來怪力也是進化的表徵之一。

懼色自年輕男人痛苦的臉上一現而隱，看得出他費了偌大氣力，才抑住將折疊刀捅向她的衝動。擁有高智力的殭屍畢竟還是殭屍，就算他早有心理準備，事到臨頭也很難無動於衷。

俐茹想笑，但人類表意的能力似乎隨著「進化」淡出了這副身軀，她感覺不到臉部肌肉的作動。

巨大的噪響接近高架橋，一列輕軌列車正朝橋底鑽來。剛轉化為新種殭屍的女孩抓起男子，以迅雷不及掩耳的速度翻過圍欄，「砰！」落在列車的車頂，就此揚長而去！

「……可惡！」高架橋上，鄭和寬率先衝到圍欄邊，然而輕軌列車的末節已然通過，要不然他極可能會不假思索地跳下去；回頭見同僚們紛紛舉槍，忙振臂嘶喊：

「住手……別開槍！會傷到實驗體！」

急速遠去的車頂上，髮絲逆揚的女殭屍與他目光交會。

那不是他話不投機的邊緣人室友，也不同於「屍潮」時，在特種部隊服役的鄭和寬拼死對抗的人型屍怪。那是另一種生物：強大、迅速，冷靜乃至冷酷，足以取代人類躍居食物鏈的最頂端。

他應該下令開槍的，不知為何，鄭和寬

突然想起李芸靜，回神時已下令停火。他的錯愕一如周遭垂落槍口的同事，他們卻無從理解他的悔恨與茫然。

「幹！」國安九處的參事官一拳捶上水泥圍欄，血肉之軀發出了可憐至極的悶響。

□

俐茹將立德摜在車廂內的地板上，他痛到連聲音都發不出來，鼻端呼嚕嚕地汩溢著忽大忽小的鮮血沫子。

她破窗鑽入的瞬間，車廂內靜了靜，接著尖叫、推擠……一股腦爆發，人流像被真空泵浦自兩頭迅速抽乾，慌不擇路的乘客甚至往末節車廂逃竄，完全忘了那是留給重生者坐的。

「屍潮」改變了許多事，當然包括大眾運輸工具。

長達五年的殭屍肆虐幾乎毀掉整座台北城，捷運地下系統是當中受創最為嚴重的部分，幾乎是在殭屍出現的第一時間，列車出軌、站體起火，乃至於在地下街這樣的密閉空間裡的全面破壞，讓退潮後的修復幾無可能。

目前恢復運作的地下鐵路系統，還不到全盛時期的三成，而北捷的復駛率更低，取而代之的是利用廢棄的地表鐵路，勉強連接起各大站點的輕軌系統。

比硬體更難修復的，是社會的集體創傷。

儘管「重視重生者人權」的呼聲已超越環保議題，成為左派進步團體的最愛，他們發現比起地球毀滅，人類群體的毀滅絕對會先於地球母親，綠色倡議自此再催不出半點捐款，立刻開闢了新戰場。

但慷慨解囊的富人，多半在安全的避難所度過了這五年，他們在生活中遇見重生者的機率，低到可以直接當作沒有，無法理解劫後餘生的人們，在面對這些藍色疤痕時被喚醒的恐怖記憶，與庶民的認知產生了巨大的落差。

社會默認大眾運輸工具對重生者的隱形隔離，他們可以待在最後一節車廂裡，那是正常人不會走進的區域。

部分公車在中後段，設有完全隔離的鐵絲柵欄和強化玻璃帷幕，有效利用了在「屍潮」爆發前，公車設有前後兩扇門的傳統配置，柵欄與帷幕後是屬於重生者的，有獨立的投幣系統，但不管他們投或不投司機都無所謂。

這種公車會行駛的路段，多半是重生者聚集的河對岸，乃至泰半處於荒廢狀態的原新北行政區，前半截通常沒什麼乘客，司機幾乎不會開啟前門。

有人提議讓重生者擔任司機，行駛偏遠的外圍路段，「……你的意思，是要市府設立『窮人公車』是嗎？」電視螢光幕裡，一臉義憤的民意代表對著滿臉衰小的官員振臂咆哮：

「這是赤裸裸的歧視！我們的民主，什麼時候倒退到美國南北戰爭以前了？這真是太離譜了！」

但誰都知道，他是為了選區裡的居民發聲，「居民」指的當然是正港人類。重生者駕駛的公車，是不會有正常人敢踏上去的；在街上各走各路是一回事，關在密閉空間裡則是另外一個次元的問題。

同樣的概念也被運用在計程車上。設置了圍欄防護的計程車是不跳錶的，載運重生者是門高風險高報酬的生意，勇敢的司機當然可以任意喊價。

重生之後，俐茹就沒再搭過計程車了，因為搭不起。

但芸靜和她一起出門時，總會陪她坐在末節車廂內，談笑自若，無視旁人的眼光。她記得兩人頭一回踏進車廂，是她遲疑地停下步伐，芸靜卻拉著她往前走，力氣大得像是早有預謀，輕易地破除了她的畏縮與猶豫。

「兩個人就不用怕了。」芸靜對她俏皮地眨了眨眼。

也是。有些自暴自棄的重生者，對侵入勢力範圍的「普通人」極不友善，若芸靜獨自坐在末節車廂裡，十有八九會被視為挑釁，甚至惹上麻煩，但有藍色爪痕橫過大半張臉的俐茹陪著她就不會。

明明重生後沒留下絲毫殭屍習性，然而藍色夢火的灼痕宛若某種警示，標明了「這隻殭屍從前有多狠」，居然也能產生嚇阻，對人類和重生者都是。

俐茹拖著狀似暈厥的立德，穿過一節節車廂來到最前頭，扭斷駕駛室的門把，一爪將驚叫的司機刨得鮮血四濺，隨即關門，隨手將門把連鎖頭捏爛。

濺血垂流的小窗內，伏於駕駛台的司機背脊漸漸不動，忽然一陣激烈抽搐，嚎叫著爬起來，眼覆灰翳的猙獰面孔「碰！」撞上小窗，刨刮門板的指尖發出令人牙酸的刺響。

看來感染的速度是差不多的。俐茹看過

新聞影片，被殭屍攻擊致死的人們，也是在瞬息間便以殭屍的型態「活」了過來。但即使受到俐茹的攻擊，司機依舊成了全憑本能的無腦怪物，無法和她一樣保有智性，看來這項異徵並不會隨病毒傳遞。

起碼從現在起，俐茹不必再擔心列車停駛的問題了，誰也無法從內部停下失駕的列車。

「篤」的一響，一枚鋼針倏地射穿小窗，紅灰相間的濃漿潑滿小窗玻璃，駕駛室裡傳來倒地聲響。可憐的司機，連梅開二度的殭屍人生都短到令人啼笑皆非。

鋼針本該從俐茹的後頸射入，射穿小腦、延髓後從額頭貫出，這是殺掉殭屍最有效的手法，在各種新聞紀錄片、影劇小說電玩裡被宣傳到爛，更重要的是：這是幾乎每具被不明暴徒虐殺的重生者屍體上都會有的、行刑式的「簽名」，代表殺人者的信念——

牠們不是人。已經不是了，永遠不再是。

她轉過身來，乜著仰倘在地板上的立德，他癱在身畔的右手裡握了把形似縮小釘槍、造型卻前衛得多的發射器，材質表面黑到幾乎不會反光，大大增加藏匿之便。

年輕男子劇烈喘息，已無再裝填上膛的氣力，也知道情況看上去是什麼樣，索性不作辯解，看她的眼神充滿自嘲與不甘。

俐茹走近他，立德原以為她要拾撿那把釘槍，驀地一陣劇痛鑽心，回神才發現女殭屍連槍帶手將他的右掌踩得稀爛，她要拿的竟是他大衣裡的那只信封——裝了照片的那個。

「你可能在想，『我到底哪裡犯了錯』，

其實你們沒一件事是做對的。」

俐茹坐在長椅上，低頭俯視著他。

王立德冷汗直流，即便不算糜爛的右手，他評估自己最少斷了幾根肋骨，被女殭屍抓著跳橋鑽車窗還一路拖行，就算斷骨刺入臟腑、造成嚴重的內出血也不奇怪。

但與之交談的異樣，壓過了男子對死亡的恐懼，王立德不是初次與高智力殭屍交手，但這麼有談興的實驗體他還是頭一回見。

——從這個角度看，「假說」幾乎可以確定是成立的。

在人類社會待得越久的重生者，二度轉化為殭屍時，保有的智性越高。女殭屍甚至有凌虐或報復意圖，這才踩爛了他的手。

憤怒是情緒，情緒比智力更難模擬，也更不合邏輯。擁有情緒的智力生物就有弱點，就能被控制，這簡直是突破性的進展！

實驗體Ⅵ——稱呼她身分證上的名字「林俐茹」可笑至極。從她成為殭屍起，林俐茹就死了；重生後，她的身體既非原有的模樣，也沒有舊時記憶，連忒修斯之船都稱不上，叫王阿花或張美美的區別在哪裡？

若不能把實驗體Ⅵ帶回去，至少要讓上頭知道「假說」是正確的，在接下來的實驗體Ⅷ、Ⅸ，乃至Ⅹ的身上修正參數，說不定有機會提早五年……不，提早十年完成計畫！

實驗體的適格者，只有在被置入實驗計畫時才能得到編號；在此之前，他／她們的身分資料都是最高機密，連深受長官賞識的他都無法接觸。

以研究人員投身外勤第一線，王立德受過的冷嘲熱諷多不勝數，就連他自己也不是毫無迷惘。

但異客邦計畫必須成功，他在屍潮中失去了所有朋友家人，明白人類世界何其脆弱，需要強大的士兵保護。他試圖開口，但些微的胸腔震動都能牽動全身傷處，意識隨時會被劇烈的疼痛奪走。

他還有一個重要的訊息，要讓實驗體VI知道，這是整個實驗中最重要的部分，也是驗證「假說」的最關鍵。王立德如此看重實驗體VI，不惜違逆上級的意思也要把照片拿給她看，全是基於這個論點。

他們必須持續對話才行，直到那個重要關鍵被揭露為止。

「我……犯了……什……」

「阿寬是國安局特務，你把這張照片送到我家，憑什麼覺得他不會查看？剛剛在車站碰面時，你明知國安局的人就在旁邊，但還是依約現身了，怎麼想都非常奇怪。」

俐茹臉上沒什麼表情，聲音平板，但說話極有條理，遮住眼甚至不會察覺開口的居然是殭屍。王立德觀察得入了迷，稍稍忘記疼痛，也可能是生命徵兆的衰弱所致。

但她注意到照片了，這點非常好。

女殭屍繼續推理著。

「唯一合理的解釋，就是你並不在乎國安局知道，因為他們本來就知道。但飛車追逐不像做戲，我認為你們是不同系統的平行單位。」

「鄭和寬不能干涉你，只能相信你會遵守公部門的默契之類，沒想到你不但白目到直接揭穿他，還試圖帶走『實驗體』——就是我。」

立德的瞳孔突然放大，注意力被拉回現實的瞬間，痛覺超越其他感官，搶先佔領了整個大腦迴路，幾乎使他暈死過去。

蒼白如雪花石膏般的年輕男子荷荷哮喘，痰聲成了破哨似的廝啞氣聲，誰都能看出他離死不遠，已沒有開口說話的能力。

但只有人類，需要倚靠語言分辨真偽。

俐茹已漸漸習慣那沉於深海似的聽覺，當中的層層隔膜其實是由更多元的巨量訊息組成：她能感知他的心搏、呼吸、體溫，汗漬的鹽度變化，還有用人類的常識範圍很難解釋的其他部分——如真相被揭穿的瞬間、那摻雜了心虛的驚疑氣味等。她不需要男子開口應答。

俐茹順著思路往下說。

「鄭和寬大概猜到你想幹嘛，後半段也只能配合演出。」拿出那個貯裝藥片的鐵盒，隨手捏成一團，扔在王立德的頭頸側畔。「我沒跳下橋的話，你們就要開始搶『實驗體』的歸屬權了吧？還是你很有把握說服我，聯手對付國安局？」

看來是後者。瞳焦渙散的王立德身上，散發出濃濃的「只差一步」的悔恨氣味，當然還摻雜了其他味道。人類從來就不是氣味純淨單一的物種。

他的味道聞起來，像是個視組織紀律如無物、自我感覺良好，極端英雄主義的傢伙；即使在垂死之際，對俐茹的鄙夷也絲毫未減。

他輕視她的智性，始終在算計她，若以服藥前的人類情感，俐茹可能會覺得他很帶種，甚至有點佩服吧？他也覺得這樣的自己很有魅力，對洗腦她充滿信心。

但俐茹現在只覺得他是個可憐的笨蛋而已。

很快她大概連「可憐」的概念都會喪失，就像把司機變成殭屍她幾乎沒什麼內疚一樣。反正他能在藍火中重生。

李孝松說的「高智力殭屍」並沒有誇張，重生前姑且不論，在俐茹有限的新記憶裡，她絕不會以「聰明」二字形容自己，芸靜比她聰明得多，儘管「有靈氣」絕對比聰明更適合芸靜。

藥片不但改造了俐茹的身體、看待世界的方式，更改變了俐茹的心智。

她腦海中的某論點一旦被證實為真，就會像樹枝分岔般，即時拉出鄰近幾個待核實的新點；只要把這些推論說出來，再觀察王立德的反應修正，就能繼續開地圖……王立德甚至不用說話，吐露的真相搞不好比他自己知道的還多。

這場奇異的審訊——或說拷問——終有盡時，年輕男子抽搐幾下，單薄的胸膛漸漸不再起伏。俐茹俯近他沾血的蠟白臉龐，王立德瞳仁收縮，迴光返照令他清醒過來，忽然明白了女殭屍的意圖，奮力舉起完好的左臂，嘶聲尖叫：

「不要……走開！不要過來……妳這個怪物！」

俐茹張嘴，朝他喉頭狠狠咬落。王立德奮力掙扎一陣，靜止片刻後荷荷嘶叫起來，手腳不自然地撐起。俐茹隨手壓制住，從他懷裡掏出顯示「通話中」的手機，起身時踩碎了殭屍的左右膝蓋。

眸中覆著灰翳的王立德已無痛覺，駕駛

室透出的血味是他唯一依循的道標，殭屍翻過身，以僅存的左臂匍匐前進，直到俐茹踩斷它的脊椎和骨盆。

反正藍火能修好。

「立德……我不知道他姓什麼。」她對著話筒另一頭說：「看在他給我藥片的份上，我把他變成殭屍。來得夠快，說不定還有機會能讓他以『重生者』的身分，向你回報他的重大發現。」

那人沒答腔。

人類並不知道，沒有回應本身就是回應，透露的訊息有時候比言語更豐富，俐茹腦海中又點亮幾處，朝向四周一一連綴，拼圖幾乎已能看出全貌。

她收了線，扭開駕駛室的門，推下煞車掣——駕駛台的配置邏輯出乎意料地容易理解，連她自己都嚇了一跳。

疾馳的輕軌列車，就這麼急停在剛剛切入地下段的漆黑甬道中，趕在即將失速前。

但這整件事裡失速的部分，已沒有人能停止，一如她和芸靜被剝奪的第二段人生。

「鄭參！輕軌停在北機廠線光復南段接地下的B段入口！」

車用無線電傳來下屬的逆風嘶吼，是正趕往在攔截點的三組人馬之一。鄭和寬讓警察清空最近三處站體，拉起封鎖線，沒料到俐茹會讓列車中途停下。她到底想幹嘛？

「……王立德的位置呢？」

「訊號一直在，起碼手機沒離開過車廂。有通電話剛掛斷，還在調通聯。」

「調不到？」能給國安局排頭吃的單位

不多。

「局座剛批。」那就是「差點不批」的意思，他眼前浮現局長繃緊牙床的陰沉表情。

王立德的手機國安局無法監聽，萬一被「對面」察覺，區區參事官是扛不下來的。上頭多次暗示鄭和寬不要跟那幫人硬幹，國安局在出事前只負責監控，出了事負責善後，如此而已。

鄭和寬能猜到那通電話是打給誰，王立德大概覺得視死如歸很帥，死也要留點功勳之類，就是沒受過正統情報訓練的外行人會幹的蠢事。

情報人員只有活著帶回情報才有意義。「對面」愛用這些打工仔的下場，就是讓國安局這廂擦屁股擦個沒完，還被嫌一身屎味。

年輕的參事官清了清喉嚨，強迫自己把注意力放回現場。

「封鎖光復南段，讓空勤隊本部的直昇機待命，先讓無人機出動！前進組跟監控組都要！」沒時間脫掉偽裝用的宅服，他在急速過彎的公務車裡披上背後印有NSB（National Security Bureau，國家安全局）字樣的勤務外套，抓起無線電話筒：

「各組注意：研判實驗體滯留在列車第一節，不排除有移動可能，應對模式先抓捕後靜默；全車平民視同轉化，允許格斃。重複：目標應對先抓捕後靜默，平民視同轉化，允許格斃！優先確保現場淨空和動線安全。」

掛上話筒，他在把警笛警示燈放上車頂前，以拇指悄悄撥出一組號碼，但手機的另一端毫不意外地轉入語音信箱，強烈的不祥感湧上阿寬心頭。

□

酒吧老闆將拇指摁上感應屏幕，指紋的背光影像乍現倏隱，嗶的一聲，符合美軍TM5-1300規範的軍規防爆門應聲閉起，向外撐齊，與牆面對應得嚴絲合縫，哪怕貼近也看不出有暗門。

穿著粉紅色絲質襯衫、挺著啤酒肚的中年男子，將掩飾用的假電燈開關轉回定位，遮起指紋辨識屏幕，陳舊的辦公室裡迴盪著轟隆隆的冷氣壓縮機噪震，使天花板上轉得有氣無力的老式風扇，沒有表面上看來那麼樣的可笑。

這個房間的木製百葉窗終年緊閉，彎折成「ＥＫＢ」字母形狀的霓虹燈管招牌就在窗外；與其每晚把辦公室搞得像酒店的秀舞時間，老闆寧可它暗一些。

他哼著歌走近異常寬大的辦公桌，足以遮住兩米壯漢的寬大沙發辦公椅轉過來，半張臉上佈滿藍火焰痕、甚至從頸側一路蔓延到胸脯的女孩單手支頤，翹著修長的小腿打量他。

她原有張桀驁不馴的巴掌臉蛋兒，除去色塊會很迷人；就算變成這樣，俐茹也不缺帶她回家過夜的男人，色慾有時是能超克對異類的恐懼的。此際她挑釁的坐姿卻沒什麼情緒，只讓人覺得幽淡冷漠。

王立德是對的，老闆心想。這丫頭是與眾不同的新品種。

他雙膝一軟，肥大的臀部跌進破舊的長沙發，顫著短槌似的五指摸出手帕擦汗，另一隻手悄悄摸進沙發坐墊的縫隙。俐茹舉起左手，亮出掌裡那兩把小巧的黑色釘槍，然後將它們揉作一團，信手拋棄。

「接電話的人不說話，是怕我認出他的聲音來，但你的呼吸聲太好認了。立德知道他的上司，就是他最討厭的『異客邦』的頭頭嗎？」

高智力殭屍的超聽覺，讓老闆露出錯愕之色，油亮的胖臉瞬間掛滿汗珠，極道老大似的型款與這種嚇破膽的表情居然意外合襯，看來「無膽鼠輩」和「流氓」間似乎有某種難以言喻的血緣。

俐茹從桌上拈起一張A4大小的照片，是李孝松給她看過的「測試道具」，翻到背面，與王立德給她的那張並置著，蒼灰色的修長指尖輕敲相紙。

「人類的眼睛很容易忽略細節，思維也是。重生者似乎略好一些，但像我這樣的殭屍則又更好。」俐茹冷冷說道：

「這兩張相紙的背面，每隔五公分就有一條不到兩公釐寬的浮水斜印，是三個花體字母的循環。」

——ＥＫＢ。毫無懸念。

「因為是循環，當然也可能是ＫＢＥ或ＢＥＫ，但世上沒這麼多巧合，關聯就應該從最近的地方找起。王立德對異客邦深惡痛絕，是因為『異客邦』的縮寫，與他隸屬的祕密單位不謀而合，踐踏了他對組織的自豪與使命感之類。」

「我猜無論他怎麼向上級勸說，得到的答覆永遠是不許對這間酒吧動手。仇恨值累積之下，他甚至在酒吧安插了內應，殊不知這是上級的意思，以免他擅自行動——雖然他最後還是捅出了別的妻子，我才能坐在這裡和你對質。」

相同的相片紙材和浮水印，代表來自於同一個機構。李孝松這張按計畫是會被組織回收的，沒有外流之虞，但王立德這顆不受控的棋子卻沒想這麼多，才會被看過兩張照片的俐茹發現了關聯性。

懼色從老闆的臉上消失，他打開扶手几上的雪茄盒，熟練地拿起雪茄剪，瞇著眼吞雲吐霧起來。

「妳是在吞下藥片前發現的，還是吞藥之後？」

高智力殭屍不全是透過感官接觸和理解世界，俐茹從一開始就知道他只是假裝害怕而已，也大致明白他此際的盤算，拿起桌上的鋼筆，在相紙背面畫了三個圈。

「你說完故事的五分鐘內，我就覺得不對勁。」

老闆哈哈大笑。「在此之前，高智力殭屍從沒出現過嘲諷行為，連一丁點傾向也沒有，看來幽默感也許真的是人性或靈魂的一部分。妳對『自己多特別』這點有概念嗎？」

俐茹沒理他，專注地低頭畫畫寫字。

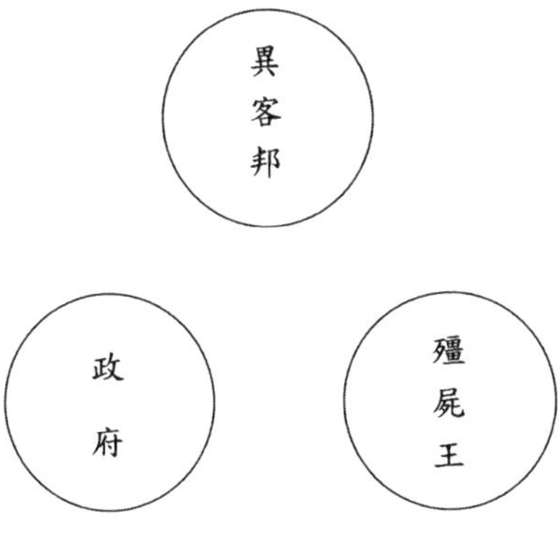

她的力量和速度都是超凡人的等級，寫起字來卻有著異樣的歪斜，像是才開始練習握筆的小一生。

「別誤會了，充滿陰謀論、神秘主義，以及各種矛盾敘述的都市傳說，最容易使人接受。與其說人們會相信，不如說人們想要相信，合乎邏輯無法安慰人，而且往往很無聊。」

「但妳不信。」老闆嘖的一聲。

「重生者需要更簡單的東西。」

俐茹的語調單一到近乎呆板。

「既想維持人類世界的平衡，又有點討厭人類的異客邦？無法阻止『屍潮』蔓延，卻能使殭屍重生的超科學技術？混亂成這樣的族群，早把自己搞死了，活不到來拯救世界。」

她塗去字跡，在圓圈內重新覆寫。

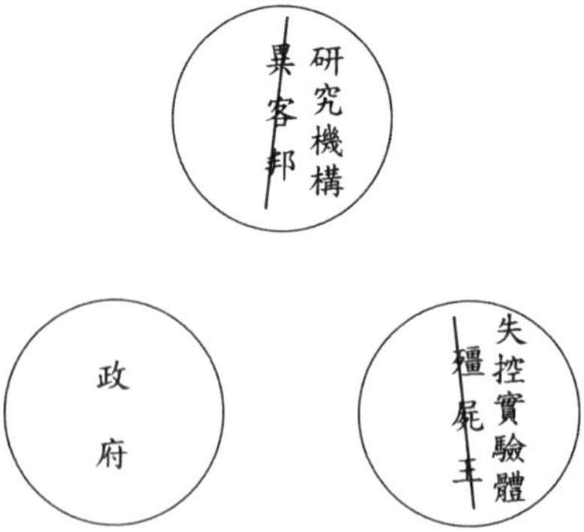

「這樣就簡單多了，對吧？」

俐茹轉動鋼筆，抬起灰眸。「造成『屍潮』的研究機構，和製造出重生者、高智力殭屍的或許不是同一個，但三者都能歸類在『失控的實驗體』，三個圓圈的關係不變。」

「屍潮不是我們幹的，始作俑者也都付出了生命作為代價。要說我們幹了什麼壞事，也就隱瞞了點兒東西而已，當然是出於好意。」

老闆微微舉手，示意無辜。

「殭屍病毒沒有解藥，我們只是盡可能讓它們靜默，然後施打重生劑看看能不能活過來，機率跟扭蛋差不多。」

「重生者就像我說的，絕大多數都是廢物，問題是：就算內閣大官們看到社福支出都想殺人，我們也沒法銷毀它們，會說話的雞豬牛羊沒人宰得下手。重生劑非但不是解法，濫用下去遲早會毀滅人類，把這個星球的多數人變成名為『重生者』的劣等種族。」

「在我們說話的當下，隨便哪條地下街裡沒封好的角落，都有可能爬出殭屍。我們的應對技術精進不少，掩蓋消息也變得容易，但問題並沒有解決；哪天一不小心，『屍潮』就會再來一次。」

「重生者技術，最初不是被當作解藥發明的，而是因應屍潮再度爆發的某種防禦機制。」

「我聽不懂。」俐茹面無表情。

「無感染士兵。」老闆敲去煙灰，肥胖的身軀陷進舊沙發。

「血肉之軀對抗殭屍的風險太高，不小心就會增加對手的數量——甚至是質量——我們需要沒有感染風險的士兵來建立防線，掃蕩威脅。」

「但重生者太孱弱了，良率更糟，身心能達到普通人標準的，連一成都不到。當初主張『當不了士兵補充點勞動力也好』的死政客，現在全都安靜得像是吞了死老鼠。妳們……我是說『牠們』，爛到連低階勞力都沒法幹，就是吃垮社福制度的廢物米蟲。」

「直到我們偶然發現，有一小撮重生者，能被殭屍病毒重複感染；從中誕生的殭屍保有智力，起初智力反應並不高，但的確不是無腦的食人怪，可以被控制、被訓練……還擁有超越人類，甚至超越殭屍的強大體能。」

「現在，我們有比無感染士兵更好的目標了。」老闆咧嘴一笑：

「不死人士兵。妳知道ＥＫＢ是什麼的縮寫？」

俐茹面無表情。

「Easter Knight with Balm，『塗抹聖油的復活節騎士』，死而復生的守護之人，對抗『屍潮』的終極武器！也就是妳，ㄚ頭。」

老闆自顧自地發表演說，彷彿被自己的話深深打動。「我們遭遇無數挫折，才終於等到妳，我不會要求妳上戰場，我只希望妳成為ＥＫＢ的一員，幫助我……幫助我們！創造出更多像妳這樣的人，為世界增加一點希——」

「之前的實驗體呢？他們到哪兒去了？」俐茹打斷了中年男子的自溺。「立德把藥片給我，甚至不在你們的計畫中，不要告訴我我是頭一個。」

「我想想……妳是第七個，實驗編號第六號。」

老闆屈起左掌的小指、無名指、中指，抬起視線歙動嘴唇，似乎在默數，花了點工夫才確定無誤，誇張地聳了聳肩；看似可疑，但他沒有說謊。他想隱瞞的並不是數量。

「前六位都死了。別誤會，不是被我們搞死的，事實上有三個實驗體原本就是報廢殭屍，腦幹被徹底破壞，死到不能再死了，是我們用重生技術勉強將它們修復到重生者的狀態，再注入殭屍病毒進行轉化。」

二度殭屍化的三名實驗體，並沒有因此甦醒，但從眼球間歇性的劇烈轉動，推斷是有大腦活動的，類似癱瘓的植物人。人類在對抗殭屍的劣勢中，終於看見了一絲曙光。

俐茹對救世聖騎士的研發史不感興趣，索性單刀直入。

「編號第四、第五這兩位，是被你們殺掉的吧？」

她翻過照片，用鋼筆圈起她身後最近的兩個人。

人類的視覺和思維，天生就容易忽略細節，重生者則略好一些。

俐茹初見照片時的違和感，返家後無意間在報紙和電視中找到了答案。

即使殭屍的臉在重生前後差異甚大，仔細辨別，仍能看出五官輪廓的一致性。

照片中被圈起的兩人，都是重生者虐殺案裡的受害人，遇害時間相近，且屍體都是重生者的樣態，以致俐茹沒在第一時間聯想到高智力殭屍。

「都市傳說是有所本的。」俐茹說：「『殭屍王』也不例外。實際上並沒有什麼聚集成群、意圖取代人類的智力殭屍，而是失控的實驗體逃出來，在追捕過程中死亡，你們再以藥劑將屍體轉化為重生者——至少是有著重生者外表的死屍。」

「法醫認為虐殺案被害人的腦幹穿隧傷，

是死後造成的傷痕，是某種儀式性『簽名』，其實恰恰相反；這原本就是這兩人的致命傷，是由專門狙殺高智力殭屍的武器所造成。」俐茹踢了踢地板上被揉成廢鐵的釘槍殘骸，喀喇喇地一陣亂滾。

老闆揚起嘴角。「以國家特務機關的能力，封鎖消息是小菜一碟，我們何必這麼麻煩？」

「因為你希望循線誘捕更多照片裡的人。」俐茹轉著鋼筆：

「你手上有的小白老鼠還不夠多，對吧？」

她一個一個，將背景更遠處的人圈出來。

桃桃、聲瑞、柏豪……他們或許沒認出自己還是殭屍時的樣子，也可能認為是以修圖軟體惡搞所致，反正是用來測試俐茹的「道具」，並不是真的，殊不知這才是他們被聚集在這裡的真正原因。

鋼筆尖最後停在背景遠處某個束著馬尾的人影邊上，似乎怕傷及模糊的影像，俐茹索性擱筆。

即使成像糟糕，依稀能看出是個女人，全副武裝端槍射擊，防彈衣和頭上的帽子有NSB的白色印刷體縮寫。

李孝松說照片來自某個被殺的重生者，這當然不是真的。

仔細看，便能發現照片四角各有一抹圓弧狀的淡淡黑影，應是軍警配置的胸前攝影機的影像截圖，來自某次殭屍殲滅行動的側錄，當中除了殭屍，還有執行任務的武裝人員。這樣的資料只能由政府提供。

出於某個原因，彼時彼地、置身於照片

攝錄範圍內的人和殭屍，得到了名為「轉化者」的能力，可以使殭屍病毒和重生藥劑反覆生效；過程之中，便有機會產生具有智力的奇行種殭屍。

此一發現，成為了「異客邦計畫」的礎石。

代號「老闆」的男子負責整個計畫的外勤行動，位於環河振興區暗巷內的ＥＫＢ酒吧，就是外勤部門的秘密據點。

但計畫的瓶頸來得過早且過快了。

實驗體０的狡詐、強橫，一度讓整個部門，乃至昧著良心批准計畫的高官們欣喜若狂，一支強大的殭屍部隊似乎指日可待。但在封存實驗體０，以免牠造成無法彌補的災害之後，異客邦計畫突然陷入泥淖，再沒有實質上的進展。

因為「轉化」是有風險的。

根據粗略的估算，有將近一成的人類感染殭屍病毒後，還來不及顯現殭屍化的變異，腦幹就直接爆碎，快進到被稱為「靜默」的徹底報廢狀態，用重生劑也無法復活。這是真正的死亡。

而重生劑的風險更高，雖然官方公佈的數據試圖壓在兩成上下，但知情者認為：臨床的失敗率可能是倍數以上。換句話說，有將近一半的靜默態殭屍，無法藉由施打重生劑重獲新生，他們被殭屍病毒殺死後，以殭屍化得到的第二條生命——如果變成殭屍也能算活著的話——在注入重生劑的瞬間就會被剝奪。

血肉之軀，無法一而再、再而三地承受轉化。

即使是擁有特殊體質的「轉化者」，也可能在任一次轉化中卡關爆死。異客邦需要更多的小白老鼠，來一一驗證各種假說，以實現不死士兵的美好願景。

高智力殭屍的逃脫本是意外，在外遊蕩的實驗體憑借本能找到昔日夥伴，及疑似當日在場的其他人，得以補充新實驗體適格者的ＥＫＢ食髓知味，才有了精心設計的第二次「逃脫」。

反正經過反覆試驗，這兩具高智力殭屍也已經破破爛爛，眼看報廢在即，拿來當餌，毋寧是更聰明的選擇。

「他們不是四號五號，是實驗體一號和三號。感謝老天，他們死掉的貢獻，總算彌補了活著時候的爛表現……」老闆說起被打死的那兩名實驗體，得意洋洋像是利用資源回收海撈了一筆似的，直到瞥見鋼筆尖停駐的、遲遲不圈起來的那一小塊圖面。

等一下。

莫非她發現了？發現編號第七號的實驗體是——

在情報界打滾多年、也曾做慣髒活的「老闆」，早被身居高位磨鈍了的直覺驟然復甦。

（……糟糕！）

中年男子陡地變了臉色，抬眸恰恰對上女殭屍冰冷的眼神。

□

鄭和寬在光復南段撲了個空——以抓捕實驗體Ⅵ的角度來說。

放寬標準的話，可就精彩了。

「對面」的三名外勤帶著重生劑，先國

安局一步抵達現場，應該是想救回轉化成殭屍的王立德，畢竟在腦幹未破壞的情況下注射重生劑，重生後有機會保留最多的記憶和智性。

他們也算經驗老道了，但過程中不知出了什麼差錯，化名「桃桃」的陶清媛和以本名示人的蔣柏豪全成了殭屍，最後和王立德一起被國安局的幹員格斃，腦幹全毀，確認了靜默狀態。

莊聲瑞被制服後，以重生劑解除了殭屍化，誰知卻成了沒有反應的植物人，被緊急送回「對面」的醫療戒護中心。

但陶清媛、蔣柏豪和莊聲瑞，在國安局的加密資料庫裡，都是登記在案的重生者。

他們的藍火位於能以服裝遮掩的隱密處，莊聲瑞的手臂就是被殭屍咬斷的，藍痕就藏在機械義肢的接合部位中。「對面」聲稱他們受過專業訓練，體能戰技也達到特勤的標準，還有國安局幹員沒有的對殭屍免疫體質；救援行動搞到團滅，完全說不過去。

這還不是最糟的。

一頭異常敏捷的殭屍在交叉火網下突出重圍，逃入街市，模樣看上去很像是「對面」的另一名外勤李孝松，多名幹員清楚看見殭屍臉上的藍痕，包括鄭和寬在內。

鄭和寬情不自禁地在駁火中起身，若非部下及時將他撲倒，鄭參早成了蜂窩。

還沒從極度震驚中恢復過來，惡耗級數居然還能向上攀升。

「對面」的外勤據點被端了，部門頭頭慘死，ＥＫＢ那邊就算架子再大，一時也生不出第二組外勤，國安局奉命接手，鄭和寬的不祥預感成真。

現場像是被鮮血潑紅了似的，男人身上的西裝褲、敞開的絲質襯衫全被黏膩的血漿浸透，一半以上的幹員短暫離開過現場，後巷裡極端壓抑的嘔吐聲就沒停過。

依鄭和寬的層級，還不夠資格與「對面」的外勤頭頭在雙邊會議上交手；拿到他的手機號碼，算是某次失敗行動的意外小插曲，但兩人也只通過那一次電話。「老闆」可不是鄭和寬招惹得起的人物。

這樣的近距離內算是初見，可以的話，他希望不是屍體。

王立德在與實驗體Ⅵ對峙時悄悄開了手機擴音，拼死將實驗體的訊息傳回總部，聯絡的對象自然是層級最高的指揮官「老闆」。

俐茹不發現則矣，要是看穿這個外行人的小把戲，「老闆」就會是下一個目標。

鄭和寬打算知會他一聲，提醒他預作提防，但「老闆」並沒有接。會不會在那個當下，「老闆」便已遭到俐茹的毒手？

男人怪異的死狀從左頸橫到右側腰臀，像被斜斜剖半，卻非如屠宰場豬片那樣開膛破肚、臟腑外露；剖分了屍體胸腹的，是油漆滾輪碾過般的藍色焰痕。

別說國家機關的一級主管，就連基層公務員裡都不會有重生者。

男人這副死狀唯一的合理解釋，就是林俐茹將他開腸破肚血祭，搶在斷氣前轉化成殭屍，再施打重生劑使傷口癒合……看來是在延長凌虐的時長，類似拷打的感覺。

殭屍會有這種需求嗎？凌虐、儀式性、凶手「簽名」……林俐茹妳想幹嘛？妳……

到底變成什麼了？

答案來得之快，令人措手不及。

現場還沒收拾完，局裡就來了緊急通知：「對面」的醫療中心遭實驗體Ⅵ襲擊，俐茹帶走了某樣東西，但醫療中心堅持不肯透露。從她最後逃竄的方向，鄭和寬想到一個地方。

問題是……殭屍，還能有心麼？

他飛車趕到捷運芝山站時，附近派出所的警員正忙著疏散站體裡外的平民，連士林分局的機動警網都還沒抵達。駛上人行道的公務車因急煞和地面磁磚而打滑，車尾「砰！」一聲撞停在入口的臺階上，行李箱蓋猛然翻開，鄭和寬打開車門半滾半爬，手腳並用，從行李箱中拿出防彈衣和霰彈槍來。

「……國安局辦案！」他把證件扔給大叫著跑過來的員警，迅速穿好防彈衣，以及以克維拉纖維製成、薄鋼板內襯的護肘與綁腿——這是殭屍打擊部隊的標準配備——確認過兩把FN Five-seveN手槍的彈匣是滿的，一把關上保險，插進脅下的槍套扣好，打開保險的另一把則插在後腰。

這種被稱為「警察殺手」的比利時製手槍，搭配特規的5.7x28釐米SS190子彈，取代了T75K3國軍制式手槍，成為殭屍打擊部隊的標準武器。畢竟能打穿防彈衣的穿透力，以及入體後形成大容積空腔傷道的能力，都能有效提高殭屍的靜默率。

「別放任何人進來！」鄭和寬拋下這一句，便頭也不回地衝進了捷運站，只留下瞠目結舌、面面相覷的基層警員。

目前整個台北市的警力，至少有一半集

中在城市的另一頭，不在那裡的大概也都用於沿途封鎖，除了轄區分局和機動警網，其實這裡也不會有什麼後援，他這麼說只是讓警員安心而已。

實驗體Ⅷ——李孝松已得到「對面」認證，是非常危險的高智力殭屍——國安局受命以解決此暴走事件為最優先，殭屍打擊部隊也已經出動。

這是「對面的」首次主動向國安系統發佈實驗體編號，此前相關的細節休想他們透露半點，要不是王立德捅出這麼大的婁子，再加上外勤部門全滅，料想他們是一步都不肯退讓的。這幫混蛋！這麼危險的東西居然都搞到第八號了，鄭和寬忍不住腹誹。

他向上級表明回收林俐茹的信心，但沒被允許行動，畢竟處理李孝松的暴走是由總統直接下令，限時內沒解決，絕對會有一串人丟官。

鄭和寬被解除了小組指揮權，得到一輛公務車和「追蹤回報」的命令，他明白這是長官最大的妥協，代表此前他在局長心目中還算有點份量。但在今天之後，最好的下場也就是坐一輩子冷板凳，他已有了被革職，甚至是一肩扛起暴走事件的政治責任、被長官推出去當替罪羊的覺悟。

李芸靜會希望他這麼做的。

李芸靜告訴過他，她就是在這裡突破了林俐茹的心防，但林俐茹並不知道自己被跟監，以為兩人是偶遇。她遊魂似地逛完以舊天母家樂福改裝而成的購物站，踩上人行道的步子輕飄飄地毫無重量，彷彿下一秒就會忽然摔入車道，輕而易舉地結束第二次人生。

芸靜違反了跟監的基本規範，搶在俐茹被風掃落紅磚道之前，從後面一把抱住她。據說她們倆在捷運站的臺階上坐了一下午，邊哭邊笑邊說。芸靜邀她一同租屋，向局裡回報的理由是「目標有自殺傾向」，必須二十四小時監控。

李芸靜在「屍潮」前就已在國安局任職，比起從特種部隊借調的鄭和寬，李芸靜是大了他好幾梯的學姊，儘管兩人年紀相近，在軍中嚴格的學長學弟制之下，李芸靜做決定時不跟他這個搭檔商量，情理上是完全說得過去的。

但李芸靜卻向他說了抱歉，真心的。或許在那一霎間，鄭和寬便愛上了她。

和兩名重生者日夜處在一個屋簷下，即使在國安局的對殭屍特殊工作小組內，恐怕也不是每個人都能接受。

芸靜也是重生者，但俐茹並不知道。

她被咬傷的部位是左大腿腿根，是她在某次外勤行動中，把腦幹被破壞、徹底靜默的殭屍移至腿間，單手持槍，採取跪姿替牠注射重生劑時，本該死透的殭屍忽然一翻身，狠狠咬住她腿根夾緊的Ｙ字線。吃痛的李芸靜扣下扳機，霰彈槍一把將殭屍的左半邊身體轟爛，然後重生藥劑才開始發生作用——

委託國安局在掃蕩現場進行重生劑試驗的，正是後來改組為「異客邦計畫推進室」的那個爛單位，局裡都管叫「對面的」。國安局本部所在的陽明山磐石營區對面，據說從前是秘密處決人的拋屍地，取這個綽號絕對是惡意滿滿，而且外人反應不過來。

那場行動中，所有的國安局幹員都配置

了兩管強心針型的重生劑，多數同僚對攜帶沒通過臨床實證的「急救品」頗有微詞，都說不如給腎上腺素注射劑算了，李芸靜卻毫不猶豫地對著心臟插落，成了極少數在殭屍化之前，就成功轉化為重生者的特例。

若成為殭屍是人類的死亡，而重生者是殭屍的死亡的話，每個重生者最多能品嚐兩次死亡經驗。

但李芸靜嚴格來說連第一次都沒死成，她的情感、智力和記憶等幾乎沒有缺損，僅僅是身體變成了新的亞種，高層決定批准她復職；以眼下國安局人力之短缺，哪怕是真成了殭屍，只要還能工作，他們也會讓牠重回崗位。

芸靜的藍痕在私密處附近，不穿泳裝或熱褲的話誰也看不見。

他們第一次發生關係時，芸靜要求他關燈，泫然欲泣般的輕促氣聲近乎求懇，哀婉到令人心碎，他卻勃挺到了產生強烈的罪惡感和自我厭棄的程度，記憶中從來沒有這麼硬過。

黑暗中，她舐起來的溫濕黏膩像個正常女人，氣味鮮烈卻好聞，微刺的鹹味比汗漬更淡薄卻也更刮人，小巧微扁、但肌束結實的臀股在他掌中奮力扭動，夾緊的大腿幾乎令他窒息；鄭和寬無法停下，歷任女友都不曾讓他舔到渾然忘我的地步，在前戲階段他就狠狠在她嘴裡射了一次，這絲毫不影響他後續的表現。

重生者與人類的生殖隔離，讓他們得以放心交歡，最傷腦筋的反而是怎樣才能不被俐茹發現。女性重生者沒有特別緊迫，或因此得到了什麼特技能力之類，但強烈的感度能使男性極有成就感，兩人盡量選俐茹不在的時候做愛，受限的時間、場合也讓被壓縮的過程更加熱烈美好。

當然這是違反規定的，就算芸靜不是重生者也不行。

他們應該要輪流睡覺，全天候監控林俐茹，每天芸靜出門「上班」之後，會從巷口拐到另一棟可監視俐茹房間窗口的大廈，搭配租屋處的監控設備展開白班的工作，阿寬利用這八小時睡覺；夜班輪到出門「鬼混」的阿寬蹲點，大夜則有第二處兩人都不知道的秘密監視站，由局裡派另一組人輪崗。

這個時段算是他們倆能喘口氣的私人時間，但至少要有一個人待在家，貼身保護林俐茹。

他們最常幽會的地點是樓頂天台，到後來，鄭和寬索性以人頭租下破舊的天台違建套房，上去抽菸就是信號，幾分鐘內芸靜就會默默爬上樓頂，兩人極有默契地在片刻間奮力衝刺，盡情釋放欲望，每次都像沒有下次般，但下一次永遠都能更激烈。

他甚至萌生「這樣下去也不錯」的念頭，暫時把局裡激烈的升遷競爭拋諸腦後，就這麼撐過沒人想幹的臥底保鏢任務，還在期間升上了參事官。

李芸靜從不跟他談未來，她太敏銳了，彷彿能嗅到他起心動念，立刻轉移話題或逃離，鄭和寬懷疑她根本有讀心術。

但在這樣的末日裡，他才不在乎有沒有小孩、旁人怎麼看待，他唯一的妹妹加入新興宗教，跟在難民營認識的陌生男人結了婚，甚至沒讓他知道。屍潮改變很多人看待世界的角度，再也回不到過往。

出事那晚，林俐茹在外遊蕩，雖不像她後來習慣的那樣，但回到家也將近十一點。鄭和寬早早醒來，透過耳機與跟監的芸靜瞎聊，最後撂一句「我去樓上抽菸」。

她沒有接口，但輕輕嗤笑的氣聲令他心動，他可以想像芸靜抿嘴一笑的樣子，在心裡細細品味她臉頰的緋紅滾燙。

林俐茹帶上鐵門不久，巷口出現芸靜的身影，她微微揮了揮手，知道他能看到，忽然停下腳步。遠處的公園裡，一幫人圍著一個女孩嬉鬧著，這一帶的晚上並不平靜，鄭和寬辨認出那女孩是個重生者。

林俐茹轉進巷子時也駐足片刻，最終還是低下頭選擇無視，她只有在芸靜身邊時才會咬牙逞強。他忍不住「嘖」的一聲，希望芸靜也跟她一樣，但心裡明白不太可能，果然芸靜橫向越過巷子，身影消失在建築物轉角，那是通往公園的方向。

重生者的體能較弱，但芸靜不受轉化的影響，一對一認真打的話，鄭和寬沒有贏她的把握，李芸靜連射擊都比他強。三五醉漢對國安局的精英幹員來說不是問題。

往公園的路被整排老公寓擋住，是天台的監控盲區，他沒來得及重撥手機，怕鈴聲干擾了她突襲醉漢，遠眺公園裡的醉漢們轉頭，其一跑進盲區，餘人鼓譟一陣，接著一個、兩個……零星上前，被騷擾的重生者女孩藉機逃跑。鄭和寬腹中暗笑。

這些人若非一擁而上，下場絕對非常悽慘。就當是熱身吧！他想像一會兒她在床上的需索會有多熱烈，明明是輕易就能高潮的敏感體質，連在做愛這碼事上都是她壓制的多，他卻甘之如飴。

微涼的夜風吹得他打了個寒噤，鄭和寬意識到公園裡已經沒人了，然而芸靜的身影始終沒回到巷子口，心底一陣不祥。

他不顧「夜間陪伴規則」衝下樓，狂奔到巷口時猛一探頭，一群穿著特勤防護裝備的黑衣人圍成了小圈，腿隙間依稀看到一名女性倒地，鄭和寬毫不猶豫地拔槍開火。

國安局特勤配發的 SS190 子彈能打穿防彈衣，那是對殭屍部隊的標準裝備。三名黑衣人應聲倒地，另一人才掏出槍，「砰」的一聲慘遭爆頭，仰天倒落，餘人作鳥獸散。

鄭和寬連滾帶爬衝上前去，癱軟在地的芸靜雙目圓瞠，額頭上有淒厲的子彈穿出傷口，濺滿血漬的臉龐即使在昏黃的路燈下，依舊煥發著雪一般的膩潤瑩白。

倒地的三名黑衣人全是一槍斃命，無從審問，他 call 來了局裡的善後支援，回神才驚覺被扣在拘留室裡，各級主管輪番上陣，彷彿他才是闖禍的人。他跟芸靜的關係也被盤剝出來，但這段自白最後並沒有出現在報告中。

芸靜沒有家人，她在「屍潮」爆發前就是孑然一身，鄭和寬與她的關係在檯面上並不存在，事實上他們也從沒確認過關係。李芸靜只和他做愛、鬥嘴，分攤臥底跟監的工作，還有在耳機的兩端靜靜陪伴著彼此而已，其餘什麼也不是。

林俐茹是最接近她家人的存在，雖然這段關係，是在她咬了她之後才有的。

芸靜雖曾若無其事地告訴過他，然而直到看見王立德派人送來的照片，鄭和寬才確定當時她不是說笑。

那張來自胸前攝影機的照片，極可能是在芸靜被殭屍俐茹咬到的十分鐘前截的，也可能離得更近；行動的記錄鄭和寬在實體跟雲端資料庫都搜尋不到，他想過芸靜所言，或只是重生者的記憶錯亂而已。

王立德是個機掰人，但絕對不是笨蛋。

這張照片在給林俐茹看之前，他想遮交的頭號對象其實是鄭和寬。

這是在暗示他：李芸靜的死並不單純。

他在光復南段目睹變成殭屍的李孝松等人時，隱約察覺了其中的關聯：有沒有可能照片裡的人，能反覆變成殭屍和重生者，最終目的是培育出被稱為「實驗體」的高智力殭屍？

如果以上推測屬實，那麼芸靜很可能還沒死。既然實驗體都編到八號了，有沒有一絲機會，她還以高智力殭屍的型態存在於這世上的某個角落，只是被困住了，沒辦法來找他？

他端著霰彈槍來到月台上，林俐茹果然待在最後一節車廂裡——因為這裡，是重生者專屬的區域。

一名女子的頭枕著俐茹的大腿，雙手交疊在腰間，輕輕闔上的眼睛像是睡著了，彎翹的濃睫不時輕顫，彷彿正做著好夢。她身上穿著兩片式的綁帶手術服，腕上繫著資料環，薄透的不織布材質掩不住玲瓏浮凸的曼妙身材，還有夾在緊併的大腿根部的，那焰舌形狀的深藍色胎記。

鄭和寬咬緊牙根，持槍的手顫抖起來，眼眶發熱。

即使肌膚底下透出異樣的淡淡青灰色，李芸靜依然是那麼樣的恬靜柔美，一如她的名字。不會有人覺得這樣的女子是怪物的，他並不是迷戀她的身體才這麼說。

「實驗體第七號。」俐茹連嘆息聲都很平板，但輕輕梳理芸靜頭髮的動作卻不是。「接在我的號碼後。對他們來說，從我搬去和你們住，實驗就開始了。」

不是這樣的。監控妳的確是任務，但和妳一起生活，是芸靜自己的決定。這點連他都是局外人。

「……不，你不是。」女殭屍低聲說。

「妳會讀心？」他下意識地握緊了槍托，試圖回憶起「被拷打時該如何放空」的訓練課程內容。

「你散發著嫉妒的氣味。」林俐茹瞥他一眼。不知是不是錯覺，阿寬直覺她應該是想翻個白眼，只是殭屍做不出那種表情。「但她愛你，白癡都看得出來。你以為頂樓的隔音很好嗎？」

她簡單說了從「老闆」處拷問來的訊息。

芸靜的死，是異客邦計畫推進室鑾幹的結果，循正規途徑，國安局不會交出寶貴的幹員，於是「老闆」決定用搶的——木已成舟後，談判桌上的官僚角力，ＥＫＢ目前還有絕對優勢。

他們沒料到的是身為重生者的李芸靜，居然有這麼強的戰力，非但生擒不了她，還被識破身分，只能下重手。

鄭和寬的介入暫時擊退了對方的外勤，

但「屍體」終究是落入EKB手裡，祀入忠烈祠的骨灰罐根本是空的，連局長都未必清楚。

腦幹受到破壞的芸靜即使轉化為殭屍，大腦持續有在活動，卻無法甦醒過來，與其他幾具植物人化的實驗體，被安置在異客邦計畫專屬的醫療中心，進行靜態觀察。

王立德受命驗證的「假說」，認為重生者在人類社會生活的時間越長，產生各種羈絆，受情感衝擊的效果越大，在轉化成殭屍時越能保留智性，預計的實驗觀察期最長必須拉到十年，甚至更久。

等不了的王立德，決定以李芸靜來刺激俐茹，然後再予以轉化，豈料一連串的巧合、失誤累積堆疊，終於使阿寬和俐茹走到了這裡。

「她……會再醒過來嗎？」鄭和寬開口時才發現自己有些哽咽，隨手往臉上一抹，濡得滿掌濕熱。

「我不知道。」俐茹搖頭。「重生劑的轉化效率很低，就算能起作用，她的身體也可能承受不了轉化，直接靜默，那就是真正的死亡了。但她現在這樣，也不算活著。」

她拿著螢光藍注射劑的灰綠色手指很穩，與鄭和寬明顯抖動的霰彈槍管形成強烈的對比，但他有種奇特的感覺：林俐茹無法做決定。若是女殭屍毫無猶豫的話，早就動手了。

她在等他來，鄭和寬心想。

「如果她醒不過來了，怎麼辦？」俐茹喃喃說著：

「有人說，植物人像被困在一個看不見、聽不到，一片漆黑的箱子裡，失去時間的感覺，彷彿沒有盡頭……那非常恐怖，靈魂會發瘋的。

「如果她醒來了，卻什麼也不記得，不知道該為什麼而活下去，那又該怎麼辦？我這樣……算是救了她嗎？我還記得那種虛無的感覺。我對這個世界，根本沒有那麼深的感情啊！留下或離開，又有什麼區別？風箏若沒有線拉著，飄啊飄的，越飛越高、越飛越遠，那不是理所當然的事嗎？你怎麼能要求風箏自己維持高度，假裝地面上還有對你具有意義的東西！」

鄭和寬呆呆地看著她，片刻才說：

「妳……妳的臉……」

俐茹一抹面頰，才發現滿臉是淚，情緒像突然衝破了幾呎厚的水泥牆，汩滿胸膛彷佛要把她整個人撐爆。臉部肌肉忽然有了反應，鄭和寬的聲音首次聽起來不像是浸在深水裡，而是近在耳邊。

阿寬垂落霰彈槍管，交在左手夾入腋下，慢慢走到長椅畔。

他終於能細細打量睡著似的芸靜，微笑著落淚。明明分開的時間不算太長，怎麼能這樣想念啊！

「她如果醒來，卻忘記了我們，我們就陪著她，成為聯繫她和這個世界的線，別讓她越飛越高、越飛越遠，不知道為什麼要留在這邊。」他哽咽著，笑容卻越發燦爛：

「就像她為妳做的那樣。我們把她帶回來；如果不行，就放她徹底自由。我跟妳一起，我們兩個人一起為她做這件事。」

俐茹點了點頭，緩緩將針劑注入她的心臟，懷中的女郎輕輕顫動起來，肌底的灰青迅速消褪著，透出不織布手術服縫隙的腿根恢復白膩的同時，那爪狀的胎記也轉為淺一些的普魯士藍。

「這裡……是哪裡？我好怕……」略顯乾啞的嗓音的確是芸靜，但稚拙的口吻又不像她。阿寬唯恐嚇著她，不敢太過接近，摀著嘴眼淚直流，死都不發出聲音。

俐茹輕輕將初生嬰兒般的摯友抱在懷裡，下巴摩挲著她的髮頂，輕聲說：「兩個人……就不怕了，我會陪妳的。別擔心。」

▲END▼

時間軸5L

九零年代 KTV

奇魯

生物系畢業，目前在實驗室當長工。號稱是武俠小說作者但從沒有寫完任何完整長篇出版，招搖撞騙。

一、是不是在這樣的夜晚你才會這樣的想起我

俐茹抓起藥盒，卻沒有打開，只是塞進了褲袋，隨即踢開車門，爬了出去。警車下來的員警包圍了上來，俐茹雙手舉高，但當一個警察過來要用手銬銬她時，她當下一個反擒拿，把靠近前來的警察反銬，然後推了出去。

「我犯了什麼罪？」

「上面說你們是危險的通緝犯，請不要抵抗，一切到警局再說。」

「我不是，我沒有犯罪。」俐茹大聲說：「我受傷了，我要看醫生。」

警員還是包圍著她，有一兩位站後面的甚至掏出了手槍。

「是因為這個嗎？」俐茹擼起左手一直穿著的襯衫長袖，露出青色大片火燒般傷痕。

警察們沒有說話，但俐茹看到他們的表情，頹然道：「國家的存在不是為了保護人民嗎，為什麼我就不是人。」

「妳終於搞懂了。國家的存在是為了保護人民」立德這時醒了過來，摸著流著血的頭爬了出來：「只是不巧我們不是人，所以在他們要保護的範圍之外。」

「你知道殭屍和正常人的差別嗎？」立德摀著流血的頭背靠翻覆的車坐在地上，看起來受傷頗重，卻話說個不停：「其實沒有，我們也會流血，也會死，我們只是那種上著愚蠢的班時總是不免看向窗外的小花小草，老是質疑自己為什麼在這裡，但卻不敢走出去而日漸枯槁的人。」

「回來吧，回來我們這邊吧，妳一旦踏

出去過，踏出秩序之外，就回不去了。重生只是謊言。妳一旦成為殭屍，就永遠是殭屍。」立德說。

話講著，又有幾台車過來，為首的其中一人正是阿寬。國安局的人到了，接收了現場。這次俐茹放棄了抵抗，和立德一起被銬，隨阿寬上了廂型車。

「你和芸靜，還有那些過去都是假的？」在車上，俐茹問著阿寬。

「不，不是那樣的。」阿寬一瞬間臉上露出痛苦的表情，過了一會，緩緩說：「應該說，不全是假的。至少，那時候很快樂，那是真的。」

「然後你殺了芸靜！」俐茹暴怒，雖然右手被銬，但還是跳起來踹了阿寬一腳。阿寬痛得縮在地上，車上其他兩個特警連忙撲上去壓制住俐茹。

立德看了哈哈大笑：「這才是我認識的藍鳳凰啊，我幾乎快要忘了妳生起氣來有多美。」一個特警拿警棍敲了立德幾下，立德吃痛卻止不住笑。

阿寬過一陣子才坐了起來：「我沒有。」

「可是芸靜死了。」俐茹激動大喊。

車上另外兩個特警雖然一人一手扣住了俐茹，但兩個大男人也快要壓不住，俐茹像一頭母豹要衝上來咬人。

「事到如今，也和你說了，芸靜沒有死，車禍是假的，死亡也是假的，芸靜只是調去另一個縣市辦其他案子去了。」

俐茹聞言鬆了力氣。

「為什麼？」俐茹問。

「妳不知道為什麼嗎？」阿寬痛苦地坐

回位置上說。

車行不久，停了下來，門打開，跳上一個壯漢，幾下就打量了所有特警，包括阿寬，找了手銬鑰匙放了俐茹和立德。

車停在高速公路上一段無人山間，月明星稀，幾個形狀各異的男女在廂型車外等著兩人。

俐茹望著眼前這些人，眼前風景似曾相似。

「所以你就是！」俐茹轉頭看立德。

「是不是在這樣的夜晚你才會這樣地想起我。」立德調皮的唱說。

二、我不是你想像中的那樣堅強

立德和他的同伴們分別上兩輛汽車。

「我不想變逃犯。」俐茹留在原地說。

「妳要繼續活在謊言中？」立德在車內揮手招呼著俐茹：「再不走警察真的又要來了。」

俐茹想了一下，還是上了車，和立德一起坐後座。

車行一會，俐茹首先打破沉默：「你看過一部電影叫臥虎藏龍嗎？」

立德點點頭看著俐茹。

「你有沒有想過，玉嬌龍如果把青冥寶劍獻出去，她是不是就可以得到自由？」

「認識朋友有吉有凶，認識前要詳閱說明書。」立德說笑，但隨即正色說：「如果妳要賣了我，也由不得我。但我願意賭一把就是。」

車子下了高速公路，穿過市區，來到一處安靜的住宅區，到這裡時還未深夜，但路上人車已稀少。車最後停在一戶家庭式汽修廠前，有人下車拉開鐵捲門，眾人入內。

裡面就是很普通的汽修廠的樣子。

「這就是你們的秘密基地？」俐茹沒有想到大家追捕多年的殭屍王和他的同伴們，就只是藏身在這樣一處普通住宅區裡。

「是啊，我們白天也是要修修車賺賺錢的。」有個黑黑瘦瘦的青年接話道。

「這裡大多是妳的老友，但妳還沒有恢復記憶，我就簡單介紹一下，這個是總會出現在各種美劇和卡通裡的萬能伙計老皮，擅長各種機械修理的萬事通老馬，瘋狂飆車手小高，跑得太慢所以變成吉祥物的小胖，還有妳認識的機械戰士聲瑞。」立德向俐茹一個個介紹在場的眾人。

聲瑞沒有出現在營救小隊裡，開門前就待在這個汽修廠內，看了看俐茹，馬上又低頭繼續整修他的機械義肢。

俐茹轉過頭去先不看聲瑞，對一個挺著油肚肚的胖子問說：「吉祥物是什麼？」

胖子玩著手指說：「妳聽過了，但我再講一次，反正每次妳都會笑。妳知道在殭屍潮爆發的時候，身邊最好要有一個胖子朋友嗎？」

沒等俐茹回答，胖子就繼續說：「因為胖子跑得慢，被殭屍追的時候，只要跑贏胖子就行了。」胖子用手指自己說：「我就是那個胖子。」

雖然很地獄，但俐茹還是大笑起來。

「可是你現在已經是殭屍了啊？」俐茹問。

「一樣啊，被警察追的時候，他們也只

要跑贏我就好了。」小胖說。

「死小胖，我們什麼時候丟下過你啊。」

車手小高說：「我可是為了你特地改裝了車子的避震器好載你甩尾耶。」

「是喔，還真是謝謝你啊。」小胖說。

「所以他是我們最重要的吉祥物。」老皮是個高高帥帥，留著兩撇鬍子，帶著痞子氣的男子，這時過來攬住小胖肩膀。

「不過劫了囚車，我們也要準備搬家了。」老皮說：「我和小胖一台車，小高和老馬一台車，立德、聲瑞和妳一路，今晚就走，到新家再會合。」

立德去後面一個房間回來，丟了一個背包給俐茹，說：「換個衣服，我們先走吧！他們還要收拾一些東西裝車。」

俐茹去後面房間換裝，戴了個帽子，換了件長袖，背了背包，走出門，立德和聲瑞已經準備好在門口等了。

三人離開汽修廠，步行一小段路，坐上公車，轉到長途客運站。

買了夜班巴士的票，在候車廳等車來。車廳裡很冷清，沒有其他人。

「你不是恨殭屍嗎？你的身體就是因為殭屍受傷的。怎麼會和他們混在一起。還是你在咖啡店裡的表現也全都是假的？」俐茹問聲瑞。

「我是真的討厭殭屍。」聲瑞道：「但我不討厭這群人。」

「他最初是來殺我的，但我請他看著，如果我真的該殺，他隨時可以動手。」立德說。

「你這樣晚上真的睡得好嗎？」

「我是真的好久沒有好好睡一覺了。」立德說。

夜班長途客運，上了車，三人坐在最後一排。上車不久，說很久沒有好好睡的立德就沉沉睡去，俐茹戴上無線耳機聽手機音樂，不久也靠著椅背發出微微鼾聲。只有聲瑞睡不著，靜靜看著俐茹的睡臉，在心中默默響起一首歌：我不是你想像的那樣堅強……

三、我是被你囚禁的鳥

到了終點站，三人下車時天濛濛亮，立德提議說先來去吃個豆漿油條，他看到附近有家老店覺得還不錯。店家在路邊，三人各自點了東西，老闆端上食物來時，看了看俐茹，有點欲言又止。

俐茹習慣了，她半身火焰紋身，就算長褲長袖，還是遮不住臉上的疤。不過同行三人，立德反而沒有明顯的傷痕，像個普通人，聲瑞手腳是機械義肢，應該也有點引人側目，但老闆似乎就只是看著俐茹的眼神顯得不太對。

吃飽付了帳，三人拎起包包往一條通往山上的小路走，走沒幾步，早餐店老闆追了出來，對俐茹說：「妳是外地來的吧。」

「是啊，我們打算在半山腰那邊開一間民宿咖啡店。先來整理場地。」立德搶過話來說。

「有聽說幾年前一個大地主投資生意失敗，賣了整座山，切割成許多份小土地，給都市來的人蓋休閒小屋或民宿，這幾年也有不少人來買了。不過啊……」老闆欲言又止：「那邊很荒涼。」

「怕沒人潮生意不好？」立德說：「我們是打算走網路宣傳訂位制，只要做得夠有噱頭，應該有生意。」

「這樣啊。」老闆說：「但有件事還是要和你們說，這幾個月來，山上失蹤和死了好幾個重生人。不同家或不同單位的人，唯一的共同點只有都是重生人。」

立德眼神一轉，瞬間想到了什麼，於是拉過老闆，低聲對他說：「其實呢？我們是便衣，那兩位是我的同事，其中一個是偽裝成重生人，特別來當誘餌，我們是特地來調查最近這個連環殺人案的。老闆你要是有知道什麼消息，千萬要先告訴我。」

立德掏出上衣口袋的一個皮夾，露出某個證件給老闆看，在老闆手上用原子筆寫下電話號碼，然後誠懇有力地握了握老闆的手，給個心照不宣的笑容，最後揮手和老闆道別。

三人往山上走，來到一個小鐵皮屋。

立德到了之後就和老皮打電話，商量些事。中午左右，老馬和小高也開車上來，大家簡單用卡式爐煮了麵吃，就開始整理房子。

到了晚上，大家放下各自工作聚在一起吃飯，俐茹問起老皮和小胖怎麼還沒來。

「他們還要和警察捉迷藏個幾天。」立德說：「不用擔心，小胖是福星，不會有事的。」

「我有個問題。」吃飯時俐茹突然問立德：「早上早餐店老闆提醒了我，只有重生人的我特別醒目。你是國家列為恐怖分子的高等智力殭屍，但你就和一般平常人沒有兩樣，沒有帶上我，你就是一般人。國家機器花了這麼大力氣都找不到你，正因為你像一滴水溶進大海裡。」俐茹接下來說得停停頓頓：「我要說的是，你完全可以當個普通人，普普通通地活下去，為什麼要……」俐茹指著這個小鐵皮屋，環顧著一起吃飯的聲瑞、老馬、小高：「這就是你要的？一個想像的無血緣的美式家庭角色扮演？」

立德這次想了很久，說：「我們不是普通人。我雖然體能和一般人一樣，但我有些對政府來說很要命的超能力，老馬、小高，他們都還不算是訓練有素的戰士，但也都可以空手和全身戰爭機械化的聲瑞一搏，但他們都還遠比不上妳，妳沒重生以前，是我們之中最可怕的戰士。

但我一直覺得不應該因為我們這些不同就隔離我們，我們並沒有比其他人可怕。我一直有個夢，我希望社會可以平等對待我們。我們不是工具。我希望重生人重新變回殭屍，因為唯有正視彼此差異，且學習接受，殭屍才能真正融入人群。現在情況是，重生人像是少數民族遊樂區裡的樣板原住民，人們名義上高喊著保護，但實際上卻是在強化歧視。我一直以為我是這樣追求理想的殉道者……」立德說到這邊停了下來想了一陣子後，才說：「但或許妳說得對，我只是在扮家家酒。」

「你的夢太大。」俐茹說：「我以前應該也像飛蛾撲火般追逐著你的夢。但……」俐茹沒有說下去。

第二天一早，立德就接到燒餅油條早餐店老闆的電話，說有個前不久剛搬來的重生人想認識同病相憐的朋友，現在正在早餐店，讓俐茹等人快來。

老馬和小高昨晚值哨補眠，立德和聲瑞

都在繼續忙著改建小鐵皮屋，俐茹一個人下山來到早餐店。

剛進店門，看到一個女子的背影，俐茹如遭雷擊呆立當場。

女子被老闆提醒，轉過頭來，兩人呆望數秒，還是俐茹先打破沉默：「這幾年，妳都到哪裡去了？」

「我哪都沒去啊！」女子是芸靜，轉頭看到俐茹，此刻臉上雖然維持冷靜，但眼角忍不住泛淚，內心吶喊：「我是被你囚禁的鳥……」

四、如果再回到從前還是與你相戀你是否會在乎永不永遠

老闆端上早餐，早餐店目前沒啥人，老闆和芸靜似乎也很熟了，看到芸靜流淚，好心問說：「怎麼了？你們，是早就認識了？」

「沒有，我只是突然想到我曾經養過的天竺鼠。」

「會變成車車那種？」

「是實驗用那種，我當學生時，有一隻做完實驗的天竺鼠，老闆叫我安樂死，但我捨不得，也不敢殺，於是偷偷趁沒有人注意的時候，把牠帶出實驗室，帶到荒涼的山裡面放生。但其實我知道，這種人為馴養的實驗鼠，放到野外根本沒有求生的能力，不是餓死，就是被野外的動物所殺。我只是希望不用自己下手，但其實還是害死了牠。我當時只是個學生，租屋不能養寵物，我真的無路可走。」

老闆只有輕聲安慰：「這不是妳的錯。」

俐茹這時已經走上櫃台前，老闆回頭問

了俐茹要吃什麼，接著對芸靜介紹俐茹：「昨天新來這邊的重生人，想說你們可以互相認識一下。」

兩人互通姓名，在老闆面前也不敢相認，千言萬語不知從何說起。

俐茹說了另一個養寵物的故事。

「我小時候曾經在樹下撿到過一隻羽毛還沒長齊的小鳥。我帶回家被爸媽罵了一頓，說小鳥接觸到了人的氣味，鳥媽媽可能就不要牠了。但我覺得要是我不撿起牠的話，可能掉在樹下鳥媽媽根本就忘了牠。

我用吸管餵米粥給牠吃，小鳥好不容易活下來。爸媽說家裡不能養，等羽毛長好，要我放了牠。我哭了好幾天，還是把小鳥放了。我到現在還記得小鳥在手中顫抖的樣子。」

吃完早餐，兩人往山上一處可以望海的山崖走去。

「妳，怎麼變成重生人？」俐茹小心翼翼，怕手中的小鳥再度展翅遠去。

「我是假的，我是誘餌，調查最近發生在這邊的多起重生人謀殺失蹤案。」芸靜指著臉上的青痕，說：「這是用特殊的墨水畫上去的，以後可能可以用雷射之類除掉。」

「這些年，妳過得好嗎？」

芸靜沒有回答，反問：「妳呢？」

俐茹把昨天狠狠踢了阿寬的事說了一遍，芸靜聽了也笑了。

「所以妳現在成了通緝犯。這樣和身為警察的我說沒關係嗎？」芸靜說。

俐茹笑笑也沒有回答。

兩人一路走到崖邊望海。

「明天再一起吃早餐？」

「好。」

下山時，有三個蒙面男人從林間草叢中跳了出來。芸靜想用警報呼救，但又考慮俐茹在身邊所以沒有傳訊。俐茹護著芸靜往山上逃，但三個蒙面人緊追不捨。可能大腦失去記憶但身體沒有，俐茹被逼急了想反擊，身體就自己動了起來，三兩招把三個大男人打倒在地。

但倒下的其中一個人掏出槍，射中了俐茹腹部。

「我是警察。」芸靜這時不顧一切擋在俐茹前面。

「是的話就更不能留你活口了。」拿槍的男人說。

男人開槍，俐茹拉倒芸靜轉身在上，自己背後又挨了兩槍。

「如果再回到從前還是與你相戀你是否會在乎永不永遠。」俐茹抱著芸靜在她耳邊說。

五、我是一隻小小小小鳥

聲瑞聽到槍聲，第一個追來。只看到地上倒著三個男人。

地上還有一堆血跡。血跡伴隨兩對腳印一路通到崖邊。

聲瑞走到崖邊，看了一陣，沒有看到俐茹，眼淚就開始流了下來。

直到兩隻燕子從崖底飛起，一燕追著一燕，越飛越高，聲瑞擦擦臉龐，眼光追著燕子，含淚笑了起來。

▲END▼

時間軸5M

浪潮之眼

陳聿 SuddenSR

冬季生物、知識雜食派 (嚼

身為台中人所以有在玩生存遊戲

因為是科幻粉絲所以走上了學術研究

設定癖，但是在架構完世界觀後就懶得寫故事

雖然是文學生但是有車銑床證照

NCHU 台灣與跨文化研究國際博士班就讀中

俐茹決定成為史小強。身為重生者，在人類的世界中各種格格不入，實際上難道不是被當成半個殭屍？要做就做最好的，讓我來改變世界吧！一個殭屍的世界！

想到此，俐茹毫不猶豫伸手一抓一擠將血蛾血抹在肚臍上。一陣劇痛從肚子快速擴散全身，不由自主地蜷伏在地，終於失去了意識。

不知過了多久，俐茹張開了眼，旁邊的王彥斌一臉關心。

「你還好吧？」

「再好不過！」史小強邪笑著，張嘴咬向王彥斌。

犬齒撕裂他的肌膚，唾液混合著病毒迅速侵占王彥斌的血管，神經突觸在短暫的中斷後各自為政，這名國安局幹員開始劇烈抽搐。

「哼哼哼……啊啊啊啊啊啊啊啊啊啊啊啊──」

小強張開牽絲的、已不屬於人類的嘴，接著緩緩起身，此時他已不需要呼吸，但或許是人類的習慣影響著他，仍滿足地吐出一口氣。身上的藍紫色傷痕閃出螢光，王彥斌的血染上了他的運動內衣，與步履蹣跚的殭屍不同，小強站挺了身子，甚至在瞳孔中能見到思考的光芒。

沒來得及開火，其餘國安局同仁立刻衝到王彥斌身旁，從西裝內袋中掏出不鏽鋼膠囊，拇指旋開頂蓋後抽出「殭宜化 Zomyield」針劑，但就在準備注射到大腿上的時候，被對方阻止。

那名探員握著王彥斌的手：「組長，我

寧可日復一日提醒你是誰，像是照顧阿茲海默症患者一樣陪著你，也好過用子彈讓你上路。」

全場一陣靜默。

過了半晌，王彥斌皺眉：「這是不是有點太肉麻了？」

「好像是太肉麻了。」

「確實是。」李將與吳將也都點著頭。

「好吧，」那探員朝著遠方，不知道是在對誰說話：「那不好意思，我們從準備注射那邊再來一次好嗎？好謝謝！」

於是他們重新set了一次，同仁回到原處後再次衝上前，這次鋼針在接觸到西裝褲的布料前急停，繃緊的手指就靠在注射鈕上。

王彥斌像是攔截準備刺入他胸膛的匕首那樣，用盡全身力氣阻止對方的動作，他的眼神看上去不像是怨恨或哀求，而是審慎考慮過後的判斷。他用嘴唇無聲地說道：「庫柏，相信我。」

對方眼珠困惑地左右轉動，用唇語回問：「誰是庫柏？」然後他被翻了個白眼。

李孝松瞪著俐茹——不，他現在已經是小強了——從原野灰的外套下抽出一把4英寸槍管的亞齊柏「犀牛」轉輪手槍，對準眼前這個本該保護的對象。

「你想起跟他有關的回憶了？」

「那只是手段，不是原因。」小強挑釁地往前站了一步：「來，試試看。」

汗水從無眉仔的額頭直通眼皮，不過他似乎失去了這方面的感官，像極了在細雨中佇立的銅像。他的指腹貼在扳機上，沒有正午烈日或風滾草，秋季已然轉涼的東北季風吹過麥當勞招牌，倒是響著口哨般的咻咻聲。

李孝松把槍持在腰際，像是在下最後通牒：「我不能毫無作為。」

小強拉起嘴角，如果那算得上微笑：「那我們很平等。」

一發一五八格令的點三五七麥格農彈頭劃破空氣，緊接著在三公尺外的人形轉瞬間化為視網膜上的殘像，這塊高速飛行的熾熱鉛塊在幾秒鐘後落到了另一處商店的屋頂。李孝松失落地垂下手，回頭看著負傷的王彥斌和幾個怪人：

「五年的戰間期，結束了。」

□

四個月前的十一月十九日被稱為「R日（R-Day）」，自台北冒出的大規模紅外線訊跡以七馬赫的速度直直撲向太平洋，緊接著消失無蹤。由於各國軍方仍對重生者採取不信任態度，造成大量軍備在缺少操作者的情況下逐漸鏽蝕，日本海上自衛隊唯一處在妥善狀態的神盾艦「足柄」號（DDG-178），便在當日東京時間 23:42 追蹤到這極度不尋常的訊號。

這起事件被直接送到外星生物研究組，但在如今主要研究者李孝松失聯的情況下，這個部門就只能做到維持資料庫的業務，只不過他們也不會輕易交出自己的成果。在沒有任何交流的情況下，各個研究單位都無法得知對方掌握了多少殭屍的情報，然而台灣——尤其是台北，作為「屍潮」的起始點，照理擁有最為全面的資訊。

根據足柄號的雷達紀錄，該訊號從台北

市中心發射但沒有爬升，幾乎貼著建築天際線移動，緊接著劃過龜山島上空後失蹤，並且在雷達上的尺寸小於兩公尺。在排除各種型號的極音速武器跟探空載具之後，西太平洋一眾國家元首要求台灣做出回應，於是在R日後四十八小時，由台灣「殭屍應變控制中心（Centers of Zombie Control and Prevention；CZPP）」派出的專家群乘上飛機，來到瑞士日內瓦的萬國宮。

「作為最初屍潮的零地點，你們這種態度太不負責任了。」閉門會議上，德國衛生部長如此譴責。

台灣代表則用不屑的語調回應：「五年前，第一個案例在台北捷運出現後的一個月內，我們就尋求各方協助，甚至將解藥的可行方案提供給各位，就在這個位置上，我懇求世衛組織認可台灣的貢獻。」他環顧四周列席的委員：「對於一個在人類生死存亡之際，還拘泥於政治的組織，我想台灣只能盡可能維持本國利益。因此，關於本次事件，台灣無可奉告。」

日本代表把手肘擱在桌上，緩慢且逐步拆解對方語句似地說道：「人性的醜惡或人性的光輝，只要人們還圍著類似的桌子，開著與此地相似的會，那麼，政治便是無可迴避的問題。」他用兩指拉近麥克風：「不過，你口中的解藥方案，我記得那是非正規管道的個人行為，台灣事實上也是後知後覺，不是嗎？」

「難道我出席這場會議就不是個人行為了嗎？所以我現在正式代表了……」他的視線刻意轉向某一席位：「台灣政府？」

目光所及的彼端，那位西裝領口別有紅色國旗領章的代表拍桌，按下發話鈕：「主席，抗議！世界衛生組織應該遵守一個一個一個……（惱）」

這像是兩國間唯一的默契，最終這場會議在什麼共識都沒達成的情況下結束。如今，R日已經過去四個月，公眾幾乎無從得知台灣曾發生「極音速紅外線訊跡」，不過對於大眾來說，既然已沒有殭屍在捷運上或路上出沒，那麼知道與否又有什麼差別？大眾們抱持著不確定的想法，但表現上已經與五年前毫無二致：捷運站內照樣擠滿了人，好像因屍潮而死亡的六百七十五萬人在一夕之間都補回來了一樣。

不過對於西奧多・瑞恩而言，夜視狙擊鏡內的畫面令他不敢想像。

「兩點鐘方向，你看到了嗎？」

瑞恩的觀測手——馬可仕・布朗轉動腳架上的旋鈕：「天殺的，那些是殭屍嗎？」

在狹窄視野內的，是成群的似人生物著了魔般地擠成一團，它們相互啃咬、抓裂、撕扯著對方的軀體。

「我不知道殭屍之間也會有地盤爭奪。」馬可仕把兩粒咖啡因口香糖塞進嘴裡。由於剛經歷過一場大雨，身下的草地變得相當泥濘，「像是躺在誰的腸子裡一樣」他幾分鐘前這麼說。

十三天前（真是不吉利的數字），奧克拉荷馬州波尼郡一名消防隊員拍下的影片上傳到 YouTube，他們正引導位於郡東北方名叫斯肯迪（Skedee）小鎮內的人們進入教堂避難，後方背景是正向成群殭屍開火的國民警衛隊，當時還看不出來他們的防線能撐多久。

不過在一小時後，這部影片剛剛破五千播放的同時，國民警衛隊連同消防員和所有在教堂內的民眾，大約一萬四千人已經全都被殭屍感染，並開始對著六十四號公路的方向往西移動。屍潮戰爭後，青壯年人口同樣嚴重減員的美國實在是沒有更多兵力，但為了獲得第一手情報，特種作戰指揮部（United States Special Operations Command；SOCOM）便派出了「活動（United States Army Intelligence Support Activity；The Activity）部門」中的狙擊小組——也就是西奧多和馬可仕——外加一架在他們上空的掃描鷹（ScanEagle）小型無人機。

西奧多降低倍率，他實在是不想看著那些腐爛的臉龐如此清晰地呈現在他面前。他低喃：「最好別是真的，假如它們同類間會競爭的話，天曉得我們還會遇上什……」在一瞬間，他似乎發現了異狀：「你看到了嗎？它們在以寡擊眾！」

馬可仕側過身，把臉埋進帶遮光套的平板內，裡面是掃描鷹傳來的畫面：「你說的對，大概是一、二、三……大概是七隻殭屍打其他全部。」

與盲目伸出雙手、帶著蹣跚不協調姿勢衝鋒的殭屍不同，這七隻特立獨行的變異體像是武術大師那樣，借力使力地抓過來襲的手臂使對方失衡，隨後用自己手腕處長出的骨矛精準刺穿頸椎，看上去毫不費力地在兩秒鐘內解決一隻殭屍。根據他們接下來半小時的觀察，那七隻變異體明顯能夠學習，他們從偶有失誤讓自己負傷，到現在變成每次掐握、穿刺到斬殺一氣呵成，甚至還逐漸意識到地形的重要性，以及一對多和多對多的團戰能力。

現在，馬可仕的聲音中透露出些許恐懼，他咀嚼的聲音愈發大聲：「拜託告訴我，這是屍防部或者聯邦緊急應變處（Federal Emergency Management Agency；FEMA）的實驗，或者純粹是我咖啡因攝取過量的幻覺。」

接著，西奧多注意到一個女性，或者說她曾經是名女性。對方身穿與現在季節格格不入的橘色運動內衣和短褲，像是剛從健身房出來那樣。「我懷疑它是負責下命令的那個。」

站在整個隊伍的最後方，它只負責將一些漏網之魚迅速了結，若是稍微用心看便會發現：它手上拿著一柄 KA-BAR 半齒刀。

除了少數情況下，受感染的人類會在轉化為殭屍前，緊緊抓住手上最後握著的物品，但通常也會在奔跑或攻擊途中丟棄，並且無法意識到工具的用途。可是現在，就距離八百公尺以外的奧克拉荷馬小鎮，殭屍的能力已開始大幅進化。

然後她瞪過來。很明顯地，那是一道屬於人類的視線，甚至還勾起若有似無的笑容。西奧多急忙蓋住狙擊鏡：

「見鬼！兄弟，我們該走了。」就在他回頭的這一刻，只見隊友壯碩的身軀正被一個亞裔女子用單手拽起，對方身上火焰般的紋路正閃爍著湛藍色光芒。這正是前一秒還在八百公尺外的殭屍。

馬可仕的肢體不斷掙扎，他的手試圖拔出掛在左肩上的小刀，但對方如同在搖水晶球那樣用力晃動著馬可仕。這名特種部隊中士向他的同袍哀求：「西奧！快逃！」

西奧多抽出腿掛的M17手槍，試圖在混亂的狀況下瞄準敵人的腦門，或者……馬可仕的腦門。他想過直接拉開手榴彈來個一炸三響，但又理性地認知到，需要有人把現場的情報帶回去，同時不讓自己的戰友被感染。

「那麼，你要怎麼做呢？」

西奧多的眼珠打顫：「你……你會說話？」他的雙手捏緊握把，冰冷的寒氣直刺他的肺葉。『如果這是聖地牙哥動漫展開的玩笑就好了。』他心想。

馬可仕掐緊對方的手指，使勁全身力氣卻都無法掰出任何縫隙，最後，他只能無力地垂下四肢，轉過頭透過被淚水浸濕的雙眼，望著模糊的戰友：「把我們倆都一起殺了吧。」

「你到底他媽是什麼鬼？你到底是隻殭屍，還是只是打扮成那種垃圾，到處興風作浪的人渣？」

「啊啦，雖然本來是要把這一份留給更有價值的目標的，但這傢伙的能力看上去也很足夠了。」這隻變異體昂起下巴，某種程度上來說，它佈滿傷痕的外貌有著詭異的吸引力：「我是史小強，而這副身體的主人名叫林俐茹。看到你們對此毫無頭緒的表情，實在是很令人感到滿足呢。」

語畢，史小強先是好像在醞釀什麼，他的脖子正浮現鮮紅色的血網，緊接著大嘴一張，當馬可仕閉上眼做好覺悟的時候，卻發現貼在他脖子上的不是尖牙，而是溫熱的舌頭。

「你在幹三小？」

舌尖一路攀至馬可仕的臉頰，儘管他猛然別過頭試圖躲避，但仍然被小強箝制住腦袋，他此生經歷過最激烈也最甘甜的一次法式濕吻就在此刻：要長於往常認知的肌肉直竄他的口腔，透明黏滑的唾液幾乎要取代掉他嘴裡的所有水分，一種窒息的暈厥即將把他的意識從指揮席上拽下來。

在朦朧的空間中，馬可仕先是嗅到了一種很熟悉的味道……對，是他小時候很喜歡的毯子的味道，然後以此為引子，大量的記憶如啤酒泡沫般不斷竄升，腦袋裡夾雜著類似揉塑膠袋或是幾萬人在體育場跺腳的複雜聲響。他還記得自己閃過的最後一個念頭：我現在正在抱著眼前的變異體殭屍嗎？

見到這一幕的西奧多，首先，他勃起了。

他看著那兩人的唾液沿著下巴的稜線滴落，似乎在這場漫長的異種族對抗中殺戮了太久，至今已許久未曾感染到這種深情，有瞬間他甚至天真的認為，在眼前的景象是某種和平的可能。但正當馬可仕被回憶衝擊著腦門，他的肢體開始不規則地痙攣，像是每一個受感染者那樣，但最顯著的不同在於——馬可仕的頭髮瞬間白化並迅速增生，但卻沒有隨著地心引力垂到腰際，而是全部盤在他的頭上，就像個蛹一樣。

史小強鬆嘴，露出了滿意的神情，撫摸著對方的臉龐，還若有似無地瞥了眼西奧多。他的手接著伸向馬可仕頭上那顆怪異的乳白色蛹，就在他指尖放上去的瞬間，蛹裂開了，從隙縫中緩緩探出一張暗橘色的翅膀，然後是另一張，兩翼還有著對稱的瞳孔狀花紋。

當那隻華麗的生物，將牠的觸角自蛹中抽出的時候，西奧多驚呼：「是蛾！」

此時的馬可仕兩眼空洞，史小強握著新生的蛾，同時以一種不帶攻擊性的神情啃咬對方的脖子。就在這時，他卻猛然捏爆那隻蛾，沾滿鮮血的手掌快速解開馬可仕的衣釦，將血液塗抹在他的肚臍上，動作看上去還以為是派對之夜正索求交合的男女。

然後，西奧多眼前的戰友站在原地，他的頭髮回復到原先的鍋蓋頭，雖然看上去相當虛弱，但是還喘著氣。西奧多偷偷瞄了眼一直架在原處的熱成像，發現無論是史小強或是馬可仕都有體溫，這是以往殭屍不會有的。

「布朗中士？」西奧多嘗試性地詢問。

史小強往後退開一步，雙手抱胸。

西奧多順從自己的直覺，警惕地再度舉起手槍：「馬可仕？兄弟？」

對方緩緩轉過身，他臉上的表情說不出是痛苦抑或釋懷，馬可仕張開雙手，急切地說著：「沒辦法，我告訴你真的沒辦法。當我全部知道了以後，就發現這是有必要的，我必須這麼做。」

西奧多搖搖頭：「我聽不懂，兄弟。我聽不懂！但不管你聽到了什麼，都是這個婊子在操控你！」

「不！當你發現時間不再是阻止你獲取知識的阻礙以後，你就會知道，為什麼我們要爭取這個幸福。」馬可仕的手腕處伸出一公尺長的骨矛，緩緩走向前：「這是個烏托邦呀，瑞恩！」

像是故意留他一條生路，西奧多拋下了

所有設備——包含他的巴雷特MRAD狙擊槍——只帶著手槍和背包逃跑，幾乎是毫無戰術可言，只是單純的逃跑。直到那架掃描鷹無人機追著他身上的信標，在沒電後落到他跟前，這名「活動部門」的精銳才終於從崩潰中清醒，循線來到阿肯色河旁的撤離點。

在小艇上，他看著原先準備給馬可仕的補給品，以及被打開卻意外灑滿船底的咖啡因口香糖。

「我原本以為等你變成殭屍以後，我會比較容易下手。」他喃喃自語，隨後摘下頭盔狠砸向小艇：「肏他媽的懦夫！」

□

九個人圍聚在暖爐旁，地毯和波斯拖鞋，老舊但被妥善保養的皮革扶手沙發嘎嘎作響。他們各有各的杯子，玻璃或骨瓷，裝著伏特加、綠茶或威士忌，投影機的強光讓他們的臉隱藏在陰影中，看上去就像是鄉間的電影同好會，但事實上單單在座的九人，似乎就能被稱之為「世界」。

「能夠以七馬赫速度移動的殭屍，這到底是怎麼辦到的？」

「或許連標準六型導彈都無法攔截。」

他戳著計畫書：「只有這個辦法，才能讓我們知道R日那天到底發生了什麼。」

「同意，已經無法再拖延了。」

他們看向同一人，鄰座的成員率先開口：「其他人或許都不會讓他們感到意外，但如果知道連你都牽扯其中，這將摧毀你們之間長期以來的友好關係。」

那人點頭：「確實如此。」不過隨即換

了口氣：「嘛，不過是誰都無所謂，畢竟能坐在這個位置上的各位，對這類型的事情都很熟練了吧。」

眾人苦笑。

「那麼，作戰行動『真相探索』（Truth Discover）正式開始。」

□

T＋00：30：26　西太平洋某處福特級航空母艦企業號（CVN-80）

「天蠍領隊，這裡是肉球。現在風向030，風速二十五節，一切狀態良好，準備彈射。」

「肉球，這裡是天蠍領隊。任務目標確認。」他雙手拇指向外比，隨後抓住座艙蓋旁的把手，同時向黃衣地勤敬禮。

右方彈射道上的，是「嘔吐犬」（VFA-143）戰鬥機中隊的F-35C戰機。對方首先升空，一束橘紅色的後燃器尾焰劃破夜空。緊接著，滑塊順著電磁軌道加速，前座飛官將節流閥推至加力，在一陣頓挫之後，這架掛滿電戰夾艙的EA-18G朝三點鐘方向切出，在順時針盤旋爬高的同時，等待其餘戰機加入編隊。

□

T＋00：42：02　距台灣東部外海七十海里

EA-18G的後座攔管官開啟所有干擾夾艙，將頻率分別針對位於蘇澳、阿里山和雪山的X波段雷達進行干擾，並反制任何鎖定他們的機動雷達。

大約三十秒後，直指台東的嘔吐犬中隊回報「開卷」（Openbook），代表已將志航基地內的F-16V戰機成功壓制。此時此刻，台灣上空儼然成為禁飛區，指管系統近乎失靈，向美國租借的提康德羅加級「碉堡山」號（CG-52）也傳出意外起火。

在基隆以北兩百海里處，兩架空警-600將戰場圖資傳送給「真相探索」行動的參與勢力，隨即三個來自川崎C-2運輸機的圖標出現在雷達上，這代表他們已進入第二階段。

綠燈亮起，兩百七十名陸自第一空挺團的傘兵如同亞熱帶的雪花，在水泥參天巨木欉生的台北市區降落，其中大約有二十人因為勾到高壓電塔，或是因猛烈撞擊到樓體導致陣亡。由於雷達干擾，再加上「駐台國際殭屍防衛指揮部（International Zombie Defense Command in Taiwan；ＩＺＤＣＴ）」拒絕對殭屍以外的目標進行反擊，於是在一個台北不設防的情況下，僅有少數反應過來的國軍用步槍對空掃射，但那些聲響很快便靜了下來。

□

T＋01：09：43　台北市中山區

重生者互助基金會本部

白晝間熙來攘往的南京東路二段，如今只有路燈和閃爍的交通號誌醒著，林立的玻璃銀行大樓布滿了彈孔，或者整片碎裂，至今仍沒有完全復原。五年前，這些窗戶被砸開當成射擊點，當殭屍循著樓梯（甚至是電梯？！）逐樓入侵，失控的人們便在被殭屍撲倒前縱身跳下大樓，化為柏油路上的斷肢肉泥。

沒有食物飲水、沒有彈藥、沒有醫藥，這些銀行大樓在對抗殭屍期間可說是最令人心碎的掩體，少數人即便躲進金庫卻也因缺氧而死。對隨後而來的憲兵部隊來說，雖然堆積在內的人群不斷增長殭屍的規模，可複雜的廊道和高聳的樓層卻有如屍潮的疏洪道，當殭屍像是趕三點半的社畜湧入這種大樓之後便難以跑出來，為火力點的架設爭取到了時間。

捷運松江南京站的兩側出入口，用水泥、沙包和鐵絲網構築的防線依舊，這是屍潮第三年人類反攻的痕跡，現在則各有一個班的兵力在此站崗。基金會一樓的保全從監視器內發現異狀，於是數十名拿著等身電擊盾的警衛衝向正門。

他們不知道究竟會發生什麼。

一柄啞光黑的利刃從轉角伸出，然後等到它再次出現的時候，上面早已沾滿了深紅的血色。陸自隊員從背後取下裝有減音器的20式步槍，首先人們以為有人正在射殺殭屍，幾名國軍憲兵試圖加入對方，但當他們意識到槍口是朝向自己以後，眼裡全是困惑與不解。

扣下扳機的女曹長（士官長）眼裡沒有任何感情，她並沒有感覺殺人或殺殭屍哪個比較輕鬆，她的任務只有一個，那便是控制基金會六樓的外星生物研究組。小隊的步伐迅速突破了只有裝備電擊盾和手槍的保全，當警鈴讓大樓的玻璃帷幕都映射出了紅光，她正跨過一具又一具有著健康人類膚色的屍體。

推開防火門，大量濃煙迅速灌入樓梯間，那聞起來不是燃燒的碳味，而是瞬間令人窒息、流淚、咳嗽，乃至於感受到面容正在融化的淡黃色氣體。

「毒氣！」

站在後排的隊員迅速戴上防毒面具，而攻堅的士兵則遭受到糜爛性戰劑和火網的雙重打擊，倒地的幾個人剛好卡住了防火門，使得毒氣仍不斷湧現。但很快地，精銳的傘兵們以槍榴彈瓦解了基金會最後的反抗，小隊攻佔了實驗室大門外的每個角落，女曹長站在一個半身雕像前打量著，看見它基座上寫著：

紀念創始人——葉夫根尼·瓦連科夫博士

正當他們即將安裝破門炸彈，準備衝入外星生物研究組實驗室的時候，有人冷靜地以日文說道：「停手吧，他不在這裡。」

那個聲音從女曹長背後出現，奇怪的是，對方聽上去不像隔著防毒面具說話。她回頭，站在面前的不是別人，正是無眉仔李孝松。

「不需要防毒面具？李孝松，看來你的研究成果確實有點進展……」女曹長說道，但伸出食指擺動：「但我們要的不是你。」

「我知道。但透過你們這次的入侵，我們便鬆了口氣。」

女子在鏡片後的眉毛扭動著：「哼，靠話術是拖不了時間的。」她擺手，示意隊員繼續動作。

李孝松對著那些傘兵喊話：「你們可能從未見過她的外貌，眼前的這個女子，是不是在任務開始前，才分派到你們隊伍上的？」

他哼笑：「我有說錯嗎，信號旗部隊的雅莉安娜·索珂洛娃少校？在俄烏戰爭期間『失蹤』，隨後在屍潮戰爭中在哈薩克、西班牙和盧森堡參與編制外部隊，負責——」

沒等對方說完，雅莉安娜接話：「……負責活體樣本運送，捕獲特定個體，或者對感染區內實施無差別清除。對，我專幹髒活。」

「現在只是區區的曹長，也真是委屈妳了。」

雅莉安娜拍了拍這身迷彩服：「認出我是一回事，但你是怎麼連我臨時的官階都知道的？」

李孝松沒有正面回應，而是試探對方：「我們願意交出**目標**來減少傷亡。」

但很顯然，關於獲取與識別情報的手段，雅莉安娜還是老練許多。她聳肩：「你不需要用這種模糊的字眼。我們已經知道王彥斌從四個月前就沒有再露面了，他又在R日當天與史小強接觸，所以你們只要把他帶過來，上頭給我們的任務也很簡單，就是讓他闡述迄今為止，所有變異體的研究資料便可。」

「如果是這樣的話，那你們可能就要失望了。」

「我們完全不排斥用暴力手段唷！」她燦笑。

李孝松搖頭：「不是這個問題。」他又重複了一次那句話：「我們願意交出目標，如果這能減少傷亡。」

「你所說的『我們』是誰？台灣政府，還是基金會？」

「或許是兩者之間的疊加態。」

雅莉安娜嘆了口氣：「然後呢，交換條件是什麼？」

李孝松把手機貼在耳邊，隨後按下擴音，那一頭出現了公眾極度熟悉的聲音：「首先，我方擁有調查事件對公眾的最終解釋權；第二，成立由我方領導的情報共享平台；第三，代號為『重明鳥』的探員仍為本國公民，不得更改；第四，我方擁有對原生不死殭屍的最終裁判權。」

在遙遠的英國格拉斯哥郊外，策畫這起入侵行動的九人會議達成共識，同意除第四點外，其餘台灣所開出的條件。這樣的分歧沒有使談判破局，而是在多方能理解的情況下落幕。

而在這些人類身後，是一位身穿紫羅蘭套裝搭配同色禮帽，戴著絲綢手套撐在雨傘柄上，看起來相當有精神的女士。她用貴族口音的英語詢問：「你們人類能靠自己搞定這件事吧？」

「是的，陛下。我相信我們不會損害到蜥蜴人王國的利益。」

「那就好，孩子。」

□

早晨的新聞播報著昨天在南京東路二段上的恐怖攻擊事件，將輿論導向了陰謀論邪教的極端組織，同日晚間，中研院基因體研究中心因為聯氨處理不當導致爆炸。警方將恐怖份子壓制在地逮捕的密錄**補拍**畫面不斷播送，讓見到實際情況的民眾感到懷疑，因為在電線杆上還殘留著降落傘。麥當勞、肯德基與漢堡王都不約而同地在今天都推出了促銷，甚至手遊也有轉點優惠。

總統宣布，昨天殉職的軍警消，都會進忠烈祠並追授官銜。這其中包括收到求救訊號，卻在路途中被詭雷偷襲的七名地方巡守隊隊員。

「昨天跟我直接對話的是他嗎？」雅莉安娜指著螢幕。

李孝松不發一語，只是盯著螢幕。

車廂中的所有人都有不簡單的背景，包含昨天才從中研院劫後餘生的研究員，以及來自國軍三峽P4實驗室的生物工程師。這班高鐵700T型相當獨特，它僅有含前後車頭五節車廂，並且在LED跑馬燈上顯示著「直達：台中衛城」。

「衛城？」雅莉安娜不解地問。

李孝松摳著已經不存在的眉毛：「因為台中某種程度上脫離了中央政府的掌控，成為獨立運作的**要塞都市**，但我想，這也是為什麼他們在屍潮戰爭中，成為唯一政府機關還能運作的城市吧。」他望著苗栗的山巒：「當各級部會遷都到澎湖、小琉球或和平島，他們卻在失聯的狀況下奮戰到解藥出現。這讓他們備受敬重，卻也使台中人始終保持備戰狀態，所以普通的台鐵高鐵是不會停靠台中站的，要去台中必須經過申請，並且只能透過鐵路。」

當他們抵達新烏日站，眼前所及全是身穿防抓咬盔甲、配戴3M 6800全罩式防毒面具、戰術背心內插滿彈匣的武裝者，他們身上的服裝各異，狼棕、多地、城市乃至於叢林迷彩都有，看上去都是自購的裝備，臂章是台中湖心亭被「**台中市民防衛大隊**」的字樣圍繞。

跟在李孝松後面的國軍士兵發出了些許羨慕的聲音。

新烏日站內同樣是好幾道的水泥掩體，M2重機槍似乎像裝置藝術那樣，架在月台電扶梯下的票閘處。在走道兩側擺放的紅色箱子，原以為是消防設備，沒想到上面寫著「火焰發射器」。

雅莉安娜確實引來眾人的目光，一個穿著自衛隊軍服的褐髮歐洲白人相當突兀，但台中人並沒有表現出任何的好客，而是焦慮地盯著這群人來訪。

「我們往這邊走。」

李孝松指引他們轉搭捷運，但現在它被命名為「反殭屍戰線」。最初雅莉安娜以為這是一句口號，但等到他見到駛來的捷運以後，才意識到**台中究竟經歷過什麼**——車頭改裝的鋼網和尖刺遮蔽了全景玻璃窗、車體上部被挖空用於裝設兩個裝甲機槍塔、兩側甚至有魚鰭狀的鋼刃且看上去傷痕累累。不鏽鋼製成的車身，都能見到清洗血液所留下的腐蝕波紋，以及鈑金受衝擊後的修復痕跡。

文心森林公園站，這裡原本是七期重劃區，台中房價最高的市中心，如今這些高樓頂端都布置有高功率探照燈，中口徑火炮的管身從豪宅窗中探出，紅綠燈下亮著寫有「正常」的告示牌，另一塊未點亮的則寫著「警戒」。從路旁排列整齊的可移動掩體，加上旁邊的火力配置，可以看出台中人在當時用障礙物引導殭屍的路徑，像是以前的塔防遊戲那樣，抵禦一波接一波的入侵。

從秘密入口搭乘電梯來到地下四十公尺，一個明亮整潔的空間呈現在眾人面前，圍繞在眾多設備之間的，便是國安局探員王彥斌。他躺在浸滿綠色液體的冬眠艙中，李孝松走到一具麥克風前，輕吹一口氣後說道：

「彥斌，是我無眉仔。」

艙中的王彥斌還是那副毫無知覺的模樣，倒是旁邊的一個純白色金屬盒亮起了燈，而且回應聲也是從那裡面傳來的：「嘿！孝……後面那幾個是誰？」

雅莉安娜來回望著冬眠艙及那個盒子：「等一下，盒子裡的，莫非——」

「沒錯，就是王彥斌的原生大腦。」李孝松指向那具軀體：「作為史小強轉化後最直接的受感染對象，我們摘除了他的大腦並成功保存了……王彥斌這個人，而在軀體中則植入了人造神經欉來模擬生物訊號。」

王彥斌聽上去有些得意：「這就是為什麼我不打解藥，如果我失憶了，那我們就斷訊了。」

「斷訊？跟誰斷訊？」雅莉安娜突然瞪大眼睛：「史小強？」

「透過啟動史小強留在軀體內的病毒和基因，我們等於有一個副本，用來測試他各種變異的可能。」李孝松像是二手車仲介那樣拍著冬眠艙：「綠色藥劑是防腐，如果史小強的基因試圖侵占這具身體，我們就關閉神經欉。」

一名研究員秀出血蛾的圖片：「我們知道史小強回到了他以前的藏身處，因此握有少許記憶封包的原型載體，也就是血蛾。但我們不確定數量。」

在會議室中，雅莉安娜播放西奧多．瑞恩帶回的影片，現場每位研究員都顯現出壓力，他們知道時間不多了。

市民防禦大隊總指揮，陳羣騰旗隊長雙手撐在桌上，嘆了口氣後說道：「假如殭屍變異成具有智慧的小規模部隊，那麼即便是台中也無法招架，衛城是建立在抵抗大規模屍潮的思路上，而非**這種類型**的怪物。」

突然有人舉手：「那個，瓦連科夫博士不是有發明傳**ㄙㄨㄙ**……」

眾人立刻搖頭否認：「沒有沒有沒有，這個時間線沒有。」然後他們看向遠方，好像那邊有個誰一樣：「對，這次沒有。」

緊接著，在沒有預警的情況下，王彥斌的肉體開始扭動，各項讀數開始猛然上升，會議室內的主任與各研究員奪門而出。

「緊急抽出神經欉！快！」

「液態氮準備好灌入！」

「去給我兩百毫克的殭宜化，必要時候只能把軀體銷毀。去吧！」

頓時，那具軀體的眼睛緩緩張開巡視周圍，最後各項數值又掉了回去，軀體回復沉睡，似乎什麼都沒發生過。

李孝松急切地詢問：「主任，這有先例嗎？」

「從來沒有。」主任摸著自己的禿頭：「我很怕我們以為的單向道，其實一直都是雙向道……」

雅莉安娜看著四周：「這邊應該是全電磁隔離的吧？」

李孝松點頭：「是沒錯。」他摳著自己的眉骨：「但我們必須要盡快轉移，因為當史小強手上的記憶封包用完之後，他一定會覬覦我們的研究。」

「無眉仔，你是不是後悔跟我們合作了？」王彥斌此時還有心情揶揄。

「閉嘴啦便當盒！」

□

一名帶有防禦大隊臂章的陌生女子走來，就像是尋常的台中人那樣，她在買了手搖杯之後，現在所有人都只會覺得她不過是個重生者，也順利通過每一個感溫門。有幾個人被她的笑容打動，他們或許會覺得今天真是美好的一天，因為笑容在現今實在太過罕見。

有人逗弄著黃金獵犬，還有人在宮廟內參拜，或者在熱炒店跟人併桌吃飯。

「欸，阿兜仔，她叫什麼名字啊？」

「喔我叫馬可仕啦。」

他們喝著啤酒有說有笑，完全不見外，全然的信任在整桌人之間。

直到骨矛從他的手腕伸出——

史小強閉上眼，然後好似在品嘗甜點般舔著舌頭。他看著這片曾經與死亡為伍的森林公園，喃著：「啊哈，找到你了呢！」

▲END▼

3 GOOD HEALTH AND WELL-BEING

10 REDUCED INEQUALITIES

時間軸5N1

鼠疫

氧離子

2005 年 12 月生，音樂劇愛好者。還在探索出路，努力生活，數學很糟但沒關係，從前是寫字的人，希望一直作為說故事的人，在廣大世界走一遭。

過街老鼠又如何呢？記憶，是可以創造的。俐茹決定，沒有記憶，就創造記憶。至少在聽過老闆的說明後，做為人類她有了要實現的目標。更重要的是，她無法忍受要在大庭廣眾之下擠一隻蛾、再撩起自己的衣服把那什麼鬼東西抹在自己的肚臍上，對一個淑女來說太丟臉了！

「我操！」俐茹一掌擊落血蛾，再加一腳狠狠踩碎，以此宣示自己的決心。

「妳幹什麼！」耳邊傳來老闆憤怒的吼聲，最後的機會啊！最後的機會竟就這樣爛在這女人的腳下！俐茹冷冷地笑了出聲：「聽著，我偉大的老闆，突然跑來說什麼你是我爸？我可不是你親愛的寶貝兒子，老娘叫林俐茹，不姓史，也不叫什麼小強。」她環視周圍，奇怪老頭正與手持杖中劍的男人鬥在一起，老頭叫什麼來著，吳將是吧？而另一位顯然是是史小強的大伯李將。李將瘋狂的笑聲在黑夜裡迴盪，響徹在耳裡，不禁令人有些毛骨悚然。吳將並未主動進攻，只是以劍尖所到之處，巧妙的後仰、伏低、跳躍，最多伸出二指格擋，僅僅距離飛舞的利刃幾毫米，卻又傷不得他一絡髮絲。

顯然，並非李將功力不足，他劍勢凌厲，看似雜亂的攻擊實則源源不絕，一招已出，仍有後招，避得了前招卻未必架得住緊接而來的回勾或突刺，劍劍封鎖敵人閃避的後路，顯然相當清楚對手的下一步路會如何格擋與回擊，劍刃緊緊追隨老人的身法軌跡而去，他總能預測到吳將的下一步。

可是碰不到。連吳將的衣角都碰不到。

兩邊國安局的人馬只是靜靜站著，似乎

毫無插手之意，不過很快，俐茹就發現了異常。

她居然能清楚看見，那些垂手而立的男人，每一次眨眼時，眼皮輕輕落下的動作，在她眼裡彷彿以慢速播放的影片；頂樓中心的惡戰還在持續，兩人的動作飛快，幾乎讓俐茹感到有些眼花的程度，在她眼裡甚至留下身法，以及劍鋒劃過的殘像。

腳下，破肚腸流的蛾輕輕抽搐著，史小強濁紅色的血液在暗灰色的水泥地上，一點一點漫延開來，老闆僵硬而冷酷的聲音在腦中響起：「我給過你機會，這是你自找的。」

遠處的王彥斌，慢動作的掏槍、上膛、扳下擊錘，扣下扳機，火藥在子彈尾部炸開，槍口上抬，她可以想像子彈在槍管裡順著膛線迴旋，緩緩旋轉著射出，飛向纏鬥中兩人的方向，拉出一段緩慢而冗長的明亮殘影，在她看來，速度緩慢得俐茹幾乎可以用手指捏住飛行中的子彈，彈殼噴出，掉落在水泥地上。同一瞬間，背對著她的白髮老人，頭顱飛快流暢地旋轉，硬生生轉過一百八十度，隱約聽見頸椎過度扭轉而咖咖作響，吳將直直望向身後的俐茹，蒼老蠟黃的面部肌肉上堆疊著層層皺紋，嘴角一點一點向外，扯出一個令人不寒而慄的笑容，口中幾顆尖銳泛黃的牙齒暴露出來。

海倫山度絲，一定要洗髮精，大概真的啟動了她身體裡的什麼機關吧。身體比大腦更快意識到危險，俐茹本能地轉身，跨大腳步向身後頂樓的欄杆衝刺，右腳奮力一蹬，翻出了頂樓天台。

我應該不會再死一次了……吧。

身體跟隨地心引力向下墜落，風切刮過俐茹臉頰旁時，她才後知後覺地意識到這個問題。碰！身體砸上柏油路，碎石嵌進她著地的膝蓋裡，隨之而來的衝擊，讓她覺得自己的膝蓋都被震碎了，隨即反應過來，也許真的碎了也說不定，操他媽有夠痛，俐茹齜牙咧嘴著，果然電影的超級英雄落地都在唬爛。無眉仔好像還在樓上，可是沒有餘力管他了，俐茹扯開喉嚨，希望同事聽得見：「桃桃快跑！現在就滾出來！」眼角餘光瞥見頂樓屋頂有道身影，飛快地跳躍至下一棟建築物的頂樓上，顯然正朝她追來。

老人吳將？還是瘋子李將？俐茹沒有時間思考，哪有人能力剛覺醒就越級打怪殺Boss的，至少也該點個飛簷走壁技能嘛……沒有辦法，俐茹深吸一口氣，撒開腿，在台北市滿是坑洞的柏油路上，開始狂奔。

□

「桃桃和俐茹怎麼去那麼久？」柏豪坐在吧檯後，百無聊賴地用手指敲著桌面，這時一個客人也沒有，該說是好事呢，還是害他們無聊的主因？「我他媽哪知道。」聲瑞不耐煩地回答，機械義肢正在玩遊戲，激動起來很容易刮傷手機螢幕，因此必須一面操作遊戲一面控制力道，在血條快掉光的狀況下面對敵方猛攻，還要保持冷靜回答柏豪的問題，實在不是什麼簡單的事。

好在柏豪並未在意，只是身體跨過吧檯，一把從後方攬住吧檯另一側的聲瑞，下巴靠在對方肩膀上，嘻嘻笑著試圖干擾他。「幹您娘！」一個分神，螢幕上，聲瑞的角色倒地而亡，他憤怒地把手機一摔，手肘用力撞向罪魁禍首的肋骨，轉過身面對柏豪，兩人隔著吧檯打鬧起來。

掛在冰櫃門把上的對講機沙沙響了起來，同時，幾十秒前被聲瑞摔在桌面上的手機也震動起來，兩人只好暫時分開。

「喂？」桃桃焦急的聲音從電話那一端響起。「怎麼了？」聲瑞疑惑，不祥的預感湧上心頭，下意識轉身看向吧檯那一端對著對講機低語的柏豪。柏豪難得皺著眉，表情緊繃地回著話。只有老闆有緊急狀況聯絡時，會使用那具對講機。

「救救俐茹、拜託你們救救俐茹，老闆……追殺她……啪沙……喀……」「喂？桃桃？聽得見嗎？喂？」桃桃的聲音忽然被雜訊切斷，隨後是一陣撞擊聲，電話就這樣掛斷了。

聲瑞咬牙，回頭的時候，柏豪亦一臉凝重地回望。

「俐茹出事了。」

「老闆要我們解決掉俐茹。」

兩人同時開口，同時因為對方口中的話語而驚愕。聲瑞上前，一把揪住柏豪的衣領。

「怎麼回事？你他媽說清楚！」「冷靜。」柏豪安撫著對方，「老闆剛剛聯絡我們，要求我們解決掉她，老闆還說了……」柏豪欲言又止，聲瑞察覺異狀，追問：「他還說了什麼？」

「整個街區。」

什麼？聲瑞愕然。

「老闆出動了整個街區的人，要追殺俐茹。」柏豪一字一句，清晰地吐出話語。「發生什麼事了?老闆為什麼突然……」「我不知道，不過有一件事很明顯。」柏豪分析著，聲瑞很清楚，這人平日裡雖然看起來不正經，但是遇上緊急狀況時，他會是最先冷靜下來的一個。聲瑞緩緩鬆手，退開了幾步，強忍想要大吼的衝動，以及對桃桃和俐茹的擔憂。桃桃不是話只說到一半的人，更別提那通突如其來的電話結尾。

「如果說，這一帶都將協助老闆，而只有我們幾人選擇幫助俐茹的話，你覺得會怎樣?」

目標顯然會轉移至他們身上。這句話不言而喻，詭異的沉默在兩人之間轉移。「所以我們真的要那樣對俐茹嗎?我們是他媽的同事啊。」不只是同事，更要因為不明就理的理由傷害她嗎?老闆連原因都沒有告訴他們，卻又擁有足夠的實力確保沒有人能夠反抗他。

聲瑞忽然感到深深的恐慌與無奈，無力地跌坐在沙發上。「不，我不打算這樣做。」柏豪開口，聲瑞錯愕地對上柏豪堅定的視線。「我不打算傷害她。」說著，他解下腰間的一串鑰匙，遞給聲瑞。「我的重機，不許刮傷，烤漆損傷算你的，外面的人我會試著拖住，你負責找到她，把車給她，還有，不要蠢到被發現。」

門外的街道已騷動起來，柏豪再無猶豫，轉身出門。

□

這一帶商圈的道路不算太寬，但分布挺複雜的，加之俐茹對地形熟悉，她有自信能利用這一點甩掉追兵，下一步則是找人多的地方，換裝之後，越遠越好。兩邊街道的景色模糊成一片，果然速度快的殭屍是無敵的，俐茹俐落地左彎右拐，在建築物上跑跑跳跳追逐她的那道身影已經不見了，她思考如何前往人潮多的地方混入，順著腦子裡的地圖思考的同時，她猛地煞住腳步。

不對勁。密密麻麻的腳步聲由前、後方襲來，雖然聽起來還有些距離，但絕對不是什麼好預兆。她瞬間意識到一件事，這裡可是老闆的地盤，而自己在老闆眼中，大概可以等於殺了他兒子的凶手。沒有餘力多想，她拐進右手邊的巷子裡，甚至無暇思考這條路可以通至何方。

聲瑞騎著機車，在巷弄裡奔馳著。雖然說得簡單，但在複雜的道路規劃裡，他根本不知道俐茹可能在哪裡。途中他遇見了不少同在街區工作的服務生，手持令人心慌的棍棒刀具，他甚至從國安局的人馬身上看見了不少槍枝。

俐茹做了什麼？為什麼一個重生者要被如此追捕？俐茹到底在哪裡？

不遠處，人潮匯集了起來，他聽見有人大聲喊叫：「在這裡！找到了！」聲瑞心一涼，加速趕了過去，拜託，千萬要來得及……

俐茹大口喘著氣，雙腳沉重酸麻，尋找她的人潮一一封鎖了她的逃跑路線，連續數十分鐘的疾速奔跑，她第一次知道，原來殭屍也會累。腳步聲、人聲在巷口鼓譟，她三分鐘前不得已地衝進這條隱蔽的小巷，隨即發現，她把自己逼進了絕境。

死路。她跑進了一條死路。她開始後悔，

剛才是不是真的應該犧牲一下，抹一下那隻噁爛的蛾才對。可是如果真的抹了，「林俐茹」就不會在這裡氣喘吁吁了對吧。她將消失得一乾二淨，變成一個有著林俐茹外表、在捷運上看片的噁心蟑螂男。她很訝異，即使是在這樣的情況下，她依然能夠笑出聲音，大概要不了多久，她就會被發現吧，國安局也好、老闆跟吳將的人也好、發了瘋想要取她性命的李將也好，誰叫自己身上的青藍疤痕，這麼明顯呢？全是因為一些跟自己沒太大關係的理由。她就要死了，仰望入夜的台北市天空，只有該死的光害跟霧濛濛的天空。幹，都要死了，最後看見的景象居然是這個嗎？

機車低頻的噪音離她越來越近，車燈照在她身上，她沒有回頭，只是拚命地透過建築物間的狹長縫隙仰望一點也不清澈的夜空。

引擎聲在她不遠處停了下來，她等待著隨之而來的毆打、捆綁，或者刀刃順著脖子切入的劇痛，她沒有力氣翻過巷尾的那堵牆了。所以，她只是靜靜等待。

「俐茹……是林俐茹嗎？」一道她並不陌生的聲音響起，句尾甚至帶著些許顫抖。她失笑著開口：「怎麼？因為要殺我就怕成這樣？」

令她沒想到的是，聲瑞急急忙忙跨下重機，有些笨拙地摘下安全帽遞給她，用與剛才相同的微顫語氣開口：「妳……妳騎著這台車走，這是柏豪的車，他叫我……叫我不要刮傷，不然我要賠……很貴，妳快走……我們幫妳斷後。」

顯然比起恐懼，聲瑞最多的顫抖是來自

於重機的昂貴，應該是第一次騎吧。俐茹愣愣地接過安全帽，可是在她跨上機車以前，數道手電筒的光芒就照進了巷子裡，外面的人衝著他們大喊：「找到了嗎？」

「沒……沒有！」聲瑞因為心虛與慌亂，他的回應聽起來格外缺乏說服力。靠北，完蛋，這是俐茹的第一個想法，她咬牙，在手電筒照上她的臉之前，迅速跨上重機，她知道，即使硬衝，絕對不能牽扯進她的同事！

「我看到她了！就在這裡！」巷外，居然傳來了一聲同樣熟悉的呼喊，原本堵住巷口的人隨即回頭，跟著聲音所在的反方向跑去。

俐茹重重嘆了口氣，這人情，她怕是還不清了。

「柏豪跟我會幫妳斷後，妳快走！」聲瑞再次催促，跟著柏豪聲音的方向跑了出去，臨別前忍不住回頭，看了俐茹幾眼。

希望重機可以毫髮無傷！

等到人潮差不多散去，俐茹催動油門。有什麼不算很遠的人多都會區？她飛快思索著，機車的噪音如此之大，要不了多久，她肯定會被發現行蹤。

有了主意之後，她不再猶豫，調轉車頭，在夜色裡奔馳而去。

無眉仔李孝松現在一片茫然。他追蹤已久的重生者突然就消失了，國安局的人馬迅速撤走了，就連原本在打架的怪老頭跟瘋大叔也突然和好般地一起跑走了，他瞬間找不到自己在這裡的原因。呃，現在要幹嘛。他覺得自己快把（不存在的）眉毛拔光了。

他和基金會的組員約在捷運站見面，他

現在好像沒什麼事可做？撓了撓眉毛，好像也只能先去匯報一下狀況，雖然他根本不知道有什麼可以匯報。

辦公室裡，監視著附近所有監視系統的王彥斌有了重大發現。他迅速拿起對講機：「注意，有不明重機向西門方向前進，各組請迅速追蹤！」

畫面上，一台隱約看得見全罩式安全帽下有短髮飄逸的重型機車，穿越數個監視畫面揚長而去。

「父親大人，國安局那群好像有什麼發現。」和吳將一同在制高點建築上觀望的李將開口。「應該是沒力了吧，那個丫頭。」吳將看不出臉上的表情，然而李將很清楚，自己的父親此時肯定殺氣滿盈。他的小孫子再也回不來了。「她是我的，我要親手斬了她。」李將把劍收回杖裡，開口。吳將笑了起來：「你別以為跟我搶還能活跳跳地離開。」

「說的好像你弄得死我。」

一對父子，一前一後，踩踏著電線桿與屋頂，跟著國安局的大陣仗飛躍而去。

西門町的人潮，即使入夜仍不減反增。俐茹在西門町徒步區的不遠處停下機車，停法是跳下機車，紅色的重機往地上摔去，在地上拖行了長長一段，紅色的烤漆在地上劃出一條紅線。抱歉了聲瑞，但是我不能停下。俐茹把開著定位的手機扔在橫倒的機車上，柏豪就能透過軟體找到她的手機，並一同發現機車的位子。為了確認同事的位置，得知是不是翹班出去玩了之類的，他們安裝了能夠看見彼此定位的程式。

俐茹沒有絲毫的停頓，迅速向著人潮眾多的徒步商圈奔馳而去，混入人潮裡，從特價花車上抽走一套長袖長褲以及鴨舌帽，為了遮住她身上明顯的藍色疤痕，付了錢之後躲進公廁換上。

王彥斌看見倒在地上的紅色重機，沉痛地替車主默哀了三秒，不管他是誰，他都能感覺到那種肉痛。大隊人馬跟在他身後，本來就沒有需要遮掩什麼，目標就在這裡了。

走出女廁的俐茹很快發現不對勁。人群的竊竊私語，原本躁動歡樂的氛圍忽然沉靜下來，取而代之的是種不敢大聲喧嘩的肅穆，行人們低聲議論著什麼。雖然本在意料之中，但她仍然心一涼，心知徒步區邊緣大約都已被封鎖，壓緊鴨舌帽，口罩遮擋她的面容，於是她向著中心人潮最為紛雜的地方走去。

捷運站近在眼前，李孝松跟著人群緩緩前進，氣氛好像有哪裡不對勁。

俐茹看見國安局的人馬就在人群後方，她焦急了起來，尤其眼角餘光更瞥見了站在建築物上掃視人群的兩道身影。林俐茹奔跑著，擠進了人流奔湧的地方。

捷運西門站。

國安局緊追在後，兩道居高臨下的殺氣縱身一躍，竄進人潮中心，步入捷運站內，俐茹知道，她被發現了。一切回到最開始的地方，板南線的捷運鳴笛著進站了，「往南港展覽館」。

吳將與李將一點一點逼近，俐茹心知無處可逃，咬牙，順著人潮推擠，搭上了往南港展覽館方向的板南線，即使她根本不知道，是否有任何追兵也上了車。反正到了台北車站，有的是機會逃跑。

車廂裡的人潮擁擠，人與人之間的距離被壓縮到了最小，俐茹一手緊扣著吊環，另一手緊緊壓著鴨舌帽，她可不希望因著列車晃動而跌倒，暴露出身上顯眼的大塊青斑。

因為周遭人潮的氣息過於雜亂，俐茹沒有注意到，就在三公尺以外的地方，李孝松正以同樣憋屈的姿勢站立在車廂裡，縮起肩膀，試圖將自己高大的身軀縮小，給其他乘客更大的空間站立。李孝松倒是透過壓得死緊的鴨舌帽，以及從長袖袖口下透出來的纖細手腕上，那潑墨般的藍色疤痕認出了林俐茹。不過，為了避免發生其他的麻煩，李孝松決定按兵不動，並未主動上前和俐茹接觸。

緊繃狀態的女殭屍，他可惹不起，就算他沒有惡意，若是談話間意外暴露俐茹的身分，未免引起恐慌，殭屍本人，呃，本屍，肯定會抓狂。

反正，西門至台北車站，也就一站的時間而已，能發生什麼事呢？李孝松想。他仍然記得，他的職責是把林俐茹完好無損地帶回基金會，既然跟丟的保護對象又自己回到眼前了，就敬業一點，好人做到底吧。

兩人都沒有察覺，隔壁車廂，有個身著黑色無袖背心，腰間繫著一件外套，肌肉線條鮮明健壯的平頭男人，正一步一步擠過人群，朝著俐茹的方向接近。

再七公尺左右，林俐茹就在那裡了。平頭男人低頭，隱晦地把對講機湊近嘴邊，充滿雜訊的沙沙聲響起：「發現目標，重複，發現目標。」

對講機那一頭傳來回應的模糊人聲，被

捷運裡吵雜的交談聲吞沒，隨後，男人的手，一點一點地伸向外套掩蓋的腰間，握住了某樣東西。

李孝松猛然明白過來，想都沒想就擠開人群，男人的槍口已經對準俐茹的方向，被撞倒的乘客發出不滿的咒罵，回身正想看清楚是哪個智障硬是在車廂裡推擠時，卻看見了那個動作迅速俐落的男人，槍口正對著俐茹的頭部，決絕的瞳孔裡，倒影著臉上寫滿錯愕、驚恐與茫然的林俐茹。

響亮的槍聲劃破車廂裡混濁的空氣，寂靜瞬間蔓延開來，槍口仍微微冒著煙。鮮血從貫穿頭顱的彈孔中汩汩流出，眉心間湧出的血液格外刺眼，捷運到站的廣播適時填滿這段空白。死寂，那是生物體內，感到死亡威脅時所做出的反應，本能地停下了任何可能令敵人注意到的舉動，停止一切聲響與細微的動作，希望自己看起來不是什麼活物，而更大的可能，則是單純的驚嚇以至於腦部無法運作。

車門開了，車廂內沒有半點聲音，作為旅客集散地的台北車站，門外大排長龍，可是沒有人能上車，車內的乘客像是犯傻了一樣，一動也不動。

李孝松的身子晃了晃，倒在了乘客自動空出來的車廂地板上，血液混合著腦漿，從破碎的頭骨孔洞裡淌出，染污了車廂地板。

終於有人發出了第一聲尖叫。

於是所有人都像清醒過來一般，驚叫聲充斥著台北捷運，恐懼在所有人身上蔓延，乘客急急忙忙衝出車廂，一雙又一雙腳慌亂地經過車廂裡的三人身邊，只有開槍的那一位還活著。瞬間，人影晃動，萬頭攢動的車站裡，人們如同受驚的老鼠一般逃竄。

俐茹的手仍然握著吊環，沒有放開。大腦裡一片空白，眼前映著睜大眼睛倒下的李孝松，大腦卻無法處理這個影像所代表的意義。

她又聽見了一聲子彈射出的破空聲，愣愣抬眼，看見那顆同樣旋轉著，向她飛來的子彈。上一次她見到這景象時，她總覺得自己能夠抓得住，而這一次，一片空白的腦海裡，只有直覺仍勉強運作。

於是俐茹伸出沒有握著吊環的左手指尖，子彈飛行，此刻就近在眼前。大拇指與食指本能般地捏住了朝她飛來的子彈，子彈強勁的力道，即使被俐茹捏住，仍然前進了幾寸，子彈的前端幾乎抵上她的左瞳。俐茹沒有眨眼，因為身體連最基本的反應都遺忘了。最初，從指尖傳來的觸覺，是冰涼到極致的冷意，然而很快，高溫燙熟了俐茹的指間，她終於反應過來，鬆開了手指。

子彈落在地上，發出清脆的聲響。

俐茹無視了那管仍然指向她的槍口，自顧自蹲下，仔細端詳著李孝松的臉，血液浸濕她的鞋底，可是本人渾然不覺。她輕輕撫上李孝松光裸的眉骨，後者的體溫正以可怕的速度褪去，轉瞬冰涼，真奇怪，原來僅僅是破壞身體構造，造成血液流失，生命就會如此脆弱地逝去嗎？

她忍不住想像著自己，頸骨破碎，皮膚與肌肉被撕扯開，具有彈性的血管受到拉扯而斷裂，鮮血從中奔流而出的場景。真奇怪。我不是死了嗎？正常人應該已經死了吧？哪個人類頭斷掉還能活下來？

平頭男人的槍依然對準俐茹，不過帶著明顯的顫抖，俐茹的鴨舌帽已經不知道被誰擠掉了，藍斑攀附在她臉上，映著血液反射的一絲紅光，格外詭異。俐茹抬頭，和平頭男人對上眼的瞬間，對方手一顫，手槍脫落，掉在地上。她從來沒有看過那樣的神情，那是人類所能擁有的表情嗎？

平頭男人轉身，從因為這起意外，而靜止的捷運車廂，逃了出去。

不久前熱鬧的車站，此刻空無一人，大概是國安局出面清場吧。可是俐茹不在乎，就算追兵來了，她也不在乎，一群群黑衣人迅速包圍了車廂，而俐茹只是靜靜地，跪坐在李孝松的屍身旁。

兩道身影闖入車廂，很快地，層層包圍住他們的黑衣人，陸陸續續全都倒下了，七零八落地躺了一地，多數人在試圖看清來者時，被輕易奪了性命，失神的雙眼圓睜，寫滿永遠無法獲得解答的疑惑。

鋒利的劍刃抵上俐茹的心臟，而有一雙枯瘦蒼老卻危險的手，控制住了俐茹的頭部。

「說好讓我殺了她。」

「放屁，約好了一起。」痛失愛孫的奇怪老人，以及失去妻子的瘋狂男人，一對父子，平淡地交談著復仇的約定。

「對了，親愛的林小姐。」老人像是突然想起來似的，把手伸入懷中，掏出一台智慧型手機。「妳老闆讓我們處理掉妳之前，先給妳看這個。」吳將說著，點開一部影片，把音量調至最大。

桃桃跪在地上，雙手被反綁。她在哭。

「俐茹……對不起，俐茹……對不起……」

眼淚糊了眼線，順著桃桃白皙的臉，拉出黑色的淚跡；聲瑞被壓制在地，機械義肢被以蠻力取下，丟在他眼前的地上，雖倔強的昂著下巴，臉部肌肉卻出賣了他，表情混雜著恐懼與不甘而扭曲；柏豪由兩個同樣健壯的大漢牽制著，無論如何都不願跪下，桀驁不馴地冷笑著，即便稜角分明的臉上已佈滿傷疤，最終是身後的大漢狠狠踢了柏豪的膝蓋後方，才強迫著他跪下。

「跟妳的好同事們說再見吧。」老闆的聲音不帶感情地響起，黑色槍管抵上三人的後腦勺。俐茹本能地閉上眼睛——

砰。

車廂內不再有桃桃的哭泣聲，三道整齊劃一的槍聲使影片吵雜的呻吟與哭泣劃下休止符。俐茹聽見吳將嘿嘿地笑出了聲。

一切都是從這裡開始的。俐茹睜眼，呆呆望著空蕩的月台。此刻也要在這裡了結束。

她什麼都想起來了。

下一秒，劍刃貫穿俐茹的心臟，同時，頸椎被蒼老的雙手扭轉，向著脆弱的骨頭根本不可能承受的方向。

喀啦。

一切都結束了。

真正地結束了。

□

診間外，注視著電子螢幕的兩個男人垂下眼簾。失敗了，蒼老的白髮男人低下頭，而較為年輕的那一位則咬緊牙根，壓抑住翻滾的情緒，臂膀環住身旁老人的肩膀。

老人的長相，竟與扭斷俐茹脖子的吳將，一模一樣。診間的白色大門打開了，戴著細框眼睛的醫生走出，神情中透著一絲不易察覺的哀戚，但更多的，是專業而冷靜的理智。

「非常抱歉，我必須很遺憾的告知，史先生的治療失敗了，請兩位吳先生節哀。」

安撫著老人的年輕男子開口了：「謝謝您一直以來的治療，醫生，這不是你的錯，是我家小強自己……走不出來……」句尾帶上一絲哽咽，然而，男人的聲音，卻是從未露面的神秘老闆的聲音。

診間裡的病床上，躺著一個最多二十幾歲，卻已三年多未清醒的年輕男子，雙頰削瘦而凹陷，幾百個日夜裡，他的父親與祖父，是如此熱切地盼著他醒來，可是他卻永遠不會睜開眼睛了。

史小強，曾經以優秀的成績從醫學系畢業，年僅二十二歲便被稱為百年難得一見的天才、研發出多種療法，根治了過去千百年無法解決的絕症與罕見疾病。作為醫生，共同希望能夠征服的目標，從來都只有一個。年輕的史小強，打算跨過那道高牆，若是成功了，人類始終無法逃離的敵人，將會正式不復存在。

死亡。

史小強暗中進行實驗，試圖摧毀所謂生命的終點，唯有打敗死亡，人類方能無所畏懼。實際上，他成功了，透過小強強悍的基因加以改造，重新排列組合，幾百次的實驗結果，他成功創造出了一隻絕不會死亡的白鼠。他試著斬下白鼠的頭顱，給白鼠餵下毒藥，甚至腐蝕過老鼠的身軀，這隻老鼠，就是沒有死去。

終於成功的史小強，在達成夢想的那一刻，忽然感到不寒而慄。殘破不堪的老鼠，仍然能夠在鼠籠裡四處活動、啃咬，毫無失去生命的跡象，反而出現更加殘暴的性格特徵，咬壞了數根木棍與食器，並且不管如何嘗試，史小強都無法殺死牠。

他到底創造出了什麼怪物？

在某個史小強離開實驗室的晚上，白鼠咬斷鐵籠的欄杆，順著人類的氣味，鑽進了人潮聚集的台北車站。

第一個被老鼠咬的人跌跌撞撞地掉下月台，意識模糊間，被飛速疾駛的捷運撞得四分五裂。可是他沒有死去，斷肢與身體彷彿有各自的主意，頭顱自行滾動，張口，咬上了第二個人的腳踝。

鼠疫飛快地在台北市區蔓延開來。世界末日降臨了，虔誠的教徒們站在街頭宣告著，多數很快受到流竄街頭的活屍們啃咬，永遠地轉化。

唯一的解決策略，是將這些活死屍燒成徹底的灰燼，分散開來埋藏，然而世人很清楚，這不是徹底的解決之道，只是「沒有其他辦法了」，僅此而已。活屍至今仍無法根絕，甚至連最初的白鼠，至今仍無影無蹤。

天才史小強瘋了，他對不起世界、對不起爺爺，更對不起母親過世後扶養他長大的父親，對不起對不起對不起對不起……

壓垮駱駝的最後一根稻草，是一位丈夫聲淚俱下的指責。他感染鼠疫的妻子正式受到淨化的那天，丈夫認出了經過身邊的史小強，上前瘋狂地踢打對方。「都是你的錯，我的妻子她⋯⋯我們就要有孩子了⋯⋯」旁人幫著拉開瘋狂的男人時，後者忽然無力的跌坐在地，失聲痛哭起來，哭號著吐出崩潰的話語。

男人姓李，此後再也沒有另一個女人成為他的李太太。

史小強面無表情，拍拍身上的泥灰，向前走了幾步路。

然後，他就倒下了。

從那之後，史小強不復存在。有時他是哭得歇斯底里的喪妻男人，有時則是指責幼孫的嚴厲老人，有時則是從活屍鼠疫中痊癒的重生者們，某一天，他忽然不再醒來了。

醫生說，史小強的大腦正進行著對自身的淨化。那個害人不淺的史小強在捷運上被燒死了，留下了五個重生者，史小強將重生在他們身上。

史小強希望自己能夠重生。

沒有罪惡，沒有愧疚，然而重生者身上的疤痕成了最顯眼的標記。透過科技，醫生能夠看見史小強腦中所構成的世界觀，比起淨化，這更像是重生前的審判。

五個重生者，五次重新來過的機會。

史小強卻給自己每個重生的人格烙上烙印，好讓他愧疚來源的李先生能夠從人群裡認出試圖擺脫罪惡的他。愧疚將重新來過的機會一一斬殺。

俐茹是史小強最後一個意識清醒的人格，也是他最後清醒的機會，若是再度醒來，他將不是背負罪惡的史小強，而是選擇了自己人生的俐茹。

家人自始至終都沒有苛責過他，疼愛他

的爺爺，總是支持他的爸爸，疫情爆發之後，從未有過任何一絲的怪罪。善良的小強，只不過是試圖以自己的能力幫助他人，並非刻意做出傷害他人的舉動。

然而史小強本人的內心，卻因過度溫柔的縱容而無比痛苦。責難也好，打罵也好，請讓他受到應有的處罰吧，家人從未改變的態度，卻讓他感到更深的煎熬，一方面渴望得到報應，一方面更希望得到家人全心的接納。

醫生只能透過一次次的催眠，暗示沉睡中的史小強，使他創造出桃桃、聲瑞、柏豪與李孝松的人格，協助他展開新生。

然而，第一個重生人格陷入最接近原生史小強的意識裡，痛苦吞沒了他，人格因此廢棄；象徵愧疚的李將（李先生）則接二連三地斬殺了他接下來的幾次重生機會。醫生加強療法，然而每一次顯示至螢幕上的結局，永遠結束在一切開始的地方。

台北車站的捷運月台。

最後一個人格的毀滅，是林俐茹的死亡，由史小強意識裡代表家人的其中兩個人格——吳將，以及老闆——下手。

俐茹的犧牲，彷彿是史小強向家人的贖罪，向深愛的家人獻出性命以乞求原諒，代價是自己再也醒不過來。

不需要啊……不需要這樣啊……

眼淚從老人的眼眶滑出，在醫師的分析下沙啞地哭喊著，而他的兒子，史小強的爸爸則緊緊抱住自己的父親，眼淚卻也濕了眼眶。

送年邁的父親回家，吳先生回到醫院，

凝視著病床上深睡的兒子。繼承了他深愛亡妻的姓氏，小強的眼睛，更總是讓他想起兒子的母親，同樣的聰慧，同樣的善良。

他的兒子沉睡著，再也不會醒來了。

男兒有淚不輕彈，可是此刻，眼淚控制不住地一顆顆奔流，滴在了衣領上，靠著醫院冰冷的牆，一個疲憊而悲傷的父親跌坐在地，壓抑的啜泣聲迴盪在病房裡。

角落突然一陣騷動，像是有什麼小小的東西奔過地面，同時撞到了床邊的點滴架。

吳先生猛地坐直了身，警戒地望向牆角。他在布簾的陰影間，認出了那躲藏著的東西。身軀有一半露出白骨，脖子處有以縫線結合的痕跡，雙眼白濁，細長的鬍鬚抖動著，嚙齒類特有的長門牙尖銳而長，小小的爪子，給人不適的感覺。

白鼠。那曾是一隻白鼠，一隻從實驗室裡逃跑出來，鑽進捷運站，咬了人的白鼠。

吳先生望向那陰森的生物，轉頭看向自己沉睡的兒子，若有所思。

▲END▼

3 GOOD HEALTH AND WELL-BEING

10 REDUCED INEQUALITIES

時間軸5N2

路口

蘇芳

喜歡故事，認為文字自有其獨特的力量。
希望全世界的孩子都知道魔法、妖怪、小精靈和聖誕老人是確實存在的。

過街老鼠又如何呢？記憶，是可以創造的。俐茹決定，沒有記憶，就創造記憶。至少在聽過老闆的說明後，作為人類她有了要實現的目標。更重要的是，她無法忍受要在大庭廣眾之下擠一隻蛾、再撩起自己的衣服把那什麼鬼東西抹在自己的肚臍上，對一個淑女來說太丟臉了！

「我操！」俐茹一掌擊落血蛾，再加一腳狠狠踩碎，以此宣示自己的決心。

腳跟頓下，俐茹亦感到一陣暖流從臍下緩緩湧起，她不曉得這是否同樣是海倫山度絲的功效，白光消散，眼前景物亦漸趨清晰。

天邊初昇的一弧新月不知何時已悄然遁入雲幕後，沉鬱的雲層深處電光閃爍。

天臺上，探員們個個荷槍實彈屏氣凝神。李孝松額角上已有汗珠滴落，但他渾然未覺，就連汗水滑入眼眶也未眨上一下。他們都盯著突然現身的老人，以及同樣身分卻明顯來意不善的男子。

幾名探員與李孝松將俐茹護在身後，但在親眼目睹老者與男子的能耐後，他們也說不準這樣的策略是否可行，抑或只是徒然的頑抗。

他們都見到了那氣勢如虹迅捷無比的一劍、見到飛身一躍，但憑兩根手指便成功截下劍鋒的老者，同樣見到那道幾乎吞噬整座天臺，直上天際的白光。

白光閃現的一瞬，兩人猶在眼前，只一眨眼，便雙雙退到數尺之外。

男子腳下不停，手中劍亦不停，雙足踏定後再次向老人刺出連環數劍。劍芒閃爍如電，電光劃過的同時似乎也帶起了一陣風。

風聲呼嘯，隨即歸於沉寂。

凌厲無比的攻勢到了老人面前竟如泥牛入海，瞬息消逝無形。

抽風口旋舞的扇葉帶起陣陣熱風，夾雜著菸味、油煙，以及隱隱約約的臭氣。規律的嗡鳴聲中，男子和老人依舊纏鬥不休，只聽得金鐵相擊之聲不絕於耳，就連雙方的身形亦開始漸趨模糊。

王彥斌仍然緊握槍柄。此時動用警槍並不違法。他深信任一名執勤員警或是獲得配槍的同仁均對《警械使用條例》爛熟於心，面對眼前的景況，出聲喝斥或扣下扳機絕對無可厚非。

但他卻與其他幹員相同，還在斟酌下一步的行動。在局勢尚未明朗之前，節外生枝能免則免。況且，若他的判斷並未失準，坐山觀虎鬥、伺機而動才是上策。他轉頭瞥了一眼揉著眉心，神情凝重的李孝松，再看俐茹。被護在身後的她微微蹙眉，正目不轉睛盯著這兩位不速之客。

繼李孝松現身後的第二個意外。

雖然事前才做過搜查與分析，出發時也確保在各街區與監視器無法勘查的角落都安插了眼線與機動人員，但百密一疏，終是出了紕漏。

王彥斌瞇起眼，決定暫且擱置浮上心裡的疑問，壓低聲音對俐茹做了個手勢：

「先……」

方才啟口，一道黑影躍入視野。王彥斌下意識伸手格擋，卻也不免踉蹌幾步，險些跌仆在地。

王彥斌抬頭，橫在眼前的，卻原來是李

孝松的背影。李孝松鬆開手，一隻泛黃的白布鞋落在地面。

「打什麼歪主意？」男子朝地面唾了一口。

跟著李孝松說出的話更讓王彥斌豎直了耳朵，就連不遠處的老者也頓下腳步、揚了揚眉。

「你是捕蟲網的人。」李孝松說。

捕蟲網並不是網，所欲捕捉的也不是蟲。

就王彥斌所知，那是近年迅速竄起的一個網站。更精確地來說，是在重生者們得以回返人身後才興起，隨即星火燎原般延燒到各地的爭議性團體。

捕蟲網的成員，多半是在數年前的災難中遭到波及的受害者，當中亦不乏事件罹難者的家屬或創傷鬥士。最初只是一群抱有相似理念或創痛的人偶爾抒發情緒或吐吐苦水的去處，卻在巨大的同溫層下思想逐漸走向極端。不僅運用社群網站與匿名論壇的便利性迅速開枝散葉，甚至也招募創作者拍攝影片或從事圖文創作，再用串流媒體傳播。

不時穿插在網頁邊欄或熱門影片開頭的宣傳，王彥斌也曾匆匆掃過幾眼，不願具名的受訪者將臉藏在壓低的帽沿與大墨鏡下啞著嗓細訴過去，並對相關單位呼籲社會大眾善待重生者的宣導忿忿不平。

「他們能得到補助，會有專人輔導他們重新走上正軌。可是我的家人呢？」即使只是匆匆一瞥，直到現在，王彥斌仍然不曾忘卻影片裡提出的質問。

對捕蟲網的成員而言，重生者就算不是當初的加害人，僅僅存在，便能喚起他們對平靜生活一夕化為烏有的驚懼、無助，以及好不容易才漸漸隨著時間淡化，卻永遠不會消逝的痛楚。

面對未知的恐懼與無從證實的猜測最終轉為嫌惡。這樣的排拒心理使重生者處處碰壁，為此被逼上絕路，或為求存鋌而走險的案例一旦見報，便又更進一步地加深人們的刻板印象，也讓在為數不多的出路中苦苦掙扎、力圖站穩腳步的重生者們再次遭受重擊。循環往復，再加上有心人的推波助瀾，被視為必須根除的害蟲，亦不令人意外。

雖然鎖定重生者的連續殺人案不在國安局的業務範圍，這次動身前，王彥斌也曾向刑事局打過招呼。因而他明白最初相關單位便曾與站方和社團管理員聯繫，試圖釐清是否有人知悉內情。對方制式化的答覆避重就輕，最後也就不了了之。王彥斌緊盯中年男子，回想至今得到的所有情報。

或許今夜便能掌握突破困局的關鍵。

男子未作答覆，僅淡淡睨了李孝松一眼，便再次提起手中杖劍。王彥斌見狀一個箭步上前，正色道：「把武器放下。」

男子眉頭一抽，緊握劍柄的手紋絲不動。

「放下武器。」王彥斌再次複述，持槍的手沒有顫抖，聲音也很堅定。「我保證你能平安離開。」

「你保證……」男子扯動嘴角，爆出一串笑聲，佈滿血絲的雙眼卻毫無笑意。他舉起杖劍，額上的青筋隱隱跳動。「你們這些垃圾能保證個屁！」

「講了那麼多屁話，真正出事的時候你們又在哪裡？」說話間，男子已一躍而起，王彥斌聽見身後同仁們的驚呼。他轉過身，只見男子越過他和李孝松頭頂後，便直向俐茹奔去。即使只穿著一隻鞋，即使國安局的幹員紛紛阻在前方，老人緊跟在後，李孝松略一遲疑也追了上去。

俐茹跑向邊欄。不必王組長出聲提醒，她也曉得當務之急便是盡快離開現場。她看得清男子的每一個俐落洗鍊的動作，但她同樣明白自己無法跟上非人的速度，擋在前頭的那群人也不行。誰知才跑出幾步，就被地上的管線絆了一跤。她暗暗咒了一聲，倉皇起身時，男子已突破重圍，與她僅有數步之遙。

男子高舉杖劍，劍身猶如一道白色閃光直入天際。俐茹瞪著男子，看著自己呼出的氣息在眼前化作一片氤氳霧氣。她發不出聲音。

霎時天臺亮如白晝，老人身形一滯，李孝松心臟怦怦直跳，想要攔阻已是不及。

慌亂中不知是誰開了槍。俐茹看見男子身子一晃，一灘鮮紅在布衫上漸漸暈開，忽地霹靂一聲巨響，她的視線就此陷入一片黑暗。

跟著雨便落了下來。

城市變暗前的最後一刻，幾乎所有人都看見了那道撕裂夜空的閃光。

空氣中夾著一股塑膠燒焦的氣味。雲層深處傳來雷聲隆隆，但不似先前響亮。高懸頭上的M字如今已黯淡無光，隨處可見的路燈與霓虹招牌同樣遁入夜色。

緊急照明燈微弱的光源下，李孝松揉了揉光禿禿的眉峰，思忖接著該如何開口。

他查看手機。事件後不過幾分鐘，媒體便陸續發布資訊，說是落雷導致機組受損的地區性停電，當前電力公司正在全力搶修。繼續下翻，只有大感不便的留言以及藉此大作文章的挖苦社論，無人提起槍響與甫落幕的麥當勞天臺衝突。

看來似乎是被壓下來了，也或許尚未被揭露。

畢竟無人知曉傷者後續的動向。

他們就著手機螢幕的微光來到俐茹身畔時，老人與男子已不知去向。如同到來，無人知曉他們用什麼方式離開。俐茹縮著身子，噤聲不語，在旁人試圖攙扶她起身時還在顫抖。嘗試往頂樓找人的桃桃看見他們先是一愣，隨即上前自己扶著俐茹走下階梯。

雖然看上去不明所以，桃桃什麼都沒有問，也什麼都沒有說。僅是攬著俐茹，帶她找到位置坐下，又下樓吩咐店員重新為每個人送上紙巾與熱飲。李孝松似乎有些明白，何以是由桃桃陪著俐茹走這一遭的了。

俐茹頭髮滴著水，手掌膝蓋都有擦傷，沾上海倫山度絲的衣服使她更顯狼狽。桃桃替她擦乾頭髮，用店員在休息室找到的急救箱湊合著處理傷口。

眼看距離約定的一個小時只剩不到十分鐘，李孝松抓緊時機，在桃桃開始收拾藥品時走上前去：「可以借一步說話嗎？」

桃桃抬眼瞧了李孝松片刻，終於聳了聳肩：「道歉就不用了。我們差不多也該回去了。」俐茹卻在此時說道：「你想說什麼？」

既然俐茹主動開口，桃桃也不打算再阻擋。她拍拍俐茹的肩，起身離開。三樓早先淨場時便空下許多位置，停電之後，更是沒有客人逗留，在桃桃讓出空間後，李孝松再無顧忌。

「所以，」俐茹說：「現在你還是覺得我該跟你一起走嗎？」

當然。李孝松幾乎脫口而出，但回想起適才天臺上的遭遇，他改口道：「妳願意的話再好不過，但我真正想說的不是這個。」

俐茹聞言挑了挑眉。

「所以……」

「感覺……還好嗎？」

李孝松指的，自然是放在三樓女廁的海倫山度絲。至少當下俐茹是這麼認為的。她點頭。雖然縈繞身上一度閃耀的藍色焰火已然消逝，她確實認為有什麼已經悄悄改變了。如果不是相信老闆的說法，不是相信那一瞬間緩緩漫至四肢百骸的暖意起了什麼功效，她不覺得自己能有逃跑的勇氣。

但李孝松接著說道：「我不曉得妳有什麼想法，但我想跟妳說。過去的都已經過去了。無論誰說了什麼，或做出什麼指控，永遠不要被絆住腳步。」他如釋重負地吁出口氣，似乎起了個開端，剩餘的思慮也就不構成罣礙了。

「這並不是為了彌補，也不是要救贖誰，畢竟不是每個人都能擁有這樣的機會，正因如此，才更要好好珍惜。

「這樣的說法或許是自以為是，但我認為除了沉浸在已經無法改變的事實之外，人還能做到更多的事。」李孝松頓了頓，似在思索適當的措辭。他伸手指向牆，俐茹順著他的手勢望去，只看到投射在牆上兩道淡淡的人影。

很普通的影子。沒有疤痕，也看不見張揚的藍色火炎。

「當然，想擺脫過去，就像想逃避影子一樣是不可能的事。無論走得多快、多急，影子都會用同等的速度追上。」李孝松繼續以嘶啞的聲音說道：「但除了留在樹蔭下，人還可以選擇看著光。」

只要面向光線，影子自然會被拋在身後。越是在靠近光源的地方，產生的影子也就越淡。

這是小孩子都知道的自然現象，但越是簡單的道理，也就越容易被人忽視。

「是你剛剛想到的嗎？」

「算是吧。」李孝松撓了撓面頰。他本不是能言善道之人，也不冀望這樣的即興發揮起得了半點功效。追根究柢，無非便是希望俐茹能打起精神而已。

忽然傳來一聲輕咳，李孝松抬頭，便看見微光中神情仍然嚴肅的王組長。

在交代組員封鎖現場，將布鞋列作連續斬首案的證物後，王組長便走到洗手間外的走廊聯絡後續事宜，時而來回踱著步子，時而停步看著手機若有所思。有時會有刻意壓低的語聲，只是他們不曾細聽，雨聲中也聽不真切。而今，在漫長的等待後，似乎終於有了結論。

「對於當前的處境不必多作說明了。」俐茹說：「但你剛才似乎還沒講到重點。」

「關於這點，」王組長蹙著眉頭，意有所指地瞥了李孝松一眼。李孝松輕輕頷首，轉身步下階梯。

俐茹和王組長的交談沒有持續很久，不過兩分鐘光景，兩個人便一前一後下樓。桃桃搶先一步問道：「結束了嗎？」

「算是暫時告了一個段落吧。」俐茹說：「時間到了，得先回去。」

王組長看上去鬆了口氣，又似乎一下子老了好幾歲，指揮下屬護送俐茹和桃桃回到酒吧，仍然是固執地走在隊伍最後。國安局的幹員身上多多少少都有掛彩，雖然依然有序而盡忠職守地團團護著俐茹，氣勢比起最初已經差了一截。

倘若沒有停電，現在本應是環河區最為輝煌的時刻。如今少了霓虹燈點綴，也不見絡繹不絕的遊人與車潮，就連街道兩旁的路燈與店家都是漆黑一片。除了透過手上的光源辨識得出前方，倒真的什麼都看不見。

雨依舊不停，積水漫過路面，在他們腳下匯聚成流。

對角的柏青哥店早早拉下了鐵門，走近酒吧，才勉強看到一點光亮。那是站在簷下揮著手電筒的柏豪。

「比預定的晚了三分鐘，不重要了。」柏豪看著浩浩蕩蕩打著傘的一行人，望向桃桃：「今天提前打烊了，他們要進來嗎？」

「沒。」俐茹回答。「送到這裡就好了。」後半句是對國安局的人說的。

「我們一樣會繼續保護妳。改變主意的話，妳知道怎麼跟我聯絡。」說著，王組長微一點頭，竟真的頭也不回地帶著那群人離開了。

「林小姐……」李孝松望向俐茹。從他們下樓後，他便迫切想知道俐茹的選擇，但一直抽不出空檔問。還來不及開口，俐茹便說：「我需要時間考慮，但今天我想先休息了。」她低聲說了句「謝謝」，便跟在桃桃和柏豪後，關上了門。

回到酒吧，一切正如柏豪所述，一個小時前還聚在吧檯前的客人都散了。畢竟誰也不曉得什麼時候復電，也無法耐著性子在斷電後顯得又悶又熱的屋內乾等。

室內仍瀰漫著食物的氣息。桌上有炸物拼盤，一盞看來頗富情調的煤氣燈亮著，暈黃色的燈光盈滿整個空間。早前俐茹和桃桃還以為那只是架上的擺飾，用來營造復古氣氛用的。依舊穿著酒紅色西裝的老闆背脊挺直地坐在沙發，雙手交握擱在膝上。身旁還有另一位身材高挑，身穿套裝的女性。雖然不曾交談，俐茹知道，她便是桃桃時常提到的老闆表姊，也是樓上事務所的律師，Ms. Chen。

「老闆在等你們，我要先去休息了。」說著，柏豪便上樓去了。

「還好嗎？先坐下。你們應該還沒用餐吧，要不要來點吃的？」

雖然沒什麼食慾，俐茹倒真的有些餓了，剛剛吃的薯條似乎已經是很久以前的事了。

桃桃點頭。她曉得老闆手中掌握的資訊必然更多，但在將洋蔥圈分進小碟子時，還是將她所知道的事簡短交代了一遍。她不曉得天臺上的事，但桃桃判斷俐茹因為他們而被特定人士鎖定，有急迫的危險。結論雖有毫釐之差，卻與真相相去不遠。

「雖然我不曉得怎麼回事，最好還是別和他們扯上關係。」

老闆只是聽著，不置一詞，Ms. Chen則出聲問道：「你們覺得事情到此結束了嗎？」

「不。」桃桃和俐茹同時表示。

「國安局的那個局長不可能就此放棄，什麼基金會的也不像是會半途而廢的樣子。」

「看起來應該只是因為停電不得不暫緩計畫，實際上要是逮到機會還是會像今天一樣。」

「我想也是。」老闆嘆了口氣。突然拿出了兩個牛皮紙袋，推到桃桃和俐茹跟前。

「這是？」

俐茹有些意外，桃桃則在打開封口後說不出話來。

裡頭是一大疊千元鈔，大概是三個月的薪水。

「這個月的薪水和獎金之後會匯到妳們的戶頭，該有的絕對不會少。」老闆頓了一頓，「聲瑞和柏豪他們也已經知道了。」

「您的意思是……」

Ms. Chen接了下去：「酒吧接下來有一陣子要重新裝潢，明天開始會歇業一陣子。」

「樓上的事務所和房子不受影響，但要請你們暫時委屈一下了。」言下之意，就是想暫避一下風頭，但接著老闆話鋒一轉：「酒吧是不要緊，但俐茹，妳想怎麼做？」

「國安局的人想必不會善罷干休，他們找來這裡，也是手裡掌握了妳的資訊。說不定連妳的住址都知道了。」

俐茹咬著下唇，想起稍早阿寬提起的老男人，又連結到天臺上的吳將，忍不住打了個冷顫。

那個地方，她是不可能回去了。

桃桃提了個點子：「要不，趁著停電，我們先把俐茹暫時送到別的地方，等風頭過了再接回來？」

「倒不是不可行。」Ms. Chen 附議。「既然路口的監視器都被斷電了，不如趁現在聯絡我們認識的白牌車司機。一次叫四、五輛，分幾條路線走，要追蹤也沒那麼容易。」

老闆淡淡打斷她：「就算路口的監視器都暫時不能運作了，也不代表這周圍沒有他們的眼線。你們剛回到這裡，這附近想必是佈下了天羅地網。況且想攔一台車很容易，只要請警察在路邊臨檢，沒有不停下來的理由。」

Ms. Chen 補充道：「何況我們這條路，平白無故地一下子來好幾輛車，反而引人側目。」

「那麼，搭大眾運輸工具如何？捷運站停電了，但公車應該沒有停駛。」

「我相信他們現在也是一團混亂，但別忘了，公車上也是有監視系統的。」

見桃桃低下頭去，Ms. Chen 說：「要不這樣好了。我的身高和體型和俐茹差不多，讓我和桃桃一起回家。在黑暗裡不出聲，說不定還有幾分被錯認的機會。如果把監視的人引走了，你們就趁這個機會另想辦法把俐茹送出去。」她對老闆說：「桃園那裡不是還有間空屋嗎？」

「桃桃，可以嗎？」

「嗯。」

「計畫敲定就立刻執行吧。」老闆望了手機一眼。「不要忘了，電力公司正在搶修。」

我們實際上剩不了多少時間。」

桃桃匆匆到員工休息室拿了手提包和雨傘，向老闆致意後，便與 Ms. Chen 來到門口。

「妳有從國安局的人那裡拿到什麼東西嗎？」Ms. Chen 突然說：「像是名片什麼的，可以給我嗎？」

「是這個嗎？」俐茹依言拿出王組長的名片，遞了過去。

「這就是了。」Ms. Chen 將名片隨手放進提袋裡。「誰也不曉得上面是否附了追蹤用的發信器，正好用來混淆視聽。」

「等等，」俐茹問道：「不交換衣服嗎？」

Ms. Chen 笑了：「妳料得到的事，國安局的人也料得到。他們大概本來就假定妳可能喬裝離開的。不換衣服正好。」

「祝順利。」桃桃離開前對她說。

門再次關上了。

「那麼，」老闆再次詢問俐茹：「妳現在有什麼打算？」

俐茹隨著老闆再次回到沙發前，隨意拿起一個洋蔥圈。「你呢？」她反問，「你又有什麼打算？」

既然再無旁人，偽裝與隱匿也就不必要了。俐茹不打算拐彎抹角，老闆看來也不想，便直接切入正題。

「我本來想說接著該討論怎麼脫身。妳的反應真讓人心寒，不過不壞。」老闆走到吧檯前，隨意挑了一瓶威士忌注入杯內。

「所以塗在肚臍只是個幌子。」俐茹說，「只要碰到那隻蛾，就注定完成記憶複寫的程序。」

「重生的感覺如何？」老闆回到桌前，將一只古典杯送到俐茹面前，用手上托著的另一只玻璃杯碰了一下。

「破壞你的興致我很抱歉，但我可能不是你想的那個人。你也不是史小強真正的父親。」俐茹淡淡道。

「所以他是真的失敗了。」老闆先是一愣，沉默半晌，又恢復了先前的從容，「比起這個，俐茹，我比較想瞭解妳是怎麼知道的。」

「只是推論。」俐茹接過杯子，卻沒打算就口。「訊息和實際上有落差。所以我也沒有全盤接受。」她盯著老闆，一面細細分析：「如果我們真的以速度見長，李將和吳將大可不必冒著身分曝光的危險露面，這樣的舉措無異於自縛手足。之所以不直接出手，可能是想互相牽制，避免對方趁機得利，但按他們的實力，根本不會把國安局和基金會的人放在眼裡。而照你的說法，吳將的實力不輸李將，實在沒什麼好顧忌的。這只是令我感到衝突的資訊之一。」

「之一。」老闆以食指輕輕點著桌面。「那麼，按妳的判斷來看？」

「若非情報有誤，便是他們另有盤算。這只是一場戲。也許演出的人毫無自覺，但劇本早已預先寫定，甚至設想了後續的進展，只是在中間出了些連編劇本人都無法估計的差錯。」

「比如說，史小強想達成不死的對象並不是他自己。」老闆擱下酒杯，眉頭微蹙：「我實在想不出來，妳到底是誰？」

「我剛剛只說了，我可能不是你想的那

個人。」俐茹眨眨眼，「到目前為止都是推論，這樣的反應恰好坐實了我先前的猜測。」老闆又一愣，但接著又笑了：「不愧是不死博士，妳還推論出了什麼？」

「基金會的人沒有說謊，殭屍王這些年來確實不斷的在找我。」俐茹不疾不徐地娓娓道來：「他找到了。此外他一面在人類社會拓展勢力，一面又運用科技的力量，讓越來越多重生者迫於外界壓力走投無路，最後只能投入他的麾下。」

「沒錯。」老闆撫掌而笑。「他會希望像妳這樣的人才為他效力。」

對此俐茹沒有回應，她繼續說：「捕蟲網也是你架設的，所以你曉得李將的背景，煽動他犯下這些罪行。」

「你說的這些我不否認，但我並沒有唆使他動手。全是他自發性的行動。」老闆輕嘆息：「回到最初的問題。妳接下來有什麼打算？」

俐茹沒有思索太久，幾乎立即有了答案：「我是俐茹，也僅僅是俐茹。早在麥當勞，我就已經做出選擇了。」

老闆依舊笑得慈愛：「在知道這些的狀況下，妳認為我還會讓妳離開嗎？」

「你會的。」俐茹說得篤定，突然笑了：「你不是說過，不管我做哪個選擇，你都將會支持我嗎？」她將裝著鈔票的牛皮紙袋留在桌上，起身。「這些日子謝謝你的照顧。剛才那些話我不會和別人說，但這個我不能收。」

眼看她轉身，老闆忽然一躍而起，五指成爪向前一撲，但俐茹的動作更快，一晃眼就到了門口。或許老闆給的情報虛實交錯，這部分倒是真的。俐茹賭的便是此刻，她迅速關門，看見一直候在門外的李孝松和王組長。

她沒告訴老闆自己還留有一張名片。上頭除了發信器還有竊聽器，接收端則在國安局。

她的心怦怦狂跳，甚至感到有些暈眩，心裡卻意外踏實。俐茹頭一次覺得自己向外邁出了新的一步——在重獲新生之後。

外頭的雨不知何時悄悄停了。街燈閃了一閃，霎時間整條路重新亮了起來。

▲END▼

3 GOOD HEALTH AND WELL-BEING

時間軸50

登天

墨永瓶

一條對墨水上癮，沒辦法脫離故事的毒蟲。

靠著孱弱的熱情燃燒鋼筆上的墨水，以鋼筆為針刺入靈魂之中，飄渺的故事流入血管。是一個以此幻想安慰被越漸冰冷的現實降伏的懦夫。

李孝松衝向阿寬，手中多了把電擊器：「別開玩笑了，你看見藍比爾？」

只見阿寬的手腕彈出一把爪刀，反身擒住李孝松的手，熟練地將他摔倒，用刀械去了電擊器。

「放開我！」李孝松掙扎著，反身逆擒拿，試圖找回主控權，卻發現阿寬像是沒有痛覺一般，手臂就算被扭曲成可怕的角度，也沒有鬆開手。

咖擦！阿寬的腦袋旁多了一把手槍。

「我沒有惡意。」阿寬淡淡的說。

「你沒有。」桃桃說：「但你的身體就是惡意。」

阿寬轉頭看向桃桃，淡淡地說：「妳怎麼知道的？」

「從你一開始的動作就知道了。」桃桃說：「你是『擬態』吧？你這種可怕的『東西』沒想到真的存在。」

「我們……一直存在。」阿寬冷冷地說。

老闆揮揮手，桃桃將手中的槍收好，柏豪和聲瑞都將槍口移開。

「我聽說過你們……」柏豪說：「先在身上打入變種的殭屍病毒，將自己變成類似殭屍的存在，再將植入武器。你們真能潛藏在屍潮中不會被發現？殭屍把你們當成同類？」

「嚴格來說我們的身體現在就是一具類似殭屍的屍體，弱化的病毒維持著身體機能，沒有感染的腦部藉由病毒來控制四肢行動，沒有痛覺，就能有超凡的力量。」他放開李孝松，面無表情地將自己的手扭回原位。

「聽說你們在一次機密任務中全滅？」

李孝松惡狠狠地說。

「我們太小看殭屍王了和ＥＭ種病毒了。當時我們以為可以藉此接近殭屍王並捕獲他，沒想到他不但認出我和隊員們不是殭屍，還反過來獵殺我們。」阿寬說：「但我們也發現了一個秘密。」

「你該不會要說『俐茹就是秘密』？」李孝松說：「這也他媽的太巧了……」

「她是我們的母體。」阿寬靜靜的說：「她是所有變種病毒的原生種。所以她才能識破我們，甚至讓我們沒辦法靠近和傷害她。只要她在，所有的變種病毒都會被她控制。」

「該不會……。」桃桃驚恐地說。

「我們一直以為殭屍病毒是種病毒。」阿寬揭開自己的衣服，露出藍色的斑紋，但和別人不同的是，這些斑紋彷彿有生命般跳動且移動位置：「但它其實更像是一種黏菌。它們有意識，也有活動能力，更有智慧。」

「這真的……顛覆我們過去的認知……。」李孝松喃喃自語：「難怪殭屍們越來越有組織和紀律，原來他們全部都是一體的。」

阿寬淡淡地說：「現在唯一重要的任務就是要把俐茹帶離殭屍王，越遠越好，要是她身體裡的母體被喚醒……」

「所有的重生者都會再一次被觸發！」老闆彷彿意識到什麼，大叫：「所有重生者都會再變回殭屍！俐茹就是個信標！」

□

王組長的車穿越市區，進入深山，脫離產業道路到接近林地的道路後，在廢棄的碉堡前面停下。

「國安局的碉堡這麼破爛？」俐茹諷刺地笑笑：「白白浪費我們的稅金呢。」

「這只是個實驗室。」王組長下車，其他三輛黑頭車已經在此等待已久：「如果失控的話丟核彈不會波及到其他人。」王組長回答。

說話之間，碉堡的門開了，十多個穿著全套戰術裝備的特種部隊將王組長和俐茹等人團團圍住，雖然看不出來這些是否是經過改造過後的士兵，但以國安局的安保程度來看，根本不用懷疑。更何況根本看不出這些人有在呼吸，他們的胸口沒有起伏，甚至沒有人喘氣。

王組長舉起雙手表示沒有武器，俐茹學他一樣把手舉起來，其中帶隊的人手中的槍比了比，王組長乖巧地轉了一圈，而俐茹也學他轉了一圈。

帶頭的人比了個手勢，圍著他們的特種部隊也把槍口一致移開，三台黑頭車看到自己的頭頭安全，便馬上發動引擎，逃之夭夭。

「可以出來了吧？」王組長對著碉堡大喊。

只見一個穿著白色醫師袍的年輕男人走了從碉堡生鏽的大門內走出來。

「這麼大陣仗？」王組長指了指身邊的特種部隊：「不就是抽個血？」

「我也只是小心行事。」對方笑笑：「我可不想被殭屍女王感染。」

「感染？」俐茹問：「我已經重生了……」

「你沒跟她說？」男人問。

王組長聳肩。

「好吧。」男人說：「先進來實驗室吧，我一路上幫妳解釋。」

男人瀟灑地轉身就往門內走去，王組長聳聳肩，跟著男人一同進到碉堡中，俐茹看向身邊這些沉默的特種部隊。

瞬間，短暫的頭痛猶如針刺，這頭痛和以往都不同，像是有什麼東西被解開了一樣。

她看著特種部隊們的護目鏡，鏡片後的他們眼神呆滯，毫無生息，俐茹卻感受到一絲絲的……期待？

他們冰冷的眼神讓俐茹感到不自在，她連忙跟上王組長，一同進入碉堡。

□

「可惡啊……」柏豪說：「你確定是往這個方向嗎？」

強化的悍馬車甩尾，順勢把一群殭屍撞下高架橋，那群殭屍還沒站起，就被阿寬精準地射穿腦袋，殭屍斷電般原地倒下。。

「你沒發現一路上殭屍越來越多嗎？」阿寬說完把步槍上膛，隨手丟出的彈匣直接砸倒一個跑太近的殭屍：「大規模感染！」

「太誇張了……」開車的桃桃左閃右拐，勉強閃過那些湧來的殭屍：「疫情指揮中心在搞什麼？怎麼會有這麼多殭屍？」

「指揮中心已經下達撤離警報了。」一聲瑞放下手機說：「所有的民間保安公司都派出自己的人掩護民眾撤離。」他拉開燃燒彈的插銷，往一群聚集在一起的殭屍丟去，頓時好幾個殭屍變成行走的火炬：「該死的……」

火光沖天，子彈和火焰殲滅了向著眾人撲來的殭屍，聲瑞在車頂的機槍座上操作著火焰槍，甩出一條條火蛇，阿寬和柏豪一人一槍清掃著從側面趕上來的漏網之魚。

「安排好了。」老闆放下手機說：「順著開！前面有個防衛軍的據點！他們會接應我們！」

眾人乘坐的六輪悍馬車加速，往城外奔馳，只見路上已經有不少國軍的防禦據點建立，他們熟練地與警察們掩護民眾撤離，三樓以下的窗戶都被打開，作為狙擊點讓守軍們對殭屍們掃射，他們井然有序地一步步往建築的高層撤離，準備把殭屍引入狹窄的室內空間再一舉用燃燒彈殲滅。

有些軍隊將頂樓當成據點，一邊施放煙霧招來撤退的直升機，一邊把民眾自製的莫斯科雞尾酒往聚集在大樓下的殭屍丟，不少殭屍成為人形火炬在街上亂竄，而不少試圖往樓頂移動的殭屍，也在士兵們準確的手榴彈陷阱中被炸飛。

創傷鬥士們在各處據點外衝殺，他們藉由強化的義肢和殭屍們頑強地近距離搏鬥，藉此打散群聚的殭屍們，清出一條讓民眾們安全撤離的通道。

在經過多年與殭屍對抗的慘痛經驗，人類已經總結出與其戰鬥的最佳策略：藉由小規模戰鬥降低感染源聚集、確保頂樓的安全讓空中成為安全的撤離通道，並將殭屍盡量維持在平地。這樣的手法成功讓不少人可以統一聚集到安全的庇護所，還可以讓屍潮的大小維持在十幾人一個群集，不會演變成無法消滅的殭屍海嘯。

「挺眼熟的，是吧。」阿寬說，一面準確地狙擊殭屍。

「……」柏豪沉默，看著有些創傷鬥士一邊屠殺著殭屍，一邊露出狂熱的神情：「是不陌生。」

柏豪看向正在車頂的聲瑞，他正用噴火槍在空中劃出燃燒的紅龍，掃過之處殭屍亂竄，火光映照著他的臉，投影出一種不像人的陰影。

至少，他沒有享受這件事，柏豪心想。

「前面！」老闆指向一個有兩扇鐵門的倉庫：「桃桃，不要減速，他們的大門只能開一次！」

「什麼？」桃桃驚訝的說：「你瘋了嗎！」

「記住！一次！」老闆說完就轉頭把剩餘的燃燒彈一顆顆串在腰帶上：「只有一次！」

在車尾的柏豪和車頂的聲瑞面面相覷，只有另一側的阿寬依然穩定地擊殺殭屍，彷彿這一切和他無關。

「裡面的人知道我們要過去吧！」桃桃要哭出來了：「你確定齁！」

「相信我！」老闆說：「不要減速！」

桃桃心一橫，油門採底，悍馬車咆哮著往前衝。

「三！」老闆對著手機的另一頭咆哮。

「二！」老闆大喊，聲瑞的火焰槍剛好燒完，他扔出最後一顆手榴彈。

「一！」老闆喊完，就把燃燒彈腰帶往後丟，剛好套在一個倒楣的殭屍身上。

只見倉庫的門打開，兩挺駕著重機槍的

手推車被推出，坐在推車上的創傷鬥士不斷開火，掃倒一片又一片的殭屍，眾人的車在掩護下穿過大門，駛近倉庫。

門口的手推車看到悍馬車已經進入倉庫，便往倉庫內撤退，一個創傷鬥士手提一把火箭彈，在兩扇門關上前開火。

火箭彈正中那個掛著燃燒彈的殭屍，火焰風暴席捲屍潮，瞬間將無數殭屍吞沒。

「碰！」在火焰燒到倉庫前，兩扇厚實的鐵門關上，阻隔焚滅一切的火焰風暴。

在悍馬車內的桃桃緊握著方向盤大聲喘氣，她在車一進到倉庫後就猛踩煞車，還好車子沒有翻覆，或是一股腦地撞在倉庫的牆上。

「辛苦了。」老闆打開車門對阿寬說。

「嗯。」阿寬點點頭，將雙腳從兩條深溝中拔出來，剛剛他在進入倉庫後跳出車，硬生生將全速衝刺的悍馬車停下。

柏豪好不容易熬過暈眩，看著眼前陌生的倉庫：「這裡是……？」

倉庫裡忙碌的人們效率極佳的分配彈藥和支援物資，設備完善的小型醫療站中護士們熟練的包紮傷者，另一邊技工們俐落的修補義肢。好幾幅放大的台北市地圖掛在牆上，水道圓孔蓋的位置都被標示清楚，一對對全副武裝的創傷鬥士小隊拿著武器魚貫的鑽入不同地道中，趕往前線戰鬥。

「ㄟ，柏豪，那是不是很眼熟？」聲瑞問柏豪：「那個旗子。」

「旗子？」柏豪看向那幅掛在倉庫牆上的旗子，是一個銀色肉食動物的頭骨，一隻眼睛為機械眼發出紅光，另一隻眼睛則鑽出一隻百步蛇。

「雲豹軍？」阿寬說：「你連他們都認識？」

「做生意啊，什麼人都會認識。」老闆笑笑。

桃桃被眼前的景象嚇呆了，她是聽說過雲豹軍，那是台灣規模最大、最悠久的創傷鬥士軍團，在第一次屍潮爆發後就在民間組建，由當時支援全世界的美軍特種部隊和法國雇傭軍們訓練，不但開發特殊武器給創傷鬥士們使用，更有多次和軍警合作一同解決小規模屍潮的紀錄。沒想到老闆會認識這樣的幫手，那更可以解釋為什麼柏豪和聲瑞的技術如此精湛……該不會也是雲豹軍的成員吧？

「不只是認識啊！別那麼見外！」一個宏亮的聲音傳來，一個高大的人影來到眾人面前。

她是位身高絕對超過兩米的健壯女子，穿著一套特製的連身迷彩服，健美且勻稱的身材外她的雙手都被換成了金屬光芒的機械義肢，一頭烏黑的長髮從軍帽中傾瀉而下，一隻眼睛也被換成了機械眼，但依然可以在她深邃且精緻的五官上看出是個充滿野性的美女。她深邃且精緻的五官散發著危險的野性。

「再怎麼說我也算是個乾女兒吧！」對方笑笑，露出潔白的笑容。

「師傅！」柏豪和聲瑞同時對眼前高大的女人高喊。

「好久不見了，小豪，小瑞。」被稱作師傅的女人摸摸兩人的頭：「看來你們都過得很好呢。」

兩人不好意思地笑笑，過去在被救回後，是在師傅的教導下兩人才有現在的身手。

「我沒見過你。」女人對著阿寬笑：「但你看起來不像是活人呢。」

女人靠近阿寬，臉上的笑容凝結，她的機械眼閃閃發光。

「跟外面那些比起來，我還是活人。」阿寬聳聳肩：「密雅小姐，久仰大名，雲豹軍看起來和傳說中的一樣強悍。」

「看起來？」密雅眼睛瞇了起來。

「裝備看起來不錯。」阿寬老實說。

柏豪和聲瑞下意識吞了口口水，兩人從師傅的語氣中聽到了危險。

「好了好了。」老闆連忙打圓場：「他是前調查局探員，也是傳說中的『那個』。暫時和我們共同行動，協會的李孝松有先跟你打過招呼了？他手底下的人已經趕過去了，我們馬上要去支援他們。」

密雅瞪了阿寬一眼，回復到以往的笑容。

「當然，東西都準備好了。」她向著旁邊的軍人們比了個手勢，他們抬來幾個木箱：「準備好再一次面對殭屍王了嗎？」密雅對阿寬笑笑：「那個東西？」

阿寬打開木箱，一整套軍用的外骨骼戰鬥裝甲映入眼簾。

「老樣子。」他拿起脊椎神經控制器，插進背脊，爪鉤深深的插入肉裡：「殺殭屍，完成任務。」

□

俐茹跟著王組長和穿白袍的男人深入碉

堡，這裡似乎是個實驗基地。，但一路上都沒看到人，只有空的實驗室沿著通道延伸，機械手臂呆呆地站在它們的工作崗位上。

俐茹的頭痛沒有消失，刺痛感的頻率越來越頻繁，她恍惚間對這個機構似乎有種熟悉的感覺……

「我是不是來過這裡？」俐茹在心底想著。她狐疑地看向身後的王組長，但王組長似乎早已知道原因，她正想開口，那男人就先說話了。

「俐茹小姐，我是昊醫生，也是殭屍疫情指揮中心的病毒研究負責人，我曾經負責妳的重生療程，而準確來說，是睡眠療程。」昊醫生跟俐茹自我介紹。

「什麼意思？」俐茹：「我不是……重生了嗎？治好了殭屍病毒？」

「喔不，不不不，差遠了。」昊醫生笑笑：「其他病人是可以重生，應該說他們身體的黏菌是可以暫時殺死，並且失去感染力，但妳不一樣，妳身體裡的黏菌無法殺死，所以我們暫時讓他們睡著了！」

「簡單來說，妳只是休眠而已。」王組長補述：「所以我們才需要妳來。」

「來？」俐茹問：「來做什麼？」

「來幫我們一勞永逸地消滅殭屍！」昊醫生依然微笑，但手中多了一個金屬針筒，裡面充滿著不明液體。

「你要做什麼？」俐茹想推開昊醫生，卻發現在她身後的王組長早一步抓住她，力氣大得讓她手腕發痛。

「沒事的，一下就好了。」昊醫生慢慢地將針筒中的液體注入俐茹的體內：「這不會傷害妳，只是會方便我們後續的行動。」

隨著液體的注入，俐茹感受到身體漸漸不受控制，癱軟了下來，但脖子以上卻仍然能夠移動。

「你做了什麼？」俐茹的恐懼大過驚訝。

「沒事的。」昊醫生露出危險的笑容：「只是讓妳的身體暫時換個主人而已。」

王組長放開俐茹，這時俐茹發現自己的身體不受控制，居然主動跟著兩個男人走。

「政府告訴民眾，殭屍的病毒是透過咬傷傳染，好讓這些無知的人們受控。」昊醫生像是在跟俐茹聊天般說：「但殭屍其實是更有趣的……生物。」

「它們是黏菌。」昊醫生繼續說，領著兩人走到一個像是金庫門一樣的強化門外：「它們透過菌絲來感染四周的東西，擴張種群，妳可以說它們全部加在一起就是個巨大的生物。」

昊醫生輸入密碼，強化門緩緩打開。

一座圓形猶如水族館的玻璃缸沖天而立，但裡面不是美麗的海洋場景，而是無數殭屍堆疊在一起，它們彼此間被藍色的菌絲纏繞著，血肉融合在一起，有規律地膨脹收縮，猶如一座活著的肉山，它們瞪大的眼神死死盯著俐茹。瞬間，俐茹的頭更痛了。

「很壯觀吧！三千三百四十八個殭屍組成的巨大殭屍！」昊醫生興奮的說：「原本我想叫它『巴別塔』！但有些人覺得太矯情，所以將它的代號命名為『電台』！反正，它本來就跟電台無異。」

王組長操控著俐茹，跟著昊醫生來到玻璃缸的底部，一個手術台已經預備好在那裏，頭部的位置有著奇怪的機器，連接到魚缸底部。

「這個電台是亞洲最大的殭屍集合體。」昊醫生愉快地說：「蒐集這麼多殭屍不容易啊……得要感謝王組長。」

「閉嘴，廢話一堆。」王組長厭惡的說：「快啟動機器，讓這場惡夢結束。」

「別急啊。」昊醫生說：「至少讓我解釋給我們的俐茹聽，畢竟她可是主角呢。」

俐茹被迫自己躺上手術台，並且乖乖讓王組長把她的四肢捆好。

「我想妳應該知道研究的事情，沒錯，妳是EM種的殭屍，妳也是眾多變種黏菌的母體，但妳同時是個啟動鑰匙。」昊醫生愉快的操縱著連接玻璃缸的機器：「只要妳和殭屍王一起，就可以號令所有的殭屍，妳們身體裡的黏菌，都是能夠作為其他黏菌訊息整理器的特化黏菌，所以你們跟其他那些無腦殭屍不同，你們能夠整合它們的資訊，再次讓它們成為一體。多年前我們勉強用一個『擬態』部隊把妳和殭屍王分開，讓現在被感染的殭屍們失去主腦只能盲目的漫遊，而殭屍王的黏菌沒辦法產生控制那些變種的電波。而現在，電台造好了，我們不需要殭屍王，只需要妳這個鑰匙就行了。」

「所以……你要我號令它們？」俐茹的頭痛越發強烈：「還是要統治世界？」

「統治世界？」昊醫生大笑：「我是要拯救世界，藉由妳身上的信息素，我們可以控制殭屍，讓所有的殭屍變成不會動的活靶子！不會攻擊人！甚至可以遙控它們往一個方向聚集！」

「然後每個人都可以重生了？」俐茹問：「這麼好的事我可以配合，先把我放了吧！我會乖乖聽話……」

「重生？」王組長不屑地笑笑：「那要花多少錢啊？」

「絕對比一顆氫彈貴。」昗醫生大笑。

俐茹瞪大眼睛，眼前這兩人絕對都瘋了。

突然，一陣巨大的震動傳來，王組長和昗醫生差點被震倒。

「搞什麼？」王組長皺眉。

「有人來了。」昗醫生笑笑：「門口有警備隊的舊槍械庫。」

「你動作快點，他們交給我。」王組長說完就往出口跑去。

「好了，看來是要拚手速了。」昗法醫對俐茹笑笑：「俐茹小姐，妳要幫幫我啊。」

俐茹閉上眼睛，頭痛越發劇烈，讓她甚至要暈了過去。

□

「誰來告訴我這他媽到底是什麼！」聲瑞大喊，第三次將同一個特種部隊隊員一斧子擊倒：「就算是殭屍這樣也應該死透了啊！」

「他們不是。」阿寬冷靜的閃過子彈，舉起戰稿砸爛一個隊員的腦袋：「這些『東西』被強化過。」

「強化過？」李孝松冷靜的閃過一人的擒抱一刀將他攔腰斬斷：「跟你一樣？」

阿寬沒有說什麼，只是冷漠地用加上外骨骼的拳頭把其中一名隊員的腦袋打爛，塞入一顆小型燃燒彈。轟的一聲，隊員成為一團掙扎的火球。

「最後一個。」柏豪一刀斬下靠近聲瑞的隊員的雙腿：「它們身上的黏菌好像更難殺死，一定要用火才行。」

聲瑞嫌惡的在半截隊員身上扔下一顆燃燒彈，看著他在火焰中痛苦掙扎。

「保有戰鬥技巧，還有殭屍的體力和怪力……」李孝松皺眉：「這種東西不像是人類。」

「是比人類還要惡意的東西……」阿寬默默地說。

現場的四人對看了一下，下意識地盤點手中的工具。雖然從雲豹軍那邊拿到了軍用外骨骼裝甲和強化創傷鬥士義肢的戰鬥裝備，但無論是協會還是雲豹軍都沒有餘力再分出援手支援四人，只能將他們送往離李孝松偷偷在俐茹身上放的信號器最近的地方。

「碉堡啊……」聲瑞看著眼前生鏽的大門，在他的強化義肢之前，這扇門跟紙糊的一樣，只是在經過外面這場和不明特種部隊的惡鬥後，他覺得這身強化裝備和外骨骼裝甲似乎也不太管用。

「也只能上了。」聲瑞站穩架勢，腿部義肢的支撐柱釘入地底，手部的強化破門槌「咖瘩」一聲上膛：「你們幫我注意啊。」

「嗯。」李孝松和阿寬兩人舉槍瞄準。

「轟！」破門槌狠狠地砸開生鏽的鐵門，鐵門像是錫箔紙一樣凹陷，在強大的慣性下往碉堡內飛。

「好啦！我們……」聲瑞話還沒說完，他的胸口就出現一顆血洞：「三小……」

「聲瑞！」柏豪大喊，卻也被什麼東西

射穿了膝蓋，他無力地跪下。

機敏的李孝松和阿寬兩人連忙找掩護，並丟了一顆燃燒彈進黑暗的碉堡，火光炸裂，王組長的身影被映照出來，他也穿了一身外骨骼裝甲，手中還拿著一把現代十字弓，上面裝著專門面對創傷鬥士的箭。

「哎呀，阿寬啊！」王組長笑笑：「怎樣?你突然有力氣了?」

阿寬沒有回話，只是撿起地上特種部隊的槍朝王組長射擊。

「這幾年要你當俐茹安定樁，真是辛苦你了！」王組長躲過子彈，回身射出幾箭：「現在俐茹回來了，你可以下班了！」

阿寬向李孝松使了使眼色，兩人合力出擊射出交叉火網。

「看來你想加班啊！」王組長眼看兩人火力強大，連忙遁入碉堡的黑暗中：「那我這個上司只好陪你加班了！」

□

「轟！」整個碉堡又震了一下。

「別擔心，別擔心。」昺醫生對俐茹笑笑：「我們已經準備好了……只差……」

俐茹只剩下眼睛可以動，她的頭被機械連接到那個玻璃缸上，她驚恐地看著昺醫生操控機器。

「快要好了……」昺醫生自言自語。

「啪嘰！」一個東西黏在了玻璃缸上，緩緩地滑下，拉出一條血痕，直到掉在昺醫生面前。

「哎呀呀……」昺醫生嘆氣，看著王組長的半張臉：「沒想到失敗了。」

　　昊醫生回頭，看見傷痕累累的李孝松和阿寬，兩人喘著氣，身上都是槍傷和血痕，阿寬還少了一隻手，李孝松則是張不開一隻眼睛。

　　「阿寬啊……」昊醫生對著阿寬傻笑：「沒想到你比老王強啊，明明你是舊型的……」

　　「少廢話………」李孝松喘著氣：「放開俐茹。」

　　「辦不到。」昊醫生說：「因為我早就啟動了。」

　　「關掉它！」李孝松往昊醫生走了一大步：「關掉！不然我殺了你！」

　　「你知道我在做什麼嗎？」昊醫生笑著說：「這不是個毀滅世界的兵器啊，這是個終結戰爭的好方法啊！」

　　「媽的……瘋子。」李孝松正想要對昊醫生出手，自己的身體突然被貫穿。

　　被一根藍色的觸手貫穿。

　　「哈哈哈哈哈哈！」昊醫生大笑：「沒想到啊！沒想到！這應該就是天意吧！」

　　李孝松轉頭，看向阿寬，阿寬冷漠地看著他。而阿寬的斷手，則長出了那根貫穿李孝松的觸手。

　　「什麼……？」李孝松掙扎著：「為什麼？」

　　「這副身體也擬態夠久了。」阿寬露出不屬於他的笑容：「我的新娘，我來了。」

　　「藍……藍比爾。」李孝松大口喘氣：「什麼時候……？」

　　「藍比爾從來不是個人。」阿寬說：「他不過只是個意識，接觸的那一瞬間，我就進入這個身體了。」

李孝松瞪大眼睛，貫穿他的藍色觸手突然炸裂，李孝松碎血如雨。

「那你呢？」阿寬看向昊醫生。

「我？」昊醫生大笑，將身上的襯衫敞開，露出大面積的藍色疤痕，詭異的游離移動著，說：「我早就準備好了！從那天把女王分離開，讓她進入社會開始！我就準備好了！王啊！開啟我們的時代吧！」

昊醫生著魔般的大笑，阿寬的觸手刺穿他，一路將他推擠到玻璃柱前。

「新時代！要來了！巴別塔啊！通往天國吧！」昊醫生大笑，玻璃柱碎裂，三千多個殭屍一起大喊著接受新成員。在昊醫生的大笑中將他吞噬。

阿寬微笑地看著躺在手術台上的俐茹，溫柔的將她抱起，然後走向肉柱，肉柱上的人臉開始微笑，甚至開始唱起歌來。

「你……你是誰？」俐茹的聲音虛弱的像是夢囈。

「我來救妳了。」阿寬溫柔地說：「正如我答應妳的。」

阿寬跳起，抱著俐茹與肉柱，合而為一。

□

從那天起，人類與殭屍的戰爭，從與病毒對抗，進化到了與另一個物種對抗，一個有意識，有想法的「一個」物種。

▲END▼

3 GOOD HEALTH AND WELL-BEING

10 REDUCED INEQUALITIES

時間軸5P

暗夜微光

楊勝博

科幻奇幻與推理小說愛好者。採訪過一些人，寫過一些文章，到過一些地方。希望透過書寫找回閱讀 的速度。喜歡白天的海。厭惡鞭炮。科幻近作〈忒彌斯的決斷〉。

李孝松低頭，「原來真相是這樣嗎？比爾，你利用了我們，利用了整個重生者扶助基金會，原來是為了找殭屍王的實驗體嗎？可惡！」

「雖然很不幸，但從目前已知的線索來看，我們不得不相信這個事實。」阿寬正色說，「現在的問題是，必須阻止對方和俐茹接觸，以免我們喪失製造疫苗的機會，阻止災情進一步擴大。」

「依照我的經驗，俐茹現在人應該已經在國安局指揮中心，但既然我知道最後的地點，潛伏在重生者扶助基金會的藍比爾——也就是殭屍王白威廉肯定也知道……」

老闆沉思了一陣子，緩緩說道，「如此一來，問題不是阻止接觸，而是如何在戒備森嚴的國安局內，在國安局和殭屍王大軍的混戰中救出俐茹。我需要一條內部路線……阿寬，你說你是前國安局外勤人員，給點線索吧！」

阿寬沉思了一陣子，給出了答案。

□

載著俐茹的車隊駛入國安局，所有人都發現後面跟著另外一群車隊。和國安局車隊的車型、配色幾乎相同的車隊，此時在他們後面停下。車門開啟，一個個身穿西裝但全身散發令人不安氣息的人影現身，他們全都是受EM病毒感染的殭屍……

王組長立刻按下緊報裝置，通知國安局人員封鎖大門和各大出入口，一邊對著駕駛下令，「開車！往山路開去，我們得避免這些殭屍進入市區！」

「是！」駕駛立刻來了個大迴轉，輪胎和地面磨擦發出刺耳的聲音，向著山區衝去。殭屍大軍也立刻跟了上來，有隻動作特別快的殭屍，像是在傳令一樣，用他的下巴指了俐茹一行人的方向，其他殭屍以大草原上狂奔獵豹的速度追趕著他們。

「他們早就知道我們要來？」俐茹看著後車窗嚇出一身冷汗，「他們到底是從什麼時候跟在我們後面的？」

「不簡單啊，居然能如此精準地掌握我們的行蹤，」王組長雖然內心慌亂，但語氣還是不慌不忙，「國安局在山區有個秘密入口，我們可以從那進入國安局。」

「但如果這群殭屍跟著進來，我們不就全部完蛋？」俐茹警醒地提問，「就沒有個辦法可以擋個十秒鐘，讓我們順利甩開他們嗎？」

「這妳倒是不用擔心。」王組長拿出手機和國安局成員聯絡，「總是有備用方案的。」

俐茹的不安雖然沒有消除，但至少心裡不再慌亂。座車始終沒有拉開與殭屍部隊的距離，就這樣一路往國安局後方的山區移動。齜牙咧嘴的殭屍在俐茹眼中根本就是怪物，她難以想像自己以前和這些殭屍看起來幾乎一模一樣，看見人就像獵犬看見獵物一般上前撕咬啃食，不想還好，一想到自己以前可能的樣子，俐茹差一點就吐了出來。

駕駛一路在山路上甩尾飄移，輪胎摩擦地面聲和煞車聲此起彼落。有些殭屍途中不慎跌倒，原本就不完整的身體變得更加殘破了，即使如此還是不斷向著座車追趕。過了一陣子，座車總算是和後面那群殭屍拉開了一點距離。

「咦？」俐茹突然發現殭屍部隊突然改變方向，開始朝著更高處移動，「這群殭屍怎麼突然不追了？難道，是要在前方攔截我們嗎？」

「組長，她說的沒錯！看來殭屍部隊打算抄近路攔截我們，搞不好還會在殭屍王的操控下，製造路障阻擋我們前進。」駕駛神色凝重地說著，「希望組員們來得及發動E計畫。」

「也只能祈禱他們能及時趕上了。」王組長語調依舊沉穩可靠，但他握住手機的右手現在握得更緊了。

俐茹見狀，不免又開始擔心了起來。隨著座車一路向前，在他們眼前的是一群正在聚成人牆——應該說是殭屍牆——的殭屍部隊，阻擋著他們上山唯一的去路，看來這次真的在劫難逃了。

就在這時候，王組長的手機響了起來，他接聽之後立刻對駕駛下令，「聽好了，油門給我踩到底！全力衝刺！絕對不要停下來！」

「是！」駕駛用力踩下油門，衝破尚未完全組成的殭屍牆，一連撞翻幾個來不及閃避的殭屍，似乎還輾斷了其中一隻殭屍的雙腿，車身一度不穩，幸好駕駛反應夠快，他們才沒有翻下山去。

俐茹立刻緊緊抓住車邊把手，只希望順利度過難關。後方的殭屍部隊立刻重整旗鼓追了上來，俐茹只想知道，距離國安局的秘密入口到底還有多遠？

忽然，俐茹眼前閃過一道刺眼的光芒，和讓座車劇烈搖晃的巨大波動，駕駛連忙降低速度穩定車身，在留下刺耳的噪音和兩條明顯的煞車痕之後，停了下來。後方所有的殭屍，現在都停止活動，像是失去操縱者的懸絲木偶，滯留在現場一動也不動。

此時，一大群荷槍實彈的士兵從山壁中現身，迅速掩護俐茹、王組長和駕駛離開轎車。

「報告王組長，E計畫順利進行，電磁脈衝EMP攻擊成功切斷敵方的控制電波！失去殭屍王控制的殭屍根本不足為懼！」在眾多士兵的護送下，他們趁殭屍們還沒有下一步行動前，及時進入了國安局的秘密入口，一群人這才終於鬆了一口氣。

□

在阿寬說出國安局有另外一個祕密入口之後，老闆立刻要柏豪、聲瑞把能用的武器都裝上車，讓桃桃給每個人發一把手槍和兩組彈匣，並簡單示範了使用方法，準備應戰。

「事不宜遲，如果要救回我兒子的未婚妻，動作就要快！殭屍王那邊為了奪走俐茹肯定會有動作，我已經失去兒子了，不想再失去一個女兒！」正當一切準備就緒的時候，老闆開著一台悍馬車出現，要所有人立刻上車。然後就一路飆車，朝著國安局所在地一路狂奔。

「如果你說的秘密入口是真的，那最後俐茹會被帶到國安局最高層的辦公室，然後他們會在那裡進行實驗，藉由俐茹的血液將疫苗製作出來？對吧？」老闆問著前國安局外勤阿寬。

「是這樣沒錯，但……我想情況並沒有那麼樂觀。」阿寬思索了一下，最後下定決心還是說了出來，「製作疫苗也許不是那麼容易，而且如果要搶時間，根據現在國安局的行事風格來說，為了達成目標，可能為了取得大量血液樣本，而犧牲俐茹的性命……」

「那怎麼行！我可不同意。」一向冷靜的老闆情緒有些激動，但很快便恢復了鎮定，「簡單說，我們得在殭屍王帶走俐茹，或是在俐茹被國安局抽光血之前救走她，但問題是，我們要怎麼找到殭屍王？他肯定不會以真面目現身。」

「確實，我們已經知道殭屍王可以變化成任何人的外型，無論是藍比爾還是其他的什麼人，或者是國安局內部的重要成員……」

「你講的是沒錯啦！」桃桃忍不住插嘴，「但我們根本沒有辦法分辨誰才是殭屍王變成的，就算他就站在我們面前，也是沒辦法認出來啊！」

「確實，你難道沒有方法可以做個判斷嗎？」柏豪接著問，「至少我們不會找錯人」。

「我知道他有個特徵！」李孝松急忙說，「以前和藍比爾——也就是殭屍王本人——共事的時候，我發現他有時候會在辦公室外的陽台，頭朝著右上方歪斜四十五度看向遠方，還會閉上右眼……」

「這算是什麼特徵啊！平常根本看不出來啊！」聲瑞聽了半天終於忍不住大吼了一句，「等到發現他是殭屍王的時候，我早就被他打趴了好嗎？」

「就是！」桃桃也跟著發聲，「這個情

報根本沒有用嘛！」

「等等！我想到了！他有異色瞳！」李孝松激動地大喊，「阿寬！你在遇到藍比爾的那天，有注意到他雙眼的顏色不同嗎？」

「抱歉，」阿寬用手摸了摸後腦杓，「那天真的喝多了，沒有特別留意。」眾人同時流露出失望的表情，陷入沉思。

「不過，我這邊還是有一些內幕消息，」阿寬看了看所有人，「根據目前的有效情報，殭屍王無論變身變得再像，有些身體特徵還是無法改變的，像是身高和體型，所以殭屍王沒有辦法變身成小孩，也沒有辦法變身成和他體型相去太遠的人物，最重要的是……變身前後，他的虹膜顏色是無法改變的。」

「但如果他戴上墨鏡，我們也沒辦法看出來他虹膜的顏色吧？」桃桃直接突破可能的盲點，「我們頂多能從人的高瘦身形判斷對方有沒有可能是殭屍王，但根本沒有辦法在第一時間確定吧？」

「是，所以我要提供第二項情報，殭屍王的左右腳似乎因為受殭屍病毒感染的程度不同，導致他走路會一跛一跛的，就算刻意隱瞞也會看起來顯得很僵硬，這些大概是他更明顯的特徵。」

「但是他在我們基金會的時候，並沒有這種狀況……」李孝松一臉疑惑。

「只要慢慢走，這樣的狀態就不會太明顯。我想他應該從未在你們面前快走、跑步，走樓梯總是走在最後面，平常行動也是慢條斯理的對吧？」李孝松沒有說話，只是點了點頭，阿寬繼續說，「那就是因為他不想長短腳的特徵被你們發現，但現在你們都知道了。這個就是我們的武器。」

「身材高瘦、雙眼異色瞳、雙腿長短腳是他最大的特徵。李先生剛才提到的沉思習慣，我認為那是在操控殭屍時的副作用，過去作戰期間也曾有無人機拍攝到他類似動作的畫面，但都在更靠近之前就被其他殭屍給擊墜了，沒有任何影像紀錄有留存下來。」

「但我想了一想，上次看到藍比爾看著遠方發呆，那已經是兩年前的事了……」李孝松突然右拳緊握拍了一下左手，「等等！那不就是俐茹剛被治好的時候嗎？」

「看來……他之所以需要俐茹的原因，是因為他自己的能力雖然能夠操控殭屍，但如果沒有俐茹這種類似擴大器功能的人物存在，他能夠控制的距離或是規模會變小，必須全神貫注才能完成。」

「事情弄清楚了吧？」一直默默在旁邊聽大家討論的老闆終於開口，「俐茹對殭屍王很重要，所以他無論如何都想要得到俐茹。但我不能讓他這麼容易得逞，侵門踏戶還想奪走我死去兒子的未婚妻，這口氣誰嚥得下去！聽好了！等下看到身材高瘦、走路跛腳、眼睛有異色瞳的傢伙，絕對別讓他給跑了！」

「是！」桃桃、柏豪、聲瑞立刻答應。

說完老闆用力踩下油門，一路向著國安局的方向前進。

□

「王組長，你們沒事吧？」趕來救援的國安局外勤一邊問，一邊留意四周狀況。

「沒事，趕快把我們的客人帶到安全的地方。」也許是因為鬆了一口氣的關係，王組長露出了疲態，「俐茹，我們走吧，局長正在等妳。」

俐茹內心相當疑惑，但還是信任國安局的安排，跟著外勤人員進入秘密入口，搭上已經事先準備好的車輛，一行人沿著長長的地下通道，一路往國安局前進。從入口往外看，一陣濃煙升起，原來是外勤人員把殭屍堆起來焚燒，免得他們突然又開始行動，干擾原訂的計畫。

一路上走道、電梯、走道、樓梯，經過層層關卡，一行人總算是來到約好的地點，見到了國安局的局長。他站在窗邊，是個滿頭白髮、身穿軍裝的半百男子，雙手撐在有華麗金屬裝飾的木製拐杖上，歪著頭看著遠方。

「局長，」王組長低頭欠身向長官報告，「人我們帶到了。這位就是林俐茹小姐。」

「俐茹小姐，很高興妳站在我們這裡，而不是站在殭屍王身旁。」局長用拐杖重擊了一下地板，「我想妳也許心裡有數，我們局裡還是有很多人對妳心懷怨恨，因為妳在殭屍狀態下殺死了我許多優秀的部下，如果碰到一些不友善的眼神，請妳務必見諒。」

「但你們不是連逮捕令都準備好了？」俐茹突然有點不爽，「針對我在失去意識、被人控制的時候所犯下的罪行？」

「那只是達成目標的手段而已。我們必須搶在殭屍王得手之前，讓妳進入我們管控的安全範圍內。妳要知道，因為妳現在是我們對抗殭屍王唯一的方法，王組長沒有一開始就亮出底牌，也是為了在妳同意的狀況下，來到國安局協助我們。」

「我們不想藉由強迫的方式帶妳過來，這是我們能做到的最大尊重。」王組長在一旁補充，「妳對於之前做過的事情其實一無所知，這也是為什麼我沒有一開始就亮出逮捕令的原因。」

「我很抱歉，但事態緊急，不得不這麼做，」局長走回窗邊看向遠方，再次走回兩人身旁。

俐茹已經沒有那麼生氣了，但這時她留意到局長的右腿似乎不良於行，而且左腿明顯比右腿長了一些，原來局長的拐杖並不只是展現品味和階級的裝飾品。

「我們獲得情報，殭屍王已經再次重出江湖，隨時都會再次引發新一波腥風血雨。」局長一邊說話，一邊靠近俐茹，「請妳見諒。」

局長話剛說完，俐茹立刻感到脖子上一陣疼痛，而且發現她開始有些站不穩了，原來是局長用注射器對她注射了麻醉藥一類的東西。

「你……」俐茹在失去意識前，回想起殭屍王的跛腳、操控殭屍時斜著頭看向遠方的特殊姿勢，剛才局長全都做過一輪，還有他那顏色不同的眼睛，「你就是……」話還沒說完，俐茹就失去了意識。

「局長！」王組長見狀想上前阻止，卻立刻被兩旁的國安局人員架住，「局長，這和說好的不一樣吧？」

「我說過了，事態緊急，得用些非常辦法。」局長一邊說，一邊指揮部下將昏迷的俐茹帶走，「王組長，你的任務已經順利完成，接下來就是我們的事了。」

王組長這時試圖掙脫束縛並阻止這一切，

兩旁人員一時不察居然被他順利掙脫。局長見狀猛然用拐杖敲擊王組長腦門，他當場暈了過去。

「我謹代表國家感謝你的付出。」局長語氣冰冷並交代部下，「這個已經沒用了，給我銬上手銬關進偵訊室。」

說完，頭也不回地離開了辦公室。

□

老闆和阿寬一行人搭著悍馬車，一路衝到國安局門口，才發現整個國安局四樓以下區域蓋上了厚重的防護裝甲，完全不得其門而入，於是轉往後山秘密入口處前進。沒過多久，他們看到一群殭屍在國安局黑頭車後方緊追不捨，殭屍群突然放棄追逐，往更高處飛奔而去，看來是要抄近路攔截黑頭車。

「停車！」阿寬接著像是突然想起什麼似的立刻大叫，老闆火速踩下煞車，可惜已經來不及了。就在EMP電磁脈衝攻擊啟動的時候，他們的車子也進入了攻擊範圍內，瞬間失去了控制，從山坡上往下翻了幾圈才停了下來。所有人雖然翻了個七葷八素，但還好他們搭的是堅固的悍馬車，沒有受什麼嚴重的傷。

「這下糟糕了。」阿寬皺起了眉頭，「如果國安局會使用EMP攻擊殭屍，就表示殭屍王已經重出江湖了！因為EMP是切斷殭屍王和屍群連結的唯一方法！」

「不如我叫人來接我們吧，」老闆迅速恢復冷靜，「我投資的那間大公司離這邊沒有幾公里，我叫他們開直升機來接我們吧？」

「直升機嗎？或許是個好方法。」阿寬

熟知國安局的人力安排，認為現在可能是侵入的好機會，「國安局使用了ＥＭＰ之後，短時間之內應該無法再次使用，也許我們可以趁機從國安局屋頂入侵，那邊的防禦比較薄弱。依照國安局目前的人力安排來看，可能也無暇對付我們，但只要有人用火箭筒對著我們，就隨時有生命危險……」

「你放心，那些人就算膽子再大，也不敢打下那台直升機的。」老闆胸有成竹地說著。

搭上直昇機之後，一行人各自默默穿上國防部長借給他們的防彈套裝，戴上在螺旋槳噪音下仍能互相對話的全罩式耳機，一路上卻沒有半個人說話。他們只是盯著老闆看，內心閃過千言萬語，他們知道老闆人脈很廣，可不知道原來老闆人脈這麼廣啊。但誰也不敢出言問老闆和武器公司CEO、國防部長到底是什麼關係。

原來老闆投資的大公司，是前空軍總司令開設的軍武製造公司，專門製造國產戰鬥直升機為國防部供貨。國防部長和空軍總司令以前是惺惺相惜的飛行員，聽聞老闆解釋的狀況之後，立刻派出準備出貨到國防部的直升機，順路載他們到國安局的屋頂，方便他們完成救援行動。

阿寬憑藉著他的記憶，迅速在平板上畫出國安局頂樓的空間配置，並規劃出最佳路線，直通俐茹即將進入的實驗室。

「如果我們沿著通風管走，最後就能進入實驗室倉庫，而製造疫苗的區域就離倉庫沒有多遠。我們可以迅速帶走俐茹，但是……」阿寬突然語重心長地看著所有人，

「雖然我不希望發生這種狀況，但我們也許免不了一場激戰，我也不能保證各位的生命安全，請各位務必保護好自己。」

「不用擔心！我活這麼久，就是為了等這種大場面！」聲瑞大聲回應。

「放心，有我在你死不了的。」柏豪一邊說，一邊將步槍上膛，「我罩你。」

桃桃一臉興奮地看著兩人，「實在太感人啦！看得姊姊我都熱血沸騰了！待會我見一個打一個，看誰敢惹老娘！」

「沒錯！說什麼都要阻止殭屍王奪走俐茹！我居然沒有發現他一直都在我身邊，都怪我太晚發現，才會變成現在這個局面。」孝松深感自責，拿起槍枝回憶起自己仍是職業軍人時的記憶，「我一定會阻止殭屍王！」

一行人就這麼潛入了國安局頂樓的實驗室。

□

國安局長帶著失去意識的俐茹，進入了實驗室的大門。隨即將俐茹交給研究員進行全身消毒、穿戴手術服，局長自己並沒有進入手術室的打算，只在實驗室外圍的觀察室觀看一切進行。

「我……這是哪裡？」俐茹逐漸恢復清醒，試圖睜開雙眼，卻只看到實驗室的白色天花板和日光燈，還有一群戴著護目鏡、口罩和手術服的人。

「我在哪裡？」俐茹又問了一次，但聽起來像是夢話般的呢喃自語，沒有得到任何回答。她在進入手術室之前，往觀察室的方向看去，隨即感到一陣暈眩，好像有個熟悉的人就站在那面她看不到對面的單向玻璃後面一樣。

「嘔……殭屍王就在這裡……化身成國安局長……」俐茹想起來了，局長用拐杖是因為他跛腳、進門看見他歪著頭看著遠方其實是在操控殭屍，還有他刻意隱藏的異色瞳，對，現在這個局長已經被殭屍王取代了！

她忽然想起了以前的事情，那段她在殭屍王身邊的日子，殭屍王並不是躲在遠方、坐在寶座上下令的國王，更像是親臨現場指揮殭屍大軍行動的將軍。殭屍王那時非常信任俐茹，讓她帶隊佔領重要戰略據點，教會她如何在殭屍大軍和人類部隊大混戰的時候來去自如，成為殭屍王最得力的左右手。

還有那些被她的利齒撕開的喉嚨、用雙手硬生生扯斷的四肢、那些痛徹心扉的慘叫聲……天啊！她以前怎麼會都沒有感覺？她好想吐，但卻什麼都吐不出來。一切似乎都已經太遲了……

一瞬間，所有回憶湧上心頭，俐茹再次暈了過去。

□

阿寬一行人順利進入實驗室倉庫之後，立刻確認所有武器的狀態，隨時準備開戰。阿寬從倉庫這邊遠端控制監視系統，暫時讓手術室外通道的影像重複播放，為他們的行動爭取一點時間。

「手術室使用獨立空調系統，我們得繞路，沒辦法從通風口進入。待會從倉庫出去，右轉兩次，左轉一次就會到手術室外的走廊，現在肯定戒備森嚴，我會想辦法引開他們，到時候你們再衝進去把俐茹帶出來……」阿寬重重呼了口氣，說：「希望我們還來得及。」

與此同時，一大群殭屍沿著秘密入口衝入了國安局，原來之前追逐國安局車輛的殭屍只是誘餌。當國安局部隊覺得危機已然解除的時候，事先潛伏在山中的殭屍一瞬間大舉入侵，迅速突破了防線，直接侵入國安局內部。

「如果讓他們打到這一層來，整個計畫就結束了！」國安局長立刻對負責保護自己的小隊下命令，「你們先去樓下支援其他同仁！這裡就留下在手術室外面的護衛就行，快去！」

「是！」小隊員領命前往入口處支援，內心想著有這樣的局長真好。

「是時候叫醒另外一批軍隊了。」等到所有人都離開之後，國安局長咧嘴笑了起來，他的面孔逐漸改變，最後成了殭屍王的模樣，頭往右上傾斜看似望向遠方，「接下來，就是我們的表演時間了！起來吧！我親愛的殭屍們！」

此時，阿寬一行人所在的倉庫後方，傳來一陣一陣的聲響，似乎是有東西想要從內部掙脫。阿寬相當警覺，立刻要大家迅速躲回通風口，安靜不要說話。

就在所有人都安全地躲進通風口之後，撕裂布袋、木箱碎裂的聲音此起彼落，接著一隻又一隻的殭屍占據了整個倉庫，迅速向手術室的方向前進。

「不是吧……」所有人看到眼前的景象

都不敢置信，「居然有這麼多殭屍潛伏在國安局……」

「不好，有內鬼，」阿寬一想就覺得糟糕，這類事情似乎以前也有發生過，「而且我懷疑這名內鬼是國安局的高層……不然不可能有這麼大的權限可以神不知鬼不覺地移動這麼多殭屍到這裡。」

「就這點殭屍，怕什麼？和他們拚了！」衝動的聲瑞立刻回應，「我就不相信打不贏他們。」

「聲瑞，你說得很好，但不要再說了。這群殭屍殺不得。」老闆出聲制止，「這是個好機會，待會我們就趁國安局部隊和殭屍對戰的時候溜進手術室，把俐茹救出來。這樣阿寬也不用自己一個人跑去當誘餌了，不是正好？有幹勁很好，但要用對地方，我看好你。」

平常總是大小聲的聲瑞，似乎以為自己被誇獎了，很是高興，完全搞錯老闆說話的用意。

就在此時，外面傳來連續槍擊聲，和人員的吼叫聲，看來戰況頗為激烈。

一行人來到倉庫門口向外窺視，發現這群殭屍和他們之前在外面看到的那群不太一樣，這些殭屍動作相當敏捷，即使被子彈擊中，都能巧妙閃過關節的部分，讓它們得以繼續行動。

其中一隻動作特別迅速的殭屍在走廊牆壁、天花板、地板之間跳躍移動，最後在槍林彈雨中繞過國安局部隊的防線，直接咬住其中一名士兵的脖子，現場瞬間腥風血雨染成一片紅。

殭屍用長滿銳利爪子的雙手，將士兵的防彈衣直接撕裂，每一道爪子都在士兵身上劃下深到見骨的破口，內臟瞬間砸在附近的士兵身上，所以人立刻陷入了全然的瘋狂之中！

現場士兵不顧就在眼前的同伴屍體，像是要把殭屍和士兵的屍體一同打爛一樣，拚命朝著那隻殭屍開槍。恐懼這時已經壟罩了他們，他們看不見從他們身後靠近的其他殭屍，只看見滿天飛舞的鮮血與體液，看見逐漸不成人形的士兵屍體。

於是，潔白的走廊上綻放了更多的腥紅花朵，伴隨著淒厲至極的慘叫、奔跑、倒地，一整支武裝部隊沒過多久，就倒臥在一片血海之中，無人生還。

阿寬一行人見狀沒有人敢出聲，就在他們還想著到底要怎麼辦的時候，國安局長從殭屍身後出現，奇怪的事發生了——沒有任何一隻殭屍攻擊他，反而乖巧地像是局長豢養的狗，安靜地圍繞在局長身旁，等待進一步指示。

「哈哈哈哈哈！」局長像是變了個人，笑聲無比猖狂，「不枉我化身成國安局長，終於！終於走到了這一步！你們知道我等這一刻等了多久嗎？哈哈哈哈哈！就讓所有的人類都去死吧！」

「殭屍王！國安局長就是殭屍王！」老闆、阿寬和所有人確認過眼神，內心全是一陣慌亂，這麼強的對手究竟要怎麼打敗？就連全副武裝的部隊都被秒殺，他們衝上去是能撐多久？沒有人敢動一下腳步，深怕立刻被對方發現。

在局長——應該說是殭屍王站在走廊，享受著無上的喜悅，所有的殭屍在他旁邊手舞足蹈，就像剛才的血腥殺戮從未發生過，反而充滿著歡快的氛圍。

「來吧！俐茹！讓我們再次恢復殭屍的榮耀吧！哈哈哈哈哈哈！」在令人畏懼的笑聲和眾殭屍的簇擁下，殭屍王走進了手術室，伴隨著醫護人員驚恐的尖叫，潔白的空間再次開滿了血腥的鮮紅之花。

□

「是你。」俐茹在昏沉中看見來到眼前的殭屍王，她已經回想起過去的一切，那些她完全不願想起的殺人如麻的日子，「殭屍王！把我的人生還給我！」

「所以我才會來找妳，不是嗎？」殭屍王臉上得意的笑容藏不住，伸手摸了摸俐茹的臉，卻冷不防被俐茹一掌拍落，「妳還以為妳能繼續當人類？他們不可能原諒妳的，這就是為什麼妳會被綁在這裡，差點被抽乾所有體液的原因。俐茹啊，妳實在太天真了。」

俐茹試著掙脫，卻意外發現自己似乎變得更有力氣，手臂的固定器已經被她拉開一條縫隙，殭屍王似乎也注意到了。對方開始將頭朝右上傾斜，試圖控制俐茹的意識，已經回憶起往事的俐茹，哪可能會讓殭屍王得逞？俐茹集中精神，將力量匯聚在四肢，最後一瞬間將力量全數釋放，原先固定住雙手雙腳的固定器，現在全部都成了扭曲的金屬碎片，其中一片正中殭屍王的胸口，深及肋骨。

「哈哈！哈哈哈！」殭屍王看來有點意外，用笑聲掩蓋他的驚訝，「沒想到多年不見，你的力量反而增強了不少啊！我更想要妳當我的部下了！哈哈哈！」

說完，殭屍王立刻抓住俐茹的脖子將她壓在牆上，試圖施展他所擅長的精神控制能力，卻發現有一股力量不斷抵抗著自己，甚至有要逆轉的趨勢，反過來換自己被控制了。驚訝的殭屍王放開了手，迅速往後退了幾步，

「難道妳……」

「對，我都想起來了！而且現在你的精神控制，對我再也沒有作用了！」俐茹左半身所有的疤痕都發出了藍色的微弱光芒，這是以前從來沒有的狀況，「我覺得現在的自己充滿力量！我！林俐茹，再也不會受你控制了！」俐茹說完，迅速對殭屍王展開攻擊。

殭屍王不想直接和俐茹對打，只想要操控其他殭屍抓住她，卻發現殭屍群毫無反應，完全不聽他的指示。

「你還想控制殭屍啊？」俐茹冷笑，「告訴你吧，只要有我在這裡，就沒有任何一隻殭屍會聽從你的指示。你以為你的精神力比較強？告訴你，這麼多年來，我始終維持人形，其實都是我刻意壓抑的結果，甚至連自己的記憶都封印起來。你，做得到嗎？你還認為你的精神力比較強嗎？哈哈哈，笑話！」說完又對著殭屍王一陣猛攻。

殭屍王完全無法接受現在的局面，又驚又怒的狀況下，驕傲不可一世的殭屍王一時之間居然落入下風。在手術室內逃竄一陣之後，被俐茹一腳踢出手術室的大門。

□

阿寬一行人趁著剛才騷動暫時平靜下來踏過情景悽慘的走廊，包圍著手術室唯一的出口。

原來，正當殭屍王和他的殭屍在大開殺戒的時候，俐茹透過精神感應和阿寬他們交代了現在的狀況，甚至連接下來的計畫都告訴了他們。至於為什麼是阿寬，大概是他們已經共同生活了一段時間，比較容易在一群人之中找到他的頻率的關係吧。

殭屍王猛力地撞擊在走廊的牆壁上，發出沉重的聲響。就在他還沒有回過神來的時候，左右兩邊的槍聲不斷對著他射擊，任他反應如何敏捷，終究是慢了一步，五個人連續對他開槍，殭屍王的關節被打爛，無法迅速移動，又失去了對於殭屍的控制力，現在沒有任何人救得了他，就像剛才那些不幸的武裝部隊一樣，只能挨打，毫無回擊之力。

「讓開！」從手術室裡傳來俐茹的聲音，所有人立刻往後退開，「這一拳是為了被你奪走的那些日子！殭屍王！納命來吧！」俐茹全身發出萬丈光芒，為了復仇而發出怒吼，整個人像是猛撲獵物的獵豹，像是暗夜裡的一道閃電，用盡全身的力量，朝著殭屍王的腦袋就是一拳。

猛烈的衝擊波讓所有人都被吹倒在地，俐茹的拳頭穿過了殭屍王的腦袋，硬生生卡在牆壁之中。殭屍王全身癱軟，他大概從來沒想過事情竟會是如此結束吧？被一群人類像是對待垃圾一樣的攻擊，又被他認為是得力夥伴的俐茹徹底輾壓，甚至輕而易舉地結束了他的生命。

在死前的最後一刻，殭屍王究竟在想些什麼呢？也許，對所有人來說，那再也不重要了。

□

「那時候，還真的以為我們要全軍覆沒了。」桃桃說完喝了一大口啤酒，「還好站在我們這邊的殭屍女俠完全發威，不然我們就慘嘍！」

「俐茹姐真是有夠罩啦！」聲瑞大聲應和。

「多虧她的幫忙，國家最後還是研發出了能夠完全消除身上的殭屍疤痕的疫苗，」全身疤痕都已經消失的李孝松說完吃了一塊烤肉，「現在走在路上，再也不會有人因為身上的疤痕遭受歧視了，真的很感謝她。」

「大家都還在，我深表欣慰。」老闆說完舉起啤酒杯，「來！讓我們敬俐茹女俠，感謝她為我們做的一切！」

「乾！」眾人異口同聲。

「欸，老闆，阿寬哥最近都在忙什麼啊？感覺很久沒有看到他了。」桃桃忍不住問道。

「自從俐茹帶著所有的殭屍消失之後，阿寬被總統特別委任處理相關事宜，現在可以說忙得一點時間都沒有，等他忙完大概也是半年之後了。」老闆放下啤酒杯，「不過，我們這裡也不能閒著啊！在他回來之前，我們還得讓酒吧恢復原狀啊，不然下次要怎麼招待他呢？是吧！」

「對對對！我們會努力經營不讓酒吧倒閉的！」

「你們要是敢讓酒吧倒閉，就不要再出

現在我面前啦！」

「哈哈哈哈哈哈！」

在一陣歡笑聲中，一道長髮人影在屋頂一閃而過，身上流露著微弱的藍色光芒，還有一抹淡淡的微笑，然後消失在暗夜之中。

▲END▼

作者後記

吳尚軒　時間軸1〈依然糟糕的一天〉作者

從二〇一九年下半年接到邀稿，到我寫下後記的二〇二四年三月此刻，將近五年就這樣過去了。

回顧下筆之初我想的是，當時政治、社會上不同立場、族群的分歧似乎越來越嚴重，人們越來越無法彼此理解、溝通，在這樣的情況下，我思索乾脆極限一點，把最不可能彼此理解的人放在一起試試看？我也想到，大多殭屍作品都以危機當下為主，那如果把焦點放在危機結束後呢？於是我設計了巨大的災難過後，曾經彼此敵對、殺戮甚至吞噬（物理上）的人們仍要繼續生活在一起的世界。

五年過後，沒想到世界還真歷經了一場災難性的疫情，而隨著國際局勢的改變，越來越多以為是電影才會出現的畫面，實際在生活裡上演，如今人們能夠互相理解、溝通了嗎？不知道。不過，身為故事接龍的開頭者，最初腦裡簡單的構想出發繞了一大圈，集結了眾人的心血後回到眼前，也算是足夠寬慰的一件事了，希望大家喜歡這個一連串的故事。

柏斯

時間軸2A
〈Greasy Tentacle〉作者

1 桃桃用的TEER（The LEEk Router）是災難後有志者供獻裝置自架伺服器與多個端點用Mesh Network方式相連建立而成，由於災難後ISP無法供應民間網路，在TEER公共節點供不應求的情況下，沒有具備進階知識與技術的人很難進入TEER。

2 聲瑞脖子上戴的是傳說可以促進血液循環的鈦鍺項鍊，在裝了機械臂後，脖子一直不舒服（因為機械臂必須從鎖骨固定，會牽動到上胸很多肌肉和骨頭），死馬當活馬醫的買來戴看看。

3 這家店的店員內外場都要會做。但柏豪不進內場，大家禁止他去內場。

4 員工福利之一是冰紅茶暢飲，店裡調飲料用的糖漿和檸檬切片是桃桃負責準備，所以員工想用的話要和桃桃「溝通」一下。

圖動

時間軸2B
〈伏流下的故人〉作者

很感謝海穹文化給我機會參與這麼有趣的企劃，也感謝文信老師接手協助完成我的腳本，並且呈現出了比我自身能力更高完成度的成果。

由於剛好站在故事發展起承的棒次，因此試圖將架構及屍潮後的世界觀作了初步的描述，總之先打個外野高飛球給各位大大們接接看相當期待後續接龍的其他篇章、以及最後故事完成的樣貌。

期待能再次參與這樣的聯合創作，是相當有趣的體驗，我也會準備得更妥當來一起玩的！

卡巴　時間軸3A〈燃燒幽靈〉作者

對於一個對自己作品有控制狂傾向的人來說，接龍是一種不太友善的創作方式，故事接下來會往哪個方向不是你能控制的，真是想到就令人焦躁；而這次的接龍活動令人焦躁度又往上提了一個層次，因為來到我手上的是一個失憶的主角，雖然知道她是一個一度成為殭屍後又變回活人的重生者，但在更之前她是什麼人，不但我不知道，連發起人伍薰也沒有答案。好吧，雖然我無法控制故事之後會變成什麼樣子，但我可以決定故事之前是什麼樣子！於是雖然接到的劇情分歧點兩條路線都是走向痛快的動作場面，我卻偏偏要切進回憶的黑頁，搶先一步揭露主角的身世和過去，希望後面的作者們能原諒我的任性，原諒我在星際大戰第四集第30分鐘就揭曉黑武士是路克他爸（笑）。

aaaaa　時間軸3B〈紅塵中有眞性情，重生後尋前世謎〉作者

寫下這篇小說接龍的時間是二〇二〇年八月，今年終於要出版了！還記得收到校稿通知後，找出這篇的時候，我真的全忘了自己曾經寫過這些文字，好像在看別人寫的新小說一般新鮮。

繼承前一篇漫畫的戰鬥場景，讓俐茹也加入在狹窄空間中的打鬥，也介紹了酒吧老闆出場，又讓我想起最愛的《一代宗師》裡的青樓比武，紅塵中必有性情之人啊。後段提到的台灣宮廟，是我很想帶進這個故事的場景，不知道災難之後，人們是否需要更多信仰的支持呢？又或者因為人變少了，小型宮廟是否會更難以經營？不知道後面的故事有沒有相關的想像。好期待可以看到完整的故事啊！

很高興可以加入這個接龍小說計畫，希望可以看到更多樣性的台灣殭屍故事。

戲雪　時間軸3C〈異客〉作者

首先感謝海穹每次都會留後記讓作者可以說點話，特別是這種多作者的合輯，明明可以全部省略節省頁數和成本，卻還是提供篇幅讓我們有機會表達、補充自己的想法。

其次感謝前面的夥伴讓故事好發揮。我認為接龍不是競寫，更不是把梗做掉讓後面的人接不下去，而是合作、互相做球，一起腦力激盪讓故事有更多可能性。「一個人走得快、一群人走得遠」，我想這正是海穹的精神！

關於〈異客〉本篇：我個人討厭人類本位主義，也討厭階級奴役制度；人類沒有比較高貴，上流階層的人類也未必比較優秀。希望高智力殭屍的出現、異客的存在，可以為傲慢的人類帶來挫折和反省，以及其他可能。

子藝　時間軸3D〈虛張聲勢的夜晚〉作者

說起來，以前還流行討論板的時候，故事接龍算是很受歡迎的一種休閒活動，基本上接到後來總會出現小叮噹的電話亭把一切重新洗牌，看來大家心中總會有不同的故事長出來，看不順眼就給他胡搞一下囉！但如果讓作家認真接故事，那又會是怎麼一回事呢？

尤其是這種爬梯子的遊戲方式。

說起來，這故事我接的是前期的段落，手上有的資訊很少，也只能故作神秘的丟出一堆東西來，反正是後面接的人要收尾，說起來我還真是有夠不負責任啊！但這也帶來可以完全放縱胡思亂想的好處，話說我還真為故事裡那些各種故作神秘或虛張聲勢的事情想了不少後續故事呢！但不管怎麼說，接下來就是你們的事了，加油吧！

沈謎　時間軸4A〈藍色是地獄的顏色〉作者

篇名挪改了 Julie Maroh《藍色是最溫暖的顏色》，小說人物情感也薄薄地有所暗合。而內容主要陳述的是超能者對上異形怪物，是我甚喜的戰鬥型奇幻小說，再加上殭屍起源的推論，也稍微反抗了現代科學至上的價值觀。我總以為，沒有任何一種信念應該大於另一種信念。如果有，那很可能是個體或群體的末日將至。另外，我很享受這篇小說、以伏羲為名、具象為魔術方塊的神器設計，相當有意思，有機會的話，應該把神器使徒寫成一部獨立長篇吧。

陳奐羽　時間軸4B〈破繭〉作者

海穹文化的編輯們總是滿滿的奇思妙想，當伍薰向我揭示了大接龍的企劃設計，並特別補上了一句「一定要在最後為後面製造更多難題 XD」，我便知道那麼有趣的企劃豈有不參加的道理。

我的前一位作者，所呈現的是頗具意識流風格的篇章，畫面感極為強烈，並提出了許多新穎的概念性名詞，猶如文藝復興時期的巨幅教堂壁畫，衝擊強烈卻難以言喻。

在欠缺對於這些概念明確操作型定義解釋的情況下，我決定透過情境所透露的線索去臆想，並結合初次閱讀時腦中第一時間浮現如「星之彩」般的意象，藉此完成更多的概念堆疊，把事情搞得更複雜。（笑）

部分段落的描寫上，使用了增加標點符號，調整構句的方式，來呈現蒙太奇式畫面的閃動、跳越感受，算是一種新的嘗試。

雨藤　時間軸4C〈爲什麼要看短影片？〉作者

回頭看，疫情似乎已經完全消息而不存在於生活中了一樣。

對於二〇一九至二〇二二年這一個世代的年輕人來說，他們的生命經驗必然會與其他世代，有著明顯而無法忽視的差異，尤其是在年輕伴侶，彼此牽手或親吻的當下，除了社會的壓迫之外，還要擔心自己是否違反防疫規定，這完全不是其他世代可以想像到的悲劇。

疾病這東西，幾乎是人類自種族誕生以來，就伴隨到今日、揮之不去的恐懼、隱喻和想像，而在這個全球大疫情時代的後端，我們似乎可以瞭解過去對醫學科技還未能把握的祖先們，為解釋疾病而衍生出的一切可能。

謹以此篇作品，獻給所有在大疫情時代下，受到傷害、苦難與壓迫的所有人，願這場大疫之後，我們都能找到不同以往，更能好好生活的方式與地方。

一姚　時間軸4D〈被劃破的寧靜〉作者

距離寫這篇短文已經過了幾年，再次回頭看雖然文筆生澀，但又熱血沸騰，不禁也開始好奇其他創作者會怎麼共同攜手完成這個故事。

捷運站是我每天都會去的地方，當這個乾淨又便捷的場域出現殭屍，會發生什麼事？我光是用想像的就覺得很刺激。所以當伍薰老師傳來邀約訊息時，立刻就答應要參與這個創作計畫。我小時候最愛看的就是這種可以自由選擇劇情的故事，身為讀者的你會怎麼決定俐茹的人生走向呢？希望這本書能為讀者的生活增添一抹奇幻的色彩！

得涅修　時間軸4E〈影集、實境、紀錄片?〉作者

與海穹第二次合作。非常感謝這些夥伴提供土壤與舞台，讓我們可以走自己的路、唱自己的歌，發芽生根茁壯、筆揮墨灑成章。

　撰述本次情節時，努力揣摩主角身為女性的思緒，也藏了些小小的致敬——若能引致共鳴或推敲，當為作者之樂事。首次嘗試故事接龍，時有惴惴不安；望已竟承先啟後之功。

以上，是為後記。

TB Liu　時間軸4F〈失憶的眞相〉作者

　接到校稿通知的當下，其實跟撰文中的主角俐茹，面對不同人所提供的記憶版本差不多狀態，滿腦子的問號浮現，因為寫完本文到收到訊息時，已有一段時日間隔，甚至還猶豫了一下，尋思是否真的有寫過（笑）。好在自己不是跟主角一樣真的失去記憶，打開文件讀了前幾段文字，所有的印象，倒是全部都瞬間歸位啦！（大笑）

　不過嘛，由於本書的特殊設計方式，就算是寫這後記的當下，對於主角在所寫部分的後續故事發展，其實仍停在一無所知的狀態中，實在太令人按奈不住心中的好奇心，希望趕快拿到成品翻閱哩！

　感覺上大概得把整本書看上好幾遍，才能全面性的知道，俐茹跟故事裡的角色，在不同作者的生花妙筆下，會碰撞出哪些有趣的火花與收尾，這種同時折磨作者、編輯、排版後製跟讀者的接龍創作，真是太有趣啦！

炳紳與彤華　時間軸4G〈關鍵就在海倫山度絲〉作者

這篇故事是我和先生一起完成的，他是主要貢獻者，整個故事架構是他想出來的，也是他先寫出骨幹，再由我完善血肉。在創意方面，他永遠領先於我，我只能望其項背。但我強迫症比較嚴重，細節由我把關。

他是個聰明外露的人，言談中隨處可見充滿機鋒的幽默感，文中這類看了就會忍不住笑出來的句子，都是他的傑作。

感謝伍薰在二〇二〇年九月提出邀請，讓我有機會和先生一起完成這個作品。我們在當年十月交出這份稿子，而我先生在二〇二三年二月因為敵不過癌細胞而離開了我。現在能看到這個作品付梓，對我來說意義重大。如果您看了這個故事，也喜歡他的幽默，希望可以讓我知道原來我不孤單。

石頭書　時間軸4H〈殭屍王的真相〉作者

還記得BBS時代，大家喜歡在網路上玩小說接龍，這類接龍往往要求超展開又要收得合理，某方面而言相當考驗作者的能力，也是鍛鍊架構故事能力的必經過程。後來BBS沒落，網路交流小說的平台少了又不好用，加上空閒時間也愈來愈少，就愈來愈少看到相關參與機會。

這次伍薰邀稿，讓我回想起過去玩接龍的時光，無論是看大家如何用不同方式（小說、漫畫）超展開劇情，或者自己想如何整合設定，都是相當有趣的過程。也希望我在創作中的快樂能感染到各位讀者。

何玟瑋　時間軸5A〈LAST〉作者

多數時候我都是一個人在進行小說創作的，第一次參加這種會正式出版的小說故事接龍的創作模式，是個蠻新奇的體驗。我負責將故事結尾，要將前面的創作者開啟的支線收攏、出場的人物、使用的元素等在一定的字數內圓回來，完整整個故事是一件很有挑戰性的事情，十分有趣。這是一群創作者的心血結晶和寫作實驗（或者說遊戲？），希望大家讀得開心。

羽澄　時間軸5B〈知曉即是深淵〉作者

收到海穹這次的故事接龍邀請，並且看了文本後相當興奮，身為一名作為克蘇魯創作者的我而言，這是一個讓奈亞大大現身的傳教機會！

起初我僅是想帶入外神與克蘇魯神話生物，操弄一切的奈亞、連《死靈之書》都不願提及的凶惡怪物修格斯等。但又想要加入一些對這樣帶有英雄旅程性質的奇幻（科幻）故事的一些反思，角色在故事中吐槽突然冒出的危機和人物、組織、設定、名詞，說這樣不合常理——最後卻又不得不接受，也於最後走向死亡；女主角更是意圖反抗被更高維度的勢力，但最終也意識到人類之於命運的飄渺無力。一如同我們面對人生的荒謬，吐槽以後卻仍身不由己，知道真相的人注定身處深淵。

休休　時間軸5C〈成爲一顆水母〉作者

不知道其他創作者會不會有這個症頭？我是屬於寫過就忘記的那種創作者，當然這個忘記的程度會隨著時間的遠近有一點差異，但我失憶的情況是屬於會被人說渣的程度。（那如果一直寫下去就是一路渣到底？）（話說作品可能也是屬於某種腦海裡的渣渣？）（前陣子才看到有人討論喜歡在文字後括號說明是宅宅的標誌我嚇了一大跳趕緊拍拍胸口壓壓驚）寫完就失憶沒關係，至少在故事裡又活了過來，又或是變成安穩地躺在名為文字的棺材裡。雖然我老是寫完就失憶，但還能對以前寫過的東西露出淺淺的微笑，可能就是作為一個創作者最大的詩意了吧。

BBcat 三隻貓　時間軸5D〈在日光中〉作者

這是一趟很有趣的體驗，與其他厲害的作者共作的接龍並沒有想像中容易，要考慮的事情條件會比自己寫作來得多。做為結尾，我認為自己撿到了點便宜，不用顧慮啟下的情節鉤子，不過為了使故事順暢且增添自己的想法，當初也費了不少腦細胞來來回回確認，希望最後呈現出來的成果是流暢且有意外之感的。

看過許多科幻作品，尤其牽涉到星際，總會想，如果人類真的遇到帶著陰謀的一群不速之客，是不是真的有反擊能力？我可能悲觀一點，於是有了這麼個結束，雖說不是一鍋生命之湯，但也用回歸為一的燃燒小小致敬了一下。

靜川　時間軸5E〈Sweet Leaf, Sweet Lips〉作者

我是個殭屍迷，只要是有殭屍的電影、遊戲、小說、漫畫我一定看爆玩爆。對於這種沒有生命卻有食慾，行動緩慢只會嗚嗚叫，看到肉不管斷手斷腳肚破腸流都堅定勇往直前不退縮的小可愛，真的是一點抵抗力都沒有。

所以有機會參加這次大接龍，相當興奮，謝謝伍薰哥邀請，玩得非常盡興。這次負責收尾，謝謝夥伴各種精采接續，留下許多有趣的伏筆、線索，讓我在最後能做一個串連，揭露事件真相。

我很喜歡俐茹這角色，她就像《銃夢》裡的凱利，覺醒後那種獨立自主，凡事不被他人左右的風範，對我來說是很有魅力的。故事最後，俐茹沒有逃走，決定留下來對抗組織，真的能成功嗎？不得而知。但，我們總要保有一絲希望，留給她，也留給我們。

小樹　時間軸5J〈夜幕眞相〉作者

感謝伍薰二〇一九年的邀稿，讓我能夠因為截稿壓力完成自己人生中第一篇不算長的長文。時隔近五年，現在終於要付梓，重新校稿時覺得自己過去用字生澀、缺乏字彙、節奏仍有許多能改進之處，不只一次大改、進度不佳。然而在陶藝、翻譯與各式邀約下極度忙碌的某個清晨，翻來覆去，滿腦子想著兩天前入窯的作品不知狀態如何、萬一燒得不如預期要如何表現，突然有股衝動便起床完成了校對。倒也不是認為已至善至美，而是即便有不足之處也已然完美。或許，很多時候，就只是這樣而已。

大獵蜥　時間軸5G〈蒼焰彼岸花〉作者

我小時候很著迷一種角色扮演遊戲書，在閱讀過程中，讀者扮演裡頭的主角，可能是探險家，也有可能是一隻松鼠。故事進行到一個段落時會出現二選一，讀者依照選擇翻到指定頁數來進行故事。

也因此，當初收到邀稿時，就覺得這企劃實在有趣。作者要跟編輯隨意報一組數字，之後就會收到前面的故事，且要負責續寫下去，大家得個別負責不同路線中的不同階段，且更好玩的是，作者們不知道彼此是誰，誰負責哪些段落，誰又會接自己寫的段落，整個創作過程就非常神秘。真的很好玩，我玩得很開心。

我相信，創作其實就是未知的冒險，這本《異世歧路——俐茹、殭屍、大接龍》無論對作者還是讀者來說，都是一場未知冒險，希望所有人在其中都能玩得開心啊！

法爾索　時間軸5K〈線〉作者

接龍就創作來說相當有趣，卻是「創作完整性」的天敵。即使看起來有合作的部分，畢竟每位創作者都是獨立的個體，我們或可揣摩上一棒的想法，找出貫串故事的脈絡，然而終究無法成為別人，最後書寫的仍是自己。

也因此，對於「把具有奇幻、乃至科幻氛圍的故事，寫成了愛情動作片」這點，我感到非常抱歉（趴跪）找西斯寫手來結尾的下場就是這樣了，我們會確保有一定的床戲比例，哪怕用上回憶插敘也在所不惜；萬一尺度不允許愛情動作戲直接露出，就會拆成「愛情戲＋動作戲」，意思也是一樣的。望周知。

bloodjake　時間軸5I〈新天地〉作者

約莫二〇二〇年入秋時，伍薰提出了多人寫作接龍的出版企劃詢問我是否有想要一起參加，故事設定為海穹文化出版的《捷運╳殭屍》系列。這種有趣但是大多會是在學生時代做的事情，也只有像伍薰這類人才敢在出社會後，以出版為前提實際執行，由於篇幅不用太長，因此，我馬上答應參加這個計畫。

我是作為最後一棒，承接到的路線是秘密組織。當初看完前面的故事後，感覺前面的作者都好中規中矩的講故事，由於在跟伍薰討論時，已經取得可以隨意發揮的許可，結果這個故事就變成你們看到的模樣了。現在回想起來，當初在寫這故事時，還真的滿奔放的，如果《眾神水族箱》是在賽道上接力競跑的話，這邊就是接過人家的棒子後，馬上反手敲傳棒者一個耳光，並且脫掉衣服，在賽道上全力亂跑給主辦方追。雖然，覺得自己在胡搞，但是，我是很認真的在創作這個故事，也塞入很多喜歡的日本影劇、輕小說以及漫畫，且適合這個故事元素在其中。

邱鉦倫　時間軸5F〈生命的極緻〉作者

當初收到伍薰的邀約時感到受寵若驚，雖然喜愛文字，但沒有真的寫過什麼好的作品，這次的書寫過程是一種試探，揣摩著前人的收尾，並試圖留下接續的可能，這是一段很特別的經驗。

蝕鈴　時間軸5H〈循跡〉作者

能參與接龍真是超級神奇的經驗！由於我剛好是寫完結的段落，所以前面看到超多很精彩轉折的哈哈哈哈，我的內心有一種謎之感動，大約是「哎呀這就是各種線索被細緻地接起來的感覺嗎」。

不得不說變成殭屍的角色們真是有夠帥，但也真是辛苦了（合掌）。

一直很想無視「好人原則」，寫一些說幹掉仇人就幹的猛烈角色，於是這次感覺有機會就！拜託俐如了！這個活靈活現的傢伙真是會操控我的鍵盤呢（？），我也很高興她最後復仇的型態不是怪物狀態，而是用人的姿態下手，齁唷真是活靈活現的傢伙～

總之！很謝謝海穹文化邀我一起玩，很高興能參與這個酷酷的活動，我超級期待接龍故事的其他各種版本的哇！（鞋貓眼神

奇魯　時間軸5L〈九零年代KTV〉作者

聽說很多人過了某個年紀就不會再聽新的音樂，對我來說那個時間停在了九零年代。雖然也不是完全沒聽新的歌，但能哼唱，會不時浮出腦海的，多半還是八九零年代的流行歌，而那時我多半是從KTV學新歌的。

那時，jojo還可以打敗世界的壓路機，英雄還不需要穿越到新世界重新開始，楊過十六年後會與小龍女重逢，趙敏還在大都等張無忌……

陳聿 SuddenSR　時間軸5M〈浪潮之眼〉作者

萬分感謝伍薰社長的邀請，讓我能夠參加這次海穹十週年的盛會，而且還很榮幸地能夠擔任世界線的結尾。尤其是這樣關於殭屍的題材，對於一個電影、遊戲和軍事的愛好者來說，怎麼可能沒有想過建一座地下安全屋，或者是在殭屍末日下逃出生天呢。

是的，我小小任性了一下，就像是手裡有榔頭的時候看什麼都像釘子，把一場方才落幕的全球反殭屍戰爭又再度點燃，台灣還被聯軍入侵。（但是寫動作場面真的好開心，不過故事裡把海穹出版的辦公室給炸了，對不起Q）感謝前幾棒的作者為這條世界線賦予如此多有趣的設定，漫畫更讓我在敘述時對俐茹、無眉仔有更為直觀的形象，同時對有些角色沒能再次露面也在此說一聲抱歉。

最後，身為台中人，這份榮耀、這份責任，以及這份技能（到底在說什麼），我務必要讓各位讀者知道，台中即便在殭屍末日下也不會遷都！台中捷運才正式運轉沒多久，目前也只有一條高架的綠線，但是每個站點看上去都有成為碉堡的潛力（笑）。期待在未來與各位有能再見面的機會，創意寫作所查找的資料有時候甚至比做研究更多，但過程的快樂是難以比擬的。祝福台灣科幻奇幻以及海穹出版，能夠孕育出更多精彩的作品。

氧離子　時間軸5N1〈鼠疫〉作者

在學測完的寒假收到本作將出版的消息嚇了我一跳。在與李伍薰先生（在此感謝羽澄推薦，讓我有幸參與本書創作）保持聯繫的三年間，從會考到學測，我的人生軌跡變幻飛快，讓人不經感嘆命運的莫測。猶記得會考前的國三在超商裡趕稿，如今已過三年，趕著完成的東西從小說到學習歷程檔案，從前寫下的文字竟是使我有穿越時空之感，惦記起從前更不成熟的氧離子，原來我曾是這麼說故事的。如今我還在追求理想的道路上，也許目標已和從前不大相同，但我仍想作一個說故事的人，感謝從前寫字的自己，感謝一起完成本書的創作者們，感謝讀者閱讀我們共同的故事。本書提醒我一件重要的事：我們都是書寫生命的執筆者，一切轉折，都是最好的安排。

蘇芳　時間軸5N2〈路口〉作者

我一直很喜歡文字冒險遊戲劇情中頻繁出現的選項。除了陪著主人公做出決定、影響故事走向的參與感，也因為每次選擇都代表著一種可能性。在某些遊戲中，一時興起的念頭或脫口而出的話語，甚至能扭轉一個人、或是一個世界的命運。

這點在現實中也一樣。

所以我很喜歡這個故事所呈現的型式，也很謝謝給予機會參與企劃的伍薰。

這是一個浩劫後試圖恢復秩序，以及在那之後，各具立場的人們相遇的故事。我希望在碰撞、衝突與敵視之餘，一起度過那些難熬時日的人們終能對話並相互理解，希望他們拖著影子不忘向光而行。

最後謝謝讀到這裡的你，也謝謝一路陪伴的朋友與家人。

墨永瓶　時間軸5O〈登天〉作者

在伍薰邀請我加入這個計畫前我已經好久沒有寫小說了，出社會的這幾年不是寫企劃就是寫申請案，真正完全自主的創作寥寥無幾，在接到這個邀請時我其實很不安，生怕自己的創作能力無法支撐最後一棒的重量，諸多創作者的結晶在我手中毀於一旦。希望這個結果是好的，至少對我而言，能夠把「殭屍黏菌」這個概念生出來就是無上的喜悅了。至於讀者們能不能接受我這有點草率的結局，套句契柯夫引用過的「FECI QUOD POTUI.」，我已盡我所能做的最好，若要更好，整能交給更有能力之人。

楊勝博　時間軸5P〈暗夜微光〉作者

參與大接龍是相當有趣的體驗，看著故事經過多位作者的鋪陳，在即將走到尾聲的前一刻，角色們經歷過的一切喜怒哀樂與苦痛掙扎，都將由我決定他們的最終命運，可說是責任重大。

在反覆思量後，終於決定讓角色和大魔王來個王者對決，讓過去的悔恨與錯誤都能在此獲得救贖，並讓角色們有機會開展全新的人生。然後一回過神，我就已經在這裡了。

其實小說接龍和現實生活很像，有時候彷彿卡在一個瓶頸之中，覺得好像人生就是這樣不會再有什麼變化。但只要有一個契機出現，整個人生就像是換了作者一樣，產生全然不同的嶄新變化。

在《異世歧路——俐茹、殭屍、大接龍》出版後，或許也能帶來一些有趣的化學作用吧？就讓我們繼續看下去，相信閱讀，相信故事所能帶來的一切！

編輯札記

伍薰（南瓜社長）時間軸∞〈時空交匯點〉作者

敬愛的讀友，您手上這本《異世歧路——俐茹、殭屍、大接龍》，是『捷運╳殭屍』系列第五本書，而幕後故事的開端，則可以回溯至二〇一八台北國際書展的最後一天。

當年南瓜社長還沒有跟擬外星真菌共生，海穹文化標榜『多樣性，創造你的可能性！』的第二個書系 DIversity 才剛剛推出第一本書籍《捷運╳殭屍》成為書展主打，在書展最後一天的酒會活動中，望著作者與讀友們把酒言歡，當時大家起鬨著說要玩「遊戲書」的概念。

可能，當天散會後，大夥也忘了這件事。

但南瓜社長當真了。

筆者認為，這是一種有趣的嚐試，也能讓響應活動的創作者充分發揮自身的特長，因此決定以『捷運╳殭屍』這個更具詮釋自由度的系列題材來讓作者群發揮，至於形制與格式，則照著相當簡單的樹狀分支模式，讓一位創作者在他的段落留下兩個劇情選項，分別由一位創作者繼續書寫、再依此類推分支下去……期待以一組五棒的分支接力故事，完成一組擁有十六個結局的創作競遊，希望藉著這部帶有「玩樂」成分的企劃，做一些有趣的嘗試與挑戰。

企劃在二〇一九成形，最初定名為《捷運╳殭屍大接龍》，特別邀請熟識類型又才氣縱橫的吳尚軒來擔任第一棒，不得不說，在收到稿件時，我就知道因為尚軒採取倒敘法開場，這個企劃的格局瞬間擴展了兩倍以上——此後，每一位創作者需要思考的面相勢必得同時兼顧過去與未來，也讓時間軸1〈依然糟糕的一天〉從朝未來單方向發散的起點，轉變為從多元過去逐步收攏、匯聚後，再度朝未來發散的時空匯聚點。

謀劃已定，後續的邀稿、收稿也陸續積極進行，然而，我們所處的這個現實，卻也為這個計畫帶來了促防不及的變數——在疫情來襲以後，這個企劃因著各式各樣的外在因素而有所順延，所幸編輯部始終沒有放棄這個計畫。

到了二〇二三年後半，當所有稿件都備齊時，驀然回首，筆者才赫然驚覺：我們所處的這個現實，竟然也與這本書中俐茹的境遇相呼應，當時間軸1的俐茹在殭屍浪潮褪去後回首過往、尋求未來；站在二〇二四的在這個時間點回首疫情時光，則望見了遙相呼應的「共時性」。

在共時性之中，參與企劃的眾多創作夥伴毫無保留地展現了屬於各自的特質，絲毫不負邀稿當下「盡情揮灑自我、前後相互為難」這種有點過份需求，在大家的妙筆下，俐茹這名角色在不同的敘事中擁有了截然不同的閱歷與人生境遇，故事包含的屬性、元素、與作品類型也伴隨著每個時間軸的切換而擁有截然不同的風貌，甚至就連海穹文化其他書系作品的設定或人物，也在這裡發展出有別於原作的平行現實，而添增了許多忠實讀者們專屬的特色點。

而這本書也在因緣際會下，成為了海穹文化創立十周年的紀念作品第一號。

感謝所有創作夥伴：

吳尚軒、雪歌草、愛莫&啞忑、柏斯、圖勳、布克、謬齡大叔、卡巴、aaaa、戲雪、子藝、沈謎、陳奐羽、雨藤、亦兒、一姚、得涅修、TB Liu、炳紳與彤華、阿宗、石頭書、何玟瑋、羽澄、休休、BBcat 三隻貓、BIG-D、靜川、邱鉦倫、大獵蜥、蝕鈴、bloodjake、小樹、法爾索、奇魯、陳聿 SuddenSR、氧離子、蘇芳、墨永瓶、楊勝博，

……以及，**每位參與這場多重時間軸瘋狂冒險的你！**

我們做到了這項曾被視為不可能的偉業，我們也以實際行動證明：

玩，有出頭天！

創作者會在一次一次的自我挑戰中不斷蛻變。海穹文化編輯部要做的，是在能力範圍內，盡可能為合適的夥伴提供合適的土壤。我們始終相信作者對於故事的愛，是驅策作品趨向精彩、完整的最佳動力，我們也相信每個持續辛勤耕耘的創作者，都將有閃爍專屬奪目光彩的時刻。

《異世歧路——俐茹、殭屍、大接龍》也是海穹文化啟動**ESG轉型**，導入**聯合國「2030永續發展目標」(SDGs)**，同時取得友善森林**FSC驗證**的第一本作品，期望以此作為日後本社出版品的標竿。這是南瓜社長身為生物科系畢業生，對於環境永續理念的實踐。

我們是海穹文化SciFaSaurus，我們將會持續站在台灣原創奇幻、科幻的最前線，挑戰各式各樣嶄新的可能性！

伍薰（南瓜社長）

二〇二四年五月　台南永康

國家圖書館出版品預行編目資料

異世歧路：俐茹、殭屍、大接龍 / 伍薰（南瓜社長），布克，吳尚軒，柏斯，圖勳，謬齡大叔，卡巴，aaaaa，戲雪，子藝，沈謎，陳奐羽，雨藤，一姚，得涅修，TB Liu，炳紳與彤華，石頭書，何玟瑋，羽澄，休休，BBcat 三隻貓，靜川，邱鉦倫，大獵蜥，蝕鈴，bloodjake，小樹，法爾索，奇魯，陳聿 SuddenSR，氧離子，蘇芳，墨永瓶，楊勝博作．-- 初版．-- 臺北市：海穹文化有限公司，民 113.08

面；　公分

ISBN 978-626-7531-18-1(平裝)

863.59　　　113010064

異世歧路

海穹文化十週年紀念刊第一號

俐茹 殭屍 大接龍

DIVersity

多樣性，創造你的可能性！

海穹文化
FB 粉絲專頁

海穹文化官方網頁
www.scifasauru.com

作者、作畫　伍薰（南瓜社長）、布克、吳尚軒、柏斯、圖勳、謬齡大叔、卡巴、aaaaa、戲雪、子藝、沈謎、陳奐羽、雨藤、一姚、亦兒、得涅修、TB Liu、炳紳與彤華、阿宗、石頭書、何玟瑋、羽澄、休休、BBcat 三隻貓、BIG-D、靜川、邱鉦倫、大獵蜥、蝕鈴、bloodjake、小樹、法爾索、奇魯、陳聿 SuddenSR、氧離子、蘇芳、墨永瓶、楊勝博

內頁設計　柏斯、伍薰

封面插畫　雪歌草

封面設計　愛莫&啞忑

校對　陳羽鈞、伍薰

法律顧問　蔡仁傑

品牌顧問　方世欽（POPO）

發行人　鄭惠真

出版者　海穹文化有限公司
地址：10489 臺北市中山區南京東路二段 160 號 6 樓
電話：0921672903
scifasaurus@gmail.com

用紙　大鄴企業
新北市中和區中山路二段 351 號 3 樓

印刷　鴻嘉彩藝
桃園市龜山區茶專路 147 號

總經銷　紅螞蟻圖書有限公司
地址：臺北市內湖區舊宗路二段 121 巷 19 號
電話：(02)2795-3656
傳真：(02)2795-4100

二〇二四（民一一三）十月初版一刷

ISBN 978-626-7531-18-1（平裝）